Hansjörg Hemminger

GEISTERVOGEL

HANSJÖRG HEMMINGER

GEISTER VOGEL

ROMAN

CLAUDIUS VERLAG

CIP-Titelaufnahme der Deutschen Bibliothek

Hemminger, Hansjörg:
Geistervogel: Roman / Hansjörg Hemminger. – München :
Claudius-Verl., 1991
ISBN 3-532-62114-2

Umschlaggestaltung: Werner Richter
Satz: Compusatz GmbH, München
Druck: Jos. C. Huber KG

ISBN 3-532-62114-2

Was uns als Wirklichkeit erscheint, kann täuschen.
Darum verachtet nicht die Gleichnisse und Bilder.

John Bunyan, *Beginn der Allegorie "The Pilgrims Progress"*

Am Anfang der Zeit, als das Gebirge aus dem Wasser aufstieg, schrie der Adler vom Gipfel, um die Tierbrüder am großen Ratsfeuer zu versammeln. Als erster kam der Hirsch aus dem Süden. Er brachte die Bäume des Waldes, die das Land bedeckten. Als zweiter kam der Ur von Westen, er brachte das Wasser. Da floß der große Strom durch das Land und sammelte alle Bäche und Flüsse zu sich. Als dritter kam der Bär von Osten und brachte die Sonne. Da wurde es Sommer im Land, und die Wälder begannen zu grünen. Zuletzt kam der Wolf aus dem Norden. Er brachte die Gedanken, damit die Tiere klug würden. Als alle versammelt waren, schrie der Adler noch einmal vom Gipfel. Aber der Mensch kam nicht. Er schlief weit entfernt in einem tiefen Tal, träumte und hatte die Tierbrüder vergessen. Da gingen die Tiere vom Ratsfeuer davon, jedes seinen eigenen Weg. Als der Mensch endlich kam, ruhte der Hirsch auf dem Berg, der Ur weidete am Strom, der Bär grub im Wald, und der Wolf jagte im Tal. Der Mensch war allein am Feuer, nur der Adler schrie vom Gipfel des Gebirges. Und sooft der Mensch auch seither das Ratsfeuer entzündet hat, die Tierbrüder kommen nicht mehr, er bleibt allein.

Aus den Ursprungsmythen der Sonmani

Kapitel 1

I.

Der gelbe R4 passierte mit mühsamen einhundertundzehn Stundenkilometern die Ausfahrt Riegel. Die Diskussion zwischen Sonja und Jens dauerte schon eine ganze Weile an. Michael hätte sich gerne auf Sonjas Seite geschlagen. Aber Jens saß am Steuer und befaßte sich bereits mehr mit seiner Nachbarin als mit dem dichten Osterverkehr auf der Rheintalautobahn. Wieder blockierte ein Wohnwagen mit achtzig die rechte Fahrbahn, und auf der Überholpur veranstalteten mit Urlaubsgepäck vollgestopfte Benze und BMW's ihr Drängelduell. Jens quetschte den R 4 nach links, und ein BMW-Fahrer mit makelloser Solarstudio-Bräune schob sich direkt an die hintere Stoßstange heran. Michael meinte hastig:

"Laß' doch Sonja mal in Ruhe erklären. Du kannst nicht gleichzeitig fahren und einen Seminarvortrag halten. Ich weiß immer noch nicht genau, was sie eigentlich daraus schließt, daß wir auf den letzten paar Kilometern zwei oder drei Kapellen gesehen haben, die auf Bergspitzen stehen. Warum soll auf dem Tuniberg, oder auf irgendeiner Ecke des Kaiserstuhls, keine Kapelle stehen? Sie machen sich doch ganz gut und viel Schaden richten sie nicht an. Auf jeden Fall finde ich die Autobahn wesentlich störender für die Landschaft."

Wie er es erhofft hatte, stürzte sich Sonja auf ihn. Jens hatte jetzt die Augen für die Straße frei, obwohl er weiter zuhörte.

"Was ich die ganze Zeit zu erklären versuche, ist ja gerade, daß die Autobahn und diese Parade von Kapellen etwas miteinander zu tun haben! Die einfachsten Dinge, die jede Frau sofort spürt, bekommt ihr in euren analytischen Schubladen-Verstand nicht hinein".

Sonja sah ziemlich gut aus, wenn sie sich aufregte. Daher ärgerte sich Michael nicht besonders. Im Unileben des Jahres 1986 hatte man sich an so etwas gewöhnt.

"Ob Sonja wohl schon gemerkt hat, daß die tollen Frauen unter den Emanzen viel geduldigere Zuhörer haben?"

Er unterdrückte diesen chauvinistischen Gedanken und hörte wieder aufmerksam zu.

"Die Kapellen sind das Symbol für eine Geisteshaltung, und die Autobahn ist das Ergebnis. Natürlich nicht nur die Autobahn, sondern die ganze Umweltzerstörung, die Rüstung, eine Technik, die nur zur Herrschaft über alles und jedes dient. Die Kapellen auf den Bergspitzen sind ein Programm: Der Mann herrscht über die Natur, über seine Mitmenschen und natürlich besonders über die Frau. Er muß ganz oben sein, er muß alles überragen. Die Natur muß sich unterordnen. Dabei sollte der Mensch sich in die Natur einordnen. Hätten unsere Vorfahren es nicht zugelassen, daß ein naturfeindlicher Glaube seine Kultstätten auf die Berggipfel baut, dann sähe unsere Welt heute anders aus."

"Wie denn?" warf Jens ein.

Michael schloß sich schnell an:

"Ja, sag' doch mal, wie es aussehen würde, wenn sich unsere Vorfahren für einen Fruchtbarkeitskult unter Eichen oder für Lilienhaine und das Matriarchat entschieden hätten?"

"Das ist eine unfaire Frage. Das männliche Zweckdenken hat ja alles geformt, so daß wir uns die ursprüngliche Geborgenheit des Menschen in der Natur gar nicht mehr vorstellen können. Aber ich weiß, daß es etwas damit zu tun hat, daß die Frau die Natur besser versteht und sie besser vertritt. Sie gehört mehr dazu, weil sie nicht alles benutzen und beherrschen will. Es gibt kein naturfeindlicheres religiöses Symbol als das Kreuz. Nur Männer konnten aus so etwas eine Religion machen - aus einem Mord, aus der Gewalt. Für Frauen muß Religion etwas sein, was Heilung bedeutet, was Wachstum und Einheit symbolisiert. Eine solche Religion hätte keine Kreuze auf abgeholzte Berggipfel gestellt. Sie hätte vielleicht eine Quelle in einem fruchtbaren Tal für heilig erklärt, in dem Feen und Elfen tanzen. Die Feen und Elfen sind überhaupt eine Art Erinnerung an einen vorchristlichen Glauben, der noch etwas von der Einheit mit der Natur wußte, was das sogenannte christliche Abendland vergessen hat. Aber Männer haben ja lieber Autobahnen als Tänze auf Waldwiesen. Wie könnten sie sich sonst gegenseitig beweisen, wie toll sie sind?"

Sonja deutete mit erhobenem Kinn auf die linke Spur, wo ein schwerbeladener 280 SE von einem roten Golf GTI verfolgt wurde.

Die Sache mit den Elfen überhörte Michael einfach. Sonja war Romanistin und ihm auf diesem Gebiet überlegen. Aber er wollte sie nicht so leicht davonkommen lassen, obwohl ihm die Kapellen - im Gegensatz zu Jens - gleichgültig waren. Es ging ihm um Sonjas Achtung, nicht um ihre Zustimmung. Warum seine Gefühle für Sonja Achtung und Zustimmung zu Gegensätzen machte, fragte Michael sich nicht.

"Das klingt ja alles idyllisch und schön, aber schließlich ist die Technik eine Realität, und die naturverbundene Welt der Priesterinnen ist nur eine Art Traum. Ob so etwas im menschlichen Leben funktionieren würde, weiß im Grund keiner. Ich vermute eher, daß es sich bei der Natursehnsucht einfach um eine psychologische Reaktion auf unsere Gesellschaft handelt. Wir wünschen eine einfache Welt herbei, weil wir mit unseren Problemen nicht mehr richtig fertig werden."

Sonja achtete nicht auf die Streitlust, die sich in Michaels Stimme bemerkbar machte. Nach der Quelle ihrer eigenen Lust am Rechthaben fragte sie sich ebensowenig. Ob der Mediziner Michael (trotz vieler Affären) oder die Romanistin Sonja weniger vom anderen Geschlecht verstand, blieb deshalb offen. Jens bemerkte, wie sehr die Diskussion einem Flirt glich. Ein Akademikerflirt... geht es noch verkrampfter? Aber diesen Gedanken behielt er lieber für sich. Sonja nutzte die Gelegenheit zu gerechter Empörung:

"Aber selbstverständlich. Was ihr nicht gemacht habt, und was ihr nicht verstehen könnt, das ist ein Traum. Wenn ich wüßte, zu welchen Naturgöttern man hier auf dieser verdammten Autobahn beten könnte, so würde ich sie anflehen, daß sie euch Männer einmal in eine echte weibliche Welt versetzen, damit ihr merkt, wie dumm ihr darin aussehen würdet. Ich kann mir euch gut vorstellen, wie ihr durch den Wald stolpert und euch einredet, daß es das alles nicht gibt, während die Menschen um euch herum einfach leben."

Michael lachte, weil Sonja empört war und mitspielte. Jens schaltete sich ein:

"Ich bin mir nicht sicher, ob man in einem Wald so einfach nur leben kann. Schließlich wollen viele Lebewesen leben, und idyllisch geht es dabei nicht zu. Ich glaube, daß die Kreuze auf den Berggipfeln darum nicht unbedingt am falschen Platz stehen."

Jens war Biologe und gläubig. Er wollte einiges zum Gleichgewicht der Natur anführen und vom Ausleseprinzip sprechen. Aber er wurde abgelenkt. Verkehrsschilder kündigten eine Baustelle an. Die linke Spur wurde auf die Gegenfahrbahn geleitet. Sie waren auf der rechten Spur allein, bis auf Wohnwagen weit vor und hinter ihnen. Jens hielt die achtzig ein und sagte nichts mehr. Er wartete auf das Ende der gelben Nägel, die die Fahrbahn einengten. Statt dessen wurde der Verkehr an einer Ausfahrt ganz umgeleitet. Das blaue Richtungsschild trug die Tafel "U 6". An der nächsten Kreuzung wurden sie nach links gewiesen. Jens schimpfte wegen der Verzögerung und weil er an der Baustelle nicht die linke Spur genommen hatte.

Verkehr gab es nicht, sie waren auf der Landstraße praktisch allein. Alle fragten sich, wie weit sie wohl neben der Autobahn würden herfahren müssen. Michael meinte, man könnte sie doch höchstens bis zur nächsten Ausfahrt schicken. Trotzdem kam ihnen die Strecke ziemlich lang vor. Die Landschaft bestand aus Maisfeldern, die um diese Jahreszeit noch brach lagen. Man sah nach allen Richtungen weit über sie hinweg. In der Ferne gab es Häuser und Waldstreifen, aber durch ein Dorf kamen sie nicht. Sonja sagte, sie habe nicht gewußt, daß es im Rheintal noch soviel offenes Land gebe. Jens, der in der Ortenau aufgewachsen war, wußte es und hatte das Gefühl, in die Heimat zurückzukommen. Er wurde noch mehr an seine Kindheit erinnert, als die Straße an einem Weiler vorbeiführte. Neben den Bauernhöfen bemerkte er die offenen

Schuppen zum Trocknen der Tabakernte. Im Sommer würden die süßduftenden Tabakstauden, zwischen denen sich ein Kind leicht verstecken konnte, die besten Äcker füllen. Aber die Straße, auf der sie fuhren, kannte er nicht. Sie mußte südlich der Gegend verlaufen, wo seine Eltern wohnten. Die Äcker und Höfe blieben hinter ihnen zurück. Der Wald, durch den sie jetzt rollten, sah aus wie die meisten Wälder am Oberrhein. Buchen mit hellgrünen, jungen Blättern, Eichen, immer wieder eine Kiefernschonung, Pappeln und Eschen an Wassergräben. Die Straße hatte nun keinen Mittelstreifen mehr und wurde ziemlich schmal. Sonja meinte, es sei immerhin schöner als auf der Autobahn.

Michael und Jens stellten gleichzeitig fest, daß es Mittag wurde. Man beschloß, bei der nächsten Kneipe anzuhalten. Die Straße schlängelte sich immer noch in grundlos vielen Windungen durch den Wald. Plötzlich stand ein dreieckiges Warnschild am Rand, und der Asphaltbelag ging in groben Schotter über. Sie wurden sich schnell einig, daß sie sich verfahren hatten. Nur der Ort und die Verantwortung dafür ließen sich nicht ausmachen. Die Diskussion brachte aber das Ergebnis, daß auch die Schotterstraße irgendwohin führen mußte. Vor ihren Augen wurde die Straße jedoch schmaler. Man konnte eigentlich nur noch von einem geschotterten Waldweg sprechen. Jens fuhr verbissen weiter. Umdrehen könne man immer noch, meinte er. Dann hörte die Straße mitten im Wald auf. Ein schmaler Streifen Schotter zog sich noch ein paar Meter hin, dann wurde er vom alten Laub überdeckt. Dahinter war nichts als Gehölz. Haselnüsse, wie Jens feststellte. Er wagte nicht umzudrehen, weil die Fahrbahn so eng war.

“Heute ist nicht dein Glückstag.”

Michael stieß Jens an, und sie stiegen aus. Sonja folgte ihnen. Der Wald roch angenehm erdig und feucht nach der langen Autofahrt. Es war sehr still. Jens hatte den Motor abgeschaltet. Die Männer prüften den Boden und meinten, man könne gut umgekehren. Unter den Blättern war die Erde meterweit steinig und fest. Als sie sich aufrichteten, war Sonja blaß. Sie zitterte leicht und hielt sich am Autodach fest. Michael kam nicht dazu, zu fragen.

“Es geht nicht zurück. Wir können nicht umkehren.”

Sie hatten Sonja noch nie in einem solchen Zustand erlebt. Beide folgten ihrem Blick. Es gab keine Straße in der Richtung, aus der sie gekommen waren. Der Schotterstreifen verschwand auch rückwärts unter dem braunen Laub. Nur noch Bäume waren zu sehen.

Dicht hintereinander liefen sie ein Stück zurück und suchten die Straße, die es nicht mehr gab. Sie fanden einen steinigen Erdstreifen, dann weichen Humus, bedeckt mit verblühten Buschwindröschen, dahinter dichte Haselhecken. Als das Auto nicht mehr zu sehen war, bekamen sie Angst und liefen schnell zurück. Lange Zeit sagte niemand etwas. Niemand wollte aussprechen, daß die Sache unerklärlich sei. Schließlich raffte sich Michael auf und versicherte sich und den anderen, daß es eine Erklärung geben müsse. Jens meinte, man könne nicht einfach hier stehenbleiben. Wenn sie in Richtung Westen gingen, müßten sie auf die Autobahn treffen, denn sie seien rechts abgebogen und nie über oder unter der Autobahn durchgefahren.

"Wir müssen die Sonne links behalten, dann können wir die ungefähre Richtung nicht verfehlen. Später werden wir uns mitnehmen lassen oder den ADAC rufen. Dann wird sich alles aufklären."

Sonja war zu erschüttert, um irgend etwas zu hoffen. Aber sie war auch zu erschüttert, um zu widersprechen. Sie fühlte, daß Michael und Jens Unsinn redeten. Der regungslose, sonnendurchflutete Frühlingswald gehörte nicht in die Pfadfinderwelt der beiden Männer. Aber sie empfand ebenso wie die beiden eine fast körperliche Sehnsucht danach, Menschen, Häuser und Straßen zu sehen. Sie sagte nichts.

Sorgfältig steckten Sonja, Jens und Michael Geld und Ausweise ein. Ihre Parkas und Anoraks legten sie über den Arm, die Luft war mild. Jens zögerte, dann öffnete er den Kofferraum und hängte sich seine Sporttasche über die Schulter. Turnschuhe, Trikot und Trainingsanzug nahm er heraus und packte dafür eine Flasche Sprudel und ein kleines Campingbeil ein. Unschlüssig betrachtete er den Werkzeugkasten, dann gab er Michael ein großes, altes Jagdmesser, mit dem er sonst elektrische Kabel zu kappen pflegte. Michael sagte "o.k." und blickte sich verlegen nach Sonja um. Das Messer verschwand in seinem Parka. Bevor Jens die Heckklappe zuschnappen ließ, nahm er noch ein stämmiges Brecheisen heraus und steckte es zu dem Beil. Sonja und Michael sagten nichts dazu. Jens schloß alle Türen ab.

"Gehen wir", meinte er, und es klang erleichtert. Irgendwie hatten alle drei die Hoffnung, daß sich die Lage gründlich ändern würde.

Das Gehen auf dem Waldboden erwies sich als ziemlich beschwerlich. Immer wieder versperrten gestürzte, dicht umwachsene Stämme den Weg. Der Untergrund war an vielen Stellen sumpfig. Es gab wunderschöne, wilde Plätze: Einen mit hohen, blaßgelben Schlüsselblumen bedeckten flacher Hügel, einen Busch dunkelblauer Veilchen rund um einen Eichenstamm, einen Tümpel mit schwarzem Wasser, in dem irgendein kleines Tier spritzend untertauchte. Als hinter ihnen ein lauter Pfiff ertönte, fuhren alle drei herum. Ein zweiter Pfiff antwortete aus den Bäumen über ihnen. Jens winkte ab.

"Kleiber" sagte er. "Spechtmeisen. Sie klingen so, als würde ein Mensch pfeifen."

Sonja lächelte ihn hilflos an. Sie gingen weiter. Es gelang ihnen, die Richtung mehr oder weniger einzuhalten.

Die Zeit kam ihnen lang vor, aber mehr als einen Kilometer hatten sie noch nicht geschafft. Der Wald änderte sich, vor ihnen wurde es merklich heller. Motorengeräusch drang aber nicht herüber. Jens fühlte als erster die Angst und Verzweiflung zurückkehren. Er wußte, daß im Freiland jedes Auto kilometerweit zu hören ist. Er fragte sich, wo man eigentlich sein müsse, um im Rheintal dem Motorenlärm zu entgehen. Aber er sagte nichts. Er folgte Sonja und Michael. Da - plötzlich - im Sonnenlicht vor ihnen: ein breiter Streifen silbrig grünes Gras, Binsenbüschel, schiefe, niedere Weiden und hinter einem Kiesufer ein sich träge windender Fluß. Das Wasser war dunkel und klar, und am anderen Ufer, nur etwa zweihundert Meter entfernt, stand eine kleine, rotbraune Kuh mit ihrem Kälbchen. Sie weideten das junge Gras ab. Jens hielt Michael und Sonja zurück, die auf den Uferstreifen hinaustreten wollten.

"Eigentlich müßte hier doch ein Hof in der Nähe sein".

Er sprach leise, als fürchtete er, die Kuh könnte ihn hören. Und es sah in der Tat so aus. Sie hob den Kopf und wandte die Nase in verschiedene Richtungen. Die langen Ohren spielten hin und her. Sonja meinte:

"Das ist aber eine komische Kuh, so mager und nervös. Aber vielleicht können wir am Zaun entlanggehen, er muß ja zu irgend einem Weg führen."

Allerdings konnten sie von ihrem Standort aus keinen Zaun erblicken. Die Kuh hatte die Stimme gehört. Sie schien die drei Menschen unter den Bäumen aber nicht sehen zu können. Sie stampfte unruhig, ihr Schwanz schlug Kreise, und sie stieß einige dumpfe Rufe aus. Der Ton erinnerte Sonja gar nicht an das Muhen von Milchkühen im Stall. Das Kalb drückte sich unter den Bauch seiner Mutter, und die Rufe wurden hinter einigen dichten Weidenbüschen beantwortet. Offenbar weideten dort die anderen Tiere der Herde. Dann krachten und splitterten die Äste, als sich ein mächtiger Stier durch das Gebüsch schob und zu der Kuh hintrabte. Sein wiegender Gang ließ das Sumpfwasser aufspritzen. Der fast schwarze Kopf war hoch erhoben. Alle drei erschraken mehr, als sie es beim Anblick eines Tieres für möglich gehalten hätten. Der Fluß war zwischen ihnen und dem Stier. Aber alle fühlten, daß das Wasser keinen Schutz bot. Jens breitete vorsichtig die Arme aus. Sonja und Michael verstanden, daß sie ruhig stehenbleiben sollten.

Lange Zeit, so schien es ihnen, trabte der Stier am Ufer hin und her. Er spitzte die Ohren und hielt die Nase in den Wind. Es war Michael und Sonja unerklärlich, daß er sie im Schatten der Bäume nicht sehen konnte. Jens wußte, daß Rinder keine große Sehschärfe haben und vor allem auf Bewegungen reagieren. Er flehte innerlich darum, daß die anderen stillhielten. Der Wind kam von Süden und trug keinen Geruch ans andere Ufer. Jens bemerkte, daß der Stier schwarz und viel größer war als die Kuh. Er sah nicht aus wie die Stiere auf den Landwirtschaftsausstellungen, die er mit seinen Eltern besucht hatte: relativ hohe Beine, lange, geschwungene Hörner, trotz der Größe schnelle, wendige Bewegungen.

"Ein Kampfstier, wie in der Camargue oder in Spanien. Wie

kommt denn der hierher? Und wer hält ihn ohne Zaun? Aber sind Kampfstiere nicht kleiner?"

Seine Gedanken jagten sich, je länger er die Tiere betrachtete. Schließlich beruhigte sich der Stier, und die Kuh senkte wieder den Kopf. Aber ungestört fühlten sie sich nicht mehr, denn nach einigen Minuten trotteten sie weiter am Ufer entlang und verschwanden im Gebüsch, wo leises Muhen sie begrüßte. Sonja, Michael und Jens wagten kaum zu sprechen. Fast geräuschlos zogen sie sich in den Wald zurück, bis sie den Fluß nicht mehr sahen. Sonja setzte sich auf einen Stamm, der zwischen grün sprossenden Brennesseln halb im Waldboden steckte. Sie senkte den Kopf, wollte niemand ansehen und weinte still vor sich hin. Jens und Michael schauten sich immer wieder unruhig um. Aber im Wald rührte sich nichts.

"Wir sollten in die andere Richtung gehen. Da waren doch die Felder und die Häuser, an denen wir vorbeikamen. Mehr als zwei oder drei Kilometer kann der Waldrand unmöglich weg sein. Wir sind ziemlich langsam gefahren."

Sonja reagierte nicht auf den Vorschlag Michaels. Sie weinte nur. Das half Jens zu sagen, was er dachte:

"Frag' mich nicht, wo wir sind. Aber wir sind nicht mehr dort, wo wir vorher herumgefahren sind. Wir müssen jetzt klar denken. Die Kühe da vorne, die gibt es bei uns nicht. Und einen solchen Wald gibt es im Grunde auch nicht, obwohl er für euch vielleicht ganz normal aussieht. Aber bei uns liegen keine dicken Eichenstämme halb vermodert herum, so wie der, auf dem du sitzt. Und davon haben wir bereits Dutzende gesehen. Den Fluß gibt es auch nicht. Er war groß, viel größer als die Schutter oder die Elz. Und die sind alle reguliert. Es könnte ein Altrheinarm sein, aber dafür floß er zu schnell. Und wir sind über keinen Deich gekommen. Der Rhein war es auf keinen Fall. Der ist noch viel größer."

Jens wiederholte: "Wir müssen klar denken!"

Er machte sich selbst Mut, aber dann verstummte er. Sonja wischte sich vorsichtig die Tränen ab und schaute die beiden Männer an. Michael schüttelte unbehaglich den Kopf.

"Was waren das denn für Kühe? Schließlich bist du doch der Biologe. Mir kamen sie nicht so anders vor."

Jens hatte eine Antwort, die er selbst nicht glauben konnte. Darum lenkte er ab.

"Sie benahmen sich nicht wie normale Kühe. Davon habe ich genug gesehen. Sie sind wild, das sind keine Haustiere."

Er stotterte. Dann sagten Sonja und er fast gleichzeitig:

"Gehen wir zum Auto zurück."

Alle drei schauten nach dem Auto aus wie nach einem festen Punkt in ihrer Verwirrung. Sie stapften den Weg zurück, den sie gekommen waren. An vielen Stellen waren ihre Fußabdrücke im weichen Boden gut zu erkennen. Verirren konnten sie sich nicht.

Sie waren bereits einige Meter zu weit gelaufen, als sie bemerkten, daß das Auto nicht mehr da war. Auf dem Schotterstreifen gab es keine Spuren, er war zu hart. Ohne das Auto sah er auch nicht mehr wie ein Stück Waldweg aus. Er ähnelte eher einer Kiesbank, wie sie ein Hochwasser aufschüttet. Nur lag der Kiesstreifen mitten zwischen hohen Bäumen. Sonja klammerte sich fest an Michaels Arm und sagte nichts. Jens stocherte hektisch zwischen den Haselnußbüschen herum, die die Lichtung begrenzten. Er fand keine geknickten Zweige, nicht einmal eine Radspur. Dann lief er in Kreisen um die kiesige Stelle herum. Nichts. Sonja und Michael schauten ihm zu.

"Das Auto ist weg. Es war ganz bestimmt hier. Aber ein Auto kann sich doch nicht in Luft auflösen. Niemand ist damit weggefahren."

Jens redete immer weiter. Er konnte nicht mehr aufhören. Auch Sonja und Michael beteiligten sich.

"Wenn eine Straße verschwinden kann, kann auch ein Auto verschwinden. Irgend etwas geht hier vor, irgend etwas Geheimnisvolles."

"Vielleicht träumen wir alle. Vielleicht sollten wir uns hinsetzen und gar nichts tun. Vielleicht wachen wir dann auf."

"Wir müssen etwas unternehmen. Hier herumzusitzen, wäre das Schlimmste. Irgendwohin werden wir kommen, und je mehr wir erfahren, desto besser."

Im Innern spürten alle lähmende Angst, Panik. Das Reden half ihnen, sich nicht so bedroht zu fühlen. Schließlich gingen sie nach

Nordosten davon, die immer noch hochstehende Sonne im Rücken. Der Boden wurde in dieser Richtung schnell trockener, aber auch das Unterholz nahm zu.

2.

Jens war körperlich und seelisch völlig erschöpft. Er sah, daß es Michael nicht besser ging. Sonja konnte sich kaum mehr aufrechthalten. Die Sonne stand schon tief. Die langen Schatten und der leichte Dunst am Himmel versprachen einen farbenprächtigen Sonnenuntergang. Jens wußte, daß er sich bemühen mußte, einen klaren Kopf zu behalten. Er wollte durchdenken, was sie erlebt hatten. Was bedeutete es, daß sie nun schon stundenlang wanderten, ohne jemanden zu treffen? Der Wald hatte sich immer wieder verändert. Bäche waren zu überqueren gewesen. Dichtes Unterholz, vorjährige Brombeerhecken, Holunder und von Waldreben umflochtener Liguster hatten sie zu Umwegen gezwungen. Aber es gab keine Häuser, keine Straßen und keine Menschen. Man mußte daraus etwas schließen. Aber Jens war zu müde. Vor ihnen lag eine ziemlich steile Erhebung, oben standen nur wenige Bäume. Der Anblick erinnerte Jens an etwas, aber er konnte nicht richtig nachdenken. Am Fuß des Hügels blieben sie alle von selbst stehen.

Eine junge Buche war den Abhang herabgestürzt. Ihr Wurzelballen hatte ein Stück heller, lehmiger Erde aus der Flanke des Hügels gerissen. "Wie am Tuniberg", dachte Jens. "Oder wie am Hunnenbuck, wohin wir damals die Exkursion gemacht haben."

Er packte Michael am Arm.

"Das ist eine Kalkscholle. Am Rand des Schwarzwalds ragen sie über die Ablagerungen des Rheins heraus. Wir sind ungefähr nach Osten gegangen, wir müssen jetzt am Rand des Rheintals sein. Wenn wir hinaufgehen, sehen wir vielleicht, wo wir sind. Man hat von diesen Kalkhügeln oft eine tolle Aussicht."

Sonja schaffte es kaum mehr, ihre Füße zu bewegen. Jens und Michael halfen ihr gemeinsam den steilen Hang hinauf. Es waren höchstens fünfzig Meter Höhenunterschied, aber sie befanden sich nun oberhalb der Baumkronen. Auf dem Gipfel des Hügels war der Boden erstaunlich trocken. Dornige Stauden vom Vorjahr hängten sich an ihre Kleider. Sie drängten sich durch. Stellenweise wuchs nur ein angenehmer Rasen, kurz und dünn. Weiße Steine schimmerten überall hervor. Die Aussicht wurde von hohen Büschen versperrt, aber an einigen Stellen konnte man auf das anscheinend endlose Meer von Bäumen hinabsehen, das sich nach Westen erstreckte. Im Osten begrenzte eine Reihe gerundeter Berggipfel das Blickfeld.

"Das ist nicht der Schwarzwald", sagte Sonja und zeigte auf die hellgrünen Berge mit ihren dunklen Köpfen. Jens zögerte. "Ich bin mir nicht sicher. Der nördliche Bergzug da sieht ganz ähnlich aus wie Kniebis und Schliffkopf. Nur die Farbe ist anders. Wenn man nur besser sehen könnte."

Michael zeigte auf den einzigen höheren Baum, der auf der Kuppe wuchs.

"Ich helfe dir da rauf", sagte er zu Jens. "Du kennst die Gegend am besten, falls es überhaupt etwas zu erkennen gibt. Von da oben müßtest du alles sehen können."

Jens stieg auf Michaels gefaltete Hände, dann auf seine Schultern und konnte sich von dort auf einen dicken Ast schwingen. Ast um Ast arbeitete er sich empor. Der Baum, das bemerkte er mit Staunen, war ein Feldahorn von einer Größe, die jeder Botaniker bewundert hätte. Schließlich lag das Land um den Hügel offen vor ihm.

In Richtung der untergehenden Sonne erstreckte sich von Süden nach Norden ein scheinbar endloser Wald. Das helle Grün des jungen Laubs verlor sich am rechten und linken Horizont im Abenddunst, der zwischen den Wipfeln aufstieg. Ganz im Westen blitzte im rötlichen Licht da und dort Wasser auf. Die tiefstehende Sonne spiegelte sich in Seen, Teichen oder verschlungenen Flußläufen. Dort war auch der Dunst bereits am dichtesten. Der Rhein, dachte Jens. Hinter den fernen Wasserläufen erhob sich, im Gegenlicht nur undeutlich zu erkennen, ein weiterer flacher Gebirgszug. Jens hatte keine Zweifel: die Vogesen. Er drehte sich mühsam auf seinem Ast um, und vor ihm lag das großartige, wohlbekannte Panorama der Schwarzwaldberge. Im Norden erhob sich der lange Rücken, der sich vom Kniebis über den Schliffkopf zum Vogelskopf erstreckt. Die Umrisse waren unverkennbar, obwohl der oben graubraun schimmernde, unten schon hellgrün überhauchte Laubwald viel weiter die Berge hinauf wuchs, als er sich erinnern konnte. Nur die obersten Gipfel wurde vom Nadelwald mit dem vertrauten dunklen Blaugrau gefärbt.

Westlich des hohen Schwarzwaldkamms konnte Jens den niedrigeren Brandeck-Kopf ausmachen, der sich weit ins Rheintal hinausschiebt. Dort ungefähr, am Fuß des Brandeck-Kopfes, mußte Offenburg liegen. Er hatte den Bergkegel zu oft von seinem Elternhaus aus gesehen, um sich irren zu können. An die flacheren Berge weiter südlich konnte er sich dagegen im einzelnen nicht erinnern. Teilweise versperrten auch Hügel, die zu nahe lagen, die Sicht. Jens registrierte, daß die Abhänge und Gipfel der niedrigen Vorberge die einzigen Stellen waren, wo waldlose Flächen zu erkennen waren. Häuser, Straßen oder Menschen gab es jedoch nicht. Aber das Land war dasselbe, das sie am Morgen durchfahren hatten, zweifellos. Weit im Süden glaubte Jens, trotz des Dunstes den hohen Gipfel des Kandels und dahinter schattenhaft sogar Feldberg und Seebuck zu erkennen. Sie waren im Rheintal, oder jetzt vielmehr am äußersten Rand der Schwarzwaldberge. Aber alles war völlig verändert. Jens wurde von einer lähmenden Traurigkeit erfaßt. Er meinte, sich nicht mehr auf dem Ast halten zu können. Fragende Rufe von unten rüttelten ihn auf.

“Es ist das Rheintal, ganz bestimmt. Wo wir sind? Irgendwo bei Lahr, ungefähr. Aber das spielt keine Rolle, es gibt kein Lahr und auch kein Offenburg. Nein, gar nichts. Keine Häuser, nichts. Kein Rauch - allerdings ist es ziemlich dunstig. Der Rhein ist dort drüben. Aber ich glaube, er ist nicht begradigt. Man sieht nicht viel. Die Sonne wird gleich untergehen.”

Michael half ihm vom Baum herunter, er wollte sich selbst umschauen. Jens stützte ihn, und Michael schwang sich in das Geäst. Sehr bald kam er wieder zu ihnen herunter. Er war erschüttert. Der Blick auf das weite Land ohne Menschen verfolgte ihn wie ein böser Zauber. Es war Sonja, die sie diesmal aufrüttelte, indem sie darauf hinwies, daß man irgendwo über Nacht bleiben müsse. Den Hügel, der ihnen ein wenig wohnlicher vorkam als der düstere Wald, wollten sie nicht verlassen. Aber auf dem kahlen Gipfel wollten sie auch nicht bleiben. Sie liefen ein wenig umher. Schließlich fanden sie eine Stelle, wo der felsige Hang drei oder vier Meter weit fast senkrecht abfiel. Darunter lag ein nahezu ebener Schuttstreifen, von dem aus der Hang bis zum Talgrund hinabsank. Von oben her kam man nicht heran, aber von einer Seite aus ließ sich die ebene Stelle gut erreichen. Dichtes Buschwerk, von Waldreben durchflochten, hing über die Felskante und schuf eine Art von Dach. Sie beschlossen, dort zu bleiben.

Es war allen dreien angenehm, den Felsen im Rücken und - immerhin - den steilen, buschbewachsenen Hang vor sich zu haben. Die Abenddämmerung breitete sich unter den Bäumen aus. Von überall her hörten sie Vogelstimmen. Sonst blieb der Wald ruhig. Sonja fiel ein, daß sie eine Schachtel Streichhölzer in der Manteltasche hatte. Sie gingen alle gemeinsam noch einmal los, um am Abhang neben dem Felsen trockenes Holz zu suchen. Es gab Reisig und dürre Äste genug, und Jens benützte das Beil, um sie zurechtzuhacken. Die Beilschläge und das Splittern des Holzes kamen ihnen ungemein laut vor. Der ganze Wald schien zu hallen, es machte ihnen Angst. Jens hob etwas Helles, Verzweigtes auf, das kein Ast war. Er wog das Ding unschlüssig in der Hand.

"Ein Elchgeweih!" rief Michael.

Jens nickte. Die Schaufel mit den ragenden Sprossen war gebleicht und stark von Mäusen benagt, aber nicht zu verkennen. Dann fiel ihm etwas ein:

"Vielleicht war es auch ein Damhirsch. Ich glaube, die gibt es hier." Er wußte, daß er Unsinn redete. Der Ansatz der Schaufel war viel zu dick, und die Form stimmte nicht. Aber Elche hatte es im Rheintal nie gegeben.

"Wer weiß, wie das Ding hierherkommt", sagte er.

Er ließ das Geweih fallen und lud sich einen Stapel Äste auf. Die beiden anderen folgten ihm. Sie hatten genug Holz, um das Feuer die ganze Nacht zu unterhalten. Es war nicht schwierig, eine prasselnde Flamme zustandezubringen. Sie schoben sich trockenes Laub zurecht und rückten nahe am Feuer zusammen, soweit es der schmale Streifen ebenen Grunds zuließ. Das Licht und die Wärme munterten sie unglaublich auf. Zum ersten Mal merkten sie, daß sie hungrig und durstig waren. Zu trinken gab es Wasser, das Jens während ihrer Wanderung aus einem klaren Bach in die leergetrunkene Flasche gefüllt hatte. Zu essen gab es nichts. Morgen würde sich schon etwas finden.

Aber als die Nacht vollends einbrach, enthüllte das tröstliche Feuer einen unerwarteten Nachteil. Die flackernde Flamme blendete ihre Augen, so daß außerhalb des engen Lichtkreises nur undurchdringliche Schwärze lag. Nichts war mehr von der Umgebung zu erkennen, nur ihre eigenen Schatten bewegten sich mit dem Zucken der Flammen an der Wand hinter ihnen auf und ab. Abgeschnitten von der Welt saßen sie um das Feuer, und die Dunkelheit war sehr nahe. Jens schob die Hand in seine Sporttasche und legte sie auf den Griff des Beils. Er versuchte, sich bewußt vom Licht abzuwenden und minutenlang in die Dunkelheit zu schauen. Er bemerkte, daß die Nacht gar nicht völlig undurchdringlich war. Die Baumkronen zeichneten sich tiefschwarz gegen den blaßgrauen Himmel ab. Zwischen den Baumstämmen waren die helleren Bodenkräuter als schemenhafte Flecken zu erkennen. Weiter weg im Gebüsch brachen Zweige. Irgend ein größeres Tier bewegte sich dort und stieß seltsam fiepende Laute aus. Aus der Nähe, vom Fuß ihres Hügels, kamen klingende, wohllautende Rufe wie von einem Vogel. Aber Vögel singen nicht im Dunkeln. Immer wieder knisterte irgendwo trockenes Geäst.

Sie ließen das Feuer weiter herunterbrennen und setzten sich mit dem Blick in die Dunkelheit zurecht. Aber sie wagten nicht, die Flamme ganz erlöschen zu lassen. Allen dreien war kalt, die Parkas reichten im Sitzen nicht gegen die Nachtkühle aus. Trotz ihrer steinernen Müdigkeit konnte keiner von ihnen schlafen. Verzweifelte, drückende Gedanken beschäftigten sie. Sonja dachte daran, wie es wäre, zu sterben. Vielleicht war sie schon tot, und diese Welt gehörte in ein jenseitiges Leben. Vielleicht waren sie auch auf einer Traumreise in eine Schreckenslandschaft ihrer eigenen Seele. Aber irgendwo wußte sie doch, daß diese Welt Realität war. Sie hatte Angst davor, tot zu sein.

Michael war mit den Nerven noch mehr am Ende als Sonja. Er fühlte, daß er hinausschreien und um sich schlagen würde, falls einer der beiden anderen irgend etwas zu ihm gesagt hätte. Die verzweifelte Anstrengung, nicht in sinnlose Panik auszubrechen, nahm all seine Kraft in Anspruch. Für einen anderen Gedanken blieb kein Raum mehr. Auch Jens brachte es nicht über sich, etwas zu sagen. Er wollte nicht schlafen, er wollte auf den Morgen warten. Aber er wußte, daß er es nicht aushalten würde. Eine unzusammenhängende Zeile (war sie aus einem Psalm?) kreiste ständig durch seine Gedanken.

"Wie der Wächter der Stadt nach dem Morgen, also sehnt sich meine Seele, Herr, nach dir."

Oder so ähnlich ging es. Die Worte kamen ihm unsagbar bedeutsam vor, aber er hätte nicht erklären können, warum. Er wurde sie einfach nicht los. Wie eine Beschwörung des endlos weit entfernten Morgens, wie ein blinder Hilferuf ins Dunkel hinein, sagte er sie sich immer und immer wieder vor und starrte dabei in die Nacht hinaus.

Es mußten Stunden vergangen sein. Sonja war aus schierer Erschöpfung in einen unruhigen Dämmerschlaf gefallen. Ihr Kopf lehnte an Jens Rücken. Immer wieder zuckte sie auf und murmelte unverständliche Worte. Das Feuer brannte wieder höher. Die Kälte war unerträglich geworden, deshalb hatten sie mehr Holz nachgelegt. Geräusche aus dem Wald drangen zu ihnen herauf, aber sie achteten kaum mehr auf sie. Auch Michael döste inzwischen vor sich hin. Jens war derjenige, den der Schlaf am wenigsten überwältigt hatte. Zwischen den schlafenden Gefährten fühlte er sich unsäglich verloren. Innerlich schrie er nach irgend einem Halt und einem Trost. Die lähmende Müdigkeit des Abends war von ihm abgefallen. Eine zunehmende, unnatürliche Wachheit stieg in ihm auf. Gerade deshalb schmerzte die Trostlosigkeit ihrer Lage ihn wie eine offene Wunde. Die Dunkelheit wollte nicht aufhören.

Bei einer Bewegung ertastete Jens in der Tasche des Parkas die Hülle seiner Mundharmonika. Unbewußt zog er sie heraus und setzte das kleine Instrument an die Lippen. Es blitzte im Schein des Feuers. Jens spielte die sehnsüchtige Melodie aus "Don Quichotte": "De profundis clamoris te...". Die Stimme des Sängers, die seine Erinnerung in ihm wachrief, klagte für ihn mit und schien die eigene Stimme zu sein. Er hatte das Gefühl, daß in diesem Wald noch nie ein menschlicher Laut zu hören gewesen war. Sonja wachte nicht auf, regte sich aber an seiner Schulter. Michael fuhr mit einem Ruck aus seinem Dahindämmern auf und blickte verwirrt um sich. Als er sich seiner Lage wieder bewußt wurde, brach seine Selbstkontrolle zusammen. Das Unsinnige und Unerklärliche von Jens Tun ließ einen wilden Zorn in ihm aufflammen. Der Freund erschien ihm wie ein Verrückter, wie ein kaum mehr menschliches Wesen, ein Roboter, der in einer Todesgefahr dasaß und Pfadfinder am Lagerfeuer spielte. Fast wäre er aufgesprungen und hätte nach ihm geschlagen.

Aber er kam zu keiner Reaktion mehr. Die Melodie erklang nur wenige Sekunden lang, da brach unter ihnen im Gebüsch ein wilder Lärm los. Äste krachten, Schreie, Körper brachen gewaltsam durch die Büsche. Der Lärm entfernte sich in nördliche Richtung. Nichts war zu sehen. Jens und Michael sprangen auf. Alle vorherigen Gedanken waren vergessen. Selbst im Flammenlicht erkannten sie gegenseitig die Blässe in ihren Gesichtern. Die Schreie waren unverständlich, aber unverkennbar menschliche Schreie gewesen und hatten Worte enthalten. Sonja, die das Lärmen nur noch aus der Ferne hatte hören können, starrte ihre Begleiter an.

Jetzt wußten sie, daß es hier Menschen gab. Sofort wünschten sie sich, es gäbe keine. Oder es wäre wenigstens Morgen. Sie drängten sich noch enger zusammen und löschten das Feuer trotz der Kälte aus. Dann starrten sie weiter in die Dunkelheit, aus der kein Laut mehr kam. Selbst Tiere schienen nicht mehr unterwegs zu sein.

3.

Der Himmel hinter den Bergen im Osten wurde heller. Von einem Augenblick zum andern füllte sich der Wald mit Vogelgesang.

Das wachsende Licht, die unzähligen, ineinander verwobenen Laute und Melodien schufen eine andere Welt. Grünes Laub und Himmel wurden wirklich, wirklicher als die Schatten. Sonja und Michael atmeten auf und schauten sich an. Jens lächelte und spürte unbändigen Hunger. Sie standen auf, gingen umher und schlenkerten die steif gewordenen Arme. Die Sonnenscheibe erhob sich rötlich und riesig über dem gebuckelten Horizont. Lichtbahnen durchzogen den Morgendunst. Der Gesang erhob sich zu lautem Jubel und flaute langsam ab. Speereschleudernd, lachend, trat die Tagesgöttin ihre Herrschaft an. Noch viele Jahre später versicherte Sonja immer wieder, dieser Moment - der erste Sonnenaufgang im wilden Rheinwald - sei einer der aufregendsten unter allen ihren Erlebnissen gewesen. Die Ahnung der ersten Schöpfungswonne, die tägliche Neugeburt der Welt aus dem Chaos, der Abglanz des großen "es werde", habe ihre Seele wie niemals zuvor erschüttert. Den merkwürdigen Lehrsatz der spätmittelalterlichen Theologie, daß die Welt aus Nichts erschaffen sei und in ihrem eigentlichen Sein immer noch Nichts sei - willkürlich, ohne eigenen Grund und eigene Dauer - kannte sie aus ihren Quellenstudien. Sie hatte es immer für eine Marotte dieser Scholaren gehalten, eine so abseitige Idee so sehr zu betonen. In diesem Moment aber verstand sie es von ganzem Herzen. Es gelang ihr später nie mehr, diese Vision völlig zurückzugewinnen. Aber sie vergaß sie nicht.

Die Zeit war gekommen, irgend etwas zu unternehmen. Hunger und Durst quälten sie. Alle drei hatten fast einen ganzen Tag lang nichts mehr gegessen. So beschlossen sie nach einigem hin und her, zuerst mit aller Vorsicht das Gebüsch in Augenschein zu nehmen, aus dem die Menschenstimmen gekommen waren.

"Nach dem Lärm in der Nacht zu schließen, sind sie inzwischen über alle Berge - buchstäblich", meinte Jens mit einem Blick zu den Schwarzwaldkuppen. Dann wollten sie zu dem Bach zurück, den sie am Abend als letzten überquert hatten, und der nur wenige Gehminuten entfernt sein mußte. Dort wollten sie trinken - das Wasser war sehr klar - und versuchen, Fische und Krebse zu finden. Sonja war diesem Unternehmen gegenüber skeptisch. Aber schließlich konnte sie keinen Vorschlag machen, wie man mit Beil,

Brecheisen und Fahrtenmesser ein anderes Tier erlegen sollte. Jens und Michael trauten sich zu, Forellen mit der Hand zu fangen. Jens dachte heimlich an die zahlreichen großen Grasfrösche, die sie gestern gesehen hatten. Sie waren bestimmt leichter zu fangen als Forellen. Aber er hob sich diese Idee für später auf. Laut wies er darauf hin, daß sie an ganzen Feldern von Bärlauch vorbeigekommen seien, und daß man die Knollen essen könne. So hungrig war aber niemand. Immerhin ermutigte sie der Gedanke, daß man im Notfall nicht nur den Bärlauch, sondern auch Löwenzahnwurzeln, junge Brennesseln und eine Vielzahl anderer Kräuter essen konnte.

"Man müßte sie kochen. Aber die Fische und Krebse muß man ja auch kochen. Wie sollen wir die Viecher denn essen - etwa roh?"

Sonja erinnerte Michael daran, daß sie schließlich Feuer hätten. Dem Kochen der Beute würde man sich widmen, wenn es etwas zu kochen gäbe. Immerhin war es ein Glück, daß Jens eine Menge Pflanzen kannte und Bescheid wußte, welche eßbar waren. Allerdings wußte er auch, wie scheußlich sie schmeckten. Er hatte die heimliche Befürchtung, daß ihnen das bald egal sein würde. Sonja und Michael dachten ähnlich, klammerten sich aber an die Hoffnung auf gebratenen Fisch. Sie stiegen, vorsichtig um sich blickend, den Abhang hinunter und näherten sich dem Gebüsch am Fuß des Hügels.

Hier war offenbar jemand davongerannt, ohne Rücksicht auf Hindernisse. Fußabdrücke waren tief in die weiche Erde gegraben. Geknickte Zweige lagen herum. Ganze Büschel junger Knoblauchrauken lagen niedergetreten am Boden und strömten noch immer einen scharfen Geruch aus. Die Füße waren nicht nackt gewesen. Aber es fehlte den dreien an Erfahrung, um aus den überdeutlichen Spuren die Art der Fußbekleidung zu erkennen. Auch die Zahl war erstaunlich schwer zu erraten. Sie schämten sich etwas. Aus den Abenteuerbüchern ihrer Jugendzeit schlossen sie, so deutliche Abdrücke müßten eigentlich alles über die Verursacher mitteilen. Schließlich einigten sie sich auf höchstens zwei. Die Spur der geknickten Zweige und Kräuter entfernte sich nach Nordwesten. Es schien ein Wunder, daß die Männer (daß es Männer gewesen waren, hatten die Stimmen verraten) sich im

Dunkeln nicht den Schädel an einem Baumstamm eingerannt hatten.

Vielleicht waren sie nahe daran gewesen, denn einige Schritt entfernt lag am Fuß einer hohen Esche ein Steinbeil. Michael hob es auf und wog es in der Hand, während Jens und Sonja sich zu ihm drängten. Keiner hatte jemals zuvor so etwas gesehen. Die Steinbeile in den Schulbüchern, an die sie sich erinnerten, hatten ganz anders ausgeschaut. In dicke Felle gekleidete Neandertaler, niedere Stirn, Steilkeil in der Faust, tauchten in ihrer Vorstellung auf. Aber das war es bestimmt nicht. Der Schaft war lang, mindestens armlang, sanft geschwungen und aus hellem, elastischem Holz.

"Vielleicht Eibe", meinte Michael zu den anderen. Der Handgriff war mit schwarzem und hellbraunem Leder kreuzweise umflochten. Die Arbeit mußte großes Können verlangt haben, denn das Leder schien mit dem Holz verwachsen zu sein. Noch kunstvoller war die Schäftung der Steinklinge, ein fast handlanger, schwarzer Abschlag mit halbkreisförmiger, gewellter Schneide: der Stein war sorgfältig in das breite Ende des Schafts eingepaßt worden. Starke Lederbänder hielten die stumpfen Enden fest. Sie waren steinhart, und irgend eine starre, aber noch elastische Masse füllte die Ritzen. Das Werkzeug war schön.

Sonja sprach aus, was sie dachte:

"Ich kann mir nicht vorstellen, wie man damit Bäume fällen soll. Die Schneide steht so wenig vor, sie kann gar nicht ins Holz fassen. Ich glaube, das ist eine Kriegskeule."

"Könnte sein. Ich glaube, ich habe etwas ähnliches mal im Völkerkundemuseum in Stuttgart gesehen. Aus Polynesien. Da sollte es einem Häuptling gehört haben."

Das war Michael. Und Jens:

"Dabei fühle ich mich nicht ganz wohl. Wer trägt denn solche Dinger spazieren? Wir sollten vorsichtig sein."

"Wie sollen wir das machen? Lederstrumpf spielen? Wir haben ja keine Ahnung, auf was oder auf wen wir aufpassen sollen. Suchen wir uns lieber etwas zu essen, sonst verhungern wir noch bei aller Vorsicht."

Sonja fühlte sich schwach und war gereizt. Ihr Kreislauf kam ohne Frühstück nicht richtig in Gang. Verdammter niedriger Blutdruck! Verdammte Männer! Ihnen schien es nichts auszumachen, mit knurrendem Magen endlosen Unsinn zu verzapfen.

Michael schaute Sonja an. Jens ging einige Schritte weiter und zerrte an einem verfilzten Brombeergebüsch herum. Die Spuren trampelten mitten hindurch. Was er herauszog, sah wie eine Peitsche mit kurzer Schnur aus. Er bückte sich wieder - ein Pfeil, unverkennbar ein Pfeil! Von neuem drängten sie sich zusammen. Eine säuberlich geschnitzte Spitze aus Horn oder Knochen, ein gefährlicher Widerhaken, ein langer, sehr leichter und am Ende gefiederter Schaft. Ein Pfeil wie aus dem Bilderbuch. Dann war das peitschenähnliche Ding ein Bogen. Alle erkannten es gleichzeitig. Jens versuchte, ihn zu spannen. Die Sehne war nicht gerissen, sie mußte mit einer Schlaufe in das gespaltene Ende des Bogens eingehängt werden. Jens brauchte seine ganze Kraft dazu, obwohl der Bogen nicht sehr lang war. Schließlich gelang es ihm, indem er das andere Ende auf den Boden stützte und sein Körpergewicht benutzte. Die gespannte Sehne gab einen vollen, summenden Ton, als er an ihr zupfte. Auch der Bogen war schön.

Die Waffe faszinierte Sonja und Michael ebenso wie Jens. Das Bogenholz war wieder ganz mit unbeweglich festliegenden, harten Lederstreifen in verschiedenen Farben umwickelt. Die Ähnlichkeit zu dem Axtstiel fiel sofort auf. Die Art des Handwerkens war dieselbe. Unter der Lederhülle glaubte Michael sogar, im Bogenholz mindestens zwei Schichten zu erkennen, die verklebt worden waren.

“Kannst du eigentlich damit schießen? Immerhin haben wir jetzt etwas, mit dem wir ein Tier erlegen könnten. Und wenn es nur Vögel sind! Ich habe so etwas noch nie in der Hand gehabt.”

Jens lachte ein wenig verlegen.

“Ich kann sogar damit schießen, zumindest ein wenig. Ich habe Verwandte in Horb am Neckar, dort drüben. Die sind im Bogenschützenverein.”

Er deutete unbestimmt nach Osten auf die Schwarzwaldberge. Erst danach fiel ihm ein, daß dort wohl kein Horb mehr sein würde. Oder es gab Horb noch nicht - wer wußte es schon?

“Ich könnte es versuchen. Aber wir haben nur einen Pfeil. Das ist ein bißchen wenig, um wieder in Übung zu kommen und dann noch einen Braten zu schießen. Bleiben wir lieber bei den Fischen und versuchen später, mehr Pfeile zu schnitzen. Immerhin haben wir das Messer. Aber wer dieses Ding hier wohl gemacht hat?”

“Mich würde mehr interessieren, wer es hier ins Gebüsch gefeuert hat, und warum? Wovor sind die Leute davongelaufen, etwa vor deiner Mundharmonika?”

Sonja war noch immer schlechter Laune. Sie schaute sich um, als erwartete sie, daß die verschwundenen Männer hinter einem Baum hervorkommen würden, um eine Erklärung für ihr unverständliches Verhalten abzugeben. Und tatsächlich - zwischen den Stämmen, etwa dreißig Meter entfernt, stand ein Mann und beobachtete sie. Er mochte länger so gestanden haben, denn er verhielt sich so regungslos, daß er keinen Blick auf sich zog. Offenbar wartete er darauf, gesehen zu werden. Seine Arme waren nach außen gestreckt, mit den leeren Handflächen zu ihnen hin. Durch seine Ruhe wirkte die Geste wie ein Gebet. Er trug keine Waffe, aber einige Schritte hinter ihm steckte ein langer Speer mit der Spitze im Boden. Er hatte ihn wohl dort zurückgelassen. So starrten sie sich minutenlang an, Jens noch mit Pfeil und Bogen in der Hand.

Der Mann war jung. Er trug Fellkleider und Schmuck, eine Kette, Armbänder. Sein Gesicht war nicht so, daß die drei sich gefürchtet hätten. Aber sie fürchteten sich sehr, als sie bemerkten, daß er nicht allein war. Weiter hinten standen noch mehr Männer, gedeckt durch Baumstämme und Büsche. Und sie trugen ihre Speere in den Händen. Einige schienen außerdem gespannte Bögen zu halten. Es waren viele, zehn oder mehr. Wie sie lautlos und unbemerkt hatten so nahe kommen können, wußten die Drei nicht zu sagen. Der waffenlose Mann vor ihnen schien immer noch zu warten. Jens faßte sich ein Herz. Er legte den Bogen langsam auf die Erde und schritt, die Hände ausgebreitet, auf ihn zu.

Junger Mann:
Welches Schicksal wartet auf den Geist des Jägers nach dem Tod?

Alter Mann:
Der Tote verweilt unsichtbar im Land seiner Ahnen und zögert vor der unbekannten Reise. Ist sein Geist gerecht und mutig, neidet er den lebenden Brüdern ihr Leben nicht, und der Ruf Ech'higes lockt ihn nach Westen. Ist sein Geist böse, hält ihn der Neid bei den lebenden Brüdern fest, und diese müssen sich vor ihm hüten. Er fürchtet den Ruf Ech'higes und will nicht auf die Reise gehen. Schließlich flehen die Lebenden zu den guten Geistern, und der böse Geist wird vertrieben. Auch er geht auf die unbekannte Reise.

Junger Mann:
Wohin geht die Reise des Toten? Warum nennt man sie die unbekannte Reise?

Alter Mann:
Die Reise des Toten führt nach Westen in den Sonnenuntergang. Am Ende der Welt der Lebendigen, wo das Salzmeer das feste Land umgibt, sammeln sich die Geister der Toten auf dem Berg Ämä. Kein Lebender betritt diesen Berg, kein Baum wächst auf ihm. Der Ruf Ech'higes ist dort so laut, daß auch die Lebenden ihn hören und sterben würden. Die Toten folgen dem Ruf und fahren mit dem Ostwind über das Salzmeer davon. Bei Westwind sammeln sie sich und klagen, so daß alle lebenden Wesen im Land umher von Furcht gepackt werden. Darum wohnt niemand im Land um den Berg Ämä, auch die Tierbrüder nicht. Der Berg ist unbekannt, die Zeit der Reise ist

unbekannt, der Weg über das Salzmeer ist unbekannt. Nur die Toten wissen Ort, Weg und Zeit.

Junger Mann:
Wohin kommen die Toten auf der anderen Seite des Salzmeers?

Alter Mann:
Auf der anderen Seite des Salzmeers geht die Sonne hinter dem Rand der Welt unter. Der Ruf Ech'higes lockt die Toten über den Rand der Welt hinaus in die Dämmerung seines Landes, wo die Sonne nur von fern zu sehen ist. Im Land Ech'higes sind die Bäume wach und die Menschen und Tiere schlafen. Groß und schön sind seine Bäume, und wenn der Wind dieser Welt durch ihr Geäst fährt, singen sie mit vernehmlichen Stimmen, loben Ech'hige und beklagen das Übel der Menschenwelt. Im Wald Ech'higes gibt es keinen Hunger und keinen Durst, keine Jagd und keinen Krieg. Die Toten wandern umher. Schließlich legen sie sich, um zu schlafen, unter einen Baum. Im Schlaf öffnet sich der Geist und gibt alle seine Taten und alle seine Gedanken der Erde zurück. Die Bäume Ech'higes trinken die Gedanken und Taten der Toten aus der Erde. Aus den guten Taten und Worten wird gutes Holz, reiches Laubwerk und volles Grün. Aus den bösen Taten und Worten wird dürres Holz, ein verkrümmter Stamm, krankes Grün. Die Bäume Ech'higes gedeihen oder sterben, wie der Geist des Jägers sie tränkt und nährt. Niemand hat den Wald im Land Ech'higas jemals gesehen, er ist seltsamer als alle Wälder der Welt.

Junger Mann:
Wie lange schlafen die Toten im Wald jenseits des Randes der Welt?

Alter Mann:
Die Toten schlafen, bis Ech'hige sie weckt. Das ist noch nicht geschehen und wird noch lange nicht geschehen, denn Ech'hige

wartet auf den Geist aus der Welt der Lebenden. Wenn der Geist gut ist, freut er sich am Wachstum seines Waldes. Wenn der Geist böse ist und seine Bäume sterben läßt, wird er traurig. Aber solange das Übel nicht zu groß wird, ruft er die Toten in sein Land. Eines Tages wird die Bosheit der Menschen zu groß werden. Dann wird Ech'hige ein Netz auswerfen und die Sonne bei ihrem Untergang in sein Netz fangen. Er wird sie in sein Land ziehen, und in der Welt der Lebenden wird es dunkel und kalt werden. Der Winter wird nicht mehr weichen, und die Sonne wird nicht mehr höher steigen, bis alles Übel der Menschen bestraft ist. Die bösen Geister und die Dämonen werden die Welt beherrschen. Großer Hunger wird ausbrechen, und viele Tote werden unwillig auf die unbekannte Reise gehen, in das Land Ech'higes. Im Licht der Sonne wird Ech'hige dort den Wald hauen und roden. Er wird die dürren Stämme brechen, die kranken Äste abhauen und den gesunden Bäumen Licht verschaffen. Davon werden die Toten aufwachen, jeder unter seinem Baum. Die guten Geister werden sich freuen und Ech'hige Ehre erweisen. Die bösen Geister werden klagen, denn jeder Hieb, der ihren Baum trifft,schmerzt sie. Aber aus dem gereinigten Holz werden ihre Bäume wieder ausschlagen, und der Wald Ech'higes wird ganz und gar gut sein. Dann wird er die Sonne auf eine neue Bahn schicken und eine Brücke über das Salzmeer schlagen, so daß die Welt der Toten und die Welt der Lebenden eins werden. Mit allen tapferen Kriegern aus seinem Land, mit allen guten Göttern wird er über das Salzmeer kommen. Die bösen Geister und die Dämonen werden sich zu einer großen Schlacht sammeln. Aber im Licht der Sonne wird der Sieg Ech'hige gehören. Nichts Böses wird übrig bleiben in der Welt der Menschen. Dann werden die Tierbrüder singen, und Ech'hige wird alles verwandeln.

Junger Mann:
Wie wird die verwandelte Welt sein?
Werden die Tierbrüder dann wieder an den Feuern der Menschen sitzen?

Alter Mann:
Es gibt Fragen, wo es keine Antworten gibt. Denke daran: Die guten Taten und Gedanken des Jägers halten die Sonne auf ihrer Bahn über der Welt der Lebenden. Die schlechten Taten und Gedanken bringen das Ende näher. Mehr zu wissen ist nicht gut für den, der jagt.

Dialog aus der "Jagdesoterik" der Sonmani

Kapitel 2

I.

Beska hatte die zweite Wache in dieser Nacht. Ein klarer Sternenhimmel wölbte sich über Bäume und Hütten. Es war trotzdem dunkel, der Mond war bereits untergegangen. Beska nahm den Platz A'kires an der westlichen Palisade ein. Der alte Jäger berichtete ihm flüsternd. Kein Zeichenfeuer sei auf den Gipfeln im Norden und Süden aufgeflammt. Kein menschlicher Laut sei zu hören gewesen. Im Norden, weit entfernt, habe der Wisent gebrüllt. Vielleicht habe ein Bär die neugeborenen Kälber angegriffen und sei vor die Hörner der Kühe geraten. Das Heulen der Wölfe im Osten sei nicht nähergerückt. Der Graubruder suche, so scheine es, seine Beute abseits der Wege der Jäger. A'kire warf einen vielsagenden Blick auf Beskas Mantel. Beska lächelte.

"Den Sommerpelz kann der Graubruder in Ruhe tragen. Im Winter muß er um sein Fell mit mir kämpfen", flüsterte er dem alten Krieger zu.

Beskas Totem war der Fischadler. Daher durfte er den Wolf töten. Trotz seiner Jugend und seiner Priesterschaft galt er als kühner und kenntnisreicher Wolfsjäger. Gegen die Kühle der Nacht hatte er einen Mantel aus drei prächtigen Fellen umgehängt. A'kire trug einen weiten, weich gegerbten Hirschmantel. Der Pelz des Graubruders war für ihn tabu. Er gehörte zum Clan der Wölfe, einem der vier großen Totems der Sonmani. A'kire war müde und wollte nicht plaudern. Er war ein berühmter Krieger, aber auf Wache spürte er die Jahre. Er rief seinen Hund zu sich und verschwand im Dunkel zwischen den Hütten. Beska schwang sich auf die rohe Plattform hinauf, die zwischen den Ästen der Ulme am Rand des Dorfes gezimmert worden war. Nach kurzem Überlegen zog er seinen Hund zu sich hoch. Mondauge konnte dort oben den Wind besser prüfen. Er wehte sanft von Südwesten. Wenn er noch weiter drehte, würde es Regen geben. Beska flüsterte den üblichen Segenswunsch: "Was der Wächter nicht hört, hört sein Hund. Was der Wächter nicht sieht, wittert sein Hund." Er strich Mondauge über den struppigen Kopf. Ein zweiter Jäger, ein zweiter Hund wachten auf der anderen Seite des Dorfes, gegen den Berg zu. Beska zog seinen Wolfsmantel um sich.

Er rechnete nicht mit einer Gefahr. Wer sollte ihr Dorf mitten im Land der fünf Ratsfeuer angreifen? Im Westen, weit jenseits des großen Stroms, jagte ein anderer Stamm, der ebenfalls zum Bund der fünf Ratsfeuer gehörte. Mit ihm gab es keinen Streit. Im Osten, über den Bergen, wohnte ein weiterer Stamm der fünf Ratsfeuer zusammen mit befreundeten Völkern. Friede herrschte auch mit den Stämmen im Südosten, bei den großen Seen, so verschieden sie von den Sonmani waren. Aber man konnte sogar ihre Sprache noch verstehen, auch wenn sie seltsam klang. Im Norden lagen viele andere Dörfer ihres Stamms, bevor die Gegend begann, in der man auf die Jäger der Axtleute treffen konnte. Die Axtleute - jeder Wächter dachte zuerst an sie. Es war immer damit zu rechnen, daß kleine Gruppen von ihnen auf ihren Raubzügen tief in das Land der Sonmani eindrangen.

"Räuber", dachte Beska. Unwillkürlich spähte er schärfer ins Dunkel unter den hohen Bäumen am Fuß des Abhangs.

"Feiglinge, schleichende Füchse. Im offenen Kampf fliehen sie, aber heimlich lauern sie auf Frauen, Kinder und einzelne Jäger."

Er wußte, daß niemand es mit den Axtleuten im Schleichen und Spähen aufnehmen konnte. Aber wenn die Sonmani ihre Speere offen in das Land der Feinde trugen, dann siegten sie meist. Zusammen mit den anderen Stämmen der fünf Ratsfeuer konnten sie auch viel mehr Krieger aufbieten. Die Axtleute suchten den offenen Kampf zu vermeiden. Sie kannten das Kriegsgeschick und den Kampfgeist der Sonmani nur zu genau. Sie wollten Beute, am liebsten junge Frauen, aber auch Kinder und junge Männer.

Gleichwohl - niemals würde ein kleiner Räubertrupp es wagen, nachts in ein Dorf voller Jäger und Hunde einzudringen.

Beska schüttelte die müßigen Gedanken von sich ab. Die Nachtluft weckte seine Sinne immer mehr auf. Sie waren nach draußen gerichtet, in das Schattenland unter den Bäumen jenseits der Palisade aus Baumstämmchen und Dornen. Die Laute des nächtlichen Waldes waren ihm bekannt. Er hörte sie alle und nahm sie doch nicht wahr - nichts Bemerkenswertes war dabei. Er dachte an die langen Tage und Nächte, die er halb träumend, müde und hungrig im Wald zugebracht hatte. Damals hatten die Geister aller Lebewesen zu ihm geredet. Die Geister der Bäume, der Felsen, der Tiere, der Flüsse und der Winde. Nur die Gestirne waren zu fern und zu erhaben. Ihre Stimme hörte kein Mensch auf Erden. Einmal war er in einer Vision selbst Ona, dem Gott des großen Stroms, begegnet, in der Gestalt eines riesigen Fischadlers, seines Totems. Er hatte mit ihm gesprochen, in einer ähnlichen Frühlingsnacht wie heute, drunten am Ufer des Stroms. Danach war er ein Priester der Sonmani geworden. Seine Worte wurden in der sichtbaren und der unsichtbaren Welt gehört. Er konnte - wenn die Zeit da war und er Kraft hatte - heilen oder zerstören.

Seit dieser Einweihungszeit kannte aber auch niemand den nächtlichen Wald besser als er, so jung er noch war. Viele Nächte hatte er schon vor der großen Traumreise allein unter den Bäumen zugebracht. Beska dachte daran, wie oft ihn der alte Priester Iska mitgenommen und wie oft er ihn später allein hinausgeschickt hatte. Ihm war es zu verdanken, daß er mit den wehrhaften Tieren richtig sprechen konnte, ohne sie zornig zu machen. Er hatte ihm die Worte vorgesagt, die die Geister der guten Ahnen um Schutz baten. Auch wie man sich an seinen Tierbruder wandte, wußte er von dem alten Mann. Er hatte nichts von dem vergessen, was Iska ihn gelehrt hatte. Seit dieser im vorletzten Winter auf die unbekannte Reise gezogen war, war Beska allein Priester. Das Dorf brauchte und achtete ihn, obwohl sein Totem nicht viel galt, und obwohl er jung war. Die Geister der Ahnen behüteten ihn. Und die Götter schickten ihm kein Unglück. Oder noch kein Unglück? Beska, gewohnt, seine Ahnungen für wichtig zu halten, dachte nach. Dabei waren seine

Sinne weiter nach außen gerichtet. Mondauge döste ruhig neben ihm. Warum bin ich unruhig? Beska spürte keine Bedrohung. Keine Dunkelheit lag auf dem schattenhaften Weg zu den kommenden Tagen und Monaten. Seine Unruhe kam von innen. Und in einer solchen Nacht, allein, ohne Gespräche und Lieder, fühlte er die Unruhe am stärksten. Der alte Priester konnte ihn nichts mehr lehren. Sein Geist, voller Güte und Weisheit, war schnell nach Westen gezogen. Beska schaute in die nächtliche Ferne und suchte den Geist des Freundes. Aber das Dunkel antwortete nicht. Wo ruhte der Geist wohl in dieser Nacht?

"Die Sterne sehen ihn vielleicht. Aber reisen sie über den Rand der Welt hinaus? Oder folgen sie der Sonne auf ihrer unterirdischen Bahn? Und die Sterne tragen keine Botschaft. Oder ich weiß nichts davon."

Beska blickte hinauf. Die Sterne hatten sich eine Handbreit weiter bewegt, seit er aus seiner Hütte getreten war. Er fühlte sich traurig. Aber es war eine Trauer, mit Sehnsucht gemischt, die er nicht vertreiben wollte. Sie paßte zu dieser Nacht wie der Trommelklang zu den Liedern der Frauen. Vielleicht kam einer der Zauberer in das Dorf? Vielleicht gab er ihm eine Antwort auf seine Fragen? Aber die Zauberer wanderten selten. Und aufsuchen durfte man sie nicht - oder nur in großer Not. Ob er mit seinen Fragen kommen könnte? Wahrscheinlich nicht. Die Fragen waren es, die ihn unruhig machten. Aber da war auch noch eine andere Sehnsucht, die er nicht benennen konnte. Er konnte sie nur in einem Lied ausdrücken. Seine Freunde von früher sangen ihre Lieder in diesem Frühling für die Mädchen. Beska sehnte sich oft nach einem Mädchen. Aber er hatte bisher für keine gesungen, auch für Eri nicht. Und seit er Priester geworden war, hatte er auch keine heimlichen Verabredungen mehr getroffen, wie es die Jugendlichen taten. Keines der Mädchen wartete auf ihn, wenn er allein auf Jagd ging. Sie hätten es bemerkt, die Klatschmäuler. Sie flüsterten einander zu, Beska werde bald zu den Zauberern gehen. Vielleicht hatten sie recht. Aber das Dorf konnte nicht ohne Priester sein, und sein einziger Schüler war noch viel zu jung. Er war noch nicht einmal ein Jäger. Beska trank die klare Nachtluft tief in sich hinein und lauschte ins Dunkel.

Von einem hohen Baumgipfel kam immer wieder dumpfes Geschrei. Stimmen der geflügelten Waldgeister, sagte man den kleinen Kindern, um sie davon abzuhalten, das Dorf nachts zu verlassen. Beska kannte die Bettellaute der jungen Waldohreulen, wie jeder Erwachsene im Dorf. Auch den Waldkauz hörte man hier und dort rufen: "Buhu, Buhu." Beska achtete nicht darauf, und Mondauge rührte sich nicht. Das melodische Singen der kleinen Unken unten an den Hochwasserteichen hatte bereits aufgehört. Der Morgen war näher als der Abend. Da richtete sich Mondauge plötzlich auf.

Seine Schnauze zeigte in die Dunkelheit hinaus, nach Süden. Er zitterte, aber er bellte nicht. Beska hatte ihn gelehrt, auf der Jagd stumm zu bleiben und das Wild nicht zu warnen. Auch er meinte jetzt, weit entfernt, ein Geräusch zu hören. In einer Hütte bellte ein junger Hund los, andere fielen ein. Das Dorf wurde wach, daran war nichts zu ändern. Hören konnte Beska in dem Lärm nichts mehr, Mondauge bellte jetzt mit. Bis die Hunde schließlich zur Ruhe gebracht waren, verging einige Zeit. Die Jäger, die inzwischen überall hinter den Palisaden standen, Speer und Bogen in Händen, konnten draußen nichts Verdächtiges entdecken.

Beska berichtete dem Häuptling, Per'kea, von den Lauten im Süden. Mehrere Jäger meinten, noch mehr Lärm von weither zu hören, konnten aber nicht sagen, um was es sich handelte. Die Hunde wußten mehr, das war sicher. Sie knurrten und sträubten ihr Fell. Das galt Menschen oder großen Raubtieren, wahrscheinlich Menschen. Per'kea entschloß sich, beim ersten Morgenlicht einen Trupp der Jäger nach Süden zu führen. Einige waren zur Hirschjagd hinauf ins Felsental gestiegen, aber fünfzehn Männer konnte das Dorf noch entbehren. Beska bot sich an, mitzuziehen, obwohl man das von ihm, dem Priester, nicht verlangt hätte. Aber er war neugierig. Per'kea stimmte zu und verschwand im Dunkeln, um die anderen Männer zusammenzurufen. A'kire würde dabeisein, und Harka, Beskas älterer Halbbruder. Ihr Vater hatte zwei Frauen gehabt. Er war ein sehr guter Jäger gewesen. Aber die Kinder zweier Mütter und eines Vaters verbindet selten Liebe. So sagt das Sprichwort, und so war es auch zwischen Beska und

Harka. Per'kea würde während des Zuges auf sie achten müssen, um die Geister der tapferen Ahnen nicht zu erzürnen.

Jemand entzündete das Feuer auf dem Dorfplatz. Beska setzte sich zu der Gruppe, die sich im Licht sammelte. Einige Jäger standen noch an den Palisaden, und die Hunde wurden ruhiger. Eri, die junge und hübsche Base seiner Halbgeschwister, bot ihm ein Stück Fleisch an. Aber er lehnte ab. Er wollte nicht mit gefülltem Magen jagen, nahm aber einen Becher Wasser von ihr. Wahrscheinlich würde Harka sich wieder ärgern. Seit dem Tod ihres Vaters war Harka der Beschützer Eris, und wäre wohl gerne noch mehr gewesen. Er hätte um Eri werben können, da sie als Tochter seines Onkels ein anderes Totem hatte. Eri gehörte zu den Ottern, Harka zum Bärenclan - einem der vier großen Totems. Aber Eri konnte Harka nicht besonders gut leiden. Dagegen mochte sie Beska, und er hatte sie ebenfalls gern. In mancher Hinsicht war Eri Harka allerdings nicht unähnlich. Sie war stolz und ließ sich nicht leicht etwas sagen. Beska dachte darüber nach, während er Eri (und einem Kreis aufmerksamer Zuhörer) von den Geräuschen drunten im Süden berichtete. Als der Morgen näherrückte, bat er Eri und die anderen Frauen, das Feuer zu verlassen. Er konzentrierte sich, atmete tief und schwer und ritzte dann eines der mächtigen Zeichen vor sich in die Erde, die dem inneren Sehen dienen. Wie er es von Iska gelernt hatte, folgte sein Geist den Linien in die Ferne. Die Männer rückten beiseite, um ihn nicht zu stören.

Als sein Geist zurückkehrte, sah Beska den Häuptling neben sich sitzen. Er verlangte einen Becher Wasser und trank langsam und durstig. Dann beantwortete er die stumme Frage Per'keas.

"Ich kann dir nichts sagen, nichts von Glück, nichts von Unglück. Wenn wir wissen wollen, was geschehen ist, müssen wir gehen und nachschauen. Mein Geist drängt auf den Weg des Kriegers, nicht auf den Weg des Sehers." Er lachte.

"Ein gutes Zeichen", meinte Per'kea.

"Ich gehe den Weg gerne, den du gehen willst. Nimm deinen Speer, junger Priester, es wird hell hinter den Bergen. Wenn man die Blätter des letzten Jahres am Boden unter den Bäumen unterscheiden kann, ziehen wir los. Nimm Mondauge mit, ich bringe Halbohr.

Mehr Hunde brauchen wir nicht. Die anderen Männer tragen Bogen, fünf nehmen auch die Schilde, man kann nie wissen. Wir führen die Hunde. Versuche die Richtung zu treffen, aus der der erste Laut kam. Und laß' den Mantel da, er macht dich zu würdig."

Beska nahm ihm den Spott nicht weiter übel. Per'kea war ihm gegenüber unsicher. Er wußte nicht, ob er den jungen Mann mit dem Respekt behandeln sollte, die dem Priester zukam, oder mit der Jovialität, mit der er die jungen Jäger anführte. Aber im Grunde mochten sie sich. Und wer würde auch mit dem schweren Mantel im Frühlingswald jagen! Per'kea ging fort, um dem ältesten der zurückbleibenden Jäger einige Anweisungen zu geben. Vor allem sollte er, sobald es heller Tag war, einen Mann hinauf zum Zeichenfeuer schicken, um im Notfall schnell Hilfe herbeirufen zu können. Der alte Mann nickte. Beska ging zu seiner Hütte. Er hängte den Mantel auf, nahm den langen Eschenspeer von der Wand und trat ins Freie. Er reckte sich, hob den Speer hoch in die Luft und sprach ein Segenswort. Die gehärtete, helle Spitze, aus dem Röhrenknochen eines Bären sorgfältig geschliffen, färbte sich rosa. Der Sonnenaufgang! Beska rief Mondauge zu sich und schloß sich den Jägern an, die durch das geöffnete Gatter schritten, den rund um die Palisaden laufenden Graben übersprangen und im Wald verschwanden. Hinter ihnen hängten die alten Frauen die Zauberknochen an das Tor. Die Art, wie der Wind sie bewegte, zeigte den zuhause Gebliebenen das Schicksal der Jäger an - wenn man die Bewegungen zu lesen verstand. Die ältesten Frauen setzten sich an die Palisade, um die Knochen zu beobachten. Zwei der Jäger bezogen die verlassenen Hochsitze der Wachen. Der Alltag im Dorf begann.

2.

Sobald die Sonne über dem Horizont erschien, löste sich der Dunst unter den Bäumen auf. Die Geräusche des nächtlichen Waldes wurden vom Gesang unzähliger Vögel abgelöst. Die fünfzehn Männer zogen in schnellem Marsch auf einem Jagdpfad nach Süden, auf dem kein Unterholz sie aufhielt. Tief atmeten sie die morgendliche Frühlingsluft ein, die nach jungem Laub und frischen Kräutern roch. Sie alle spürten, wie in jedem Frühling, die vermehrte Lebenskraft der Welt. Es würde ein schöner Tag werden, und mit der Helligkeit der Sonne nahm ihre Unternehmungslust zu. Beska zog mit Per'kea voraus. Sie führten ihre Hunde an der Leine. Den Speer trugen sie über der linken Schulter, ebenso wie die übrigen Jäger. Speerleute - so nannten die anderen Völker die Sonmani. A'kire und vier weitere Männer trugen lederne Rundschilde auf dem Rücken, falls es zum Kampf Mann gegen Mann kommen sollte. Andere führten Pfeil und Bogen mit sich. Bisher aber waren sie auf keine bemerkenswerte Spur gestoßen.

Der Pfad bog nun auf einer langgestreckten, flachen Höhe etwas nach Osten aus, um eine sumpfige Niederung zu umgehen. Ein Saum hoher Erlen, weiter entfernt offenes Land mit Binsen und Weidengestrüpp, zeigten das Überschwemmungsgebiet des kleinen Moosbachs an. Der immer noch südwestliche Wind trug den Hunden vom Sumpf her eine Witterung zu; sie drängten in diese Richtung. Die Jäger zögerten kurz, aber das Verhalten der Hunde wies auf ein Wild hin. Schließlich gingen sie auf dem südlichen Pfad weiter, trotz der Unruhe der Hunde. Bald trafen sie auf eine ganz frische Elchspur. Diese Beute hatten die Hunde gewittert. Sicherlich war das Tier beim ersten Licht aus dem Wald in den Sumpf gezogen, um die jungen Weidentriebe abzuäsen. Nach der Spur schätzen die Jäger sein Gewicht auf das von vier Männern. Elche traf man im Stromtal immer wieder an. Aber so nahe am Dorf konnte man sie nicht oft erlegen. Wenn es ein Bulle war - und die Spur sah so aus - würde die Jagd reizvoll und lohnend sein. Natürlich jagte niemand im Frühling eine Kuh, höchstens aus großer Not. Aber ein Elchbulle so nahe am Dorf - das sah nach einem besonderen Geschenk des Stromgottes aus. Allerdings - A'kire machte diesen Einwand - wäre die Jagd zeitraubend. Im Sumpf muß man abwarten, bis das Wild gut steht. Oder man muß es langsam treiben. Per'kea erinnerte die anderen Männer daran, daß sie schon aus Vorsicht zuerst weiter nach der Ursache der nächtlichen Störung zu suchen hätten. Harka schlug eine Trennung vor. Er hätte gerne eine kleine Jägergruppe hinter dem Elch hergeführt. Aber

Per'kea wollte davon nichts wissen. Nach kurzer Debatte setzten sie alle den Weg nach Süden fort.

Schon wenige Minuten später zeigten die Hunde eine weitere Spur an. Bei sorgfältiger Betrachtung ergab sich, daß hier vor kurzer Zeit zwei Menschen gegangen waren, die wenig Abdrücke hinterlassen hatten.

"Nur zwei", murmelte Harka vor sich hin. "Wir hätten den Elch ruhig holen können."

"Ewiger Rechthaber!" schnauzte A'kire ihn an. "Am Ende der Jagd bewertet man, was man getan hat, nicht in der Mitte. Wir wollen sehen, was diese Spur für uns bedeutet."

In Wirklichkeit waren alle, auch Harka, gespannt. Selbst wenn es sich um Freunde handelte - warum hätten diese mitten in der Nacht solchen Lärm machen sollen? Und für Feinde galt das natürlich erst recht. Sie folgten der Spur, jetzt mit großer Vorsicht. Die Hunde hatten keine Schwierigkeiten, die Witterung zu behalten. Sie führten die Männer nach Westen, durch einen Eichenwald mit trockenem, laubbestreutem Boden. Das Unterholz aus Haselnußbüschen, Holunder und Traubenkirschen war stellenweise ziemlich dicht und bot viele Verstecke. Die frischen Blüten der Traubenkirschen verströmten einen betäubenden Duft. Immer wieder rieselten ganze Wolken weißer Blütenblätter auf die Männer herab. Schließlich band Per'kea seinen Hund, Halbohr, von der Leine los und ließ ihn vorauslaufen. Er verschwand hechelnd im Unterholz. Kurze Zeit später zeigte lautes Gebell an, daß Halbohr das Ende der Spur erreicht hatte. Auf einige Worte Per'keas hin verteilten die Männer sich und drangen in einer lockeren Reihe durch das Unterholz vor. Jeder bemühte sich um Deckung. Weit voraus konnte man nirgends sehen. Schließlich hatte Beska den Hund wieder im Blickfeld. Er drückte sich in ein Holundergebüsch und bellte scheinbar eine mächtige Eiche an. Das schrille Gebell und die zurückgelegten Ohren zeigten, daß er Angst hatte. Einige Schritte weiter löste sich das Rätsel. Am Stamm der Eiche lehnte aufrecht ein Mann. Er bewegte sich nicht. In den Händen trug er nur einen derben Stock, mit dem er Halbohr offenbar abgewehrt hatte. Das Gesicht war mit rotbraunen Streifen bemalt. Eine ähnliche Verzierung schmückte das lederne Hemd. Einer der

Axtleute! Aber Beska sah keine Waffe, außer einem kurzen Steinmesser am Gürtel. Er vermutete eine Falle. Auch Per'kea war vorsichtig und hörte auf Beskas laute Anweisung, die Umgebung zu durchsuchen. Schließlich trat der Häuptling mit gesenktem Speer vor und richtete die Spitze auf die Brust des Feindes. Der Mann hatte offenbar nichts anderes erwartet. Er mußte gewußt haben, daß der Hund die Verfolger zu ihm führen würde. Widerstandslos ließ er sich von zwei Sonmani binden und auf die Erde legen. Dabei wurde auch deutlich, warum der Mann nicht geflüchtet war. Sein rechter Knöchel war aufgeschunden und stark geschwollen. Er konnte nicht ohne große Schmerzen auftreten. Auch sonst wies er Schrammen und blaue Flecken auf, das Lederhemd war mehrfach zerrissen. Waffen trug er nicht - was einen Raubzug ausschloß. Beska hatte den Eindruck, als ließe die Gefangennahme den Mann merkwürdig unberührt. Wenn man an die Lügengeschichten dachte, die sich die Axtleute von der Grausamkeit der Sonmani erzählten, um von ihren eigenen Schandtaten abzulenken, war das seltsam genug. Warum hatte der Gefangene nicht mehr Angst?

Unter den Jägern befanden sich mehrere, die einige Worte von der Sprache der Axtleute verstanden. Aber man brauchte diese Dolmetscher nicht, weil der Gefangene bereit war zu reden und die Sprache der fünf Ratsfeuer recht gut beherrschte. Was der Mann zu erzählen hatte, war merkwürdig genug: Er habe mit einem Kameraden in der Nacht einen Feuerschein im Wald gesehen, auf einem kleinen Hügel. Sie seien nähergeschlichen und hätten sich im Gebüsch am Fuß des Hügels versteckt. Über ihre Absichten dabei sagte er nichts, jeder kannte sie. Die beiden Axtleute waren junge, unverheiratete Männer auf Raubzug. Sie verschafften sich damit Anerkennung in ihrem Stamm, und gute Beute steigerte ihre Heiratschancen.

Bei den Axtleuten mußte ein Mann, der ein Mädchen heiraten wollte, einen Brautpreis an ihre Familie bezahlen. Bei den Stämmen der fünf Ratsfeuer dagegen zog der Mann zu der Familie des Mädchens, das er heiraten wollte, und die Familie gab ihnen eine Mitgift. Ein guter Jäger fand immer eine Frau, er mußte nicht erst rauben und morden.

Damit war es für den Gefangenen allerdings vorbei. Er hatte an dem nächtlichen Feuer nicht, wie er gehofft hatte, einen einzelnen Jäger oder gar eine reisende Familie getroffen. Vielmehr hätten drei Menschen dort gesessen, oder Wesen, die wie Menschen aussahen. Eines in der Gestalt einer großen Frau mit blondem Haar, zwei in der Gestalt von Männern, beide groß und der eine größer als jeder lebende Mensch. Sie seien manchmal aufgestanden und umhergegangen. Sonst hätten sie sich in einer fremden, seltsamen Sprache unterhalten. Ihre Kleidung sei im Feuerschein nur schwer zu erkennen gewesen, aber sie sei anders gewesen als alles, was irgendein Mensch je gesehen habe. Das Beil, mit der das eine Wesen das Holz für das Feuer zerhackt habe, habe geglänzt wie Eis im Winter. Es müsse ein Zauberwerkzeug gewesen sein. Schließlich seien die drei Wesen an ihrem Feuer eingeschlafen.

Den Mann schien es geradezu zu erleichtern, sein Erlebnis zu berichten. Selbst die Todfeinde waren ihm lieber als die Schreckenswesen der Nacht, das wurde Beska deutlich. Per'kea, ein kluger Mann, sah ebenfalls, daß der Gefangene wohl die Wahrheit sagte. In der hellen Morgensonne war es schwer, die Ängste der Nacht nachzufühlen. Trotzdem schauten die Jäger unbehaglich um sich.

"Was habt ihr getan?" wollte A'kire von dem Axtmann wissen. Seine Stimme klang ruhig und ein wenig spöttisch. Der alte Krieger hatte wirklich unerschütterlichen Mut.

"Ich merke, daß du die Wahrheit erzählst, so wie du sie verstehst. Aber das furchtsame Auge eines Axtmannes im Dunkel der Nacht kann leicht Dinge gesehen haben, vor denen ein tapferer Sonmani nicht geflohen wäre. Deshalb glaube ich zwar deine Geschichte, aber noch lange nicht daran, daß ihr Geistern oder Göttern begegnet seid."

Die Bemerkung A'kires war ebenso an die eigenen Krieger wie an den Gefangenen gerichtet. Tatsächlich murmelten die anderen Männer Zustimmung und faßten ihre Speere fester. Ihr momentanes Unbehagen verflog. Der Axtmann antwortete mit einem Anflug von Trotz:

"Wir sind nicht geflohen. Wir waren lange Zeit nicht sicher, ob wir es nicht doch mit Menschen zu tun hatten. Schließlich, als die drei Wesen nicht mehr miteinander sprachen, wollten wir sie im Schlaf angreifen. Wir dachten daran, die beiden Männer zu erschießen und die Frau mitzunehmen. Wir hatten die Bogen aber noch nicht gespannt, um besser durch das Gebüsch zu kommen. Wir wollten sie spannen, ohne ein Geräusch zu verursachen. Ein Zauber, von dem wir nichts gemerkt hatten, schützte die Geister oder Götterwesen jedoch. Denn als wir die Bögen in die Hand nahmen, bemerkte das kleinere der Männerwesen die Gefahr. Es hob die Hände an den Mund, irgend etwas glänzte darin. Dann sang es ein Zauberlied, wie ich es noch niemals gehört habe. Es waren keine Worte, eher wie die Stimme einer Flöte. Aber es war keine Musik, wie Menschen sie machen können. Die Zaubermelodie ließ einen furchtbaren Schrecken auf uns fallen. Wir rannten davon. Dabei verlor ich meine Axt und verletzte den Fuß bei einem Sturz. Als die Nacht vorbei war, konnte ich nicht weitergehen. Darum habt ihr mich gefangen. Das Zauberlied hat meinen Weg verdunkelt. Tötet mich, dann erfüllt sich der Fluch!"

Per'kea dachte nicht daran. Der Gefangene konnte ihm lebend viel mehr nützen. Aber dann stutzte er:

"Wo ist der andere Mann? Wo ist dein Bogen?" Zu spät fielen Per'kea diese wichtigen Fragen ein.

"Er hat mir bis hierher geholfen. Als wir den Hund hinter uns hörten, ließ er mich hier und rannte weiter. Ich gab ihm Bogen und Pfeile mit. Er ist jung und schnell, ihr werdet ihn nicht mehr einholen. Ich trage den Fluch allein, damit er entkommen kann. Er ist mein Vetter mütterlicherseits, mein Totemvetter. Ihr werdet ihn nicht mehr einholen. Tötet mich."

Per'kea war wütend. Aber so unbeherrscht war er nicht, den Axtmann deswegen umzubringen. Insgeheim bewunderte er seinen Opfermut, selbst wenn dieser mehr oder weniger der Verzweiflung zuzuschreiben war. Die anderen Männer dachten ähnlich. Jeder Sonmani wußte eine männliche Tat zu schätzen. Allerdings hatte der zweite Axtmann tatsächlich einen ziemlichen Vorsprung. Trotzdem schickte Per'kea drei der schnellsten Läufer mit den beiden Hunden los, um die Spur zu verfolgen. Beska behielt er bei sich. Er dachte an die Geschichte von den drei Zaubergeschöpfen. Es war besser, der

Priester stand ihm zur Seite, falls noch etwas von dem Zauber wirksam war. Er trat einen Schritt zurück und besprach sich kurz mit Beska und A'kire. Sie beschlossen, den Axtmann mit zwei Leuten zurück ins Dorf zu schicken. Mit einer Krücke konnte er hinreichend gehen. Und Schmerzen würden ihm nichts schaden, er war ja nur ein Axtmann. Sie fanden keinen Grund, sich an ihm persönlich zu rächen. Darum sollte man ihn anständig behandeln. Wahrscheinlich würde man ihn gegen eigene Gefangene der Axtleute austauschen können. Aber das konnte warten.

Per'kea selbst wollte mit A'kire, Beska und den übrigen Männern mit die Spur der Axtleute zurückverfolgen. Dieser Entschluß war nicht allen seinen Leuten recht. Einige hätten den Hügel der Zauberwesen lieber sich selbst überlassen. Die Geschichte des Axtmannes hatte ihre Ängste neu geweckt. Die beiden Männer, die den Gefangenen ins Dorf zu führen hatten, waren nicht unglücklich darüber.

"Redet über eure Heldentaten, soviel ihr wollt. Aber laßt den Elch in Ruhe! Tessa kann mit seinen Hirschjägern eigentlich erst morgen wieder zurück sein. Wenn er doch heute noch kommt, schickt uns einige ausgeruhte Leute entgegen."

Per'kea kannte seine Männer. Beska dachte nicht zum ersten Mal, daß er ein besonnener, fürsorglicher Mann war, ein Glück für das Dorf. Es war diese Fürsorge, die Per'kea nicht ruhen ließ, bis er wußte, was vor sich gegangen war. Eine Gefahr - käme sie von Menschen oder Geistern - konnte er nicht unbeachtet lassen. Er gab das Zeichen zum Aufbruch. Diesmal setzte sich A'kire an die Spitze. Er war der beste Spurenleser. Und die Geister schreckten ihn sehr viel weniger als die übrigen Jäger. Die Sonne schien warm zwischen die Bäume herab, sie stand schon hoch.

Die Fähigkeiten A'kires wurden bald nicht mehr benötigt. Die Axtleute hatten eine Fährte getrampelt wie ein wütender Wisent. Die Verfolger fanden eine Provianttasche, die die beiden weggeworfen hatten. Einer der Jäger hob sie mit dem Speer auf, schaute hinein, und warf sie verächtlich von sich. Das verräucherte Trockenfleisch der Axtleute sollten die Waldmäuse fressen. Aber sie wurden immer vorsichtiger, je näher sie dem Hügel kamen. Sie kannten den Hügel alle und hatten oft auf ihm Rast gemacht; es war ein trockener und warmer Ort. Aber jetzt gingen sie nur langsam weiter und spähten in alle Richtungen. Nach kurzer Zeit hörten sie vor sich Stimmen. Sie unterhielten sich in einer unbekannten Sprache, und es waren zwei Männer- und eine Frauenstimme. Mancher der Jäger wäre jetzt ebenfalls gerne gerannt, hätte er damit nicht die Kameraden verloren. Beska befand sich inzwischen vorne bei A'kire. Er schlich geräuschlos weiter. Er wollte die Wesen sehen, die dort vorne sprachen. A'kire folgte ihm, Per'kea zögerte. Die anderen Männer blieben zurück.

Schließlich erreichte Beska ein dichtes Büschel von Hainbuchenschößlingen am Fuß eines gestürzten Stammes, das ihm Deckung bot. Vor ihm wurde das Unterholz lichter. Er sah die drei Wesen dicht beieinander stehen. Sie beachteten ihre Umgebung nicht. Der kleinere der Männer hatte die Axt in der Hand, die der Angreifer in der Nacht verloren hatte. Sie sprachen darüber in einer unverständlichen Sprache, aber ihre Gesten waren deutlich: Sie kannten die Waffe nicht und debattierten darüber, um was es sich handelte. Die Frau beteiligte sich eifrig. Ihre helle Stimme war gut zu unterscheiden. Sie trug das Haar lang und nach hinten gebunden wie die Frauen der Sonmani. Aber ihre Kleidung war völlig anders und wunderbar: Ein glänzend blaugefärbter Mantel aus einem Leder, wie Beska es nie gesehen hatte. Die geschickteste Färberin der Sonmani hätte so etwas niemals zustande gebracht. Und das Hemd darunter war ebenso farbig, rotgelb wie der Sonnenuntergang. Das war kein böser Geist oder Dämon. Die Nähe von Dunkelheit und Bosheit hätte Beska sofort gespürt. So farbenfroh, so lebhaft in der Morgensonne, konnte kein Nachtgeist umhergehen. Aber waren es Menschen? Götter können Menschengestalt annehmen, wenn es ihnen gefällt. Es gab Geschichten genug darüber. Und die Kleider waren nicht so, wie Menschen sie tragen. Beska zitterte innerlich, wie er gezittert hatte, als ihm die Vision des Stromgotts begegnet war. Aber das war keine Vision: Es war heller Morgen. Und jeder seiner Begleiter sah, was er sah. Per'kea war neben ihn geschlichen. Schweiß stand ihm auf der Stirn.

Beska bedeutete ihm mit einer Handbewegung, zu warten. Der Zwiespalt von Angst und Faszination hielt ihn fest. Er betrachtete nun die Männer genauer. Ihre Kleidung war ähnlich wie die der

Frau, wenn auch weniger bunt. Trotzdem: das dunkle Grün der Mäntel hatte er noch nie gesehen. Hätten die Wesen sich wie Jäger verhalten und auf gute Deckung geachtet, wären sie in diesen Mänteln schwer auszumachen gewesen.

Die Gruppe war inzwischen einige Schritte nähergekommen, der kleinere Mann voran. Aus einem Gebüsch zog er den ungespannten Bogen der Axtleute hervor. Wieder debattierten sie darüber. Der kleinere Mann spannte den Bogen und legte einen Pfeil auf. Er wollte offenbar zeigen, wie der Bogen zu benutzen sei. Seltsam! Auch der Pfeil - ein gewöhnlicher Kriegspfeil mit Widerhaken - wurde eingehend betrachtet. Beskas Angst schwand. Vielleicht waren es doch Menschen? Sie redeten genau wie Menschen miteinander, nicht wie mächtige Götter. Er glaubte sogar, eine gewisse Unruhe und Angst in den Gesichtern zu erkennen. Der andere Mann war sehr groß. Aber so groß, wie ihn die Angst der Axtleute im Flackerlicht des Feuers gemacht hatte, war er auch wieder nicht. Es mochte solche Männer geben, selbst unter den Sonmani. Auch der kleinere Mann war noch groß genug, größer als die meisten Sonmani. Und die Frau ebenfalls. Aber er hatte solche Frauen schon gesehen. Die Haare der Männer waren dunkler als das der Frau, aber nicht so dunkel wie bei den Pflanzern aus dem Süden. Die Hälfte der Sonmani hatte solches oder ähnliches Haar. Nur daß es bei den fremden Wesen sehr kurz war. Jemand mußte es sorgfältig und mühsam beschnitten haben. Per'kea neben ihm hielt es nicht mehr aus, ruhig abzuwarten.

Äußerst leise, fast unhörbar, flüsterte er Beska ins Ohr: "Was sind das für Geschöpfe? Sollen wir fliehen, oder zeigen wir uns? Du bist der Priester."

Die anderen Männer hatten sich weiter hinten im Unterholz verborgen. Aber Beska wußte, daß alle auf den Häuptling und ihn schauten. Wer weiß, wie lange sie noch warten würden, bis sie flohen. Unhörbar sang Beska, nur für sich, das Lied seiner Kraft. Dabei beobachtete er die drei Wesen weiter. Sie waren unsicher, sich nicht einig darüber, was zu tun war. Sie wußten nicht, woher die Waffen kamen, die sie gefunden hatten. Das wurde Beska immer deutlicher. Er faßte einen Entschluß. Ebenso leise wie Per'kea flüsterte er zurück:

"Es sind Menschen. Ich weiß nicht, was für Menschen und woher sie kommen. Aber böse Geister sind es nicht, auch keine Dämonen. Vielleicht sind es Götter in der Gestalt seltsamer Menschen. Aber davon habe ich nie gehört. Ich glaube, wir sollten uns zeigen."

Per'kea wurde blaß, man konnte es trotz seiner Bemalung sehen. Aber er argumentierte nicht hin und her.

"Dann gehst du. Du bist der Priester. Wenn es Götter sind, rede zu ihnen und frage, welches Opfer sie verlangen. Wenn es Menschen sind, müssen wir prüfen, was sie wollen. Sie haben die beiden Axtleute in der Nacht mit einem Lied verzaubert, denke daran. Vielleicht sind es mächtige Priester oder Zauberer. Hüte dich also, du bist noch jung. Aber geh. Geh mit allen vier Tierbrüdern, sei Hirsch, Wolf, Bär und Ur."

Dieser feierliche Segenswunsch zeigte Beska mehr als alles andere, wie sehr sich der Häuptling um ihn sorgte. Innerlich sang er sein Lied weiter. Dann trat er geräuschlos hinter der Deckung hervor und steckte den Speer hinter sich in die Erde. Er hatte große Angst. Aber es war keine Angst, vor der er geflohen wäre, keine Angst, getötet oder verflucht zu werden. Er hatte Angst vor dem Fremden, dem Neuen. Langsam, die Augen auf die drei Fremden gerichtet, ging er vorwärts. Auf einer kleinen Lichtung blieb er stehen und breitete die Arme aus, um seine freundliche Absicht anzuzeigen. Es dauerte erstaunlich lange, bis die Drei ihn bemerkten.

3.

Jens, Michael und Sonja hatten nur einen Gedanken: Keine Unsicherheit zeigen. Alle drei spürten zum ersten Mal in ihrem Leben unmittelbare Todesangst. Die Ängste ihres früheren Daseins - vor der Atombombe, vor Prüfungen, selbst die Angst der heutigen Nacht - waren diffus und kaum wirklich gewesen. Michael wußte mit unausweichlicher Klarheit, daß er sterben würde, hier, jetzt und sofort, wenn irgend etwas schief ginge. Es gab keine andere Wahl, als mit Jens auf den Mann zuzugehen, der vor ihnen stand. Also tat er es, und daß er es tat, veränderte ihn mehr als Jahre seines bisherigen Lebens. Jens, der am meisten Geistesgegenwart zeigte, ging es nicht anders. Hinter den beiden Männern schritt auch Sonja vorwärts. Einige Meter vor dem jungen Wilden hielten sie an. Er hob die Hände noch weiter, in einer Geste friedlicher Begrüßung. Ungeschickt, verkrampft, machten sie es ihm nach. Dann blieben sie scheinbar endlos lange schweigend stehen.

Der Mann war jung, eher ein Jugendlicher als ein Erwachsener. Die Bemalung verhüllte viel von den Gesichtszügen. Gekleidet war er ganz in Leder. Aber gegen die Morgenkälte, die die Sonne noch nicht vertrieben hatte, boten sein lockeres Lederhemd, die kurze Hose und die merkwürdigen Beinhüllen bestimmt nicht viel Schutz. Das Hemd war mit stilisierten Figuren reich verziert, und um den Hals trug der junge Mann mehrere Ketten. Auch der Ledergürtel war verziert, und die Schuhe ebenso. Für einen Augenblick mußte Sonja das Gefühl abschütteln, in einen Indianerfilm geraten zu sein. Aber nur einen Augenblick - die Männer waren Wirklichkeit, und ihre Waffen waren Wirklichkeit. Sie gehörten hierher in den Wald. Eindringlinge waren sie selbst. Außerdem hatte der Mann vor ihnen blaue Augen und helles Haar, und seine Bräune war Sonnenbräune. Auch die anderen Männer, die nun langsam aus ihren Verstecken hervortraten, hätten - mit entsprechender Frisur und Kleidung - ausgesehen wie die Passanten einer deutschen Großstadt.

Der Mann vor ihnen sprach mit freundlichem Lächeln, aber unverständlich. Jens hob mit einer Geste des Nichtverstehens die Hände.

"Es tut mir leid. Ich verstehe nichts."

Der Mann hatte gelauscht. Offenbar war er zufrieden, obwohl er ebenfalls kein Wort verstanden hatte. Erst viel später erfuhren die Drei, daß dieser Moment ihn davon überzeugt hatte, fremde Menschen vor sich zu haben. Götter hätten sich, so seine naheliegende Überlegung, sicherlich verständlich machen können. Unerklärlicherweise für Jens, Sonja und Michael entspannte sich der junge Mann merklich, obwohl er abwartend blieb. Er versuchte es nun in einer anderen Sprache, mit völlig verschiedener Satzmelodie. Aber wieder mußte Jens abwehrend die Hände heben.

Dann verfiel der junge Mann in eine Zeichensprache. Schnelle Gesten folgten aufeinander, mit den Händen, sogar mit Kopf und Mund. Der Ablauf war viel zu rasch, selbst für den Versuch, die Deutung zu erraten. Zum dritten Mal wehrte Jens ab.

Diesmal war der junge Mann sichtbar erstaunt. Offenbar hatte er damit gerechnet, daß sie die Zeichensprache verstehen würden. Es war offenkundig, daß ihm nun nichts mehr einfiel. Jens zeigte auf sich und sagte seinen Namen: "Jens." Dann nannte er die Namen der anderen beiden. Der Mann schien zu verstehen. Er nannte seinen eigenen Namen: "Beska." Jens und Sonja gingen ihm leicht von den Lippen, aber bei Michael machte er eine seltsame, scharfe Pause vor der letzten Silbe: Micha'el. Die übrigen Männer waren inzwischen ebenfalls herangekommen; die Speere trugen sie über den Schultern. Die Pfeile lagen nicht mehr auf den Bogen. Ein Stück ihrer Angst fiel von den dreien ab. Beska schien den Männern etwas zu erklären, dann nannte er die Namen. Sonja fanden einige der Männer offenbar komisch. Zumindest grinsten sie über das ganze Gesicht. Daß bei den Sonmani die meisten Männernamen auf a enden, fand Sonja relativ bald heraus. In diesem Augenblick war ihr egal, worüber die wilden Krieger lachten. Das Grinsen beruhigte sie mehr als alle anderen Anzeichen dafür, daß die Begegnung doch friedlich ausgehen könnte.

Dann ging das Gestikulieren, das Nennen unverständlicher Worte, das Deuten und Schulterzucken weiter. Es wurde ihnen klar, daß sie mitkommen sollten, und daß die Einladung freundlicher Art war. Was blieb ihnen übrig? Mit Worten und Gesten stimmten sie zu, und Beska ging voran. Hinter ihnen schritten fast geräuschlos die übrigen Männer. Daß zwei von ihnen zurückgeblieben waren, um ihre Spur vom Vortag nach rückwärts zu verfolgen, erzählten die Sonmani ihnen erst später. Es war alles andere als behaglich, den Trupp bewaffneter Krieger hinter sich zu wissen. Und es war ebenso unbehaglich, mit knurrendem Magen so schnell zu laufen, wie es Beska für angemessen hielt. Wenigstens kamen sie nach kurzem Marsch auf eine Art Pfad, auf der das Gehen leichter war. Trotzdem hätte es Sonja nicht geschafft. Sie bewunderte ihre sportlich trainierten Begleiter, die ohne Anzeichen von Schwäche durchhielten. Als sie bei einem hilfesuchenden Seitenblick die feinen Schweißperlen auf Jens Oberlippe sah, war sie sich nicht mehr so sicher, daß es ihm gutging. Schließlich hatte auch er einen Hungertag hinter sich. Aber er sagte nichts, sondern nahm ihren Arm, um sie zu stützen.

Einer der Männer hinter ihnen rief Beska etwas zu. Sofort hielt dieser an und drehte sich um. Er sah wohl, daß Sonja erschöpft war, denn nach kurzem Wortwechsel blieb die ganze Gruppe an einer lichteren Stelle stehen. Sonja ließ sich dankbar auf einem Baumstamm nieder. Auch Jens und Michael waren über die Rast nicht unglücklich. Von ihrem Platz aus hatten sie durch eine Lücke zwischen hohen Erlen eine herrliche Aussicht. Nach Westen erstreckte sich ein Feuchtgebiet, zum Teil noch braun mit den Stümpfen vorjährigen Röhrichts, zum Teil bereits vom jungen Schilf und Weidenblattwerk hellgrün gefärbt. Die Sonne ließ einige offene Wasserflächen silbern aufstrahlen.

Aber noch viel mehr wurden sie selbst angestarrt. Ihre Kleider, ihre Gesichter, die Umhängetasche, alles war Gegenstand intensivsten Interesses. Den Bogen und die Axt, die sie gefunden hatten, hatte Jens ebenfalls in die Tasche gesteckt. Der lange Bogen ragte ein Stück heraus, eine Quelle ständiger Belustigung für ihre Begleiter. Die Metallknöpfe ihrer Parkas, aber noch mehr der auffällig glänzende Reißverschluß an Sonjas Regenmantel, erregten enorme Verwunderung.

Ein älterer Mann, der den Eindruck von Autorität machte, wandte sich zum ersten Mal direkt an sie und sagte etwas. Seine ausdrucksvolle Gestik blieb ihnen wieder unverständlich. Aber sie errieten mehr oder weniger, daß er sagen wollte, es sei zu ihrem Ziel nicht mehr weit. So brachen sie auf. Der Pfad wurde deutlicher sichtbar. Beska ging nun neben ihnen, und der ältere Mann ging voran. Daß sein Name Per'kea war, erfuhren sie von Beska. Was er sonst noch sagte und mit den Händen ausdrückte, verstanden sie nicht. Sie wiederholten den Namen, Per'kea, und Beska war zufrieden. Den Männern kam ihr Tempo vor wie ein lässiges Schlendern, das sah man ihnen deutlich an. Aber für Sonja war die Anstrengung groß genug. Nun ging es steil bergan. Zum ersten Mal kamen sie wirklich aus dem Wald heraus auf einen gras- und buschbestandenen Hügel. Auf der sonnenbeschienenen Kuppe lag ein umwalltes Dorf. Menschen liefen ihnen entgegen, Männer, Frauen und Kinder. Speere wurden geschwenkt, Bogensaiten gezupft, Halsketten klapperten - ein buntes, prächtiges Bild im Morgenlicht. Um Sonja drehte sich die Welt. Sie fiel in Ohnmacht.

Als es Winter wurde, sank die Sonne immer tiefer unter die Erde. Da wollte Bruder Bär die Sonne aus der Erde graben. Er wanderte zu den Höhlen in den Buchenbergen und stieg unter die Erde hinab. Lange kroch er durch dunkle Gänge und Klüfte. Er räumte Felsen beiseite, übersprang Abgründe und kämpfte mit den Dämonen der Unterwelt. Aber er konnte die Sonne nicht finden.

Als Bruder Bär vom langen Hungern, vom Dürsten und von den Kämpfen mit den Dämonen schließlich mager und müde geworden war, kam er an eine enge Spalte im Fels. Weil er so dünn geworden war, konnte er hindurchkriechen. Dahinter fand er die Sonne in einem tiefen See. Langsam und mühsam durchschwamm sie den See, um den Rand der Welt auf der anderen Seite zu erreichen. Bruder Bär legte sich an das Ufer des Sees und trank den ganzen See leer, so groß war sein Durst. Da durcheilte die Sonne die trockene Höhle, stieg über den Rand der Welt auf, und es wurde Frühling. Bruder Bär folgte dem Weg der Sonne, kam zurück in das Tal des großen Stroms und wurde wieder fett und stark. Seither meiden die Jäger der fünf Ratsfeuer das Lager des Bärenbruders im Winter. Wenn sie ihn stören würden, könnte die Sonne nicht höher steigen, und es gäbe keinen Frühling im Tal.

Eine Erzählung des Bären-Clans

Kapitel 3

I.

Nach drei Tagen Regenwetter kam die Sonne zum erstenmal wieder hervor. Michael ertrug das Innere ihrer Hütte nicht mehr, es bereitete ihm fast körperlichen Schmerz. Er forderte Sonja und Jens auf, mit ihm hinauszugehen. Er hatte das Gefühl, fliehen zu müssen. Die anderen traten mit ihm auf den Dorfplatz hinaus. Ein junger Mann kam sofort auf sie zu. Er wollte wissen, ob sie etwas brauchten. Die wenigen Worte, die sie inzwischen kannten, reichten nicht aus, um ihre Absicht zu erklären. Aber als sie auf das Tor zugingen, schien er zu verstehen. Er eilte fort. Auch nach einer Woche wurden sie von den Dorfkindern noch immer neugierig betrachtet. Einige wollten sich ihnen wie üblich anschließen. Die Frauen, die am Tor saßen, hielten die Kinder zurück. Sie gingen den ausgetretenen Pfad zum Fluß hinunter, den die Dorfbewohner zum Wasserholen, Waschen, Schwimmen und Fischen benutzten. Bevor sie die flache Uferstelle erreichten, bogen sie nach rechts ab. Am Fuß einer steilen Böschung hingen alte Weidenbäume auf den Fluß hinaus. Ihre langen Zweige streiften das treibende Wasser.

Auf die fast waagerechten Stämme der Weiden konnte man sich bequem setzen, und das Laub hielt neugierige Blicke ab. Allerdings standen weiter unten am Ufer, noch in Sichtweite, zwei Männer aus dem Dorf. Sie kannten sie, es waren Brüder, Rista und Lech'te. Beide trugen Bogen und Speer, schienen aber nichts weiter zu tun zu haben. Sie unterhielten sich, soweit man aus der Entfernung sehen konnte, als hätten sie viel Zeit. So war es immer. Wenn sie das Dorf verließen, begleitete sie jemand. Oft Beska, oft der Häuptling oder ein älterer

Mann. Und wenn sie allein gehen wollten, war jemand in der Nähe, immer bewaffnet. Ob die Sonmani ihren Schutz beabsichtigten, oder ob sie höflich behandelte Gefangene waren, wußten sie nicht. Es machte auch keinen Unterschied. Schon die eine Woche im Dorf hatte ihnen bewiesen, daß sie in diesem Land ohne die Hilfe der Sonmani kaum überleben konnten. Sie unterhielten sich darüber, aber stockend und ohne rechte Neugier. Sie waren alle drei bedrückt, nicht nur Michael. Ihm ging es allerdings am schlechtesten.

Sonja zählte auf, was sie inzwischen erfahren hatten: Den Namen des Stammes oder Volkes, Sonmani. Den Namen vieler Bewohner, und daß Per'kea Häuptling war. Daß Beska so etwas war wie ein Medizinmann oder Schamane, wußten sie ebenfalls ziemlich sicher. Und daß es sich um eine Steinzeitkultur handelte. Es gab im Dorf kein Metall, abgesehen von einigen kleinen, kupfernen Schmuckstücken, die offenbar für sehr wertvoll gehalten wurden. Alle Metallgegenstände, selbst Knöpfe und Gürtelschnallen, wurden unermüdlich bestaunt. Jens Axt war fast ein Gegenstand der Ehrfurcht gewesen, als er sie vorgezeigt hatte, ebenso das Fahrtenmesser und das Stemmeisen. Es war offensichtlich, daß die Sonmani Metall nicht kannten. Auch Räder gab es nicht. Allerdings war fraglich, was die Sonmani in ihrem Waldland mit Karren oder Wagen hätten anfangen sollen. Aber es gab Töpferwaren aller Art, wenn auch ohne Töpferscheibe hergestellt. Es gab kunstvoll geflochtene Körbe, und vor allem gab es Gegenstände aus Holz und Leder in unglaublicher Vielfalt. Die Sonmani trugen nur Fell- und Lederkleidung. Aber was sie aus diesem Material machten, war nicht nur praktisch, sondern häufig ausgesprochen schön. Einigermaßen armselig wirkten für ihre Augen nur die Häuser oder Hütten. Sie waren ebenfalls aus Holz, und zwar aus relativ dünnen Stämmen gefertigt, mit Flechtwänden zwischen den Streben. Die Wände waren mit Moos und Lehm gedichtet, die Dächer mit Rinde und (zu ihrem Erstaunen) mit Leder gedeckt. Es gab eine Feuerstelle in der Hütte und eine draußen. Ansonsten war da nicht viel Einrichtung neben Körben, Töpfen und vielen Werkzeugen und Waffen. Und natürlich Felle: Man lag auf Fellen, man saß auf Fellen, man deckte sich mit Fellen zu.

Die Drei wußten viel über die Sonmani. Aber sie wußten nicht, wie sie in dieses Land geraten waren. Sie wußten nicht, ob ein Sinn dahinter steckte oder nicht. Man sprach besser nicht über solche Dinge.

An Haustieren gab es im Dorf viele Hunde und einige Ziegen. Die Hunde waren struppig und sahen alle aus wie mittelgroße Schäferhundmischlinge. Die Ziegen sahen genauso aus wie die braunen Hausziegen in den Alpen - zumindest für ihre ungeübten Augen. Die Werkzeuge und Waffen waren, wo Holz nicht genügte, aus Stein, Knochen und Horn gefertigt. Auch hier herrschte Schönheit und Zweckmäßigkeit in einem Maß, wie sie es sich angesichts des ärmlichen Materials nicht hätten vorstellen können. Offenbar lebten die Sonmani vor allem von der Jagd, zumindest jetzt im Frühling. Es wurde auch gefischt, die Ziegen wurden gemolken, Pflanzen gesammelt und gekocht. Aber die Hauptmahlzeiten lieferten die Jäger. Sie schossen Rothirsche und Rehe. Einmal war ein junges Wildschwein und einmal sogar ein Elch, bereits handlich zerlegt, ins Dorf gebracht worden. Immer hatte man sie zu den besten Stücken eingeladen. Die Sonmani waren, was immer sie waren, ganz bestimmt keine primitiven und ständig ums Überleben ringende "Urmenschen". Sie hatten ihre Umwelt offenbar gut im Griff. Sie waren in einem gewissen Sinn - aber nur in einem gewissen Sinn - ziemlich genau so wie andere Menschen auch.

Mit müder Abneigung erinnerte sich Michael an eine Abhandlung, die er in einer populärwissenschaftlichen Zeitschrift gelesen hatte. Der Verfasser hatte sich lange darüber verbreitet, daß die vorgeschichtlichen Jäger und Sammler im Vergleich zum modernen Menschen über große Muskelkräfte verfügt hätten. Nur so hätten sie den ständigen Kampf mit der Natur bestehen können. Demgegenüber sei der Zivilisationsmensch, der die Natur durch seine Technik bezwinge, körperlich degeneriert. In Wirklichkeit war keiner der Sonmani, körperlich gesehen, so stark wie er selbst. Er, der durchtrainierte Leichtathlet aus der Zivilisation, war der Muskelprotz. Selbst Jens, bis vor kurzem Starter für seinen heimatlichen Schwimmverein, war den Sonmani an bloßer Kraft eher voraus. Die "Jäger und Sammler" behaupteten sich der Natur gegenüber ebenso wie der moderne Mensch durch technische Fertigkeiten, nicht durch Muskelkraft. Insofern waren sie ebenso typisch menschlich wie sie selbst. Nur wurden für ihre Lebensweise andere Fertigkeiten benötigt als in der modernen Zivilisation. Mit dem, was drei Jungakademiker konnten, ließ sich nicht viel anfangen, nicht einmal mit den sportlichen Errungenschaften. Was nützte es, wenn er, Michael, einen Jagdspeer weiter werfen konnte als der beste Jäger der Sonmani? Er konnte mit dem Speer auf fünfzehn Schritte Entfernung nicht einmal einen Baumstamm treffen, während die Sonmani-Jäger kaltlächelnd ein Blatt durchbohrten. Zehnjährige Jungen und Mädchen konnten sich aus Schilfrohr improvisierte Speere basteln und damit Fische aus dem Fluß holen. Weder er noch Jens hatten auch nur einmal einen Fisch getroffen, als sie es versuchten. Und es gab nicht nur Jagdtechniken. Es gab Techniken der Lederbearbeitung, der Töpferei, der Steinbearbeitung, der Knochen- und Hornschnitzerei, des Bootsbaus und so weiter. Die Boote der Sonmani waren Einbäume, aber was für welche! Es war ihm rätselhaft, wie eine ausgehöhlte Fichte oder Kiefer in eine so elegante Form gezwungen werden konnte. (Erst viel später fanden sie heraus, daß der ausgehöhlte Stamm in einer Erdgrube mit heißem Wasser und Dampf behandelt wurde, so daß er sich ausweiten und biegen ließ. Während ihrer Zeit im Dorf wurde nie ein Boot hergestellt.)

Über die soziale Organisation der Sonmani hatten sie noch wenig herausgefunden. Auch nicht über die Leute, die sie nachts erschreckt hatten. Man nannte sie "Axtmänner", und sie waren aus irgend einem Grund Feinde. Der Gefangene war gestern von einigen Jägern nach Norden weggebracht worden. Offenbar gab es viele andere Dörfer des Stammes und auch so etwas wie eine Regierung der Sonmani. Aber sie selbst sollten nach dem Wunsch Per'keas offenbar im Dorf bleiben und die Sprache lernen. Die Dorfbewohner hatten Geduld und warteten, freuten sich aber über jeden Fortschritt. Es sah so aus, als sei Beska damit beauftragt, sich um ihren "Unterricht" zu kümmern.

Über diese Dinge waren sie sich einig. Und auch darüber, daß sie mit der Zeit die Sprache der Sonmani lernen könnten. Schon diese erste Woche hatte einiges gebracht. Sie hatten kein Papier, alles mußte mit dem Gedächtnis bewältigt werden. Aber Sonja konnte hier ihre beruflichen Kenntnisse benutzen. Ein Mädchen aus dem Dorf - Eri - half ihr geduldig beim Lernen. Beska hatte sie darum gebeten. Sonja hatte bereits eine Reihe von Substantiven und Verben gelernt, besaß aber noch kaum eine Ahnung von der Grammatik der Sprache. Was sie konnte, gab sie abends an Michael und Jens weiter. Eine Schrift kannten die Sonmani nicht, aber Skizzen und Zeichnungen auf Leder, geschnitzte Figuren in Holz und Horn in Mengen. Die Sonmani verstanden auch abstrakte Skizzen sehr gut, was Sonja beim Wörterlernen zustatten kam. Mit Hilfe von in den Sand gezeichneten Bildern, oder mit Holzkohleskizzen auf hellem Leder, ließen sich Tätigkeiten benennen und Fragen stellen. Es wäre möglich gewesen, die Sprache zu erlernen - aber warum eigentlich? Diese Frage weckte den Schwermut, der sie nach draußen geführt hatte, in seiner ganzen dunklen Mächtigkeit. Sie saßen sich auf den Weidenstämmen gegenüber. Die Nachmittagssonne überzog die grünen Ufer und trägen Wasser des Flusses mit sanfter Schönheit. Warum sollten sie irgend etwas tun? Was hatte es für einen Sinn, irgend etwas zu tun? Was hatte das Ganze für einen Sinn? Wo waren sie überhaupt?

Michael konnte sich nicht mehr beherrschen. Er spuckte die Worte aus wie ein bitteres Getränk:

“Was soll ich hier? Der große weiße Arzt bei den Wilden, der ihre Krankheiten heilt! Verdammte Tabletten, verdammte Instrumente, verdammte Technik! Ich habe nicht einmal Aspirin dabei, und zum Operieren gerade ein Taschenmesser. Wenn nicht einer zufällig einen Furunkel am Arsch entwickelt, kann ich die ganze Medizin vergessen. Und den öffnet Beska wahrscheinlich geschickter als ich. Das Bein dieses Axtmannes hat er jedenfalls besser geschient, als ich es mit Holz und Leder könnte. Holz und Leder! Ohne Gips läuft nichts. Hast du hier Gips gesehen? Am besten kommen wir noch als Jahrmarktsattraktion an. Der Speerwerfer, der den Speer übermenschlich weit wirft und dabei nicht einmal einen Büffel von der Seite trifft. Es ist zum Kotzen!”

Niemand antwortete. Sie wußten, daß es sie nicht weiterführte, mit Michael zu diskutieren. Jens tastete nach der Mundharmonika in seiner Tasche. Sonja schwieg bedrückt. Die beiden jungen Männer, die sie bewachten (oder beschützten), hatten Gesellschaft bekommen. Drei junge Mädchen hörten zu, wie der ältere der Brüder ein Lied sang. Sie kicherten manchmal, und der jüngere Mann grinste. Es war genauso wie in einer Kleinstadt, wenn die Burschen mit ihren Motorrädern an der Ecke des Marktplatzes auffahren, und die Mädchen wie von ungefähr dazukommen. Die Szene bedrückte sie. Gerade das Vertraute machte ihnen ihre Verlorenheit klar. Sie hatten hier nichts zu suchen. Warum waren sie hier? Wider besseres Wissen gerieten sie erneut in eine der Diskussionen, die bisher nichts als Ärger verursacht hatten.

"Der Sinn besteht nur darin, daß alles komplett sinnlos ist. Irgend eine Turbulenz im Raum-Zeit-Gefüge des Universums, und wir sind hier. Im 20. Jahrhundert sind wir eine unerledigte Vermißtenakte - wenn überhaupt. Vielleicht gibt es uns dort nochmals, und wir sind längst zuhause, studieren und haben unsere unsinnigen Pläne. Vielleicht sind wir hier nur Kopien. Am besten bringen wir uns um, dann haben wir wenigstens die Befriedigung, diesem eiskalten Universum den Spaß verdorben zu haben. Da drüben, am Bach, da steht Fingerhut. Tod durch Herzschlag soll nicht so schlimm sein. Irgendwann fresse ich das Zeug, dann hat es sich mit der Kopie dieses dämlichen Michael, die hier in der Jungsteinzeit herumläuft."

Die Depression, die Michael schon am Morgen beim Aufwachen wie einen ekelhaften Geschmack gespürt hatte, ließ sich einfach nicht hinunterschlucken. Sogar die Kraft, sich und alles andere zu hassen, verlor sich nach und nach in der Verzweiflung. Seine Drohung, sich umzubringen, kam ihm erbärmlich vor. Wem drohte er überhaupt? Es war doch alles gleichgültig.

"Mittlere Steinzeit", korrigierte ihn Sonja giftig. Sie hatte noch Kraft genug, sich zu ärgern und zu streiten. "Das habe ich dir schon oft gesagt. In der Jungsteinzeit kommt der Ackerbau auf. Späte mittlere Steinzeit vielleicht, es gibt Töpferei und Haustiere. Aber vielleicht sind wir auch in der Zukunft, nach dem Atomkrieg? Vielleicht sind das unsere eigenen Nachkommen?"

Irgendwie glaubte Sonja selbst nicht daran. Was sie wirklich glauben sollte, wußte sie nicht. Sie war zutiefst unsicher und verwirrt. Noch nie war sie so verwirrt gewesen, noch nie hatte das, was sie für richtig und falsch hielt, so wenig gegolten. Sie fühlte sich wie ein Kind, das sich einbildet, es verstünde die Welt der Erwachsenen. Bis irgendein Vorfall ihm zeigt, daß es in Wirklichkeit gar nichts versteht. Sie konnte sich an solche Erfahrungen erinnern, zum Beispiel am Beginn ihrer Schulzeit. Es war wie das erste Erlebnis mit gewalttätigen, boshaften Mitschülern. Das Erlebnis, daß der behütete Raum der gutbürgerlichen Familie nicht die ganze Welt ist, daß es Verstrickungen und Abgründe gibt, die sie nicht gekannt hatte. Es war erschreckend, aber auch berauschend. Sie wollte nicht nach der Zukunft fragen, das weckte nur das Heimweh in ihr. Sie wollte mit Eri weiterüben, sie wollte Beska viele Fragen stellen. Sie mochte den jungen, blonden Schamanen und das braunhaarige Mädchen in Lederkleidern. Sie hielt sich, mehr als sie selbst bemerkte, innerlich an den beiden Sonmani fest. Auch Jens war für sie eine Stütze, jetzt zumindest. Am Anfang hatte er sich gehen lassen, aber jetzt nicht mehr.

Ohne daß Sonja es wußte, lebte in ihr ein starkes Vertrauen in andere Menschen. Es gab einfach immer Leute, die halfen. Man war nicht wirklich alleine. Das Vertrauen eines glücklichen psychologischen Naturells, die frühe Erfahrung der liebevollen Fürsorge in der Familie? Die Frucht geheimnisvoller Einflüsse von vielen Generationen fürsorglicher, verantwortungsbewußter Vorfahren? Das Vertrauen war da und hielt sie aufrecht, so sehr ihre Theorien über die Welt durcheinandergeworfen wurden. Vielleicht hatte Michael auch nicht recht? Vielleicht war es kein Zufall, daß sie hier waren? Aber dann mußte es etwas Übernatürliches geben, so etwas wie einen absoluten Geist, einen Plan im Kosmos, oder gar Gott? Ihr selbstbewußtes akademisches Ich hätte diese Gedanken als niederdrückend abgeschüttelt. Aber das akademische Ich war lädiert, und das verwirrte, vertrauende Kind konnte solche Gedanken denken. Jens sprach diese Gedanken für sie beide aus.

“Ich verstehe dich nicht ganz, Michael. In mir kommt die Angst auch oft genug hoch. Es macht mich ganz fertig, wenn ich nicht weiß, was passiert ist und was noch daraus werden wird. Aber warum sollte alles sinnlos sein? Wo bleibt denn dein Mut, dein Durchsetzungsvermögen? Ich bin noch nicht bereit, aufzugeben. Ein paar Wochen, was ist das schon? Angst haben und aufgeben, das ist zweierlei."

Jens sagte nicht dazu, daß ihm diese Haltung wie ein Geschenk zugefallen war. Zu Anfang hatte ihn die Angst überwältigt. Nachts, in der Hütte, hatte er innerlich geschrien, von Gott eine Erklärung verlangt, Trost, Versprechen eines guten Ausgangs. Oder nur einen Sinn, eine Aufgabe, eine Hoffnung. Nichts dergleichen hatte er erhalten. Aber das besaß er jetzt: Das feste Gefühl, noch nicht am Ende zu sein. Die Geschichte fing an, sie hörte nicht auf. Das wußte er irgendwie. Und darin fand er, trotz sämtlicher unbeantworteter Fragen, schließlich doch eine Art Trost. Den letzten Grund, warum er nicht verzweifelte, wußte er selbst nicht. Er hatte schreien können, er hatte jemanden, den er fragen, ja sogar anklagen konnte. Nicht die Antworten hielten ihn, sondern das Gegenüber, das wie in seinem früheren Leben auch in dieser anderen Existenz da war. Seine Welt hatte sich nicht völlig verändert. Der große Rahmen, der Glaube und das Du des eigenen Herzens, sie waren geblieben. Darum fühlte er sich nicht ganz und gar verloren.

Mit Michael stand es anders. Er, der erfolgreiche junge Mediziner, der Zehnkämpfer, hatte seine Lebenspläne, seine Freundinnen, seinen Sport. Er hatte die Dinge immer im Griff gehabt, war eine Führungspersönlichkeit gewesen. Nun hatte er nichts mehr im Griff. An wen sollte er sich wenden, wenn nicht an sich selbst? Aber das ging nicht mehr so wie bisher. Irgend jemand hatte die Regeln des Lebensspiels geändert. Und sein Herz schrie nicht mehr nur wie zu Anfang: "Unfair, unfair!" Es schrie: "Aus, vorbei, sinnlos!" Er war in Sonja verknallt gewesen. Ernster als sonst, er mochte sie. Er mochte den süßen, lockenden Frieden hinter ihrem lauten, rechthaberischen Äußeren. Er mochte die blauen Augen, die sanft blieben, wenn Mund und Hände Widerspruch anmeldeten. Aber er fühlte nichts mehr dergleichen. Er hatte nichts mehr zu bieten, er war nicht einmal wirklich vorhanden. Jens war mindestens ebenso verliebt wie er selbst. Und jetzt gewann er an Boden, das war leicht zu merken. Aber hätte er etwas anderes erwarten können?

Zögernd nahm Jens die Mundharmonika aus der Tasche. Er hatte den Dorfbewohnern schon oft vorgespielt. Zuerst hatten sie Angst gehabt. Dann waren sie begeistert gewesen. Sie hatten ihre Flöten vorgezeigt, eine Art einfache Panflöte. Aber sie mochten vor allem die eingängigen Melodien. Seine eigenen Lieblingsmelodien, die komplizierteren, gefielen ihnen nicht so sehr. Seit der schrecklichen ersten Nacht hatte Jens nicht mehr gewagt, für Sonja und Michael allein zu spielen. Im Grund spielte er auch nur für sich selbst. Wieder aus dem "Don Quichotte", aber diesmal: "To dream the impossible dream...". Sonja wurde ruhiger. Sie schloß die Augen und ließ die Sonne auf ihr Gesicht scheinen. Michael wandte sich widerwillig ab. Sein Blick haftete am endlos treibenden Wasser. Wie immer, wenn Jens spielte, versammelte sich eine kleine Gruppe Dorfbewohner. Die beiden Wächter waren auch dabei.

Vom Dorf her kam Beska auf sie zu. Er lachte und sagte etwas, das niemand verstand. Aber ein besorgter Seitenblick galt Michael. Beska war nicht umsonst bei einem erfahrenen, heilkundigen Priester in der Lehre gewesen. Es war offensichtlich, daß das Zauberlied des Fremden, der sich Jens nannte, die dunklen Kräfte im Geist von "Micha'el" nicht vertrieben hatte. Aber da konnte er trotz seiner magischen Kräfte nichts tun. Er nahm Jens beim Arm und deutete an, sie sollten mitkommen. Offenbar hatte der junge Mann heute im Fluß gebadet, denn sein Körpergeruch war deutlich schwächer geworden. Der Geruch war ein Problem, obwohl die meisten Dorfbewohner häufig badeten und schwammen. Aber ohne warmes Wasser und Seife schien das nicht allzu viel zu nützen. Und manche alten Frauen badeten anscheinend niemals. Auch sie selbst rochen bereits anders als in der "Zivilisation". Morgen wollten sie versuchen, einige Kleidungsstücke zu waschen.

Beska sagte, diesmal langsamer, etwas zu Sonja. Die verstand, daß es um das Beil ging, das der Steinmetz des Dorfes sich ausgeliehen hatte. Beska wollte ihnen etwas zeigen. Sie folgten dem jungen Mann bis zu dem freien Platz vor der Palisade, wo der Steinmetz unter einem Schutzdach zu arbeiten pflegte. Scharfe Splitter lagen umher. Beska, der barfuß war, trat vorsichtig auf. Der Handwerker, ein älterer, untersetzter Mann, winkte sie heran. Sie sahen, daß er den Schaft geschickt aus dem Axtloch entfernt hatte, ohne ihn zu beschädigen. Obwohl die Steinbeile der Sonmani nicht gelocht waren, kannte er sich offenbar mit dieser Art Schäftung aus. Die Vermutung bestätigte sich, als er aus seiner Ledertasche ein ungeschäftetes Steinbeil zog. Die Arbeit unterschied sich beträchtlich von der der Sonmani und auch von der der Axtleute. Der flache Stein war durchbohrt worden. Die Schneide hatte einen matt glänzenden Schliff. Mit vielen Gesten machte ihnen der Steinmetz verständlich, daß dieses Beil von weit her kam. Er zeigte nach Osten, dann auf den großen Strom. Die Worte für "Boot", für "fremd" und für "weit" kannten sie. Zum ersten Mal erfuhren sie dadurch, daß die Sonmani mit anderen Völkern Handel trieben. Der Mann zeigte ihnen den Schaft, den er für das fremde Beil vorbereitet hatte. Er war viel länger als der ihres eigenen Beiles. Nun wollte er sie fragen, warum das glänzende Wunderbeil einen so kurzen Stiel hatte, der dem Schlag jede Kraft nahm? Soviel verstanden sie schließlich, mit der Hilfe Beskas. Aber eine Antwort wußten sie nicht. Wieder einmal merkten sie, daß sie auch von den einfachsten Werkzeugen, die sie selbst benutzten, wenig Ahnung hatten. Ein einfacher Handwerker, selbst ein Waldarbeiter, wäre bei den Sonmani viel besser am Platz gewesen.

Sie unterhielten sich noch eine Weile über das Problem. Schließlich probierten sie ihr eigenes Beil mit dem langen Schaft aus. Der Steinmetz hatte die Schneide messerscharf geschliffen. Als Beska einen dicken Eschenast damit kappen wollte, fuhr das Beil mit Schwung tief in das zähe Holz und ließ sich nicht mehr herausziehen. Der Steinmetz mußte rund herum Holz abschlagen, bis sich das Beil wieder löste. Alle lachten. Inzwischen war das halbe Dorf versammelt, wie immer, wenn es etwas zu sehen gab. Jens zeigte Beska, daß man gegen die Faser schlagen und einzelne Keile abhacken mußte. Mit den Steinbeilen war das anders, was der Steinmetz seinerseits demonstrierte. Als Beska die Sache verstanden hatte, versuchte er es wieder. Er mußte zugeben, daß das Wunderbeil den Steinbeilen weit überlegen war. In kurzer Zeit fiel der Ast krachend zu Boden. Später gingen sie mit Beska in ihre Hütte, um weitere Wörter zu lernen. Eri wartete schon auf sie. Michael beteiligte sich trotz seiner Bedrücktheit an dem Unterricht.

Er hatte Angst vor dem Abend, wenn ihn nichts mehr von seinen Grübeleien ablenken konnte. Aber vorher waren sie noch zum Essen bei Per'kea und seiner Familie eingeladen.

2.

Der Wind wehte kühl von Nordosten. Für Mitte Juni war es ein frischer Abend. Jens dachte bei sich, daß man zuhause bei diesem Wetter kaum im Garten gesessen hätte. Neben ihm kauerte Sonja fröstelnd am Feuer. Sie war die Hauptperson in der Runde, weil sie die Sprache der Sonmani am besten beherrschte. A'kires Frau, eine rundliche, immer lächelnde Matrone, warf Sonja einen Fuchspelz um die Schultern. Auf der anderen Seite saß Beska und knackte Haselnüsse vom Vorjahr. Hin und wieder bot er Sonja eine besonders schöne Nuß an. Eri war mit dabei, um bei Sprachschwierigkeiten auszuhelfen. Sie sah es nicht gerne, daß Beska zu Sonja so aufmerksam war. Zumindest hatte Jens diesen Eindruck. Per'kea saß mit am Feuer, neben ihm A'kire und einige weitere ältere Männer. Die meisten anderen Dorfbewohner, junge Frauen und Männer, ältere Frauen und einige Kinder, waren um weitere Herdfeuer in der Nähe gruppiert. Ihr eigenes Feuer war etwas Besonderes. Es war ein Ratsfeuer, was immer das im einzelnen bedeuten mochte. Zur Zeit bedeutete es, daß Sonja mit größter Konzentration versuchte, die Fragen Per'keas zu beantworten. Oft beriet sie sich kurz mit Jens und Michael, um die Antwort abzusprechen. Am schlimmsten waren die Fragen, auf die sie selbst keine Antwort wußten.

"Wo liegt eure Heimat?"

"Wir wissen es nicht. Ein Zauber, den wir nicht verstehen, hat uns hierhergebracht. Wir fanden uns plötzlich mitten im Wald wieder und wanderten umher, ohne zu wissen, wohin."

Sie hatten sich abgesprochen, den Sonmani nicht zu erzählen, daß sie am selben Ort geblieben, aber in eine andere Zeit versetzt worden waren. Das hätte die Dorfbewohner sicherlich völlig verwirrt.

“Zu welchem Clan gehört ihr? Warum reist ihr zusammen, zwei Männer und eine Frau? Bist du mit Micha’el oder Jens verlobt? Sind sie Jäger oder Priester?”

“Wir sind nicht verwandt, ich bin mit niemandem verlobt. Unsere Clans werden nach Tieren genannt, die es in diesem Land nicht gibt. Wir sind zusammen gereist, weil wir alle drei Lehrlinge bei einer Art von Priestern sind. Wir haben schon Prüfungen bestanden, aber wir lernen auch noch. Wir wollten nicht lange zusammenbleiben. Der Zauber hat uns zusammen ergriffen. Nun sind wir zusammen hier.”

Auch diese Antwort war abgesprochen. Sie sahen keine Möglichkeit, die Dinge verständlicher auszudrücken. Außerdem hatte diese Erklärung viele Vorteile. Sie machte den Sonmani einsichtig, warum die beiden Männer so schlecht mit Waffen umgehen konnten, und warum Sonja noch nicht verheiratet war. Nur bei Priestern war so etwas denkbar. Dann kam die schwierigste Frage:

“Ein Zauber hat einen Sinn und eine Absicht. Warum seid ihr hier?”

Jens antwortete. Zum ersten Mal mischte er sich ein.

“Wir wissen es nicht. Wir hoffen, daß uns der Gott, der den Zauber wirkte, auch den Sinn zeigen wird. Aber wir wissen nicht, wann und wie das geschehen wird.”

Per’kea sah nachdenklich zu Boden. Beska hatte aufgehört, Nüsse zu knacken.

“Diese Dinge sind zu wichtig, als daß ich sie alleine bedenken will. Im späten Sommer treffen sich die Häuptlinge und Priester der Sonmani am heiligen Felsen, drei Tagesreisen südlich von hier. Dann werdet ihr, wenn es die Ahnen nicht anders lenken, mit mir reisen. Der große Rat der Sonmani wird vielleicht weiter sehen als wir hier. Bis dahin seid ihr willkommen. Ich glaube nicht, daß ihr uns Böses bringt.”

Sonja lächelte. Die nächste Frage stellte Beska. Sie wurden von ihr überrascht, sonst hätten sie vielleicht vorsichtiger geantwortet.

“Wie gewinnt ihr eure Nahrung in eurem Land? Jagt ihr in den Wäldern, oder fischt ihr, oder grabt ihr im Boden, um Pflanzen wachsen zu lassen?”

“Es gibt in unserem Land nicht genug Wild oder Fische für alle Menschen. Wir lassen Pflanzen aus dem Boden wachsen.”

Eri schrie entsetzt auf. Andere Frauen kreischten, und die Männer schnaubten verächtlich. Dann wurde es totenstill in der Runde. An den übrigen Feuern hörte das Gespräch auf. Beskas Gesicht war hart und traurig geworden. Per’keas Augen funkelten. A’kires Mimik war undurchdringlich.

Sonja, Michael und Jens sahen sich zu Tode erschrocken an. Sie hatten irgend etwas fürchterlich Falsches gesagt. Plötzlich saßen sie unter Feinden. Es war A’kire, der schließlich das Wort ergriff.

“Wir wollen dem großen Rat nicht vorgreifen. Aber vielleicht seid ihr doch böse. Wenn ihr Pflanzen aus der Erde wachsen laßt, opfert ihr dann eure eigenen Kinder den Erdgöttern, oder opfert ihr gefangene Feinde? Warum behauptet ihr, zu einem Clan zu gehören, wenn ihr keine Jäger seid? Was sind das für Tiere, zu denen ihr gehört? Beschreibt sie!”

Sonja hatte genug verstanden, um vor Aufregung fast zu schreien.

“Aber wir opfern niemanden! Keine Feinde, und schon gar keine Kinder! Wir glauben nicht an Erdgötter! Wir würden niemals zulassen, daß Kinder und unschuldige Menschen getötet werden!”

Beska antwortete ihr in die allgemeine Verwirrung hinein:

“Wie könnt ihr ohne Hilfe der Erdgötter Pflanzen wachsen lassen? Was sind das für Götter, denen ihr dient? Sprich!”

Sonja griff, ohne groß nachzudenken, auf die religiösen Bruchstücke ihrer Jugend zurück. Sie dachte nicht einmal daran, daß sie sich vor kurzem noch für die neue Naturfrömmigkeit der Frauenbewegung starkgemacht hatte. Hier, am Ratsfeuer der Sonmani, schien ihr alles Esoterische unendlich fern zu liegen.

“Wir glauben an einen Gott, der will, daß die Menschen Gutes tun. Wir glauben, daß Menschen sich lieben und helfen sollen. Er kann Pflanzen wachsen lassen, weil er die ganze Welt gemacht hat. Er ist ewig da, er ist überall. Er braucht keine Opfer von uns. Er hält uns am Leben, indem er unsere Nahrung wachsen läßt.”

Unerklärlicherweise schien sie das Richtige gesagt zu haben. Gemurmel kam von den Feuern.

“Sie glauben an Ech’hige. Sie opfern nicht.”

Beska ergriff erneut das Wort.

"Auch wir opfern Ech'hige, dem Ewigen, dem vater- und mutterlosen Beginner und Beender der Welt, keine Opfer. Wir opfern den Geistern und den Göttern der Welt, die Ech'hige eingesetzt hat. Aber wir opfern niemals Menschen und niemals lebende Tiere, mit einer Ausnahme, über die ich jetzt nicht sprechen will. Trotzdem verstehen wir euch nicht. Die Stämme, die Pflanzen aus der Erde wachsen lassen, glauben nicht an Ech'hige. Sie haben keine Tierbrüder. Sie dienen einem Rat grausamer Götter, der die Welt regiert. Unsere Weisen sagen uns, daß diese Götter keine Macht über die Jäger haben. Aber die Stämme im Süden, die Pflanzen wachsen lassen, sind grausam wie ihre Götter. Und sie sind zahlreich. Wieso baut ihr Pflanzen an wie sie und dient nicht ihren Göttern? Ist bei euch alles anders?"

"Ich kann es dir nicht richtig erklären. Mir fehlen die Worte dafür. Aber es ist so, daß bei uns manche Stämme an Ech'hige glauben und andere grausamen Göttern dienen. Aber alle lassen Pflanzen aus der Erde wachsen. Sie führen auch oft Krieg miteinander. In unserem Volk würde jeder ausgestoßen werden, der Menschen opfern würde, oder auch nur an einem solchen Opfer teilnähme."

Per'kea mischte sich ein.

"Wir verstehen wirklich nicht, wie es bei euch zugeht. Aber wir wissen, daß die verschiedenen Stämme der Pflanzer auch miteinander kämpfen. Sogar von Dorf zu Dorf ermorden sie sich. Es läßt sich denken, obwohl wir keinen Fall kennen, daß ein Stamm die grausamen Götter verläßt. Ech'hige könnte sie belohnen, wenn er von seinem fernen Land kommt, um die Welt zu durchwandern. Es klingt merkwürdig, aber nicht unmöglich."

Ringsum hörte man zustimmendes Gemurmel. Die allgemeine Unterhaltung an den Feuern setzte wieder ein. Irgendwie, sie wußten nicht recht warum, hatten sie das Vertrauen der Sonmani zurückgewonnen.

Nach und nach kam die ganze Geschichte heraus. Im Süden, jenseits des hohen Gebirges, "auf dem der Winter nie ganz verschwindet", lebten Stämme von Ackerbauern. Kühne Jäger der befreundeten Seestämme, manchmal begleitet von Kriegern der fünf

Ratsfeuer, trafen auf ihren Jagdzügen durch das Gebirge von Zeit zu Zeit auf Ackerbauern. Dabei entstand so gut wie immer ein Kampf. Die Jägervölker verachteten die Ackerbauern wegen ihrer (in den Augen der Jäger grauenhaften) Menschenopfer. Sie beraubten die Bauerndörfer, wo sie nur konnten. Auf der anderen Seite ließen die Bauern keinen Jäger am Leben, der in ihre Hand fiel. Aber das war, wie die Drei hörten, nicht die ganze Geschichte.

"Viel wichtiger als die Pflanzer jenseits des großen Gebirges sind für uns die Stämme, die in dem Land wohnen, das zwischen den Hügeln der Pferdeleute und dem südlichen Meer liegt. Diese Stämme versuchen, die Pferdeleute aus ihrem Gebiet zu vertreiben, um die Wälder entlang der Flüsse zu verbrennen und mehr Dörfer zu bauen. Es gibt kein Gebirge, das sie zurückhält. Nur die Waffen der Jäger haben verhindert, daß sie bereits an den Grenzen der fünf Ratsfeuer angekommen sind."

Die Pferdeleute, das hatten sie bereits gelernt, waren ein großer Jägerstamm in dem Gebiet, das westlich des Schweizer Juragebirges zu liegen schien. Sie wurden so genannt, weil sie einen Kopfschmuck trugen, der aus den Schwanzhaaren wilder Pferde hergestellt wurde. Einer dieser Leute war vor kurzem im Dorf zu Gast gewesen. Der Jura selbst hieß "Nebelgebirge" und gehörte teils zum Gebiet der fünf Ratsfeuer, teils zu dem der Seestämme. Südlich, also wohl in Richtung Rhonetal und Savoyen, lebten offenbar bereits Bauernvölker. Per'kea bat einen älteren Mann, er solle die Geschichte des letzten Krieges mit diesen Völkern erzählen. Der Mann hieß Perra und war als kunstreicher Erzähler bekannt.

Als Perra begann, verstanden sie nur wenig. Er benutzte eine gehobene Sprachform, in der sich die Verben erheblich veränderten und neue Worte auftauchten. Alle drei machten dumme Gesichter. A'kire unterbrach den Künstler.

"Du mußt in der Alltagssprache erzählen. Unsere Gäste verstehen dich nicht."

Die Umsitzenden grinsten und lachten. Perra murrte.

"Es bringt nicht viel Ehre, in der Alltagssprache zu erzählen."

"Aber es bringt noch weniger Ehre, wenn der Gastgeber die Gäste kränkt. Sei nicht rechthaberisch, Perra. Alle Stämme der

Ratsfeuer würden über uns lachen, wenn wir die Taten der Jäger in einer Sprache loben, die unsere Gäste nicht verstehen."

"Er kann es nicht", sagte eine Stimme aus dem Hintergrund.

"Er kann nur noch gehoben sprechen, selbst wenn er mit seiner Frau diskutiert, ob sie das alte Birkhuhn braten oder kochen soll, das er gestern geschossen hat."

Perra drehte sich wütend um.

"Du wirst schon hören, was ich kann. Ich kann in jeder Form erzählen. Wenn es sein muß, quake und stammle ich sogar in der hilflosen Art, in der du den Mädchen vergeblich deine Lieder vorsingst. Wenn ich dir ein paar Verbesserungen beibringe, wird dich vielleicht einmal eine aus Mitleid nehmen."

Jetzt hatte Perra die Lacher auf seiner Seite. Offenbar war der junge Mann, von dem der Zwischenruf gekommen war, nicht als großer Sänger bekannt. Für den Erfolg beim weiblichen Geschlecht spielte das Singen der Männer, das mehr einem Rezitativ oder Sprechgesang glich, eine große Rolle. Überhaupt verwandten die Sonmani viel Zeit und Sorgfalt auf ihre sprachlichen Ausdrucksformen. Feierliche Reden, Erzählungen, Gedichte, Liedtexte, religiöse und alltägliche Weisheiten aller Art wurden sorgfältig ausgearbeitet, im Gedächtnis behalten und bei allen möglichen Gelegenheiten reproduziert. Was die Sprache anging, konnte bei den Sonmani von "primitiv" jedenfalls keine Rede sein.

Per'kea schlichtete den Streit mit einigen Worten. Perra bewies sein Format als Sprachkünstler, indem er die Sage des südlichen Krieges in reine Alltagssprache umgoß, ohne ein einziges Mal ins Stocken zu kommen:

"Es sind inzwischen zwanzig Jahre vergangen, seit die Pflanzerstämme des Südens sich zusammenschlossen, um die Pferdeleute aus ihrem Land zu vertreiben. Viele tausend von ihnen zogen nach Norden - Männer, Frauen und Kinder. Die ersten Dörfer der Pferdeleute wurden überrascht, und die Feinde schonten niemand. Wer nicht flüchten konnte, wurde erschlagen und sofort vergraben. So kämpften sie: Sie töteten alte Frauen und kleine Kinder, junge Männer und hilflose Greise. Nur die jungen Frauen wurden manchmal geschont. Rund um die verbrannten Dörfer vernichteten sie den

Wald, um ihre Pflanzen in den Flußtälern wachsen zu lassen. Ihre Krieger zogen weiter, um noch mehr Menschen zu töten.Die Pferdeleute sammelten ihre Jäger und lieferten den Feinden eine große Schlacht. Am Forellensee kämpften sie vom Morgen bis zum Abend. Hatos, der Bär, führte sie an, der größte Häuptling des Pferdestamms. Da lagen die toten Feinde im Wald wie die Baumstämme, die der Herbststurm stürzt. Aber die Pflanzer waren zu zahlreich und die Krieger des Pferdevolks waren zu wenige, sie mußten fliehen. Was vom Pferdevolk übrig war, verbarg sich in den Wäldern oder zog nach Norden, um bei den fünf Ratsfeuern Schutz zu suchen. Männer und Frauen bemalten ihre Gesichter schwarz zum Zeichen der Trauer um die vielen Toten. Dann schickten sie Boten zu den Häuptlingen der fünf Ratsfeuer und baten um Hilfe. Der große Rat traf sich am heiligen Felsen, und die Priester brachten den Ahnen Opfer. Die Weisen stiegen von ihren Höhen herunter und rieten zum Krieg. Es wurde beschlossen, daß ein Drittel der Jäger nach Süden ziehen sollte, um mit den Pflanzern zu kämpfen. Ein Drittel der Jäger zog nach Norden, um die Dörfer vor den Axtleuten zu schützen. Ein Drittel der Jäger blieb in den Dörfern, um die Frauen und Kinder zu ernähren. In jedem Dorf wurde das Los geworfen. Viele Häuptlinge, viele berühmte Krieger, viele junge Jäger zogen nach Süden. Als sie sich an der Furt des großen Stromes beim Eichenberg trafen, waren ihre Speere wie ein Wald. Ihr Kriegsruf erschütterte die Erde wie der Donner. Eine große Bootsflotte erwartete sie. Trotzdem dauerte es einen ganzen Tag, die Krieger über den Strom zu setzen. Ich kann es bezeugen, denn ich war dabei. Auch A'kire war dabei, Per'kea, der Häuptling, und einige andere aus dem Dorf. Wir waren alle noch jung, ich trug gerade meinen ersten Bart. Ahaka, der Wolf, führte uns nach Süden, der Onkel A'kires. Er ist schon lange auf die unbekannte Reise gegangen, er war ein großer Krieger.

Dann zogen die Jäger der fünf Ratsfeuer in drei Heeren durch die Hügel. Die Jäger der Pferdeleute, die noch kämpfen konnten, erwarteten sie am weißen Felsen, oberhalb des Wassertals. Es waren so viele berühmte Häuptlinge bei den Felsen versammelt, daß sie nicht an einem Feuer sitzen konnten. Drei Ratsfeuer wurden in dieser Nacht entzündet, dreimal wurde das Ratsopfer gebracht. Dann stand Hatos, der Bär, auf, dankte den Kriegern der Ratsfeuer für ihr Kommen und beklagte das Schicksal seines Volkes. Er sprach, wie ein großer Häuptling spricht, er bewegte die Herzen aller Krieger zum Kampf. Doch danach tat er etwas, von dem ich nie vorher hörte und nie wieder hören will. Er klagte die Götter an, die so viel Blut getrunken hatten, und bot sich ihnen selbst als Opfer dar. Seine zweite Frau, die er liebte, war mit ihren beiden Kindern im Süden durch die Hand der Pflanzer gestorben. Der Bär wollte nicht mehr leben, aber er wollte, daß sein Volk siegte. Er bot sich an, in der Schlacht den Tod zu suchen, wenn die Götter dafür den Sieg schenkten. Er warf seine Bärenkette ins Feuer, um sich selbst aus dem Land der Lebenden zu verbannen. Wir alle zitterten, als er dies tat. Weitere Krieger der Pferdeleute folgten ihm. Auch sie schworen, auch sie warfen ihre Totemzeichen ins Feuer, auch sie wollten sterben. Als sich zehn große Krieger verschworen hatten, verbot der Bär selbst weitere Schwüre. Er wollte nicht, daß mehr Männer mit ihm starben. Aber die zehn blieben zusammen und sangen Lieder an ihre Ahnen. Niemand schlief in dieser Nacht. Am Morgen stellte sich die Armee der fünf Ratsfeuer den Feinden. Die Pflanzer zogen vom Wassertal herauf, zahlreich wie Gras unter den Bäumen. Die meisten marschierten am linken Ufer entlang, direkt auf die weißen Felsen zu. Viele andere ruderten den weißen Fluß hinauf. Ihre Boote bedeckten den Fluß von einem Ufer zum anderen, so weit man blicken konnte. Mancher Jäger spürte die Angst sein Herz erfassen. Obwohl die fünf Ratsfeuer den größten Teil ihrer Macht aufgeboten hatten, kamen drei Feinde auf jeden unserer Männer. Aber die Häuptlinge hatten Rat gehalten, und ihr Rat erwies sich als gut.

Die Speermänner der Sonmani erwarben an diesem Tag eine besondere Ehre. Sie rückten einige Steinwürfe weiter vor als das übrige Heer und griffen den Feind zum Schein im Tal an. Sofort bildete sich eine Schlachtreihe der Feinde am Ufer, und es kam zum Kampf. Die Sonmani ließen sich scheinbar besiegen, warfen ihre Schilde auf den Rücken und flohen. Wer stürzte, war verloren. Die Pflanzer machten keine Gefangenen. Unsere Speermänner flohen in Richtung eines Erlenwalds am Fuß der weißen Felsen, zwischen dem Steilhang und dem Fluß. Dort warteten die Krieger der Pferdeleute auf sie, und dort wandten sie sich wieder zum Kampf. In den Büschen unter den weißen Felsen verbargen sich die übrigen Jäger der fünf Ratsfeuer, die ganze, große Zahl der Krieger. Die Pflanzer waren blind, sie sahen sie nicht und folgten den Sonmani. Da hatten sie zu ihrer Rechten den Fluß, vor sich die Pferdeleute und unsere Speermänner, und zur Linken die Felsen mit den anderen Kriegern der fünf Ratsfeuer. Und dann kam es im Erlenwald zum Kampf, ein Kampf, wie ich ihn nie vorher oder nachher erlebt habe. Die Pfeile flogen wie ein Mückenschwarm, und jeder von uns hatte ständig zwei Feinde gegen sich. Hinter den Kämpfenden landeten diejenigen Feinde am Ufer, die in den Booten fuhren. Sofort wurden sie von den Kriegern am weißen Felsen angegriffen, und sie versuchten ihrerseits, die Felsen zu erstürmen. Aber davon sahen wir nicht viel. Um uns her wüteten die Kriegsgötter und tranken das Blut von Freunden und Feinden.

Wie wir dem Ansturm standhielten, kann ich nicht sagen. Wolf, Bär, Ur und Hirsch liehen uns ihre Kraft und ihren Mut. Die Pflanzer wußten nichts vom Speerfechten, sie wurden getötet wie Jagdwild. Aber auch viele unserer Jäger fielen, von Pfeilen und Wurfspießen getroffen. Neben uns kämpften die Pferdeleute, um ihre Toten zu rächen. Auch sie starben, obwohl sie zwei oder drei Feinde in den Tod mitnahmen. Ich weiß noch, daß ich am Sieg zweifelte. Die Feinde waren tapferer als sonst und zu zahlreich für uns. Da rief ich die Ahnen an und bat um den Geist abgeschiedenen Sterbens, mit dem der Jäger in der Schlacht in den Tod gehen soll. Auch andere riefen wie ich, und kämpften wie ich. A'kire war neben mir. Sein Speer fraß die Feinde wie die Viper die Waldmäuse. Aber es schien umsonst zu sein. Ich sah Hatos, den Bären, mit den zehn verschworenen Kriegern neben uns kämpfen. Sein ältester Sohn war ebenfalls dabei. Er stürzte an der Seite des Häuptlings, einen Pfeil in der Kehle. Da schrie der Bär laut auf. Er rief nach dem Geist seiner zweiten Frau und seiner beiden Kinder, die die Pflanzer in dem Dorf im Süden ermordet hatten. Er rief die Geister aller Toten seines Volkes in seinen Geist hinein, er schrie wie der verwundete Ur in seiner Todesnot. Die Geister kamen und schlugen ihn mit dem Wahnsinn des Krieges. Er warf den Schild von sich, packte seine berühmte Jadekeule mit beiden Händen und stürzte sich mitten zwischen die Feinde. Die zehn Verschworenen folgten ihm. Der Bär wütete wie ein Rasender, er deckte sich nicht, er war blind gegen die Waffen der Feinde. Aber kein Speer und kein Beil traf ihn. Die Pfeile flogen an ihm vorbei, die Steine verfehlten ihn, und er schlug zu Boden, wen er fand. Neben ihm und hinter ihm kämpften die zehn Verschworenen und starben, einer nach dem anderen. Der Bär mordete weiter. Da wurden die Feinde unsicher und wichen zurück. Aber ihre Häuptlinge sammelten sie erneut zum Kampf. Wir waren müde, wir meinten, daß jetzt der Tod käme. Da sahen wir die Speere der Ratsfeuer von den weißen Felsen herunterziehen wie unzählige Hirschgeweihe, und die Feinde flohen vor ihnen her.

Die Pflanzer hatten zu wenige Krieger gegen die weißen Felsen und zu viele gegen uns geschickt. Am weißen Felsen waren sie überwältigt worden, und die Steine waren rot von ihrem Blut. Sie flohen zu ihren Booten, und unsere Krieger drängten hinterher. Da faßten wir neuen Mut, und die Feinde vor uns zitterten. Wir folgten Hatos, dem Bären, schrien laut auf und stürmten vorwärts. Von hinten drängten bereits die anderen Männer der Ratsfeuer heran, und die Pflanzer gaben die Schlacht verloren. Sie flohen ans Ufer, sie flohen zu den Booten, sie flohen sogar in den Fluß hinein. Aber nicht viele entkamen unseren Jägern.

Die Sonmani verfolgten die Feinde nicht, auch die Pferdeleute blieben im Erlenwald. Nach dem letzten Angriff hatte niemand mehr Kraft, um weiter zu kämpfen. Nur Hatos, der Bär, folgte den Pflanzern und tötete, wen er erreichen konnte. Der Wahnsinn blieb auf ihm, bis seine eigenen Krieger ihn packten und niederrangen, sonst hätte er noch die gebundenen Gefangenen mit der Axt erschlagen. Da erst ließen ihn die Geister der Toten los, und er weinte. Als einziger von den Verschworenen war er am Leben geblieben. Die Götter hatten sein Opfer nicht gewollt.

Wer von den Pflanzern nicht starb oder gefangen wurde, flüchtete durch das Wassertal nach Süden. Die Jäger der fünf Ratsfeuer jagten, bis niemand mehr in den Hügeln am Leben war. Die neuen Dörfer der Pflanzer im Süden brannten, wie die Dörfer der

Pferdeleute vorher gebrannt hatten. Viele Männer, Frauen und Kinder wurden gefangen. In jedes Dorf der fünf Ratsfeuer kamen die Gefangenen, dazu Kleider und Werkzeuge, Messer und Äxte, Schmuck und Götterbilder. Der Reichtum der Pflanzer floß in die Dörfer der Jäger. Wenige der Feinde retteten auch nur ihr nacktes Leben in den Süden. Seither zittern die Pflanzer hinter ihren Palisaden, wenn jemand sagt: Die Jäger kommen. Sie fürchten die Hügel, weil so viele ihrer toten Verwandten dort klagen und vergeblich auf Rache warten. Die Pferdeleute wohnen aber sicher in ihrem Land. Sie schworen dem hohen Rat, keinem Feind der fünf Ratsfeuer zu helfen, solange der große Strom fließt. Seither ist Friede in den Hügeln."

Alle hatten ergriffen zugehört, auch die Dorfleute, die die Geschichte sicherlich auswendig kannten. Jens fragte:

"Was wurde aus dem Häuptling Hatos? Blieb er der Häuptling der Pferdeleute? Warum wurde sein Opfer nicht angenommen?"

Diesmal antwortete Beska:

"Er ist noch heute Häuptling, ein alter Mann und sehr klug. Die Weisen sprachen mit ihm und trösteten ihn. Sie sagten, daß es nicht möglich sei, mit Menschenwillen und Menschenopfern das Schicksal eines Stammes zu zwingen. Die Götter hatten es bestimmt, daß die Jäger am weißen Felsen siegen sollten. Sie nahmen das Opfer der Pferdeleute an, weil es vom Schicksal gewollt war. Aber als Zeichen, daß das Schicksal höher ist als menschliche Opfer, verschonte der Tod den Bären, den größten der verschworenen Krieger. So sagten es ihm die Weisen, und so ist es die Wahrheit. Er opferte den Göttern zur Versöhnung große Reichtümer an Fellen und Waffen. Er wurde der größte Häuptling, den das Pferdevolk je hatte, seit der Mensch nicht mehr mit den Tierbrüdern spricht."

Eine seltsame Geschichte, dachte Sonja bei sich. Wenn sie stimmte, war hier eine angeblich primitivere Jäger- und Sammlerkultur der angeblich fortschrittlicheren Ackerbaukultur militärisch und politisch überlegen. Und offenbar fühlten sich die Sonmani auch überlegen. Sie zeigten keinerlei Neigung, den Ackerbau zu übernehmen. Sie hielten die Bauern für Barbaren, was wahrscheinlich auf Gegenseitigkeit beruhte. Eine merkwürdige Konstellation, mit der wohl kein Vorgeschichtsforscher gerechnet hätte. Aber das konnte auf Dauer nicht so bleiben. Die Ackerbauer mußten das Übergewicht gewinnen, einfach weil sie eine ungleich viel größere Bevölkerung ernähren konnten. Ein vergeblicher Versuch der Landnahme, wie die Saga des südlichen Kriegs ihn schilderte, konnte diesen Prozeß aber sicherlich auf lange Zeit umkehren. Wie wohl das Schicksal der Sonmani weiter verlief? Kein Lehrbuch konnte es ihr sagen. Wenn sie überhaupt in der vergangenen Welt waren, die die Vorgeschichtler untersuchten! Vielleicht waren sie in einer parallelen Welt, in einer anderen Dimension, in der die Steinzeit nie aufgehört hatte? Fest stand: das Schicksal der Sonmani gehörte zu ihrer eigenen Geschichte dazu. Sie waren mit den Sonmani enger verbunden, als sie es bis jetzt hatten erfassen können. Sonja wußte nicht, warum sie sich dessen so sicher war.

Eine Frage Per'keas störte Sonja aus ihren Gedanken auf.

"Wir haben von euren Tierbrüdern gesprochen. Wie sehen sie aus, wie heißen eure Clans? Erzählt uns etwas darüber."

Nun war Sonja in einiger Verlegenheit. Aber glücklicherweise hieß sie selbst mit Nachnahmen Lux, und da lag ein Totemtier nahe. Sie bat die Umstehenden um Leder und schwarze Farbe, die die Sonmani aus Ruß herstellten. Dann versuchte sie, einen Luchs zu skizzieren. Es wurde nichts, und die Sonmani schüttelten die Köpfe. Jens griff nach dem Wurzelpinsel und nahm einen zweiten Anlauf. Er traf den Kopf ganz gut, die Pinselohren und der Schnurrbart stimmten. Ein Mann sprang auf und brachte ein herrliches, weiches Fell aus seiner Hütte. Sonja nickte, ohne Zweifel ein Luchs.

Die Sonmani waren zufrieden. Zwar gab es keinen Luchs-Clan bei ihnen, aber vorstellbar war er schon. Der Luchs war selten. Sie erzählten, er sei sehr schwer zu jagen, da meist nur ein Tier im Umkreis eines ganzen Tagesmarsches lebte. Nur im Winter könne man ihn in Fallen fangen, wenn man die Spur finde. Einen solchen Winterpelz hielt Sonja nun in Händen. Sie war ab jetzt, zumindest in feierlichen Momenten, "Sonja, die Lüchsin".

Michael hieß mit Nachnamen Schäfer. Ermutigt durch seinen Erfolg, machte Jens sich daran, einen Mufflonwidder auf das Leder zu zeichnen. Das Schneckengehörn gelang ihm recht gut. Die Jäger wiegten die Köpfe hin und her. Sie kannten das Tier nicht, auch als

Jens ihnen erklärte, es lebe im Gebirge, die Weibchen hätten keine Hörner. Eine Gamskricke konnten die Sonmani vorzeigen, aber kein Widderhorn. Schließlich gaben sie sich zufrieden. Die Gäste hatten ja gesagt, ihre Totemtiere lebten nicht in diesem Land. Sonja hatte sich geirrt, sie hatte vom Luchs nichts gewußt. Aber Micha'els Totemtier gab es tatsächlich nicht am großen Strom.

Was ihn selbst betraf, war Jens in einiger Verlegenheit. Er hieß mit Nachnamen Zinser, und dazu fiel ihm nichts ein. Schließlich erinnerte er sich daran, daß er aus dem Fenster seiner Dachwohnung häufig mit Freude beobachtet hatte, wie am Hausfirst gegenüber die Mauersegler aus und ein flogen. Er beschloß, den Mauersegler als Totemtier zu wählen - eine Verbindung zu dem ganz anderen Dasein in der anderen Welt. Mit wenigen Strichen, fast automatisch, zeichnete er einen fliegenden Segler auf das Leder. Es wurde sein bestes Bild. Die Sonmani murmelten anerkennend. Jens nahm an, daß die Sonmani den Vogel nicht kennen würden. Wo hätten die Segler in der mittleren Steinzeit auch brüten sollen? Aber da täuschte er sich. Sofort fragte Beska zurück, ob dieser Vogel im Gebirge wohne? Jens bejahte. Ob dieser Vogel nur im Sommer da sei und sonst verschwände? Auch das bejahte Jens. Ob es wirklich sein Totemvogel sei? Aber ja.

Die Sonmani betrachteten ihn mit einer Mischung von Verwunderung und Scheu, die er nicht verstand. Sie hatten ein Wort für den Mauersegler. Sie nannten ihn "Geistervogel". Nach einer Zeit des Schweigens sagte Beska:

"Vielleicht verstehe ich jetzt besser, daß du und deine Begleiter zu uns kommen konnten. Der Geistervogel besucht uns nur im Sommer, dann fliegt er zurück in das unsichtbare Land der Geister und Ahnen, in dem er lebt. Er ist das einzige Tier, das zwischen der sichtbaren und unsichtbaren Welt hin und her fliegen kann. Er bringt den Göttern Nachricht aus der Welt der Lebenden. Manchmal, wenn man ihn ruft, bringt er einem der Ahnen eine Botschaft. Er kann nur das Totem eines Clans sein, dessen Mitglieder selbst in das Reich der Unsichtbaren gehen können. Habe ich nicht recht?"

Jens wurde es unbehaglich.

“Vielleicht hast du recht. Aber dann weiß ich selbst nichts davon. Ich weiß nicht, warum wir hier sind und was wir zu tun haben.”

Beska schwieg.

Perra sang leise vor sich hin:

“Der Geistervogel schwingt sich hinein in die Sonnenhitze. Er brütet auf den hohen Felsen, er fliegt weiter, als Menschen gehen können. Er setzt seinen Fuß nicht auf die Erde, aber sein Auge erblickt die Mücke im Sonnenlicht. Wenn die Sonne tiefer sinkt, kehrt er zu den Geistern zurück und berichtet, was er gesehen hat. Er kommt, er bleibt eine kurze Weile, er geht. Grau ist sein Gefieder wie der Nebel, in dem die Geister wohnen. Er stößt den Kriegsruf aus wie die Jäger, er stürzt sich in den Abgrund wie in den Kampf. Der Geistervogel liebt die Geister der Jäger, er trägt ihre Botschaft in die unsichtbare Welt. Niemand verbindet die sichtbare mit der unsichtbaren Welt, nur er allein. Er ist Geistervogel, er ist Botenvogel, er ist Göttervogel. Wenn ihn der Jäger am Himmel sieht, so grüßt er ihn höflich. Niemand tut dem Geistervogel etwas zuleide.”

Das war ein Beispiel für die “gesungene Lebensweisheit” der Sonmani. Es gab unzählige solcher Sprechgesänge, und die meisten Dorfbewohner kannten sie alle auswendig.

Nun wußten die Drei, daß der Segler in der Mythologie der Sonmani einen besonderen Platz einnahm, und daß sie aus der Tatsache, daß er angeblich Jens Totemtier war, weitreichende Schlüsse zogen. Aber diese Schlüsse gingen offenkundig nicht in mißgünstige Richtung, im Gegenteil. Anscheinend schrieben die Sonmani Jens eine besondere Rolle als Priester oder Magier zu. Die Drei debattierten unter sich, was das zu bedeuten habe. Aber sie kamen zu keinem Ergebnis. Es gab zu viel im Weltbild der Sonmani, was sie nicht verstanden. Schließlich hob Per’kea den Rat feierlich auf. Er löschte das Feuer, die Wachen bezogen ihre Posten, und das Dorf versank im Schlaf.

3.

Sonnwendnacht im Dorf der Sonmani. Das Feuer auf der Höhe hatte bis in die erste Morgenstunde gebrannt. Von den fernen Dörfern im Norden, Süden und Westen hatten andere Feuer gegrüßt. In der Hütte wälzte Michael sich immer noch unruhig hin und her. Bald würde die Dämmerung anbrechen. Das Wetter hatte sich geändert, es war sehr warm geworden. Selbst jetzt noch, kurz vor Sonnenaufgang, empfand Michael es als zu schwül, um zu schlafen. Obwohl das Sonnwendfest mit dem Verlöschen der Flammen beendet wurde, war es im Dorf noch nicht völlig ruhig. Man hörte flüsternde Stimmen und leise Geräusche. Vor den Palisaden, irgendwo am Fluß, spielte eine Flöte. Michael hing seinen ungeordneten Gedanken nach. Viele junge Männer und manche Mädchen würden heute nacht wohl gar nicht in die Hütten kommen. Die Wachen, selbst junge Männer, sahen wahrscheinlich zur anderen Seite, wenn jemand kam oder ging. Die dumpfe Wärme und das Fest gingen den jungen Menschen ins Blut.

Es war absurd, wie die Drei zusammen hausten. Inzwischen trugen sie die Fellkleider der Sonmani, um ihre Sachen zu schonen. Sie waren sich ziemlich einig darüber, daß sie nicht mehr so schnell von hier wegkommen würden. Wohin auch? Trotzdem benahmen sie sich wie Touristen auf einer Dreiwochentour durch die Exotik. Offenbar würden sie sich irgendwann entschließen müssen, mit den Sonmani zu leben oder nicht.

“Wir bleiben zusammen. Macht mit eurem sexuellen Besitzinstinkt ja kein Problem daraus.”

Das war Originalton Sonja, die alte Sonja aus der progressiven Uni-Szene einer entsetzlich fern gerückten Welt. Aber dieser Ausspruch (und diese Sonja) lag zwei Monate zurück. Damals hatte Michael kein Problem darin gesehen. In totaler Verwirrung, mit Depressionen, hat man keinen “sexuellen Besitzinstinkt”, dachte er. Aber man hatte wieder Sehnsüchte, wenn Sonja zum Greifen nahe schlief. Oder schlief sie auch nicht? Egal.

Die Sehnsüchte waren so schlimm, weil es diese alte Sonja nicht mehr gab. Es gab eine weichere, nachdenklichere Sonja, die noch viel liebenswerter war. Aber es gab auch einen Jens, der ganz neue Fähigkeiten entwickelte. Jens konnte die Sprache der Sonmani besser als er selbst. Er schoß mit Pfeil und Bogen bereits wie einer der Jäger. Nun gut, zumindest wie einer der Jugendlichen. Aber auch er, Michael, hatte seine depressive Phase hinter sich. Das Leben ging nun einmal weiter, auch in der Steinzeit. Sie kamen zurecht, mit dem Lebensstil ihrer Gastgeber und mit ihrer immer wieder aufwallenden Sehnsucht nach ihrer eigenen Welt. Alle drei kamen sie zurecht. Es war erstaunlich, an was der Mensch sich alles gewöhnen konnte. Jens benahm sich Eri gegenüber sehr aufmerksam. Vielleicht könnte er sich auch an sie gewöhnen.

"Ich könnte es", dachte Michael. "Wenn sie mir entgegenkäme, ich weiß nicht... Aber das tut sie nicht. Wir wollen eigentlich beide, daß Sonja uns nimmt. Sie tat früher immer so aufgeklärt und unkonventionell. Jetzt macht sie Geschichten, als sei es hoch bedeutsam, mit wem man ins Bett geht. Aber eigentlich will ich selbst, daß sie sich klar entscheidet. Menage a trois, das würde mir stinken. Die Moralvorstellungen der Sonmani stecken mich vielleicht schon an. Obwohl sie gar nicht so sind, wenn man das Getue da draußen anhört. An einem Fest zumindest nicht, und vor der Heirat. Aber als Lebensstil könnten wir den ungeklärten Zustand nicht akzeptieren, nicht hier. Sonja würde sich entscheiden müssen. Oder mußte sie doch nicht? Man kann die Dinge nicht endlos auf die lange Bank schieben. Auf jeden Fall will ich sie haben. Aber nur, wenn sie will..."

Als ein kühler Fallwind von den Bergen her die Schwüle vertrieb, schlief Michael endlich ein.

4.

Jens landete krachend auf der festgestampften Erde, als Harka ihm geschickt das Bein weghakte. Beide waren mit Schweiß bedeckt, denn die größere Kraft von Jens hatte der Ringerkunst Harkas lange Zeit die Waage gehalten. Aber jetzt war er einem der unzähligen Kunstgriffe zum Opfer gefallen, die die Ringer der Sonmani auf Lager hatten. Er hatte verloren, denn anders als beim modernen Ringen kam es nur darauf an, den Gegner von den Beinen zu holen. Rings um ihn herum lachten und johlten die Zuschauer. Die Trommeln der Frauen dröhnten ihre langsamen Wirbel, und einige Männer spielten Flöte. Aber jetzt wurde es ruhiger. Der Häuptling rief Micha'el auf. Er trat in den Ring, wie die anderen Wettkämpfer nur mit einer kurzen Hose aus Leder bekleidet. Gutmütig wie er war, trat Sete gegen ihn an. Er ließ sich von den anderen verheizen, denn das ganze Dorf wußte, daß Micha'el nicht zu besiegen war. Seit er sich die Grundkenntnisse des Ringens erworben hatte, war er ein unüberwindlicher Gegner. Die Krieger hatten ihm schon angekündigt, man werde den unbestrittenen Champion der fünf Ratsfeuer von jenseits des Stroms rufen. Vielleicht kam dieser berühmte Ringer irgendwann einmal. Gäste aus allen möglichen Himmelsrichtungen hatte die Neugier schon zum Dorf geführt. Aber Michael mußte heute ringen. Das Fest fand statt, um eine Wisentjagd vorzubereiten. Es wäre unverzeihlich schlechtes Benehmen gewesen, hätten die Jäger sich vor dem Wettkampf mit einem der Gäste gedrückt. Schließlich sollten die Ahnen die Jagd mit Wohlwollen begleiten. Also stellte sich Sete mit verlegenen Grinsen vor Michael hin. Er war ein älterer Bruder Beskas, ein breit gebauter, untersetzter Bursche. Mehrmals entzog er sich geschickt dem Zugriff des trainierten Athleten und versuchte, ihn aus dem Gleichgewicht zu bringen. Aber als es Michael gelang, seinen rechten Arm mit der Armbeuge zu fassen und ihm den anderen Arm hinter den Rücken zu drücken, war er verloren. Ein mächtiger Ruck, und Sete stürzte zu Boden. Michael blickte lächelnd in die Runde, als die Zuschauer in Beifallsrufe ausbrachen.

Sonja reichte ihm die Rehlederjacke, die er für den Kampf abgelegt hatte. Sie war stolz auf ihn, das sah man. Das nächste Paar betrat den Ring. Diesmal besiegte Odera, der jüngere Bruder Harkas, einen der Söhne Per'keas nach langem, zähem Ringen. Die Trommeln schlugen einen Wirbel, während die Flöten klagten. Jens hatte sich neben Eri gesetzt. Sie bewachte mit einem halben Auge den Schweinebraten, der ein Teil des späteren Festessens werden sollte. Die Sonne stand schon tief im Westen und warf einen goldenen Glanz über ihr braunes Haar. Jens fand sie schön.

Aber dann wurde seine Aufmerksamkeit von einigen Fremden beansprucht, die ihn in einem seltsamen Dialekt ausfragten. Mit der Umgangssprache im Dorf kamen sie inzwischen gut zurecht. Aber diese Leute waren keine Sonmani. Sie gehörten zu einem Stamm im Osten, der Teil der Föderation der fünf Ratsfeuer war. Dieser Stammesbund war offenkundig die politische Vormacht in dem Raum, der später Baden-Württemberg und Elsaß werden sollte. Mit den Axtleuten im Norden führte der Bund einen ständigen Kleinkrieg, der gelegentlich in regelrechte Feldzüge ausartete. Wenn man den Geschichten der Sonmani glauben durfte, verliefen die Feldzüge siegreich. Aber vielleicht wurden die verlorenen Schlachten nicht Gegenstand der Überlieferung. Auf jeden Fall konnte er die fremden Gäste kaum verstehen. Eri mußte ihm helfen, und mit ihrer Vermittlung verlief die Unterhaltung sehr angeregt. Beska kam dazu, dann setzte sich Harka ebenfalls in ihren Kreis. Die beiden jungen Männer bedachten sich nicht gerade mit freundlichen Blicken. Der Priester nahm an den Ringkämpfen nicht teil. Er hatte bei dem Fest eine andere Rolle zu spielen. Später würde sein magischer Tanz beginnen.

Jens dachte über Eri nach. Mit den Verwandschaftsverhältnissen hatte er noch erhebliche Schwierigkeiten. Es gab zum Beispiel mehr Begriffe, um verschiedene Arten von Vettern und Basen zu bezeichnen, als die deutsche Sprache für sämtliche Verwandtschaftsformen insgesamt bereithält. Besonders wichtig war, ob ein Verwandter dasselbe Totem hatte oder nicht. Beska war zum Beispiel Halbbruder Harkas. Sie hatten denselben Vater, aber verschiedene Mütter. Und weil das Totem von der Mutter vererbt wurde, gehörten sie zu verschiedenen Totems. Harka war ein Bär, Beska ein Fischadler. Deshalb war Harka Beska weniger eng verbunden, zumindest nach Ansicht der Sonmani, als irgend einer Nichte der verstorbenen Mutter, die dasselbe Totem hatte. Eri war eine Nichte der Mutter Harkas, aber über einen bereits verstorbenen Bruder. Darum hatte sie ein anderes Totem. Trotzdem war Harka ihr "Beschützer" oder "Versorger", denn diese Rolle fiel dem nächsten männlichen Verwandten väterlicherseits zu. Alles war unglaublich kompliziert. Aber wenigstens wußte jeder im

Dorf, wohin er gehörte. Jeder hatte seine festgelegten Pflichten gegenüber den Mitbewohnern, denn alle waren irgendwie verwandt. Das hieß nicht, daß sich alle mochten, ganz und gar nicht. Harka und Beska waren da ein gutes Beispiel.

Einer der Gäste, eine ältere Frau, machte eine Bemerkung, die Jens verstand. Es wurde ihm heiß, als die Umstehenden lachten. Die ältere Frau hatte in ziemlich deutlichen Worten gesagt, daß alle drei - offenbar meinte sie Harka, Beska und ihn selbst - um Eri herumsäßen wie liebeshungrige Birkhähne im Frühling um eine Henne. Natürlich verstand man immer das, was peinlich war. Jens hätte etwas dafür gegeben, wäre ihm gleichmütiges Nichtverstehen möglich. Aber die Frau hatte nicht unrecht. Und mit solchen Späßen mußte man bei den Sonmani rechnen. Sehr feinfühlig waren sie in Sachen Erotik nicht, zumindest nicht mit Worten. Harka machte ein betont unbeteiligtes Gesicht und erhob sich, um dem letzten Ringkampf zuzusehen. Beska ging in seine Hütte. Er mußte sich auf seinen Wisenttanz vorbereiten. Jens blieb bei Eri sitzen, aber sie sprachen nicht mehr miteinander. Sonja und Michael unterhielten sich mit Per'kea und A'kire über den Jagdzug, der morgen beginnen sollte. Zum ersten Mal sollten Jens und Michael die Jäger begleiten. Das Angebot war ehrenvoll und bewies, daß sie inzwischen im Dorf als Freunde betrachtet wurden. A'kire hatte ihnen das Bogenschießen beigebracht. Nach seiner Ansicht handelte es sich um die allerersten Anfangsgründe, aber immerhin. Es gab erstaunlicherweise zwei Techniken des Bogenschießens. Bei der einen Technik wurde der Bogen waagrecht gehalten und die Sehne seitlich am Körper gespannt. Sie hieß "Hüftschuß". Es war mit dieser Technik möglich, sehr schnell viele Pfeile abzuschießen. Ein guter Schütze (sie selbst waren es noch nicht) leerte in etwa zwei Minuten seinen ganzen Köcher. Diese Technik wurde hauptsächlich im Krieg benutzt, im offenen Kampf. Die Sonmani hatten ihnen demonstriert, daß ein Dutzend Jäger einen wahren Sturm von Pfeilen abschicken konnte. Sie hatten mehrere Baumstämme mit Pfeilen gespickt wie Nadelkissen. Allerdings war die Zielsicherheit begrenzt. Auch die Kraft, mit der der Bogen gespannt wurde, war geringer als bei der zweiten Technik. Sie hieß "Herzschuß" und entsprach etwa dem, was sie vom modernen Bogenschießsport kannten. Der Bogen wurde senkrecht gehalten und die Sehne in die Herzgegend gezogen. Es war erstaunlich, wie weit und wie genau der "Herzschuß" eines guten Jägers sein konnte. Man versicherte ihnen glaubhaft, ein "Herzschuß" könne den Körper eines Rehes oder Wolfes glatt durchschlagen. Soweit waren sie allerdings noch nicht. Sie sollten bei der Jagd vor allem den Speer führen, das war einfacher. Zumindest meinten das die Sonmani. Michael und Jens wären zwar lieber auf Bogenschußweite von den Wisenten weggeblieben. Aber der beste Platz auf der Jagd gebührte dem Gast. Sie mußten auf ihr Glück hoffen.

Allerdings konnten sie mit dem langen Eschenspeer inzwischen einigermaßen umgehen. Auch hier war A'kire ihr Lehrer. Er hatte ihnen die richtigen Handgriffe an dem zwei Meter langen Schaft gezeigt und immer wieder mit einer stumpfen Waffe geübt. Von der hohen Kunst des Speerfechtens waren sie allerdings noch weit entfernt. Aber diese Kunst wurde ebenfalls hauptsächlich im Kampf benutzt, nicht auf der Jagd. Es fiel ihnen schwer, nicht ständig an das bevorstehende Abenteuer zu denken. Wäre es nach ihnen gegangen, hätten sie den ersten Jagdversuch lieber mit anderen Tieren gemacht, zum Beispiel mit Rehen oder wenigstens mit Wildschweinen. Die Begegnung am Fluß, am allerersten Tag, steckte ihnen noch in den Knochen. Aber das war ein Ur gewesen. Wisente seien, wie ihnen die Jäger fröhlich versichert hatten, nur wenig größer und leichter zu überlisten. Man mußte tief schlucken und ein begeistertes Gesicht machen. Alles andere hätten die Sonmani nicht verstanden.

Es wurde ruhig. Der magische Jagdtanz des Priesters stand bevor. Die Zuschauer sammelten sich in einem weitem Kreis um das große Feuer in der Mitte des Dorfes. Die Sonne verschwand langsam hinter den Wäldern im Westen. Beska tanzte. Er war unkenntlich hinter der riesigen Wisentmaske mit Hörnern, Haarkranz und langem Schwanz verborgen. Die Trommeln schlugen, die Pfeifen schrillten ihre unirdische Melodie, die Geister der Ahnen und der Tierbrüder sammelten sich um den Tänzer. Das glaubten zumindest die Sonmani. Sie gaben dem Priester von ihrem Wissen und ihrer Macht, sie halfen mit, den Stamm mit den Tierbrüdern zu versöhnen. Beska tanzte wie in Trance, er stampfte den Boden, er schüttelte den maskierten Kopf. Selbst die Gäste glaubten nach und nach, den Wisent selbst, den mächtigen Tierbruder, vor sich zu sehen. Wie echt die Darstellung wirklich war, konnten sie nicht beurteilen. Die Sonmani wußten es. Der Priester war Wisent, weil die Tierbrüder und die Ahnen bei ihm waren. Die ewige Kluft in der Seele des Stammes, in den Herzen der Menschen, wurde im Tanz aufgehoben. Zeichenhaft, rituell, und wirklich. Es gab keinen Unterschied zwischen Zeichen und Wirklichkeit. Diese Haltung begann sich auch auf die Gäste auszudehnen. Es gab nicht mehr viel Raum für Skepsis, sie wurden hineingenommen in das Ritual. Und ihre Teilnahme blieb doch an der Oberfläche. Alle drei spürten es, noch während die Faszination sie gefangenhielt. Sie fühlten mit den Sonmani. Aber sie hofften und bangten, sorgten und freuten sich nicht mit dem Tanz, wie die Sonmani es taten. Sie waren nicht skeptisch, aber auch nicht gläubig. Nichts hing wirklich, letztlich, von dem Tanz und von seiner Faszination ab. Sie waren dabei, sie waren willkommen, aber sie gehörten nicht dazu. Jens versuchte es am nächsten Morgen beim Frühstück so auszudrücken:

"Es ist, als würde man einem glücklichen, in der Familie geborgenen Kind erzählen, daß es in die Hölle kommt, wenn es nicht brav ist. Ich habe so etwas erlebt. Das Kind ist nicht skeptisch, es schaudert bei dem Gedanken. Es stellt sich die Hölle gräßlich vor. Es findet es richtig, daß das Nichtbravsein bestraft wird. Es glaubt der Aussage irgendwie, aber es vertraut ihr nicht. Es läuft heim zur Mutter, drückt sich an sie und fühlt, daß es geliebt wird und daß so etwas nicht passieren kann. Und es hat recht - solange es liebt und geliebt wird, kann so etwas nicht passieren. Aber es weiß nicht, daß es recht hat. Es glaubt nur nicht, tief innen glaubt es nicht. Es schaudert, aber es fürchtet sich nicht wirklich. Die Gefahr gewinnt keine Wirklichkeit und damit kein inneres Leben."

Vielleicht hatte er es getroffen. Sie hatten den Tanz nachempfunden, aber hatten weder seine Hoffnung noch seine Angst wirklich geteilt. Ihr Verstand hielt es für möglich, daß die Magie funktionierte, und ihre Phantasie konnte es sich ausmalen. Schließlich hatten sie das Unerklärliche bereits erlebt und überlebt. Aber ihr Herz sprach stumm, doch unüberhörbar, dagegen.

Michael war noch nicht zufrieden.

“Was du sagst, bedeutet ja eigentlich, daß die Riten der Sonmani für uns keine religiöse Bedeutung haben, was sie sonst auch bedeuten mögen. So wie in der Geschichte mit der Hölle. Das Kind glaubt an eine Hölle ohne religiöses Gewicht. Wenn das Beispiel stimmt, Jens, dann müssen wir uns fragen, wer oder was für uns die Rolle der guten Mutter spielt. Dann sind wir nämlich religiös gleichgültig, weil wir auf etwas anderes vertrauen.”

“Oder etwas anderes wirklich fürchten”, fügte Sonja hinzu.

“Wo ist denn unsere Mutter, an die wir uns lehnen, ohne zu wissen, warum und wie? Glauben wir an die Aufklärung und die Vernunft? Glauben wir an die Wissenschaft? Wenn, dann muß das sehr tief stecken, mein Intellekt hat nicht mehr viel damit zu tun. Oder glauben wir an uns selbst? Ich kann es nicht akzeptieren, daß wir unbewußt solche Esel sein sollen.”

“Du wirst richtiggehend weise”, antwortete Sonja ihm lächelnd.

“Ich glaube an Gott”, sagte Jens ziemlich unvermittelt. “Das tun die Sonmani zwar auch. Aber etwas ist grundlegend anders. Es ist, als ob sie in eine Welt des Religiösen eingeflochten sind, die es für uns nicht wirklich gibt.”

Sonja und Michael hörten ihm nachdenklich zu. Früher, in der anderen Welt des 20. Jahrhunderts, hätte Jens nicht so gesprochen. Und sie hätten ihm nicht so zugehört. Nicht, daß sie ihm ohne weiteres glaubten. Aber die Frage war jetzt ernster geworden. Irgendwie waren alle Fragen dieser Art ernster geworden. Andere waren unwichtig, die früher wichtig waren. Die Frage nach dem Sinn des Lebens zum Beispiel. Was hatte es für einen Sinn, sich philosophisch einen Sinn auszuwählen, wenn man einfach von einer Welt in die andere geweht werden konnte?

Am Anfang lebte der Ur allein mit seiner Frau im Stromtal. Seine Frau war die weiße Hirschkuh. Ihre Hütte stand am gelben Berg, dessen Fuß die vielen Arme des großen Stroms umspülen. Sie waren glücklich: Der Ur jagte in den Wäldern, die Hirschkuh fischte im Strom und sammelte Haselnüsse. Aber sie hatten keine Kinder. Eines Tages spiegelte sich die weiße Hirschkuh beim Trinken im Wasser des Stroms. Da erfaßte Ona, den Stromgott, eine leidenschaftliche Liebe zu ihr. Er nahm die Gestalt eines Fischotters an und schwamm zum Ur hin, als dieser badete. Er lehrte den Ur, wie man aus einem großen Baumstamm einen Einbaum macht, und wie man das Boot mit einem Paddel bewegt. Der Ur freute sich, setzte sich in das Boot und fuhr weit den Strom hinab. Ona wußte, daß er lange brauchen würde, um gegen die Strömung zurückzurudern. Er ging zu der Hirschkuh in die Hütte und sang für sie. Die weiße Hirschkuh konnte dem Gesang nicht widerstehen, und sie vergnügten sich zusammen bis zum Abend. Dann kehrte Ona zum Strom zurück.

Nach einiger Zeit gebar die weiße Hirschkuh Zwillinge, einen Jungen und ein Mädchen. Das waren die ersten Sonmani. Der Ur nannte den Jungen "Bär" und das Mädchen "Wölfin". Das sind die zwei ältesten Clans der Sonmani. Die Kinder wuchsen so schnell wie Hirschkälber, im Herbst waren sie groß und stark geworden. Als die Sonne immer tiefer sank, wurde es kälter, und Bär und Wölfin froren. Da sprach der Nordwind zu Bär: "Töte den Ur und gebt seinen Leib der Sonne zu essen. Dann wird sie wieder stark werden und Wärme geben. Der Ur ist nicht euer Vater, er ist nur euer Ziehvater. Töte ihn."

Bär erzählte Wölfin, was der Wind gesagt hatte. Er nahm sein Steinbeil und erschlug den Ur, der in der Hütte schlief. Gemeinsam trugen sie die Leiche auf den Gipfel des gelben Bergs, damit die Sonne sie fressen konnte. Aber die Sonne kam nicht zum Berg, und es wurde immer noch kälter. Da wußten Bär und Wölfin, daß der Nordwind sie betrogen hatte. Die

weiße Hirschkuh sah den Ur auf dem Berg liegen und verfluchte ihre Kinder. Dann stürzte sie sich in das Wasser des großen Stroms, um bei ihrem Geliebten zu sein. Ona nahm sie auf, und kein Mensch hat sie je wieder gesehen. Bär und Wölfin wären erfroren, wenn Ona nicht gekommen wäre und sich als ihr Vater zu erkennen gegeben hätte. Er lehrte die Sonmani, Fellkleider zu machen und Feuer zu schlagen. Er befahl ihnen, rund um den Leichnam des Urs Holz aufzuschichten und ihn zu verbrennen. Bär und Wölfin machten ein großes Feuer, das den ganzen Tag brannte. Als der Ur ganz zu Asche verbrannt war, stieg die Sonne wieder höher. Die Sonmani froren nicht mehr.
Wölfin nahm Bär zum Mann, und sie gebar ebenfalls Zwillinge. Bär nannte den Jungen Ur, und das Mädchen Hirschkuh. Das sind die beiden nächsten Clans der Sonmani. Sie wurden ein großes Volk, denn der Strom wacht über seine Kinder. Denkt daran: Die Sonmani sind Kinder des Stroms und der weißen Hirschkuh. Der Fluch der Mutter Hirschkuh bleibt nur unwirksam, solange die vier großen Clans die Sonnwendfeuer entzünden und die Gesetze der Ahnen halten.

Aus den Ursprungsmythen der Sonmani

Kapitel

4

I.

Die Sonne brannte noch hoch vom Himmel, als sich die Jäger dem Standort der Wisentherde näherten. Es war selbst für den Juli im Rheintal ungewöhnlich heiß. Auch unter dem dichten Laub der hohen Buchen und Ulmen floß der Schweiß den Jägern von Stirn und Rücken. Sie hatten sich nach Osten gewandt und waren bergauf marschiert, um sich den Abhang hinab an das Wild anpirschen zu können. Ein leichter Wind wehte von Südwesten. Er stand günstig.

An einer kleinen Quelle machten sie halt, tranken und wuschen sich. Dann bemalten sich die Jäger die Gesichter mit Streifen aus dunklen Erdfarben. Sie maßen der Bemalung eine magische Bedeutung bei. Aber sicherlich waren die hellen Gesichter im flimmernden Schattengewirr des Unterholzes dadurch auch schlechter zu erkennen. Sete, der Bruder Beskas, bemalte Michael und Jens. Sie konnten mit den tonigen Farben noch nicht richtig umgehen. Dann wies Per'kea, der die Jagd leitete, die einzelnen Gruppen zu ihren Standorten. Am Fuß des Abhangs konnte man undeutlich ein Waldstück erkennen, dessen Laub sich hellgrün von der Umgebung abhob. Dort hielt sich die Herde der Wisente auf. Per'kea erläuterte seinen Gästen, daß dort im Frühjahr Raupen das Laub abgefressen hätten. Das helle Grün war der zweite Austrieb der Hainbuchen, Buchen und Ulmen. Das junge Laub wurde von den Wisenten besonders geschätzt. Um diese Tageszeit begannen sie nach der mittäglichen Ruhepause wieder mit dem Fressen. Dabei machten die Tiere viel Lärm, was die Jäger ausnutzen wollten. Sie sollten sich in Gruppen anschleichen, die ersten drei Gruppen ungefähr von Osten her, aber auf verschiedenen Wegen. Per'kea selbst führte eine andere Gruppe auf einem Umweg zu dem Wildwechsel, auf dem die Herde vermutlich flüchten würde. Das war der gefährlichste Posten, denn die Wisente würden angreifen, wenn sie die Jäger plötzlich vor sich hatten. Die anderen Gruppen sollten versuchen, auf einen jungen Bullen zum Schuß zu kommen. Vor ihnen würde die Herde wahrscheinlich sofort die Flucht ergreifen.

Per'kea verschwand mit seinen Leuten im Gebüsch, während die übrigen Jäger noch warteten. Sie wollten ihm Zeit lassen, seine Position zu erreichen. Michael sollte mit Sete gehen. Außerdem gehörte Rista vom Adler-Clan und Lech'te, sein jüngerer Bruder, zu dieser Gruppe. Jens hatte sich Beska und zwei weiteren Jägern angeschlossen. Sie trugen beide keine Bogen. Die übrigen Jäger hatten ihre Schießkünste doch als zu gering eingestuft. Michael hielt den überlangen Eschenspeer mit der sorgfältig gefeilten Knochenspitze, der extra für ihn angefertigt worden war. Er mußte die Bogenschützen verteidigen, falls ein Tier wider Erwarten angreifen würde. Außer ihm trug nur noch Sete den Speer über den Rücken geschnallt mit sich.

Rista, der als besonders geschickter Jäger galt, schlich voran. Es war erstaunlich, wie lautlos er sich auf dem mit Ästen und Laub bedeckten Waldboden bewegte. Bald wurde das Unterholz dichter. Holunderbüsche, Haselsträucher und Himbeerruten drängten sich nach dem Licht, das die Laubkronen hier und da durchließen. Immer langsamer drangen sie vor. Sie vermieden nicht nur jedes Geräusch, sondern auch jede unnötige Erschütterung des Buschwerks. Michael bemühte sich, es den anderen gleichzutun, was ihm allerdings nicht immer gelang.

Die Jäger machten sich nichts aus den kleinen Geräuschen, die er verursachte. Bald merkte Michael, warum sie so unkritisch waren. Rista duckte sich hinter einen gefallenen Buchenstamm, aus dem unzählige neue Schößlinge trieben, und winkte die drei anderen heran. Aus der Deckung des Laubwerks heraus deutete er nach vorne. Zuerst konnte Michael nichts erkennen. Er hörte nur, daß dünne Zweige raschelten. Es klang, als würden kleine Kinder durch eine Wiese laufen und dabei Blumen abreißen. Dann konnte er, noch mindestens fünfzig Meter entfernt, zwischen den Büschen einige dunkelbraune Leiber unterscheiden. Die Wisente weideten nicht wie Kühe auf dem Boden, sondern streiften Laub von den Bäumen und rissen kleine Zweige ab, die sie zerkauten. In den Geräuschen gingen die Laute unter, die von den Jägern kamen. Aber jetzt hieß es langsam weiterschleichen, denn jede Bewegung konnte gesehen werden. Für einen sicheren Pfeilschuß war es noch zu weit. Die Sicht war zu sehr durch Äste und Laub verdeckt.

Für Michael schien das Anschleichen unendlich lange zu dauern. Rista und die anderen überlegten anscheinend jeden Schritt hin und her, bevor sie ihn machten. Einer der Wisente hatte sich außer Sicht bewegt, und ein anderer war hinter einem dichten Gebüsch hervorgekommen, bevor sie weitere zehn Meter zurückgelegt hatten. Und obwohl sie gute Deckung hatten, war Michael erstaunt, daß die Wisente sie nicht sahen. Dann erinnerte er sich, daß es nur auf Bewegungen ankam, nicht auf Formen und Farben. Wie alle Rinder konnten auch die Wisente nicht scharf sehen, registrierten aber jede ungewöhnliche Bewegung. Immer wieder hörte ein Tier zu fressen auf, spielte mit den langen Ohren und drehte die Nase in den Wind. Sie waren aufmerksam, aber nicht aufmerksam genug für die geübten Jäger der Sonmani. Rista und Lech'te, die Bogenschützen, befanden sich bereits einige Schritte vor Michael und Sete. Nach scheinbar endlosem Warten und Schleichen waren sie auf weniger als zwanzig Meter an den nächsten Wisent herangekommen. Die Tiere bemerkten nichts von der Gefahr.

Sie hatten nun eine Kuh mit einem kleinen Kalb im Blickfeld, dazu eine offenbar jüngere Kuh, einen halbwüchsigen Bullen und einen alten Bullen von erstaunlichen Ausmaßen. Das war nicht die ganze Herde, man hörte weitere Freßgeräusche im Gebüsch. Aber die übrigen Tiere wurden vom Unterholz verdeckt. Ein beklemmendes Gefühl in der Magengegend erinnerte Michael daran, sich nach einem kräftigen Baum umzusehen. Wenn ein solcher Bulle angriff, das hatten ihm die Jäger gesagt, war man hinter - oder noch besser auf - einem dicken Baum am sichersten. Das Tier war unglaublich groß, es erschien ihm viel größer als die amerikanischen Indianerbüffel, die er aus dem Zoo kannte. Vielleicht täuschte er sich, immerhin hatte er dort hinter einem kräftigen Zaun gestanden. Trotzdem - er schätzte den zottig behaarten Schulterbuckel auf mindestens zwei Meter Höhe, und das ganze Tier auf fast vier Meter Länge. Die Kuh war gut ein Drittel kleiner, oder sah zumindest so aus. Da er an letzter Stelle kauerte, konnte er beobachten, wie Rista unendlich langsam den Bogen hob. Lech'te tat es ihm nach, während Sete offenbar nicht schießen wollte. Michael wußte, daß sie es auf den halbwüchsigen Bullen abgesehen hatten. Kein Jäger würde ohne Not eine Kuh töten, die ein Kalb führte. Und der alte Bulle gab kein gutes Fleisch mehr. Außerdem wäre es unnötig gefährlich, ihn vielleicht nur zu verwunden. Für die Trophäenjagd der weißen Großwildjäger, die immer das größte und stärkste Tier abschossen, hätten die Sonmani kein Verständnis gehabt. Ihnen ging es um die Nahrung für das Dorf, jetzt und in Zukunft. Der junge Bulle war genau die Beute, die die Jäger sich wünschten. Er drehte den Schützen nun die linke Flanke zu. Rista und Lech'te spannten die Bogen zum Herzschuß.

Die beiden Pfeile flogen wie aus einer Hand und trafen. Das tödlich verwundete Tier brüllte dumpf auf, während die anderen Wisente sich zur Flucht wandten. Sete, der den Bogen in Bereitschaft gehalten hatte, ließ die Waffe wieder sinken. Der junge Bulle stürzte mit blutenden Nüstern zu Boden, und die übrigen Tiere boten ihm bereits kein Ziel mehr. Die ganze Herde war nun aufgestört. Man hörte das Unterholz krachen, als die mächtigen Tierleiber hindurchdrängten. Ob noch ein Jäger einer anderen Gruppe zum Schuß gekommen war, konnten sie nicht feststellen. Sie verständigten sich mit wenigen Worten, dann sprangen sie auf und rannten hinter der Herde her. Ihre erste Beute war tot, um sie würde man sich später kümmern. Michael wußte, daß die Verfolgung gefährlich war. Es konnte ein verwundetes Tier in der Herde sein, das sich irgendwo versteckte, anstatt zu fliehen. Dann mußte man mit einem plötzlichen, tödlichen Angriff rechnen. Aber andererseits konnten sie noch einmal zum Schuß kommen, wenn die Gruppe Per'keas vor ihnen die Herde aufhielt oder zersprengte.

Sie hasteten um ein dichtes Haselgebüsch herum, das die Wisente auf ihrer Flucht einfach durchbrochen hatten. Dann war die Gefahr da. Auf der anderen Seite des Gehölzes erwartete sie der alte Bulle. Obwohl er nicht verwundet war, hatte er die Flucht aufgegeben. Niemand wußte warum, und niemand hatte Zeit, darüber nachzudenken. Rista, der immer noch als erster lief, sah sich Auge in Auge mit dem gereizten Tier. Der zottige Schädel mit den Krummhörnern senkte sich, der Wisent sprang mit erstaunlicher Gewandheit vorwärts. Aber noch schneller hechtete Rista zur Seite und verschwand kopfüber in einem kleinen Wald grüner Lattichstauden. Dabei streute er alle seine Pfeile über die zerstampfte Erde.

Lech'te, der als nächster lief, tat es seinem Bruder nach. Er wählte die andere Seite und krachte in das wirre Haselgestrüpp. Aber immerhin hielt er Pfeil und Bogen fest, obwohl er für den Moment kaum mehr atmen konnte. Dann kam Sete. Er hatte mehr Zeit und versuchte, in die Deckung eines nahem Baumstamms zu gelangen. Dabei trat er auf einen halb im Moos verborgenen, glitschigen Ast und stürzte hart nach hinten. Der Speer, den er auf dem Rücken trug, schlug ihm schmerzhaft zwischen die Schultern. Nur schwerfällig konnte er sich mit den Ellbogen aufrichten. Der Wisent, dessen erste Gegner verschwunden waren, tat einen weiteren gewaltigen Satz auf ihn zu. Sete versuchte aufzustehen, als der Bulle brüllend den Kopf senkte. Hilflos hob er die Hand, als wollte er das grausame Horn abwehren. Da stand plötzlich Michael neben ihm.

Michael hatte am meisten Zeit gehabt, auf den plötzlichen Angriff zu reagieren. Er hatte einen Baum gefunden, hinter dem der Bulle ihn nicht bemerkte. Aber dann sah er Sete liegen. Er sprang aus seiner Deckung hervor. Als der Bulle den Kopf senkte, traf ihn der Speer Michaels in die Kehle. Die lange, weiße Spitze verschwand bis zum Schaft im Fell, und hellrotes Blut spritzte hervor. Der Bulle warf sich zurück und riß Michael, der den Schaft festhielt, mit. Er wollte brüllen, aber aus seinem Maul kam nur ein gurgelndes Stöhnen. Wie rasend schwang das Tier den mächtigen Schädel, und der Speerschaft schlug hin und her. Michael taumelte, und dann erfaßte ihn das gekrümmte Horn am Oberkörper. Er schrie auf und flog zur Seite. Dicke Äste krachten und brachen.

Wenige Meter entfernt hatte Lech'te sich wieder aufgerichtet. Ein einziger Pfeil war ihm in der Hand geblieben. In dem Moment, in dem Michael dem Bullen den Speer in die Kehle stieß, hob er den Bogen. Die Sehne spannte sich weit, sehr weit, zum Herzschuß. Aber das Tier drehte Lech'te den Schädel zu, er fand kein Ziel für den Pfeil. Er erstarrte für Momente, die ihm wie eine Ewigkeit vorkamen, in der Schußhaltung. Dann wandte der Bulle sich taumelnd um, und Lech'te sah Michael fallen. Die verwundbare Stelle hinter dem Vorderbein wurde sichtbar. Der Pfeil schwirrte. Mit Spitze, Schaft und Feder verschwand er im gewaltigen Körper des Bullen. Wie von einem Schlag betäubt stand der Wisent still. Es dauerte eine Sekunde, zwei Sekunden. Niemand rührte sich, auch Sete bewegte kein Glied. Dann brach das mächtige Tier stöhnend zusammen. Immer noch floß sein Blut aus der furchtbaren Kehlwunde, aber der Pfeil Lech'tes hatte das Herz durchbohrt. Die Jagd war vorbei.

Rista sprang hinter einem Busch hervor und half Sete, aufzustehen. Ihm selbst war nichts geschehen. Sete jedoch zitterte unkontrolliert und mußte sich gleich wieder setzen. Ihm war trotz der Sommerhitze eiskalt, und nur mühsam konnte er die Tränen unterdrücken. Rista nahm ihm den Speer vom Rücken, dann hinkte Lech'te auf sie zu. Er hatte sich den Knöchel geprellt und war auch sonst mit Kratzern und Schürfungen bedeckt. Aber es fehlte ihm nichts Ernstes. Gemeinsam liefen die Brüder zu dem Baum, unter dem Michael regungslos lag. Blut strömte ihm aus einer Kopfwunde über das Gesicht, und Blut quoll unter den Fetzen des Lederhemdes hervor.

"Er ist tot", schrie Lech'te auf. Rista wurde blaß. Er zog den schweren Körper zwischen den Ästen hervor. Dann breitete er sein Hemd aus, und gemeinsam mit Lech'te legte er Michael mit dem Kopf darauf. Da sahen sie, daß der Verletzte noch atmete. Rista befahl Lech'te, sich um Michael zu kümmern. Sete war noch immer unfähig, sich zu erheben. Er selbst rannte los, um Beska zu suchen. Der Priester führte Verbandmaterial und Kräuter mit sich, denn auf einer Jagd konnte es immer zu Unfällen kommen. Lech'te hörte seinen Bruder im Wald nach Beska rufen. Die übrigen Jäger waren sicherlich nicht weit entfernt.

2.

Michael träumte. Er befand sich in einer Gaskammer. Die Luft war giftig, jeder Atemzug brannte wie Feuer. Überall war ein quälender Druck. Der Kopf tat ihm unerträglich weh. Er wollte hinaus, versuchte, die Tür zu öffnen. Aber er konnte sich nicht bewegen. Wer hielt ihn fest? Er stöhnte laut auf. Neue Stiche in der Brust. Wenn er nur die Augen öffnen könnte...

Schließlich bemerkte er, daß es eine Stimme gab, die schon die ganze Zeit auf ihn einsprach.

"Er wacht auf", sagte die Stimme. Und: "Er hat eben gestöhnt."

Mühsam öffnete Michael die Augen und schloß sie gleich wieder. Das Licht, obwohl es schwach war, brachte seinen Kopf zum Zerspringen. Aber er hatte erkannt, daß Jens neben ihm saß. Sonja war auch da. Er stöhnte und öffnete vorsichtig wieder die Augen. Der Kopf tat ihm immer noch weh, und das Atmen bereitete ihm große Schmerzen. Sein Brustkorb schien eine einzige Wunde zu sein. Er wollte mit der Hand zur Brust greifen, aber das ging nicht. Seine Arme waren in irgend etwas eingewickelt - eine Fuchsdecke - jetzt bemerkte er es. Er lag auf der Erde unter einem Windschirm, wie ihn die Sonmani aus frischen Zweigen flechten, wenn sie im Freien übernachten. Es war dämmrig, die Abenddämmerung. Weit im Westen brannte der Horizont noch rot, aber das Feuer auf der Lichtung leuchtete bereits heller als der Himmel. Er konnte im Feuerschein den dunklen Körper des Wisentbullen erkennen, den er getötet hatte. Oder wie war es gewesen?

"Was ist passiert?" Er stöhnte es mehr, als daß er es sprach. Aber Jens verstand ihn.

"Mann, sind wir froh, daß du wieder an Bord bist! Immerhin hast du einige Stunden im Nirwana verbracht. Der Bulle hat dir ein Horn in die Rippen gerannt und mindestens zwei davon kräftig angeknackst. Das sagt zumindest Beska. Aber die Lunge und andere edle Teile sind unverletzt, wieder laut Beska. Er hat dich mit Kräutern bepflastert und mit feuchten Lederstreifen eingewickelt. Er meint, du wirst schon wieder. Tut es sehr weh?"

Jens wählte einen lockeren Ton, um seine eigene Besorgnis zu überspielen. Sicher, es war nicht so schlimm, wie es zuerst ausgesehen hatte. Aber hier im Urwald, ohne Medikamente, ohne Desinfektionsmittel? Sie hatten beide Angst um Michael. Aber das durfte man ihn nicht merken lassen.

Michael stieß weitere fragende Laute aus. Jens riet richtig:

“Dein Kopf? Da hat dich wahrscheinlich ein Ast erwischt, als der Bulle dich an den Baum warf. Ein Stück Kopfhaut hing herunter, und geblutet hast du wie ein Schwein. Beska hat die Haut mit Fichtenharz oder so etwas festgeklebt. Er meint, sie wächst wieder an. Aber einen Kahlschnitt wirst du brauchen, wenn du wieder gesund bist. Anders bekommst du das Zeug nicht mehr aus der Frisur. Du hast einen harten Schädel, denn dem ist nichts passiert. Vor allem hast du eine Gehirnerschütterung. Und dazu kommt der Blutverlust. Wenn du kannst, sollst du leicht gesalzene Rinderbrühe trinken. Oder eigentlich Wisentbrühe. Verordnung von Beska, hergestellt von Eri. Der Topf steht neben dem Feuer. Sete hat übrigens nach offizieller Lesart auch eine Gehirnerschütterung gehabt. Aber ich glaube, es war mehr der Schock. Jedenfalls ging es ihm schnell wieder gut. Natürlich kann ein tapferer Krieger der fünf Ratsfeuer keinen Schock erleiden, nur weil ihn ein Wisent aufspießen will. Darum die Diagnose Gehirnerschütterung. Aber es ist ganz ich-stärkend zu erleben, daß die harten Burschen hier auch ihre Schwächen haben.”

Trotz seines elenden Zustands merkte Michael, daß Jens vor allem plauderte, um ihn abzulenken. Sonja kam mit einem Tontopf und einem Holzlöffel an. Es roch nach Fleischbrühe. Angewidert von dem Geruch drehte Michael den Kopf zur Seite.

“Versuch es”, sagte Sonja. “Beska meint, es sei gut für dich. Oder meinst du, das stimmt nicht? Ich vergesse ganz, daß du der Medizinmann bist.”

Michael brachte diesmal eine richtige Antwort zustande.

“Ich weiß, daß es gut wäre. Blutverlust und so. Aber ich kann nicht, nimm es weg.”

Sonja kümmerte sich nicht um ihn. Sie kniete sich neben ihn und hielt ihm den Löffel an die Lippen, während Jens weiter plauderte. Einige Schlucke brachte er hinunter, dann ging es nicht mehr. Er drehte den Kopf erneut weg. Sonja gab nach und trug den Topf zum Feuer zurück. Noch immer tat ihm jeder Atemzug weh, aber die Schmerzen am Brustkorb waren etwas besser geworden. Jens erklärte ihm, daß die Lederstreifen sich zusammenziehen und die Rippen stützen sollten. Vielleicht wirkte dieses primitive Korsett schon. Vielleicht hatten auch die Kräuter schmerzstillende Wirkung. Aber der Kopf dröhnte immer noch zum Zerspringen. Jens und Sonja merkten, daß er nicht mehr reden wollte. Sie setzten sich stumm neben ihn.

Rund um das Feuer ging es ziemlich lebhaft zu. Offenbar waren nicht nur Sonja und Eri, sondern mehrere andere Frauen nachgekommen, denn es wurde Fleisch gebraten, zum Räuchern und Trocknen vorbereitet, und Fellstücke wurden gesäubert. Michael sah eine Reihe anderer Windschirme an günstigen Stellen unter den Bäumen stehen. Anscheinend wollten die Sonmani hier lagern, bis die Beute verarbeitet war. Sete und Beska sah er nicht, aber Rista und sein Bruder waren da. Als Lech'te sich erhob, fiel der Feuerschein auf ihn. Michael sah, daß er die dreifache Kette aus Adlerklauen trug, das Clanzeichen. Die Männer und Frauen unterbrachen ihre Arbeit und setzen sich in einem großen Kreis um die Lichtung. Lech'te schritt feierlich auf den massiven Körper des toten Bullen zu und breitete die Arme vor ihm zum Friedensgruß aus. Dann begann er zu singen.

Jens erklärte im Flüsterton:

"Sie wollen den Geist des Bullen für seine Tapferkeit ehren. Er ist aus ihrer Sicht heldenhaft gestorben. Man darf seinen Geist nicht erzürnen. Lech'te singt das Loblied, übrigens zum erstenmal in seinem Leben. Er war ganz schön aufgeregt, als ich vorher mit ihm sprach. Aber er hat den Bullen erschossen, darum muß er singen. Das hast du wahrscheinlich gar nicht mehr mitbekommen. Er hat nur einen Pfeil benötigt und ist mächtig stolz auf sich. Übrigens hat vorhin das hohe Jagdgericht hier getagt und entschieden, daß die Wunde in der Kehle, die du dem Bullen beigebracht hast, ebenfalls tödlich war. Per'kea, A'kire und noch zwei Leute haben heftig diskutiert. Weil du der erste warst, darfst du über die Trophäen verfügen. Fell und Hörner gehören dir. Das Fleisch gehört, wie immer, dem ganzen Dorf. Aber ich glaube nicht, daß der alte Gigant ein Leckerbissen ist. Die Rinderbrühe stammt jedenfalls von einer jungen Kuh."

Lech'te sang. Michael dämmerte wieder in die Bewußtlosigkeit zurück. Jens verstand zum erstenmal ein Lied, das in der gehobenen Sprachform vorgetragen wurde. Irgendwie hatten seine Kenntnisse jene Schwelle überschritten, die bei jeder fremden Sprache die entscheidende ist: Er mußte nicht mehr mühsam im Kopf übertragen, was er hörte. Die Begriffe wurden unmittelbar lebendig, weckten ihre Bilder und Assoziationen ohne die Brücke deutscher Worte. Auch Sonja verstand, das sah er ihr an.

Das flackernde Feuer, der urzeitliche, riesenhafte Tierleib, der lockende, klagende und hoffende Gesang des Steinzeitjägers verschmolzen zu einer einzigen, fast körperlich wahrnehmbaren Gestalt. Sie waren noch nie so nahe daran gewesen, diese Menschen wirklich zu verstehen. Da war ein Eingebundensein in die Welt der Tiere und Pflanzen, aber auch eine Klage über die in die Welt hineingeflochtene, allgegenwärtige Not. Wo der moderne Mensch einen Riß durch sein eigenes Herz spürt, spürten diese Menschen einen Riß durch die ganze Schöpfung gehen. Aber wie kamen sie auf Schöpfung? So geschichtlich dachte nur das moderne Abendland. Für die Sonmani war die Welt einfach da, einfach alles. Alles, was sie betraf, betraf die Welt, und umgekehrt. Ihr Leiden war das Leiden der ganzen Wirklichkeit, ihr gutes, erhaltendes Tun erhielt die ganze Wirklichkeit. War das letztlich so falsch? Und trotzdem, sie konnten dieses Dasein nur von weitem verstehen, vielleicht nicht einmal das. Es gab kein Zurück in diese Welt für Menschen, wie sie es waren.

Sonja dachte an Sokrates, an das berühmte Bild des menschlichen Herzens als zweifach bespannten Wagen, von einem weißen Pferd zum Guten, von einem schwarzen Pferd zum Bösen gezogen. So hätten es die Sonmani nicht verstanden. Ihr Herz wurde von Kräften und Mächten außerhalb ihrer selbst bewegt, von den Orakeln und Zeichen der Götter, von den Einflüsterungen der Ahnengeister. Sokrates war auf ihrer, auf der modernen, Seite der Geschichte, die Sonmani auf der anderen. Hatte Karl Jaspers nicht von einer Achsenzeit gesprochen, einer Achse, um die sich das menschliche Fühlen und Denken entscheidend gedreht hatte? So zwischen 800 und 400 vor Christus? Sokrates war Teil dieser Achse gewesen, er hatte mitgeholfen, das Menschenschicksal auf einen neuen Weg zu lenken. Die Sonmani waren Teil einer Welt vor dieser Zeitenwende. Und trotzdem: Machte es solch einen Unterschied?

3.

Es war nicht unangenehm, ein Held zu sein. Michael genoß die Achtung der Sonmani ungeniert. Immerhin war er sich im Dorf lange genug wie ein Trottel vorgekommen. Der Kontrast tat gut. Rista hatte aus dem Kampf mit dem Wisent eine tolle Geschichte gemacht, die alle Dorfbewohner inzwischen auswendig kannten. Aber noch besser war, daß seine Wunden gut heilten. Die stützenden Lederstreifen waren gestern entfernt worden, zum Glück! Sie hatten schon tagelang ein furchtbares Jucken auf der Haut verursacht, aber Beska hatte sich nicht erweichen lassen. Die Kopfwunde war schon lange kein Problem mehr. Nur die Haare trug er wirklich kurz. Sonja hatte sie ihm mit dem scharf geschliffenen Taschenmesser abgeschnitten, samt Harz und Kräuterbrei, geronnenem Blut und Schmutz. Gräßlich, aber immer noch besser als die Flintklingen der Sonmani! Am besten allerdings war, daß es zwischen Sonja und ihm irgendwie gefunkt hatte. Er wußte nicht wie, aber sie waren ein Paar geworden. Bei Sonja mochte die Bewunderung eine Rolle spielen und der Wunsch, sich an ihn anzulehnen. Michael versuchte, sich an diesem Punkt keine Illusionen über sich selbst zu machen. Er war sich aber völlig sicher, daß er von seiner Seite aus Sonja liebte. Er konnte sich nicht erinnern, daß ihm eine seiner Freundinnen je auch nur annähernd soviel bedeutet hatte. Ihre bloße Gegenwart machte ihm Hoffnung, gab ihm Lebensfreude. Sie konnten, sie mußten sich in dieser Welt einrichten, in der sie nun einmal waren. Und dazu gab ihnen die Liebe auch Kraft - nun, zumindest ihm. Ob die Liebe auch Sonja Kraft gab, oder ob sie einfach Kraft hatte, da war er sich nicht so sicher. Am Abend war wieder ein Festessen. Diesmal heiratete Sete die kleine, dunkelhaarige Mihacho vom Wolf-Clan. Das Mädchen war hübsch, und sie hatte eine besondere Geschichte. Ihre Mutter war nach der "Schlacht am weißen Felsen" als Beute in das Dorf gekommen. Sie gehörte zu den Ackerbaustämmen im Süden. Sie lebte noch, eine schweigsame Frau mittleren Alters. Schon lange war sie vom Wolf-Clan adoptiert worden. Ihre Tochter war im Dorf geboren, sie kannte nur das Leben der Sonmani. Nun heiratete sie Sete. Jeder gönnte ihm das begehrte Mädchen, denn Sete war seiner Gutmütigkeit wegen sehr beliebt und als Speerfechter hochgeachtet. Michael war als Lebensretter des Bräutigams noch extra von den beiden eingeladen worden. Eigentlich unnötig, denn natürlich war das ganze Dorf dabei. Aber Sete hatte ihm seine Dankbarkeit zeigen wollen. Und in der Nacht, wenn alles gut ging, war er mit Sonja allein.

Michael lag vor ihrer Hütte in der Sonne. Er träumte weiter vor sich hin. Sonja versuchte gerade, mit Hilfe von A'kires Frau einen Rock aus weichem, mehrfach gegerbtem Rehleder zu nähen. Er konnte sie auf der anderen Seite des Dorfplatzes vor A'kires Hütte sitzen sehen, wenn er die Augen öffnete. Jens fühlte sich ausgesprochen überflüssig. Er war nicht rekonvaleszent und konnte sich nicht einfach in die Sonne legen. Obwohl, wenn er es recht bedachte, die Männer des Dorfes keine solchen Skrupel hatten. Aber er hatte mehr zu verkraften als nur seine unangebrachte, neuzeitliche Arbeitsmoral. Er war überflüssig, weil Sonja sich für Michael entschieden hatte. Und so sehr er sich immer gesagt hatte, daß es so kommen würde: es tat ihm schrecklich weh.

Jens schlenderte zum Tor und schaute sich um. Er wollte alleine sein. Am Fluß legten eben zwei Einbäume an. Männer und Frauen, die vom Fischfang zurückkamen. Gleich würden Kinder und alte Frauen ihnen entgegenströmen. Jens hatte keine Lust, in die Menge zu geraten. Er machte sich bergauf davon.

Nach ungefähr hundert Metern begannen ganze Wäldchen von Haselnußbüschen, die sich den sonnenbeschienenen, trockenen Hang hinaufzogen. Er war sich nicht sicher, ob die Wäldchen rein natürlich zustande gekommen waren. Offenbar schlugen die Sonmani gezielt andere Hölzer heraus, um den Haseln Platz zu schaffen. Die Haselnüsse waren eine wichtige Winternahrung, da sie sich lange lagern ließ. Aber jetzt, im Hochsommer, spielten sie noch keine Rolle. Jens betrachtete die dicken, grünen Nußbüschel an den schlanken Zweigen. Waren die Haselnüsse in seiner Jugend im August auch schon so weit gewesen? Er konnte es nicht mit Sicherheit sagen.

Inzwischen hatte er sich völlig in den hohen Büschen verloren. Das Dorf war außer Sicht geraten. Obwohl er die Einsamkeit gesucht hatte, konnte er sie jetzt kaum ertragen. Es war warm, fast schwül. Ein Wust ungeordneter Gedanken und Gefühle drängte in ihm hin und her.

"Michael hat gesagt, er möchte gerne mit Sonja alleine in der Hütte wohnen. Sie will es auch, hat er gesagt. Ich kann zu Beska ziehen, hat er gesagt. Es ist alles schon abgesprochen, über meinen Kopf hinweg. Warum sagt sie es mir nicht selbst? Das täte weniger weh... oder auch nicht."

"Was soll ich hier tun? Sie wollen sich bei den Sonmani einrichten. Und was tue ich? Ich habe niemanden. Ich bin das dritte Rad am Wagen. Oder heißt es das fünfte? Ich wußte, daß es so kommen wird."

"Es gibt einfach Typen, die Erfolg haben, und Typen, die verzichten müssen. Ich gehöre zu denen, die zu kurz kommen. Das war bei mir schon immer so. Wann habe ich jemals etwas genommen, was ein anderer wollte? Ich will auch glücklich sein. Warum bekomme ich nie etwas? Wenn ich nicht einmal in einer anderen Welt anders werden kann, wo sonst?"

Er traf auf einen kaum sichtbaren Fußpfad und folgte ihm durch das Buschwerk. Oft mußte er sich bücken, wo die überhängenden Äste den kleiner gewachsenen Sonmani noch Durchlaß gewährten. Die Wärme, das grüne, schattengefleckte Licht und die ständig kreisenden Gedanken ermüdeten ihn. So bemerkte er erst im letzten Augenblick, daß ihn jemand zwischen den Büschen erwartete. Es war Eri. Sie mußte ihm mit Absicht gefolgt sein, denn allein ging ein Mädchen sonst nicht so weit vom Dorf weg. Überrascht streckte er die Hand aus, und sie legte zögernd ihre Finger in die seinen. Zusammen gingen sie weiter, langsam, schweigend. Eri trug einen schön verzierten Lederrock und eine lose Jacke als Schutz vor dem schlagenden Gezweig. Ihre braunen Haare waren frisch gewaschen und gekämmt und hingen lang herunter. Ein geflochtenes Lederband, mit weißen Knochenperlen geschmückt, hielt die Haare aus der Stirn. Sie trug auch ihre Kette aus Otterzähnen und Otterfell, das Clanzeichen. Offenbar hatte sie sich schon für das abendliche Fest geschmückt. Wie alt war sie wohl? 17 oder 18 Jahre, mehr nicht. Aber bei den Sonmani alt genug zum Heiraten. Sie heirateten kurz nach Ende der Kindheit, denn die Pubertät kam für die Sonmani viel später, als er es gewohnt war. Ob Eri wohl schon einen Freund gehabt hatte? Harka war hinter ihr her, aber den schien sie nicht zu wollen. Er hätte auf Beska getippt. Aber warum hatte sie dann hier draußen auf ihn gewartet? Er hatte schon oft gedacht, daß sie schön war. Sie brachte ihn in Erregung, auch jetzt. Wenn er ihr ins Gesicht schauen wollte, drehte sie den Kopf weg. Die Verwirrung der verschiedenen Gefühlsebenen, die sich in ihm wie geologische Schichten überlagerten, machte ihn stumm. Aber schließlich legte er den Arm um Eris Schulter.

"Hast du mich gesucht?" fragte er. Sie nickte.

"Ich freue mich. Ich habe mich einsam gefühlt." Der Druck seiner Hand auf ihrer Schulter sagte mehr als das. Er spürte, daß Eri nachgab, obwohl sie den Kopf gesenkt hielt. Scheinbar zusammenhanglos sagte sie:

"Jemand... hat mir erzählt, daß du umziehen wirst. Sonja und Micha'el wollen heiraten. Ich glaube, du bist traurig darüber."

Darauf gab es mehrere romantische Antworten. Er hätte sagen können: Jetzt nicht mehr. Oder: Ich weiß nicht, du bist ja da. Aber Jens wußte, daß es nur eine wahre Antwort geben konnte.

"Ja, ich bin traurig. Ich glaube, ich habe Sonja geliebt. Und nun fühle ich mich allein. Aber du tröstest mich..."

Gleichzeitig wußte er, daß zumindest das letzte wohl wahr, aber nicht die ganze Wahrheit war.

Wie als Antwort auf sein unausgesprochenes Begehren hob Eri den Blick. Sie schaute ihn lange an, ihre Augen wichen nicht mehr aus. Jens nahm sie in die Arme, und sie drängte sich an ihn. Er spürte den seltsamen, wilden Geruch ihrer Haare und ihren weichen, jungen Körper. Seine Hände schlossen sich um ihre Hüften. Sie drängte ihn sanft zurück.

"Nicht hier", flüsterte sie und zog ihn an der Hand fort. Mitten zwischen den Büschen gab es einen Streifen Gras, über dem ein Stückchen blauer Himmel sichtbar war. Jens zog Eri erneut an sich, und diesmal erwiderte sie die Umarmung mit plötzlicher Leidenschaft. Sie gehörten zusammen.

Es war bereits spät am Nachmittag. Ihr Gefühlssturm hatte sich in einem Schlaf gelegt, aus dem Jens als erster erwachte. Neben ihm lag das Mädchen, das sich ihm so leidenschaftlich hingegeben hatte. Sie döste nur noch. Das braune Gesicht mit den halb geöffneten Lippen wirkte so kindlich - gar nicht die Züge einer Frau. Jens wurde von einer Welle von Zärtlichkeit und Reue überspült.

"Was soll daraus werden?" dachte er. "Ich weiß nicht, ob das richtig war. Aber sie wollte es irgendwie selbst. Und ich wollte es ganz bestimmt. Ich weiß nicht, ob ich sie liebe. Aber ich bin verrückt nach ihr. Und ich habe solches Mitleid mit ihr. Ob das Liebe ist? Vielleicht gehöre ich doch hierher. Vielleicht zu ihr."

Er betrachtete die Lippen, die die seinen heftig geküßt hatten. Eri wachte langsam auf. Dicke Tränen quollen unter den Wimpern hervor. Unter Tränen streckte sie die Hand aus und zog ihn zu sich herunter. Ihr Griff war schmerzhaft, sie weinte und weinte. Das Mitleid saß ihm nun wie ein Schmerz in der Brust. "Warum weinst du? Was ist los? Ich bin doch da!"

Und er küßte sie wieder und wieder. Auf die Wangen, auf die feuchten Augen, auf die Stirn, auf das Haar. Sie hörte nicht auf zu weinen.

"Was ist denn los, Liebes? Warum bist du so traurig?"

Eri legte ihren Kopf auf seinen Schoß, und öffnete schluchzend die Augen.

"Du bist der Geistervogel. Du wirst nicht bleiben. Du kommst, und wenn der Sommer geht, gehst du auch. Ich habe dich lieb, und du wirst wieder gehen. Kannst du nicht bleiben? Du kannst es nicht, ich weiß es. Jens, der Geistervogel, der Götterbote - ich wollte, du wärst einfach ein Jäger!"

Sie weinte und weinte.

Jens wollte sie trösten. Er wollte sagen: Ich bleibe für immer bei dir. Aber der Satz kam ihm nicht über die Lippen. Was wußte er schon? Er konnte Eri nicht trösten, er konnte nicht! Was sollte daraus werden? Michael und Sonja hatten es gut. Sie hatten ein gemeinsames Schicksal. Aber Eri vom Otter-Clan und Jens Zinser, Diplom-Biologe? Gab es für sie beide ein gemeinsames Schicksal? Er konnte nur sinnlose, zärtliche Worte flüstern und dem weinenden Mädchen über die Haare streicheln. Schließlich nahm er sie erneut in die Arme, und ihre Lippen öffneten sich. Sie küßten sich, und die Leidenschaft überrollte sie wie eine große Woge. Alle Gedanken verschwanden in der Flut des Begehrens, als ihre Körper sich zueinander drängten.

Die Sonne stand tief im Westen, als Jens und Eri zum Dorf zurückkehrten. Noch bevor sie die Büsche verließen, trennten sie sich. Eri begab sich auf einem Umweg alleine zum Flußufer. Sie wollte sich nochmals waschen und kämmen, denn das Fest stand unmittelbar bevor. Jens hatte trotz dieser Vorsicht keine Illusionen in Bezug auf den Klatsch, den sie verursachen würden. Jeder im Dorf schien auf fast unheimliche Weise zu wissen, wo jeder andere war. Aus ihrer gemeinsamen, stundenlangen Abwesenheit würde man sofort die - in diesem Fall richtigen - Schlüsse ziehen. Hoffentlich hielten sie wenigstens vor ihm den Mund. Er hatte das Gefühl, die derben Witze der Sonmani jetzt nicht ertragen zu können. Sete und Mihacho gaben heute dafür ja schon genug Stoff ab. Hoffentlich. Außerdem konnte es Spannungen geben. Harka war ihnen gegenüber sowieso distanziert. Jetzt würde er mit Sicherheit eifersüchtig reagieren. Er war so ein Typ. Ehrgeizig und eifersüchtig. Und er betrachtete Eri als eine Art von Privatbesitz, weil er der "Versorger" war. Aber eigentlich hatte er vor allem Beska gegenüber ein schlechtes Gewissen. Er war ziemlich sicher, daß Beska ehrlich an Eri hing. Jetzt hatte er ihm sein Mädchen ausgespannt und sollte zu ihm in die Hütte ziehen. Er mußte mit Michael reden. Aber zuerst kam das Fest.

4.

Das große Festessen neigte sich seinem Ende zu. Das ganze Dorf hatte sich mit gekochtem und gebratenem Fleisch, mit Suppe und einer Art von Steckerlfisch vollgestopft. Es wurde immer dunkler, und das große Feuer auf dem Dorfplatz geriet in den Mittelpunkt des Geschehens. Es gab keinen Alkohol bei den Sonmani. Eigentlich angenehm, dachte Sonja. Sie waren zwar ziemlich "high", sofern man das so vollgefressen sein konnte. Aber niemand fiel aus der Rolle. Nicht einmal Harka, der ein Gesicht machte wie sieben Tage Regenwetter. Sonja wußte, warum. Natürlich hatte eine der alten Frauen ihr bereits erzählt, daß Jens mit Eri fort gewesen war. Harka mußte ebenfalls davon gehört haben. So unlogisch das war, aber sie selbst fühlte sich ebenfalls nicht glücklich über die Nachricht. Eigentlich sollte sie froh sein, daß Jens von seinem Kummer abgelenkt wurde. Und sie hatte Eri sehr gerne, sie wünschte ihr nur Gutes. Außerdem hatte sie sich jetzt für Michael entschieden. Sie mochte zwar beide Männer, und natürlich tat einem immer das leid, was man nicht hatte. Hätte sie sich für Jens entschieden... Aber das war offensichtlich unmöglich. Sie mußten sich in dieser Zeit einrichten, sie mußten hier leben. Und mit Michael, hatte sie das Gefühl, konnte sie hier leben. Er konnte sich anpassen, und sie mit ihm. Jens war immer ein Träumer, in einem sympathischen Sinn exzentrisch. Aber warum hatte man nur immer, wenn man sich einmal entschieden hatte, ein unbehagliches Gefühl? Das war kindisch und unlogisch, mangelnde Reife und so weiter. Und trotzdem - zum Teufel, warum konnte sie nicht unlogisch sein, wenn es ihr danach war? Beska war auch unlogisch, denn er war von einer ganz besonderen Freundlichkeit zu Jens und Eri. Dabei hätte er mehr Grund zur Eifersucht gehabt als Harka. Aber so waren Menschen nun einmal - man verstand sie nicht. Sie verstand ja nicht einmal sich selbst.

Per'kea und seine Frau schürten das Feuer. Es brannte hoch und erleuchtete den ganzen Dorfplatz. Die Musikanten, zwei Trommlerinnen und einige Flötenspieler sammelten sich auf der einen Seite. Wahrscheinlich kamen nun die Tänze, die sich bis zum

Morgengrauen hinziehen konnten. Sonja drängte sich näher an Michael, der neben ihr saß. Er legte besitzergreifend den Arm um sie. Aber es kamen nicht die Tänzer, sondern ein scharfer Wachruf erklang von der Plattform im Osten. Hunde bellten, und Männer sprangen auf die Füße. Fast unmittelbar darauf aber gab der Wächter wieder Entwarnung. Es war nur ein einzelner Mann, einer der Weisen oder Zauberer, der sich nun mit einem lauten Anruf von jenseits der Palisaden zu erkennen gab. Per'kea selbst erhob sich, um das Tor für den geehrten Gast zu öffnen. Sie waren noch nie einem dieser geschichtenumwobenen, geheimnisvollen Leute begegnet, die die Sonmani Zauberer oder Weise nannten. Jetzt trat der Mann in das Licht des Feuers. Alle Anwesenden erhoben sich, um ihn zu ehren. Beska begrüßte ihn als erster, dann folgten die würdigen, älteren Männer des Dorfes. Die Frauen boten dem Besucher etwas zu essen an, und er akzeptierte dankbar. Ohne weitere Umstände setze er sich zu der Gruppe an das Feuer.

Während der Mann aß, konnten Michael und Sonja ihn genau betrachten. Er war alt, aber nicht hinfällig, sah hager und zäh aus. Langes graues Haar und ein langer Bart, beide unbeschnitten, gaben ihm ein wildes Aussehen. Die übrigen Männer der Sonmani pflegten das Haar etwa auf Schulterlänge zu stutzen und auch den Bart zu beschneiden. Ansonsten sah der Mann nicht ungewöhnlich aus: Lederkleidung, eine Umhängetasche, ein starker Wanderstock - aber keine Waffe und kein Clanzeichen, überhaupt kein Schmuckstück. Die sonst allgegenwärtigen Halsketten und Stirnbänder fehlten vollständig. Die Zauberer oder Weisen waren, soweit sie die Erklärungen verstanden hatten, eine Art Eremitenorden nicht nur der Sonmani, sondern der fünf Ratsfeuer insgesamt. Es handelte sich um Priester, die nicht mehr in den Dörfern lebten, sondern in kleinen Gemeinschaften an meist unzugänglichen Stellen, und die besondere Regeln befolgten. Ihr Ansehen in den Dörfern war sehr hoch, aber sie zeigten sich nur selten. Viele Dorfpriester schlossen sich, besonders im Alter, den Zauberern an, aber nicht jeder wurde von ihnen aufgenommen.

Das Hochzeitsfest war unterbrochen, weil alle gespannt darauf waren, was den Zauberer in das Dorf geführt hatte. Aber es wäre der Gipfel der Unhöflichkeit gewesen, ihn beim Essen zu stören. Daher blieb den Dorfbewohnern nichts übrig, als sich zu gedulden und dabei möglichst unbeteiligt zu wirken. Schließlich war der Mann fertig. Per'kea und Beska begrüßten ihn nochmals, diesmal mit formellen Reden in der gehobenen Sprache, denen Sonja und Michael kaum zuhörten. Inzwischen hatten sich praktisch alle Dorfbewohner und Gäste um das Feuer versammelt. Man kam zum Wesentlichen:

"Ich komme von Perrar'ti, von den roten Fällen, von der heiligen Stätte, an der die Ältesten der Weisen wohnen. Ich wurde geschickt, um euch, dem Häuptling und dem ganzen Dorf, vor allem aber euren Gästen, eine Botschaft auszurichten. Wir haben davon gehört, daß ihr Gäste aus einem sehr weit entfernten Land habt, die durch Zauberei zu den Sonmani kamen. Wir haben von dem gehört, was sie erzählen, und wir haben darüber nachgedacht. Wir glauben, daß die Gäste wichtig sind für alle, die in diesem Land leben. Wir wollen auf sie hören, wir wollen Fragen stellen, lernen und nachdenken. Daher bitten die Zauberer von Perrar'ti euch, eure Gäste zu uns zu schicken. Sie sollen kommen, so schnell es geht. Die Träume der Ältesten sagen ihnen, daß die Zeit knapp wird. Laßt sie zu den roten Fällen gehen, sobald morgen die Sonne am Himmel steht."

Alle hörten die Botschaft aufmerksam an. Die Dorfleute waren erstaunt, man spürte es. Per'kea schwieg mehrere Minuten, und niemand wagte vor ihm zu sprechen. Schließlich beendete der Häuptling sein Nachdenken:

"Wir hätten unsere Gäste zur großen Ratsversammlung mitgenommen. Wenn der Mond, der vorgestern verschwunden ist, wieder rund und voll leuchtet, hättet ihr, die Weisen, die Gäste an den Feuern der Häuptlinge aller fünf Ratsfeuer getroffen. Es scheint mir sehr hastig, sie plötzlich auf eine Drei-Tages-Reise zu schicken, denn Micha'el ist noch nicht ganz gesund. Aber wenn die Ältesten der Weisen raten, soll man mit Gegenrat sehr sparsam sein. Darum werde ich ihnen helfen, wo ich kann, wenn sie mit dir gehen wollen. Aber du mußt sie selbst fragen, denn in dieser Sache wollen wir unseren Gästen nichts befehlen."

Der Bote antwortete freundlich:

“Es klingt hastig, was ich von euch will. Aber die Ältesten meinen, daß Hast notwendig sei. Und sie wollen die Gäste selbst sprechen. Du weißt, daß die Ältesten nicht mehr zum großen Rat kommen. Wir Jüngeren kommen, ich selbst werde dort sein. Und ich soll euch noch etwas ausrichten: Eure drei Gäste sollen, so sagen die Ältesten, nicht mit mir gehen. Sie sollen mit Freunden aus eurem Dorf gehen, zwei Männer mit den beiden Männern, eine Frau mit der Frau. Sie sollen alle zu den roten Fällen kommen, sie können sich Perrar'ti, dem heiligen Ort, ohne Angst nähern. Das ist es, was ich auszurichten habe. Ich werde noch in dieser Nacht wieder umkehren.”

Der Bote schwieg. Das Murmeln der Umstehenden wurde lauter. Es war für die Dorfbewohner selbstverständlich, daß man dem Rat der Weisen folgte. Das merkten Sonja und Michael sehr schnell. Darum erklärten sie sich ohne Wenn und Aber zu der Reise bereit. Auch Jens stimmte zu. Er dachte bei sich, daß die Zauberer es klug angestellt hatten, als sie eine Reisebegleitung aus dem Dorf vorschlugen. Einem völlig unbekannten, geheimnisvollen Priester wären sie wohl nicht ohne weiteres gefolgt. Aber so hatten sie keine Angst. Was immer die Zauberer waren, sie waren gute Psychologen. Oder war das Zufall?

Nachdem die Reise beschlossen war, ging es um die Frage, wer die drei Gäste begleiten sollte. Fast sofort meldete sich Beska und erklärte, daß er auf jeden Fall mitgehen wolle. Es ging ihm nicht nur um die Gäste, er wollte auch den heiligen Ort sehen. Das merkte die Versammlung sehr schnell. Ebenso klar war, daß nichts Beska von seinem Plan abbringen konnte, solange er nicht von Sonja, Michael und Jens abgelehnt wurde. Und die stimmten natürlich zu, denn es gab keinen Mann im Dorf, mit dem sie sich besser verstanden. Dann ging es um den zweiten Mann, und hier meldete sich neben einigen jungen Männern überraschend A'kire. Ohne viel Worte zu machen sagte er, daß diese Reise für ihn Bestimmung sei. Er wisse das und wolle keine Fragen beantworten. A'kire, der Wolf, war viel zu angesehen im Dorf, als daß man über seinen Entschluß hinweggehen konnte. Er war der größte Krieger, den das

Dorf seit Menschengedenken hervorgebracht hatte. Selbst jetzt, wo er ungefähr die fünfzig erreicht hatte und aus der Sicht der Sonmani alt war, hätte keiner der jungen Männer sich mit ihm zu vergleichen gewagt. Die drei Gäste stimmten der Begleitung durch A'kire ebenfalls zu. Ein junger Mann wie Rista oder Odera wäre ihnen zwar eher angenehm gewesen, denn A'kire war schweigsam, ernst und nicht besonders unterhaltend. Auf der anderen Seite war er stets höflich, zuverlässig und menschlich ausgesprochen angenehm. Damit standen die beiden Männer für die Reise fest.

"Als Begleitung für Sonja kommt nur Eri in Frage", meinte Beska. Das schien auch den meisten Anwesenden einzuleuchten. Schließlich war Eri die Sprachlehrerin Sonjas und kannte sie am besten. Aber diesmal ging es nicht ohne Streit ab. Harka protestierte heftig dagegen, Eri auf die Reise zu lassen. Er brachte vor, daß es einer Verkupplung gleichkäme, ein unverheiratetes Mädchen mit zwei jungen Männern auf eine solche Reise zu schicken. Beide seien sowieso hinter ihr her. Und wenn er nicht jetzt seine Ansprüche anmelde, dann seien sie nach der Reise von selbst erledigt. Er sei der Versorger und er wolle Eri heiraten. Man solle jemand anderes schicken - warum nicht A'kires Frau? Sie verstünde sich mit Sonja auch gut.

Abgesehen davon, daß der letzte Vorschlag nicht in Betracht kam -die rundliche Matrone war für eine schnelle Reise, noch dazu hoch hinauf in die Berge, bestimmt nicht mehr gut genug zu Fuß - nahmen die Dorfbewohner Harkas Einwände ernst. Er hatte recht. Eine solche Reise würde praktisch bedeuten, Eri mit Beska oder Jens zu verheiraten. Das wollte gut überlegt sein, wenn es dabei um den Frieden im Dorf ging. Bald redeten alle durcheinander, da Per'kea schwieg. Man rief danach, daß die Leute vom Otter-Clan (Eris Clan) sich äußern sollten. Man fragte auch Eri selbst, und sie drückte sich sehr klar aus, was die Werbung Harkas betraf. In Bezug auf Jens und Beska sprach sie weit weniger klar, sondern wies diesbezügliche Fragen als unpassende Neugier zurück. Sie vertrat ihre Sache geschickt genug. Wie die meisten Sonmani - Männer wie Frauen - war sie um Worte nicht verlegen.

"Und wenn es bedeutet, mich an Beska oder Jens zu verkuppeln - wenn mir das recht ist und der Clan keine Einwände hat, warum sollte sich sonst jemand den Kopf zerbrechen? Harkas Sache ist das bestimmt nicht. Wen von beiden - das wird sich finden. Nur Jugendliche schleichen einem Mädchen hinterher, um herauszufinden, mit wem sie sich trifft. Erwachsene sind damit zufrieden, wenn sie zur Hochzeit eingeladen werden. Und soweit ist es noch nicht. Vielleicht behalten die Zauberer uns alle in Perrar'ti. Harka verliert mich auf keinen Fall, weil ich ihn sowieso nicht heiraten will. Außerdem wißt ihr gar nicht, ob mich einer von den beiden will. Aber wenn, dann weiß ich schon, zu wem ich ja sage und wann ich ja sage. Das muß Harka nicht für mich regeln, auch wenn er Versorger ist. Oder hat er mich etwa bezahlt mit seinen Fellen und Knochen? Sind wir Barbaren, daß wir Bräute für Steinäxte und Salz verkaufen?"

Per'kea ließ die Diskussion eine Zeitlang einfach laufen.

Jens, Sonja und Michael waren zuerst peinlich berührt, dann nur noch erstaunt, solche Dinge in aller Öffentlichkeit abgehandelt zu hören. Erotische Beziehungen schienen für das Dorf keine rein private Angelegenheit zu sein, auch für die Beteiligten selbst nicht. Es fiel Michael ein, einmal gelesen zu haben, daß die Geschichte erotischer Beziehungen im Abendland eine Geschichte ständiger Privatisierung gewesen sei. Hier bekam er nun das Gegenteil der Privatisierung demonstriert: Liebe als soziales Ereignis, das jeden anging. Verblüffend - aber aus dieser Sicht auch wiederum verständlich - war, wie Eri in der Diskussion eifrig mitmischte. Jens wunderte sich sehr darüber. Eri war ihm so scheu und feinfühlig erschienen. Aber das war sie ihm gegenüber, wenn es um ihre Beziehung ging. Jetzt, wo es um die öffentliche Seite der Angelegenheit ging, versuchte sie so gut als möglich, ihre Absicht öffentlich durchzusetzen. Dabei hatte sie Unterstützung, aber auch Gegner. Besonders einige junge Männer standen auf Harkas Seite. Schließlich ergriff Per'kea das Wort:

"Es sieht so aus, als müßten wir diese Sache klären, bevor Eri mit auf die Reise gehen kann. Sie will reisen, und unsere Gäste wollen sie dabei haben. Harka beansprucht Eri aber als Braut und will sie nicht mitlassen. Nun ist es bei uns Sitte, daß der Versorger ein erstes Anrecht auf ein Mädchen hat, wenn er nicht vom selben Clan kommt. Insofern ist Harka im Recht. Aber er kann das Mädchen nicht zwingen. Wir sind keine Barbaren wie die Axtleute, die eine Braut kaufen. Insofern ist Eri im Recht. Und Eri will nicht, das hat sie deutlich gesagt. Dann bleibt die Frage, ob der Otter-Clan Harka will, denn dort würde er zu empfangen sein. Wenn der Otter-Clan dagegen spricht, ist die Sache erledigt."

Leider war die Sache auch eine halbe Stunde später noch nicht erledigt. Es wurde nur immer klarer, daß der Sprecher des Otter-Clans, ein Mann mittleren Alters, es mit keiner Seite verderben wollte. Auf der einen Seite stand Beska, der beliebte junge Priester, auf der anderen Seite Harka mit seinem Anhang aus jungen Männern. Dazwischen lavierte der Otter-Mann unsicher hin und her. Er schien etwas unbedarft zu sein und drückte sich dermaßen kompliziert mit vielen einerseits und andererseits aus, daß nicht nur die Gäste, sondern auch die Dorfleute ihn nicht richtig verstanden.

Per'kea seufzte. Offenbar hatte er gehofft, durch das Votum der Otter-Leute zu einer schnellen Entscheidung zu kommen. Harka dagegen spielte auf Zeit.

"Niemand weiß, was sich aus der Reise zu den roten Fällen ergeben wird. Perrar'ti ist ein geheimnisvoller Ort, wo viele Mächte am Werk sind. Ich will Eri nicht zur Heirat zwingen. Das wäre gegen unsere Sitten, auch als Versorger. Der Häuptling hat richtig gesprochen. Aber ich will mein Anrecht nicht durch Hast verlieren. Ich will, daß darüber nicht in Hast entschieden wird. Wir feiern heute abend eine Hochzeit. Das ist nicht die Zeit, um Rat zu halten. Wenn wir morgen das Ratsfeuer anzünden, geht nur ein einziger Tag verloren. Es wäre gegen unsere Sitte, mir das abzuschlagen."

Harka sprach gut. Er nutzte es aus, daß sich Eri mit ihrer stolzen, zurückhaltenden Art im Dorf nicht nur Sympathien erworben hatte. Sicherlich gab es manche neidische Frau und manchen abgewiesenen jungen Mann, die dem Mädchen einen Dämpfer gönnten. Michael mußte wider Willen Harkas Geschick bewundern, mit dem er auf der Klaviatur solcher Emotionen spielte. Wie er seine offenkundige Aufregung unter Kontrolle hielt - mancher Politiker hätte da etwas lernen können. Kein Zweifel, Harka war ein Mann, der in zehn Jahren der Häuptling des Dorfes sein konnte. Mit dem letzten Argument hatte er auch formal recht. Mit ihm brachte er die Mehrheit auf seine Seite, das war deutlich. Die Leute wollten möglichst unbeschwert weiter feiern und den Streit hinausschieben. Und es traf zu, daß Harka eine Entscheidung am rituell entzündeten Ratsfeuer verlangen konnte. Darum rang sich Per'kea recht schnell dazu durch, eine Ratsversammlung auf den morgigen Abend und den Beginn der Reise auf den Tag danach anzusetzen. Alle waren einverstanden - bis auf den Boten der Zauberer.

"Die Verzögerung gefällt mir nicht. Aber ich sehe, daß ihr euch nicht umstimmen lassen werdet. Ihr sagt: Was kann ein Tag schon ausmachen? Allein die Hinreise wird drei Tage dauern. Ich antworte, daß ich es nicht weiß, was ein Tag ausmachen wird. Ich werde eure Entscheidung zu den roten Fällen bringen. Wir werden die Ahnen und Götter bitten, alles zum Nutzen der Stämme zu lenken. Ich habe einen Segen für das Hochzeitspaar. Dann will ich wieder aufbrechen."

Der alte Mann stand auf und trat zu Mihacho und Sete, die den Ehrenplatz auf der anderen Seite des Feuers hatten. Er faßte sie nacheinander bei den Schultern und flüsterte ihnen einige Worte ins Ohr. Beide strahlten und hoben dankbar die Hände. Dann verschwand der Zauberer in der Dämmerung jenseits des Feuers. Sie hörten nur noch, wie das Tor hinter ihm geschlossen wurde, und den Abschiedsruf des Wächters von der Plattform im Osten. Die Feier ging weiter. Jens, Sonja und Michael vergaßen die Aufregung, je mehr die Musik und die Tänze sie gefangen nahmen. Aber die Anspannung blieb - es roch nach Abenteuern und nach Entscheidung.

Vor langer Zeit trugen die Männer und Frauen des Wolf-Clans ein Fell wie ihr Tierbruder, der Wolf. Ihr größter Jäger war A'teka. Er jagte selbst im Winter bei bitterem Frost auf den Bergen, denn sein dichter Pelz hielt ihn warm. Mit Pfeil und Speer erlegte er Hirsche, Rehe und Wildschweine und brachte dem Dorf reichlich Fleisch. Da wurde sein Bruder Wolf neidisch auf A'teka. Er wollte sich ebenfalls Pfeil und Speer machen, um das Wild aus der Ferne erlegen zu können. Aber es gelang ihm nicht, mit seinen Pfoten den Stein zu schlagen und den Knochen zu schleifen. Da schlich sich der Wolf heimlich in das Dorf und stahl Ahaka, den kleinen Sohn A'tekas. Er versteckte das Kind in einer Höhle und scharrte Erde über den Eingang, so daß niemand ihn sehen konnte. Wenn Ahaka groß war, so dachte der Wolf, sollte er ihm Speere und Pfeile herstellen. A'teka suchte seinen Sohn überall, fand ihn aber nicht. Schließlich ging er zum Fuchs und bat ihn um Hilfe.

"Soll ich meinen Bruder, den Wolf, verraten?" antwortete der Fuchs.

A'teka bot dem Fuchs ein Reh, dann ein Wildschwein, dann einen ganzen Hirsch als Lohn an. Aber der Fuchs wollte ihm nicht helfen. Schließlich sagte A'teka:

"Was soll ich dir für deine Hilfe geben? Du bekommst, was ich besitze, wenn ich Ahaka wiederfinde."

Da forderte der Fuchs den Pelz, den A'teka trug. Also gab ihm der Jäger den Pelz. Der Fuchs gab ihm dafür eines seiner Jungen mit und sagte:

"Bringe das Junge deiner Frau. Es soll an ihrer Brust die Milch trinken, die Ahaka getrunken hat. Dann laß es in den Wald gehen und folge ihm, wohin es dich führt."

A'teka tat, was der Fuchs ihm gesagt hatte. Das junge Füchslein trank an der Brust der Frau. Dann lief es in den Wald, und mit seiner feinen Nase fand es die Höhle, in der Ahaka versteckt war. Da freute sich A'teka und brachte das Kind zu seiner Frau zurück. Das Füchslein blieb bei ihnen im Dorf und hatte viele

Junge. Sie wurden die Hunde der Sonmani und halfen ihnen bei der Jagd, so wie der Fuchs A'teka vor langer Zeit auf die Fährte des Wolfs führte. Aber die Leute vom Wolf-Clan haben keinen Pelz mehr für den Winter. Sie jagen im Winter den Fuchs, um sich ihren Pelz von ihm zurückzuholen. Das ist der Grund, warum die Männer und Frauen des Wolf-Clans in der kalten Jahreszeit Fuchspelze tragen. Auch der Wolf jagt den Fuchs, wo er kann, um sich für den Verrat zu rächen. Nur weil der Fuchs so klug ist, lebt er noch immer im Tal und auf den Bergen und entkommt den Verfolgern. Und so wird es auch bleiben, bis die Sonne ihren Weg ändert und Ech'hige die Welt verwandelt.

Eine Erzählung aus der "Jagdesoterik" des Wolf-Clans

Kapitel 5

1.

Die Sonne stand hoch am Himmel. Unten am Fluß spürte man den Tag schwül und warm werden. Eri und Sonja badeten bei den überhängenden Weiden abseits des Anlegeplatzes der Boote. Es war der zweite Morgen nach der Hochzeitsfeier Mihachos und Setes, die durch die Botschaft der Zauberer gestört worden war. Der Streit um Eri hatte noch zwei Tage angedauert. Erst gestern abend war am Ratsfeuer die Entscheidung gefallen. Die zusätzliche Verzögerung war nicht zu vermeiden gewesen, weil man den Priester des Nachbardorfes geholt hatte, um die mit dem Rat verbundenen Riten zu zelebrieren. Beska hatte sein Amt nicht ausüben können - so war die Meinung der Mehrheit -, weil er selbst in dem Konflikt Partei war. Die Wogen waren hoch gegangen im Rat, und schließlich hatte Harka sich mit seiner Hinhaltetaktik durchgesetzt. Nicht ohne Mithilfe des fremden Priesters, der wie Harka zum Bären-Clan gehörte. Mit der Erlaubnis, diesen speziellen Priester zu holen, hatte Per'kea einen Fehler und Harka den entscheidenden Zug zu seinen Gunsten gemacht. Zumindest hatte Rista das unter der Hand Michael gesteckt. Rista und sein Bruder Lech'te waren seit der Sache mit dem Wisent dick mit Michael befreundet. Eri würde also nicht mit auf die Reise nach Perrar'ti gehen. Auf der anderen Seite war klargestellt worden, daß Eri Harka nicht heiraten mußte. Entschied sie sich nach der Reise anders, hatte er es hinzunehmen. An diesem Punkt war Per'kea hart geblieben und hatte die dunklen Andeutungen des fremden Priesters (der es nicht wagen konnte, offen gegen die geltende Sitte anzugehen) einfach ignoriert.

Eigentlich hätte Eri auch mit diesem Teilerfolg zufrieden sein können. Aber sie war niedergedrückt. Vorahnungen plagten sie. Sonja versuchte sie aufzumuntern:

"Schau, Eri, wahrscheinlich sind wir in einigen Tagen wieder zurück. Ich weiß, daß man sich bei eurem Stamm für Gespräche viel Zeit nimmt. Aber mehr als ein paar Tage können wir auch oben bei den roten Fällen nicht mit den Ältesten der Weisen reden. Und dann wird sich alles finden. Mich'he geht mit, sie ist nett, aber sie wird weder Jens noch Beska noch dem alten A'kire den Kopf verdrehen. Du wirst sehen, das gibt ein Fest, wenn wir zurück sind!"

Aber es war nicht Eifersucht, die Eri plagte. Sonja merkte es an der Reaktion des Mädchens. Sie hatte Angst vor der Trennung. Tränen standen ihr in den Augen. Sie mischten sich mit den Wassertropfen, die ihr aus dem nassen Haar über das Gesicht liefen.

"Vielleicht kommt er nicht wieder. Ihr alle kommt vielleicht nicht wieder. Ich müßte mit euch gehen, das spüre ich. Meine Träume waren dunkel in dieser Nacht, seit ich weiß, daß ich im Dorf bleiben muß. Ich werde euch verlieren, wenn ich nicht mitgehe. Warum ist Harka so stolz und gierig? Er liebt mich doch nicht wirklich - er will nur nichts hergeben, was er hat. Am liebsten würde ich mit euch weglaufen, einfach so."

Sonja zog sich an einem Weidenstamm zum Ufer hinauf und nahm ihre Kleider von dem Ast, auf den sie sie gelegt hatte. Sie blieb stumm, während Eri ihr ans Ufer folgte. Was hätte sie sagen sollen? Gegen die Ahnungen und Träume der Sonmani half kein sogenannter gesunder Menschenverstand und kein rationaler Zweifel. Da half nur ein Priesterspruch, ein Zauber oder ein gutes Omen. Dabei fiel ihr etwas ein.

"Wir sollten vielleicht Beska fragen, bevor wir aufbrechen. Er hat noch Zeit, die Zukunft zu erforschen. Der Abmarsch ist erst heute mittag, wenn die Sonne den Höhepunkt überschritten hat. Vielleicht sieht er etwas, was dir weiterhilft."

Tatsächlich schien Eri sich bei dieser Aussicht etwas zu beruhigen. Sonja konnte nur hoffen, daß Beska die Gelegenheit nutzen würde, Eri zu trösten. Sie sollten erst am frühen Nachmittag abreisen. Und jetzt war es - nach der Zeiteinteilung einer fernen Welt -

höchstens 10 Uhr. Sie hatten an diesem Tag nur einen Marsch von etwa 4 Stunden vor sich, über einen Bergrücken in ein Seitental. Dort konnten sie in einem Dorf übernachten und sich eine Furt über den Fluß zeigen lassen. Am nächsten Tag kam dann die Hauptstrecke, über einen weiteren Bergzug bis zum Beginn eines engen Hochtals. Dort mußten sie im Freien campieren. Am Nachmittag des dritten Tages würden sie dann, wenn es nach Plan ging, die roten Fälle erreichen. Sie lagen hoch oben im Gebirge und waren sehr unzugänglich. Daher hatten ihre Führer für die letzte, relativ kurze Strecke viel Zeit eingeplant. Auch daß heute nur ein halber Tag zu laufen war, entsprang der Fürsorge gegenüber Michael und den beiden Frauen. Sie sollten sich erst einmal an den anstrengenden Fußmarsch gewöhnen können.

Sonja und Eri waren schnell angezogen. Ans Abtrocknen dachten die Sonmani nicht, solange es warm war und die Sonne schien. Die Lederkleider waren gegenüber der Nässe unempfindlich. Sonja hörte entfernte Stimmen von der Anlegestelle herüberdringen. Es schienen Jäger mit Beute anzukommen. Das würde die Dorfbevölkerung ablenken. In solchen Fällen strömte Mann und Maus zu den einlaufenden Booten. Ihnen war es recht. Je ungestörter sie mit Beska reden konnten, desto besser. Sie wandten sich dem schmalen Pfad zu, der am Ufer entlangführte. Schon nach wenigen Schritten drehte Eri sich um, weil etwas hinter ihr im Gebüsch raschelte. Sonja reagierte langsamer, aber auch Eris Hilferuf wurde blitzschnell erstickt. Männer packten sie, zwei, drei, noch mehr. Stinkende Fellstreifen wickelten sich um Sonjas Kopf, während ihre Arme mit brutaler Kraft nach hinten gerissen wurden. Eri neben ihr wand sich im Griff der Wegelagerer und trat um sich. Einer der Männer stöhnte auf und ging zu Boden. Ein anderer schlug Eri heftig an den Kopf, so daß sie ebenfalls stürzte. Sonja schlug ebenfalls um sich, als die Angreifer sie zu Boden drückten. Es half nichts. Ihre Arme waren schon hinter dem Rücken zusammengeschnürt, und nun fesselten die Männer ihre Füße. Die Lederriemen schnitten schmerzlich in die nackte Haut. Sie versuchte zu schreien, sie bekam kaum Luft. Es wurde nur ein Stöhnen daraus. Dann wurde sie aufgehoben, an Schultern und Beinen, wie eine Leiche. Mindestens drei Männer trugen sie, sie spürte die rauhen Hände am Körper. Zweige peitschten sie, aber die Träger waren geschickt. Es entstand kaum Lärm.

Schließlich plätscherte Wasser, und Sonja wurde auf den Boden eines Bootes gelegt. Jetzt war Eri wieder neben ihr. Sie lebte, Gott sei Dank. Sonja spürte die ruckartigen Bewegungen, mit denen das Mädchen sich eine bessere Lage zu geben versuchte. Noch immer gaben die Männer keinen Laut von sich. Aber das Boot setzte sich in Bewegung, und das leise Rauschen vorsichtig benutzter Paddel war unverkennbar. Wer waren die Angreifer? In den wenigen Augenblicken, in denen sie etwas hatte sehen können, hatten sich ihr Gesichter und Kleider tief eingeprägt. Es waren wohl Axtmänner gewesen. Das rote und schwarze Muster der Lederhemden erinnerte stark an die Kleider, die der gefangene Axtmann getragen hatte. Wo kamen sie her? Das Dorf lag tief im Herrschaftsgebiet der fünf Ratsfeuer. Sicher, zwei oder drei Krieger auf einem Diebeszug konnten überall auftauchen. Aber das waren mehr gewesen als drei Männer. Das Liegen auf dem harten Boden und die Fesseln bereiteten ihr große Schmerzen. Sie hätte am liebsten geweint.

Eri stellte sich ähnliche Fragen wie Sonja. Allerdings wußte sie sicher, daß es sich um Axtmänner handelte. Und sie wußte, daß mindestens zehn Männer an der Entführung beteiligt sein mußten. Ihr geübtes Gehör konnte links neben ihrem Boot das Geräusch eines weiteren Einbaums unterscheiden. Jedes Boot wurde von mindestens fünf Paddeln bewegt. Das war unglaublich, das konnte für die Axtmänner nicht gut gehen! Zwei Einbäume, schon ein Einbaum, konnte tagsüber nicht den Strom befahren, ohne gesehen zu werden. Das gab ihr Hoffnung. Und sie hatte noch einen weiteren Grund, nicht zu verzweifeln, obwohl ihr der Kopf wehtat, wo der Schlag sie getroffen hatte. Anders als Sonja wußte sie, daß zwei Halbwüchsige aus dem Dorf, im Gebüsch versteckt, sie beim Baden beobachtet hatten. Sie hatte die beiden gesehen, aber Sonja nichts gesagt. Aus früheren Erfahrungen wußte sie, daß die blonde Frau, die sonst so stolz war, in solchen Dingen merkwürdig schamhaft sein konnte. Aber so etwas taten Halbwüchsige nun einmal. Am besten ignorierte man sie. Jetzt war es gut, daß sie die beiden in Ruhe gelassen hatte. Sie mußten den Überfall mit angesehen haben und sie hatten sicher Verstand genug besessen, sich ruhig zu verhalten. Aber sobald die Axtleute außer Sicht waren, hatten sie bestimmt das Dorf alarmiert. Die Spur der Axtleute war längst gefunden, längst folgten ihnen die Krieger des Dorfes zu Fuß und auf dem Wasser. Viele waren auf der Jagd, aber Per'kea war da. Und dreißig Mann konnte er praktisch sofort zusammenrufen. Außerdem würden die Rauchzeichen schon am Himmel stehen und die Nachbardörfer aufscheuchen. Genauere Informationen konnten erst in der Nacht, durch das Signalfeuer, geschickt werden. Aber daß Feinde im Land waren, das würde bald stromauf und stromab die Krieger in Bewegung bringen. Sie mußten sich ruhig verhalten, die Axtleute nicht reizen, dann hatten sie gute Aussichten, unverletzt befreit zu werden. Die Axtleute brachten keine Frauen zum Spaß um. Für sie waren Frauen wertvolle Beute. Hoffentlich hatte sie Gelegenheit, Sonja das alles beizubringen, bevor diese einen Fehler machte. Sonja - natürlich! Sie mußte der Grund sein, daß die Axtleute ein so großes Risiko eingingen. Sie hatten von dem entkommenen Axtmann gehört, daß eine ganz besondere Frau aufgetaucht war. Nein - der hatte die drei ja für Dämonen gehalten. Aber es war Zeit genug vergangen, um die Wahrheit zu erfahren. Die Händler aus dem Osten verbreiteten die Geschichte bestimmt überall. Es war für die Axtleute leicht gewesen, den Aufenthaltsort der blonden Zauberfrau herauszufinden. Aber dann ungesehen um das Dorf zu schleichen, bis sich eine Gelegenheit zum Überfall bot, dazu zwei Boote zu verstecken - das war eine Meisterleistung. Das mußten die besten Jäger gewesen sein, die es bei den Axtleuten gab.

Der Gedanke beunruhigte Eri, aber nur für einen Moment. Jetzt, wo ihre dunklen Ahnungen sich erfüllt hatten, war ihre Schwermut wie weggeblasen. Sie war hellwach und bereit, für Sonja und sich selbst zu tun, was sie konnte. Auf ihrer Spur jagten immerhin Per'kea und A'kire, Beska, Rista, Lech'te und auch Harka. Dazu viele andere Jäger, die keinen Axtmann zu fürchten brauchten. Jens und Micha'el trugen Zauberbeil und Zaubermesser in den Kampf. Es würde gut ausgehen. Wenn man ihnen nur endlich die Knebel abnehmen würde! Eri spürte, daß die Axtleute nun mit voller Kraft paddelten. Sie hatten die Umgebung des Dorfes hinter sich, und jetzt kam es ihnen nur noch auf Geschwindigkeit an. Halblaute Worte flogen hin und her, Freude am gelungenen Beutezug, Warnungen, Anweisungen. Schließlich packten Hände zu und banden die Felle von ihrem Kopf ab. Auch Sonja wurde befreit. Ein hünenhafter Krieger mit dick bemaltem Gesicht kauerte vor ihnen. Er beherrschte einen Dialekt der fünf Ratsfeuer, den Eri leicht verstehen konnte:

"Wenn ihr Lärm macht, werdet ihr wieder geknebelt. Es hat sowieso keinen Sinn, niemand kann euch hören. Ich mache euch die Fußfesseln los, dann könnt ihr sitzen. Aber macht keinen Unsinn. Wir wissen, wie man mit störrischen Frauen umgehen muß."

Das spöttische Lächeln des Mannes wurde durch die Bemalung zu einer abstoßenden Fratze. Sonja, die nur wenig verstanden hatte, fühlte einen wahnsinnigen Zorn in sich hochsteigen. Sie setzte sich auf, wobei der Einbaum sofort leicht zu schwanken begann. Der Mann vor ihr rief ihr in seiner Sprache eine scharfe Warnung zu. Auch Eri setzte sich auf, vorsichtiger als Sonja. Sie befanden sich im Bug eines Einbaums, der von vier Männern gepaddelt wurde. Sie konnten gerade so nebeneinander auf dem feuchten Boden sitzen. Der Krieger, der ihnen Knebel und Fußfessel abgenommen hatte, ergriff ebenfalls ein Paddel, behielt sie aber stets im Auge. Einige Meter entfernt fuhr ein zweiter Einbaum mit sechs Männern. Eri hatte also fast richtig geraten. Bogen, Pfeile und Äxte lehnten im Boot, während die Männer sich nach Kräften in die Ruder legten. Rechts und links zogen die bewaldeten Ufer des großen Stroms vorbei, nur unterbrochen von Kiesbänken und sumpfigen Überschwemmungswiesen. Die Axtleute riskierten die Entdeckung durch einzelne Jäger und Fischer, sie setzten auf Schnelligkeit. Sie wußten natürlich, daß die Dörfer der Sonmani nie am großen Strom selbst lagen, sondern immer am Rand der sumpfigen Ebene, auf den ersten Hügeln des Gebirges. Aber so, wie sie paddelten, konnten sie es nicht den ganzen Tag durchhalten. Vielleicht wartete irgendwo Verstärkung? Eri beschloß, Sonja in ihre Überlegungen einzuweihen.

2.

Flüsternd unterhielten sich die beiden gefangenen Frauen. Es gelang Eri, Sonja Mut zu machen. Die Chance, daß die Entführer das Gebiet der fünf Stämme nicht ungeschoren verlassen würden, war wirklich groß. Die Axtmänner dachten wohl ähnlich. Sie paddelten wie um ihr Leben und achteten nicht auf das Gespräch der Frauen. Die Angst Sonjas nahm ab. Und mit einem Mal wurde es ihr klar, daß die fremden Krieger wirklich um ihr Leben paddelten, und daß sie selbst der Preis war, für den sie das Leben riskierten. Die Einsicht brachte etwas in ihrem Inneren zum Kochen. Da war es wieder, dieses Gefühl völliger Orientierungslosigkeit, dieses Schwanken zwischen sinnloser Panik und einem illusionären Gefühl des Unwirklichen. Der Zustand war schrecklich, aber auch vertraut. Entweder brach die Psyche zusammen, und man fiel in Ohnmacht, oder man rettete sich in die Illusion, das alles sei doch nur ein Film, es geschehe nicht wirklich. Aber irgendwie war es damit ganz plötzlich vorbei. Sonja konnte voller Angst, aber ohne Panik einsehen, daß alles Wirklichkeit war, was sie erlebte. Eri war für sie real, die Feinde waren ebenso real. Die Ausdauer der Axtleute, das Geschick der Verfolger, das würde ihr Schicksal entscheiden, real und endgültig. Sobald sich Sonja diese Einsicht zu eigen gemacht hatte, fühlte sie sich grauenhaft ausgeliefert. Angst und Wut mischten sich in ihr in unerträglicher Stärke. Es war ihr fast unmöglich, nichts zu tun, wie Eri es von ihr wollte. Eri, die ihre Erregung spürte, versuchte sie zu beruhigen. Sie sollten warten, sie würden eingeholt werden. Aber das war es ja gerade, das Warten! Die Freunde, vielleicht sogar Michael, hinter sich zu wissen und gar nichts zu tun - das ging doch nicht!

In ihrer Aufregung war Sonja zu laut geworden. Der Krieger, der ihnen am nächsten saß, wurde aufmerksam. Er rief einige Worte zum Nachbarboot hinüber. Ein etwas älter wirkender, ebenfalls bemalter Mann antwortete. Der Tonfall deutete auf einen Befehl hin. Demnach saß der Anführer des Trupps im anderen Boot. Der Hüne wandte sich Sonja zu und fuhr sie scharf an:

“Sei leise, Frau. Ihr sollt nicht miteinander sprechen. Es lohnt sich auch nicht, weil eure Worte nichts wert sind. Frauen vom

Stromvolk schweigen und gehorchen beim Axtvolk, merkt euch das!"

Um seine Worte zu unterstreichen, beugte er sich vor und packte Sonja an der Schulter ihres Lederhemdes. Er hatte Hände wie Bärenpranken und schüttelte sie unsanft.

"Laß das", fauchte Sonja ihn an. "Schwein, Idiot!"

In ihrer Erregung verfiel sie in das Deutsche. Natürlich verstand der Mann Sonja ebensowenig wie sie ihn. Aber er merkte, daß es sich nicht um Freundlichkeiten handelte. Mit einem zornigen Ruck stieß er Sonja von sich, so daß sie halb auf Eris Schoß zu liegen kam. Dabei öffnete sich ihr Hemd so weit, daß die Silberkette hervorblinkte, die sie um den Hals trug. Es war das einzige Stück aus der Welt des zwanzigsten Jahrhunderts, das sie bei sich hatte. Der Krieger war fasziniert. Er kniete sich vor die Frauen, hielt Sonja am Arm fest und griff nach der Kette. Sie wand sich und das Boot schwankte. Von hinten kamen Warnrufe, ärgerliche Ermahnungen. Die übrigen Männer waren nicht einverstanden damit, daß einer von ihnen sich an der gemeinsamen Beute vergriff.

Aber der Hüne kümmerte sich nicht darum. Er zog an der Kette und wunderte sich, daß sie zu eng war, um sich über den Kopf streifen zu lassen. Dabei hielt er Sonja trotz ihres Sträubens fest. Eri flüsterte ihr von hinten zu, dem Mann die Kette zu geben.

"Laß sie ihm, laß sie ihm. Sie bekommen vielleicht Streit deswegen."

Aber Sonja konnte den unbändigen Haß, der in ihr wuchs, nicht mehr kontrollieren. Noch nie hatte sie so heftig, so unvermittelt gehaßt. Sie war wie erstarrt. Sie hätte das Schloß nicht öffnen können, selbst wenn sie die Hände freigehabt hätte. Inzwischen hatten die Ermahnungen des Anführers aus dem anderen Boot einen deutlich drohenden Tonfall. Der Hüne wurde ungeduldig, er zog heftig an der Kette. Sie schnitt schmerzlich in Sonjas Haut, so daß sie aufschrie. Dann riß ein Kettenglied, und der Mann hatte seinen Schatz in Händen. Stolz hob er das glitzernde Band in die Höhe.

In diesem Moment des Triumphs traf ihn ein heftiger Tritt Sonjas in den Unterleib. Stöhnend stürzte der Hüne aus seiner knienden Haltung nach hinten, in die Arme des nächsten Axtmanns. Ein Paddel flog durch die Luft und platschte ins Wasser. Flüche,

Aufschreie, Befehle wurden ausgestoßen. Nur das Geschick der beiden hinteren Paddler verhütete es, daß das Boot umschlug und die Insassen in den Strom schleuderte. Dann brachen alle Krieger in Gelächter aus, als sie sahen, wie der Hüne mit schmerzlichem Stöhnen darum rang, sich aufzurichten. Die Scherzworte, die ihm zugerufen wurden, waren wohl mehr als eindeutig, zumindest waren es die Gesten. Aber den Männern verging das Lachen, als sie sahen, welch wahnwitziger Zorn den Hünen erfaßt hatte. Die Demütigung, das Gelächter, der Schmerz nahmen ihm jede Selbstkontrolle. Er wollte Rache. Er riß dem Mann, der hinter ihm saß, das Paddel aus der Hand und schwang es, immer noch kniend, hoch in der Luft. Der furchtbare Schlag zielte auf Sonja. Sie hatte keine Zeit, zu denken oder sich auch nur zu bewegen. Die verzerrte Fratze, der stöhnende Atem, der Haß: das war der Tod. Aber der Schlag fiel nicht. Von den übrigen Männern kam ein einziger, entsetzter Aufschrei. Sie sahen den Erfolg ihres waghalsigen Unternehmens mit einem Mal bedroht, die Beute verloren, der Ruhm dahin. Der Anführer brüllte wie ein Stier, irgendeine letzte, nicht mehr steigerbare Drohung. Der Rasende hörte es, zumindest genug, um nicht zuzuschlagen. Krachend schleuderte er das Paddel in den Einbaum, beugte sich vor und packte Eri am Kleid. Eri, nicht Sonja. Sie war nicht so sehr wertvoll - eine gefangene Frau mehr oder weniger. Sie würde für die Schmach mit dem Leben bezahlen. Ein kräftiger Ruck, und Eri hing über dem Bootsrand. Sie schrie, konnte sich mit gefesselten Händen aber nirgends festhalten. Sie schrie noch immer, als der Hüne sie in den Strom schleuderte, wo sie sofort unterging.

Auch Sonja schrie. Sie sprang auf, sie wollte trotz der Fesseln Eri nachspringen. Mit Genuß schlug der Mörder sie nieder. Nochmals stand Sonja auf, denn die Axtleute hielten die beiden Boote nicht an. Der Anführer hatte einen Moment gezögert, hatte sich umgedreht. Aber da war nichts mehr von der Frau zu sehen. Die Wellen des Einschlags liefen schon zum Ufer hinüber, und Eri tauchte nirgends auf. Die Axtleute fuhren weiter, sie hatten Eile. Sonja schrie, bis ein zweiter Faustschlag sie an die Stirn traf und heftig niederwarf. Der Sturz auf den Boden des Einbaums nahm ihr Atem und Besinnung. Es wurde ihr schwarz vor den Augen.

Die Einbäume erreichten ihre volle Geschwindigkeit, schaumige Wellen gurgelten um die Bootswände. Schmerz und Verzweiflung schlugen wie das Wasser des Stroms über Sonja zusammen. Sie schrie noch immer, sie konnte nicht aufhören. Niemand kümmerte sich darum. Die Axtleute hatten anderes zu verhandeln. Schimpfworte, Drohungen, Befehle flogen hin und her. Der Hüne verteidigte sich brummig. Seit er seine Rache gehabt hatte, war der unbeherrschte Zorn verflogen - um einen zu hohen Preis, wie die anderen meinten. Aber von alldem hörte Sonja nichts, während die Boote weiter stromab drängten. Sie schrie, und als sie nicht mehr schreien konnte, weinte sie. Als sie nicht mehr weinen konnte, füllte lähmende, schwarze Verzweiflung sie aus und verdrängte alle Gedanken. Sie drehte das Gesicht zum schmutzigen Holz der Bootswand und wünschte sich selbst den Tod, so intensiv, wie sie sich kaum je das Leben gewünscht hatte. Als der erste Sturm vorbei war, formte sich die Qual immer mehr zu Gedanken, Gedanken, die wie Messer verwundeten. Anklagen, Flüche, rasende Selbstvorwürfe und tödlicher Haß mischten sich und suchten sich die häßlichsten, dunkelsten Begriffe, die ihr Geist hergab.

Zum ersten Mal in ihrem Leben erlebte und erlitt Sonja die tiefste Verzweiflung des menschlichen Daseins angesichts der Grausamkeit des Todes und angesichts eigener Schuld. Sie wußte es zwar noch nicht, aber sie empfand es - die Obszönität des Sterbens, die Dunkelheit der Schuld, die hilflose Verkettung von Tätern und Opfern. Eris verzerrtes Gesicht, als sie den Halt am Bootsrand verlor, der Schrei, die gurgelnde Stille des Stroms. Dieses Bild würde für immer bleiben, Sonjas Seele beherrschen. Es gab nur Leiden, nur Schreien, nur Schmerz. Die Qual blieb, während die Boote stromab glitten und das Wasser hinter den Paddeln schäumte und rauschte.

3.

"Erbarmen!" schrie es in Sonjas Seele, bis nur noch dieses eine Wort in ihr blieb. Oder hatte sie laut gerufen? Sie wußte es nicht. Sie wußte auch nicht, wen oder was sie rief. Noch immer lag sie mit dem Gesicht zur Bootswand gekehrt, die Augen blind vor Tränen. Es konnten Stunden vergangen sein, vielleicht auch nur Minuten. In ihr war es unendlich leer und öde. Die Tränen kamen nicht mehr. Die dumpfe Müdigkeit ihrer Seele hatte alle Gefühle verschlungen. Sie registrierte, daß die Boote ans Ufer stießen. Männer sprangen platschend ins seichte Wasser, Hände griffen nach ihr. Man zog sie aus dem Boot, man trug sie an Land. Sie konnte nicht gehen, sie stolperte auf weichem Sand. Arme stützten sie, grob, aber nicht grausam. Man schob sie landeinwärts, zu einem Gebüsch. Man fesselte sie erneut, diesmal sitzend an einen dünnen Baumstamm. Ohne Reaktion, ohne Gefühl nahm Sonja die Szene um sich herum wahr. Vielleicht kam jetzt doch der Tod. Aber auch das war gleichgültig. Sie war unendlich müde.

Am Strand, bei den Booten und um sie herum befanden sich viel mehr Axtmänner, als in den beiden Booten gewesen waren, etwa dreißig. Ihre Entführer waren darunter leicht zu erkennen. Sie saßen oder lagen ausgepumpt vom langen Rudern im Ufersand. Die anderen, die sie offenbar erwartet hatten, zogen eben die beiden Einbäume an Land. Wahrscheinlich sollte es von hier aus zu Fuß weitergehen. Das Lager befand sich auf einer Art breiten Halbinsel am linken Ufer des großen Stroms. Die vorgeschobene Landzunge wurde vom Wasser in weitem Bogen umrundet. Am Rand der Halbinsel häufte sich Sand und Kies, er war kaum bewachsen. Weiter landeinwärts gab es Weidengestrüpp, Haufen von Schwemmholz, Schilf und junge Erlen, dazwischen immer wieder Sandbänke. Das Land machte einen öden und unfruchtbaren Eindruck. Wahrscheinlich wurde es im Frühjahr und Herbst regelmäßig überschwemmt. Als Versteck für die Axtmänner bot sich eine solche Gegend sicherlich an. Weder eine Jagdgesellschaft noch ein Fischerboot hatte viel Grund, hier anzulegen und das Gebüsch näher zu untersuchen.

Sonjas Verstand funktionierte weiter, registrierte und zog Schlüsse, ohne daß sich ihre innere Gleichgültigkeit änderte. Die Halbinsel bildete das Basislager der Axtmänner, das war klar. Zwischen den Büschen konnten Dutzende von Männern lagern, ohne vom Strom aus gesehen zu werden. Eben versteckten einige Krieger die beiden Einbäume geschickt unter dem Weidengestrüpp, indem sie sie in den feuchten Sand eingruben. Lange würden sich die Axtleute wohl nicht aufhalten. Sie mußten mit einer Verfolgung rechnen, auch wenn sie nicht wußten, wie schnell das Dorf nach der Entführung alarmiert worden war. Eine halbe Stunde verging. Es war noch immer früh am Nachmittag. Mehr als fünf Stunden konnten seit der Entführung nicht vergangen sein. Bei diesem Gedanken kam der Schmerz wieder. Eri war mit ihr geraubt worden. Und nun war sie tot. Sonja schloß die Augen, sie wollte nicht mehr denken. Die vermehrte Unruhe der Axtleute brachte sie dazu, wieder um sich zu blicken. Offenbar war die Erholungspause vorbei. Die Einbäume waren inzwischen im Sand verschwunden. Ein kleiner Trupp ging zum Ufer, Zweige in den Händen. Sie sollten die auffälligen Spuren am Ufer verwischen. Neben Sonja saß nur noch ein einziger Wächter. Wenn sie hätte fliehen wollte, hätte sie jetzt einen Versuch wagen müssen. Aber die Fessel hielt sie am Baumstamm fest. Und ihr war elend. Ohne die Stütze wäre sie vielleicht vor Schwäche umgesunken. Sonja schloß wieder die Augen.

Im selben Moment brach unten am Strand wildes Geschrei los. Die Stimmen der Axtleute kannte sie inzwischen, aber die anderen Stimmen noch viel besser! Da waren sie, die Männer vom Dorf! Zwei Boote bogen in rasender Fahrt um die Halbinsel; sie hielten sich so nahe wie möglich am Ufer. Fast bis zum letzten Moment hatte überhängendes Gebüsch sie verdeckt. In Pfeilschußweite von den ersten Axtmännern sprangen die Insassen an Land.

"Mani! Mani!" Dumpf klang der Kriegsruf der Sonmani zu Sonja herüber. "Mani! Mani!" Das Volk! Das Volk! Noch nie hatte Sonja den Schlachtruf selbst gehört. Aber wieviele Geschichten waren ihnen abends am Feuer darüber erzählt worden! Wieviele Heldentaten hatte dieser Ruf begleitet, wieviel Leiden, wieviel Blut war mit ihm verbunden! Sonja erkannte zwischen den Angreifern Per'kea, den Häuptling, dann zwei seiner Söhne, dann andere Männer vom Dorf. Aber so wenig, kaum mehr als zehn? Wie konnten sie es wagen, den überlegenen Feind anzugreifen? Die Sonmani formierten sich zum Kampf, Rundschild am linken Unterarm, Speer auf dem Rücken, Pfeil und Bogen in Händen. Auch die Axtleute formierten sich. Die geringe Zahl der Gegner gab ihnen Mut. Die Männer vom Dorf rannten, sie stoppten, Pfeile flogen. Die Axtmänner schossen zurück. Sie hatten keine Schilde, ein Vorteil für die Sonmani. Einer der Axtleute stürzte, einen Pfeil in der Brust. Keiner der Sonmani fiel, aber es gab Verletzungen. Sie schossen aus der Hüfte, sie kamen näher. Viele ihrer Pfeile trafen. Aber auch einige Pfeile der Axtleute fanden ihr Ziel.

Da rauschte plötzlich neben Sonja das Gebüsch auf. Äste splitterten, ihr Wächter schrie. Beska brach durch die Büsche, daneben Rista. Da war Lech'te, da war A'kire, der berühmteste Krieger des Dorfes, auch Sete, der Jungverheiratete. Der Wächter floh, aber er war zu langsam. A'kire schleuderte den Speer, das uralte Erbe des Wolf-Clans. Lautlos brach der Axtmann zusammen, die tödliche Waffe im Rücken. Blut floß hellrot in den Sand. Rista und Beska, Lech'te und Sete umringten Sonja, während A'kire ruhig seinen Speer aus dem Körper des gestürzten Feindes zog. Die List war gelungen. Während die Boote die Axtleute ablenkten, hatte A'kire einen kleinen Trupp über Land in den Rücken der Feinde geführt. Rista zog eine Steinklinge hervor und sägte an Sonjas Fesseln. Sie war frei, aber sie war zu schwach, um aufzustehen. Außerdem hatten die Axtleute die List ihrer Feinde durchschaut. Mindestens zehn Krieger stürmten heran, um den frechen Angreifern die Beute abzujagen. Wo waren die übrigen Männer des Dorfes? Selbst jetzt noch war der Feind doppelt überlegen. Unten am Ufer waren die Gegner ins Handgemenge geraten. Dort krachten Äxte auf Schilde, Speere wurden geschwungen, stießen wie Schlangen zu. Rotschwarz geschmückte Steinkeulen blitzten auf und fielen herab. "Mani! Mani!" Einer der Sonmani stürzte unter einem Axtstreich. Wer war es? Schützend stellten sich A'kires Männer um Sonja auf, dann waren die Feinde heran.

Sonja erlebte den Kampf um sie her wie einen furchtbaren Alptraum. Sie war innerlich viel zu leer, um Angst um ihr eigenes Leben zu haben. Aber das Entsetzen und der Abscheu steigerten sich ins Unerträgliche, Der Hüne, der Mörder Eris, war unter den Angreifern. Er schwang die Axt gegen den jungen Lech'te. Der parierte mit dem Schild, aber die Wucht des Schlages ließ ihn stolpern. Sein Speerstoß riß dem Axtmann das Hemd auf, und wieder fiel die Axt. Sonja schrie, als Lech'tes Kopf von der schwarzen Klinge zerschmettert wurde. Nur ein stöhnender Schrei, dann lag der junge Jäger still. Das Blut floß langsam, aber mit ihm floß die Lebenshoffnung ihres Freundes in den kalten Sand. Er war tot, Lech'te war tot. Niemand konnte eine solche Wunde überleben. A'kire sprang vor, der Hüne hob die Axt. Ebenso schnell trat A'kire zurück. Die blutige Klinge schwang an ihm vorbei, aber die Jadespitze des Speers traf. Brüllend taumelte der Hüne nach hinten, tief unter der Achsel verwundet. Er stürzte. Da war Rista, schreiend vor Wut und Schmerz. Sein Speer durchbohrte die Kehle des gefallenen Riesen. Die anderen Angreifer drangen auf die vier überlebenden Speermänner ein. Beska stieß zu, und ein Gegner trug eine blutige Wunde davon. Sete war neben ihm, Speer und Schild erhoben. Er war nach A'kire der beste Speerfechter des Dorfs. Aber auch Rista focht wie ein Rasender. Am ruhigsten und am furchtbarsten kämpfte A'kire. Sonja erinnerte sich an einen Abend am Lagerfeuer. Perra hatte erzählt:

"Sein Speer fraß die Feinde wie die Viper die Waldmäuse."

Das war A'kire. Wie eine Giftschlange traf er die Feinde. Die Gesichter der vier Männer, ihre unbemalten Züge, prägten sich Sonja unauslöschlich ein. Ristas war eine Fratze aus Schmerz und Zorn. Blut floß ihm über die Arme, eigenes oder fremdes, vielleicht beides. Sete kämpfte voller Leidenschaft, mit plötzlichen, wilden Schreien. A'kire blieb ruhig, sein Gesicht wirkte fast traurig. Er tanzte den Waffentanz in der Abgeschiedenheit des Kriegers. Im Tanz nahm er dem Gegner die Zeit und mit der Zeit den Sieg. Wie oft hatte er den beiden Männern aus der Fremde den Waffentanz erklärt, und Sonja hatte es gehört:

"Du mußt dich in deiner Zeit bewegen. Du mußt alles sehen, alles hören, auf alles achten, nur nicht auf die Zeit deines Gegners. Wenn du seiner Zeit folgst, wird er dich treffen. Wenn du in deiner Zeit bleibst, kann er dich nicht treffen. Das ist der Waffentanz des abgeschieden kämpfenden Fechters. Führe den Speer, als gäbe es keinen Gegner, töte ihn, als hätte er nie gelebt."

Niemals hatte Sonja verstanden, was das heißen sollte. Jetzt sah sie es. Jetzt wußte sie, warum der hagere, schweigsame und bereits ältliche Mann überall berühmt war. Die Axtleute konnten in die Gruppe der vier Sonmani nicht eindringen. Sie verloren den Mut. Drei von ihnen waren gestürzt, fast alle waren verwundet. Trotz ihrer Überzahl erschreckte das Gesicht A'kires sie. Sete war noch völlig unverletzt, A'kire ebenso. Beska floß das Blut aus dem Haar. Aber er kämpfte wie ein alter Krieger. Niemand kam ihm mehr nahe, während sein Speer immer wieder zustieß. Die Axtleute hatten A'kire, den Wolf, erkannt. Sie riefen sich den gefürchteten Namen zu, riefen zum Ufer hinunter. Sie zogen sich zurück. Der Kampf stockte.

Vom Ufer klang noch immer Lärm und Geschrei herauf. Aber mit Recht hatten die Sonmani behauptet, daß sie den Axtleuten in offenem Kampf überlegen seien. Sie hatten sich in einem Halbkreis eingeigelt und ihre Stellung gehalten. Auch dort lagen Körper im Sand, mehrere Axtleute und vielleicht zwei der Sonmani. Die Axtleute zogen sich jetzt auch am Ufer einige Schritte zurück. Sie überdachten die Lage.

Dann kam der erneute Angriff, und mit ihm wahrscheinlich das Ende der Sonmani-Krieger. Wo waren Jens und Michael? Wieder wünschte sich Sonja, es möge endlich vorbei sein. Wildes Geschrei brach los, aber die weit überlegenen Angreifer zögerten. Beska stieß einen Jubelruf aus, auch die Sonmani am Ufer jubelten laut auf. "Mani! Mani!" schrien sie, während sie kämpften. Der Kriegsruf wurde aufgenommen, als zwei weitere Einbäume um die Uferkrümmung bogen. Furchtbare Gestalten saßen darin, paddelten schäumende Spuren. Kamen die Dämonen der Sonmani ihrem Volk zur Hilfe? Die Gestalten in den Booten trugen zottige Felle um den Leib. Die Köpfe wurden von dicken Hörnern überragt. Jetzt sprangen die Wesen an Land. Es waren Männer, zehn, zwölf Männer mit Masken, ganz in Wisentfelle gehüllt. Sie trugen Speere, die langen Speere der Sonmani, aber keine Schilde und Bogen.

"Mani! Mani!" Vielfach verstärkt drang der Schlachtruf herüber. Die Axtleute am Ufer zögerten, zogen sich zurück. Die fellgekleideten Gestalten stürmten auf die Grupe um Sonja zu, andere Sonmani folgten. Einige der Wisentmänner hoben im Laufen die Schilde vom Boden auf, die den gestürzten Dorfkriegern gehörten. Sie schoben sie über den Unterarm, es waren Sonmani! Es war Verstärkung! Die Axtleute hatten die letzte Chance verpaßt, Sonja rechtzeitig zu erreichen. Die maskierten Männer waren heran, sie drängten die Axtleute zurück. Wieder krachten Äxte auf Speerschäfte, wieder schrien Männer in Schmerz und Wut auf. A'kire sprang vor, Rista folgte ihm. Sie stürzten sich in den Kampf. Beska und Sete stellten sich neben Sonja, um sie zu bewachen. Die Brüder zitterten vor Spannung, die aufgerissenen Augen auf das Handgemenge gerichtet.

Aber es dauerte nicht mehr lange. Ein Kampf mit einem gleichstarken Gegner in dessen eigenem Land, ohne eine Chance, die Beute mitzunehmen, das war nicht die Sache der Axtleute. Sie kämpften für gute Beute, nicht für den Ruhm allein. Der Häuptling rief seine Männer zu sich. Geschickt organisierte er den Rückzug, stellte die tüchtigsten Männer in dichter Phalanx am Schluß der Gruppe auf. Einige ihrer Verwundeten konnten die Axtleute mitnehmen, andere blieben liegen. Die Sonmani drängten nicht ernstlich nach, obwohl die Krieger in den Wisentmasken offensichtlich noch nicht genug vom Kampf und vom Sieg hatten. Sie griffen die Nachhut der Axtleute an. Es gab immer wieder ein Handgemenge, erneut floß Blut. Aber die Dorfkrieger hatten selbst zu viele Verwundete, die meisten von ihnen verließ nun die letzte Kraft.

Der tote Körper Lech'tes, des Sängers, lag so neben Sonja im Sand, wie er schon zu Anfang des Kampfes gestürzt war. Sie setzte sich aufrecht und berührte die ausgestreckte Hand des Toten, zögernd, ängstlich. Nie wieder würde der stolze, junge Jäger für seine Beute singen, nie seine Verlobte heiraten, nie alt werden und mit der Stimme der Erfahrung im Rat entscheiden. Auf der anderen Seite der Leiche saß Rista, selbst verletzt, das Gesicht mit Blut und Tränen verschmiert. Er hatte seinen Bruder gerächt. Zwei Feinde folgten dem tapferen Geist Lech'tes jammernd auf die unbekannte Reise, darunter der Mörder selbst. Die Rache war gelungen, jetzt kam die Trauer. Es wäre gut, das Totenlied anzustimmen. Aber Rista konnte nicht singen. Sein Arm war zerschunden, eine tiefe Fleischwunde saß in der Schulter. Als er schwankte, stützte Sonja ihn. Mit ihrer Hilfe legte sich der junge Mann in den Sand, das Blut floß über die Schulter. Beska war bei einem anderen Mann, verband ihn. Einer der Wisentmänner kümmerte sich um einen weiteren Verletzten. Rista stöhnte vor Schmerz. Sonja hatte nicht einmal ein Stück Leder, um das Blut zu stillen, das immer noch in den Sand tropfte. Sie konnte nur warten. Hilfesuchend schaute sie sich um.

Da sah sie, daß vom Ufer her eine Gestalt auf sie zukam, eine Frau. Einen Moment lang wagte es Sonja nicht, ihren Augen zu trauen. Aber sie war es. Es war Eri, die Ermordete, die Ertrunkene! Sie lebte! Sie mußte mit den Wisentmännern gekommen sein, hinten im Boot. Sofort quollen wieder die Tränen in ihr auf, die die Müdigkeit hatte versiegen lassen. Sie stand auf, ging auf Eri zu, sie schrie und weinte. Eri umarmte sie, drückte sie an sich und verbarg ihr Gesicht in Sonjas blondem Haar. Dann kniete sie sich nieder und band Rista ein feuchtes Leder um die blutende Schulter. Sie lachte und weinte, während Sonja neben ihr kniete und ihre Freundin nicht loslassen wollte. Bevor Eri das Leder festgezogen hatte, kam Beska zu ihr. Sein Blick verriet, daß er ebenso verwundert war wie Sonja, aber er hatte keine Zeit zu fragen. Er trug verschiedene Lederstreifen und seinen Salbentopf in der Hand. Er winkte sie fort. Rista würde es überstehen, aber der Blutverlust müsse aufhören. Später sei Zeit, Geschichten zu erzählen. Die beiden Frauen waren froh, allein miteinander reden zu können. Die Freude, Eri wiederzuhaben, ließ in Sonja fast keine Neugierde aufkommen. Aber sie wollte Eri reden hören, sie wollte sie vor sich sehen. Und Eri wollte erzählen, die Geschichte platzte fast von selbst aus ihr heraus.

4.

“Als ich ins Wasser stürzte, hatte ich furchtbare Angst. Aber die guten Götter gaben mir Mut, und ich hielt die Augen offen. Dann merkte ich, daß ich auch mit gefesselten Armen schwimmen konnte. Wie gut, daß Jens uns beigebracht hat, auf eure Art zu schwimmen, wie die Fische! Ich habe die Beine benutzt, wie er es uns gezeigt hat, und schwamm unter Wasser, so lange ich konnte. Ich sah keine Richtung, nur trübes, graues Wasser. Doch im großen Strom wohnt der Gott unserer Ahnen, der Vater unseres Volkes. Und der

Strom ist freundlich zu den Sonmani. Obwohl ich nichts sah, lenkte der Strom mich zum Ufer. Gerade als ich dachte, ich müßte auftauchen oder ersticken, fühlte ich Röhricht und sah dunkle Stengel vor mir. Ich schob meinen Kopf zwischen den Stengeln aus dem Wasser, und wieder half mir der Strom. Mein Haar war mit Wasserstern bedeckt - du kennst die zarte Pflanze, die an ruhigen, seichten Stellen wächst? Obwohl die Axtmänner mit ihren Booten erst einen halben Steinwurf weit entfernt waren, und obwohl der Häuptling noch in meine Richtung sah, merkten sie nichts. Ich hielt mich fest, so gut ich konnte und wartete. Sie fuhren weiter, mit dir! Da flehte ich für dich zu den Ahnen, dich zu begleiten und den Feinden Verderben zu bringen. Dann kletterte ich an Land."

Eines des wenigen nützlichen Dinge, die sie den Sonmani zu bieten gehabt hatten, war das Kraulschwimmen gewesen. Jens hatte den Schwimmlehrer gespielt - er selbst war ein ausgezeichneter Schwimmer -, und die jungen Leute des Dorfes waren begeistert gewesen. Sie konnten alle schwimmen, aber sie benutzten eine Technik, die Jens als "wildgewachsenen Bruststil" bezeichnete. Nun konnten die meisten zusätzlich kraulen. Und für Eri war der Beinschlag dieses Stils gerade recht gekommen, um mit gefesselten Händen und unter Wasser zu schwimmen. Sonja erinnerte sich jetzt, daß das Ufer in der Tat gar nicht so weit entfernt gewesen war. Mit Schaudern dachte sie daran, wie die Wellen des Aufschlags das Röhricht bewegt hatten. Dort hatte Eri gesteckt, als sie das Mädchen bereits für tot hielt! Aber wie hatte sie mit gefesselten Armen Hilfe geholt? Eri erzählte weiter:

"Es war sehr schwer, mit gefesselten Händen an Land zu kommen. Der Boden war sumpfig, überall stand dichtes Gebüsch. Schließlich gelang es mir, festen Boden zu erreichen, aber ich war völlig zerkratzt und mit Schlamm verschmiert. Als ich mich einige Zeit durch die Büsche gequält hatte, stieß ich auf eine Geröllhalde. Ein Nebenfluß kam vom Gebirge herunter und hatte Kiesel und runde Steine am Ufer aufgeschüttet. Wieder dankte ich den guten Göttern für ihre Hilfe.

Trotz der Fesseln gelang es mir, einen Stein so hart auf den Boden zu werfen, daß er zersprang. Ich mußte oft werfen, und mich dann immer mühsam hinknien, um einen neuen Stein zu versuchen. Hätte mich jemand von weitem gesehen, er hätte glauben müssen, ich sei von einem Dämon besessen und werfe Steine nach den Erdgöttern. Aber schließlich entstand ein passender Splitter, und den nahm ich zwischen die Zähne. Ich konnte die Handgelenke gerade so vor den Mund heben, und ich sägte an den Fesseln, so gut ich konnte. Es dauerte wieder eine ganze Weile, aber schließlich hatte ich die Hände frei. Ein Glück, daß ich jung bin und gute Zähne habe! Nachher tat mir der Mund weh, aber das verging. Ich wußte nicht genau, wo ich war. Ich wanderte am Ufer des Nebenflusses stromaufwärts. Die Dörfer der Sonmani stehen häufig an solchen Nebenflüssen des großen Stroms, wie unser eigenes Dorf auch. Ich hatte nun viel Mut gefaßt. Ich war frei und trug sogar eine Art Waffe, nämlich die größte der groben Steinklingen, die ich gespalten hatte. Es dauerte nicht lange, da traf ich auf Menschen. Als ich sie sah, erschrak ich sehr. Es waren Männer des Wisent-Clans, die auf einem kleinen Hügel, unter hohen Eschen, ihre geheimen Opfer an die Ahnen darbrachten. Sie trugen die Masken des Tierbruders, die sie nur an heiligen Orten tragen dürfen, und die kein Mann von einem anderen Clan sehen darf, schon gar nicht eine Frau. Sie sahen mich auch und schrien wütend. Ich wollte zuerst fliehen, aber dann blieb ich stehen. Sie kamen, und einen Moment lang dachte ich, sie würden mich töten. Aber die Ahnen waren auf meiner Seite.

“Hilfe! Hilfe!” schrie ich. “Axtmänner auf dem Strom, Feinde, Entführer!” Da hielt der Priester der Wisentleute die Männer zurück und band mir einen Lederstreifen über die Augen. Dann fragte er mich aus, und ich erzählte alles. Die Männer kannten natürlich die Geschichte von den drei Fremden, die in unserem Dorf zu Gast sind. Als sie hörten, daß die Axtleute dich entführt hatten, berieten sie hastig. Es war der Priester, der den Ausschlag gab:

‘Die Ahnen haben das Mädchen zu uns geführt. Wir müssen die Entführer verfolgen. Wir können die Masken nicht ablegen, denn das Opfer ist nicht vollendet. Aber die Ahnen rufen uns, und wir müssen gehen. Heute sollen die Sonmani die Wisente sehen, heute geht es um den Kampf gegen die Axtmänner. Nehmt eure Speere und folgt mir.’

So etwa sprach der Priester vom Wisent-Clan, und alle stimmten ihm zu. Sie nahmen mir die Binde von den Augen, und ich durfte sie sehen. Noch nie hat es so etwas gegeben, seit Ona die ersten Sonmani zeugte! Die Männer stiegen in ihre Boote und nahmen mich mit. Wir fuhren zum großen Strom und dann auf gut Glück stromabwärts. Die Wisentmänner hielten scharf Ausschau, denn ich hatte ihnen gesagt, daß die Axtleute bald müde sein mußten. Aber das war unnötig, denn wir hörten den Kampflärm auf der Halbinsel schon von weitem. Einige Männer kannten die Gegend sehr gut, und so fuhren wir im Schutz des Ufers heran, um Freund und Feind zu überraschen. Ich bin so froh, daß wir rechtzeitig kamen! Es ist wirklich wahr, daß die Ahnen die Wisentmänner schickten! Und trotzdem ist viel Blut geflossen, viel Blut der Männer unseres Dorfes. Wir hätten sofort nach Perrar'ti aufbrechen sollen, wie der Zauberer es riet. Dann wäre Lech'te vielleicht noch am Leben. Es bringt Unglück, den Rat der Weisen zu mißachten. Aber die guten Götter haben nicht zugelassen, daß das Unglück zu groß wurde."

Als Sonja sich umschaute, wurde ihr elend beim Anblick der Toten und Verletzten. Außer Lech'te waren noch zwei Männer aus dem Dorf gefallen, und einer kämpfte schwer verwundet mit dem Tod. Der Priester des Wisent-Clans kniete bei ihm, konnte aber offenbar nicht mehr tun als ein magisches Bittlied an die guten Götter zu richten. Unter den Axtleuten hatte der Tod noch heftiger gewütet: Sechs Leichen lagen am Ufer, von den Sonmani achtlos zusammengeschleift. Zwei weitere Feinde waren so schwer verwundet, daß es zweifelhaft war, ob sie überleben würden. Zwei andere Axtmänner waren den Sonmani mit leichteren Wunden in die Hände gefallen. Sie wurden ebenfalls verbunden, sie waren wertvolle Gefangene. Von den schwer verwundeten Gegnern sah Sonja nie mehr etwas; am nächsten Morgen waren sie verschwunden. Sie hatte nicht den Mut, nach ihrem Schicksal zu fragen.

Die Männer vom Wisent-Clan waren fast ohne Wunden davongekommen. Dafür gab es unter den Dorfkriegern kaum einen, der nicht verletzt war, A'kire und Sete ausgenommen. Auch Beska hatte seine Kopfwunde inzwischen mit Harz verkleben lassen und ruhte sich aus. Der Schädel war unverletzt - ein Wunder, denn ein

Axthieb hatte ihn gestreift. Aber die Anstrengung und der Blutverlust waren zu viel für ihn geworden.

Die Sonmani hatten beschlossen, über Nacht am Kampfplatz zu bleiben. Gefahr bestand nicht mehr, denn inzwischen war weitere Hilfe aus anderen Dörfern eingetroffen. Darunter war auch ein Einbaum, in dem sich Jens und Michael befanden. Suchend blickten die beiden sich um, von den flackernden Flammen geblendet. Sonja rief, sie schrie fast vor Erregung, und die Männer rannten zu ihr hin. Sie nahmen sich in die Arme, lachten, weinten und riefen durcheinander. Erst in diesem Moment fiel allen dreien ein, daß sie seit dem ersten Tag bei den Sonmani nie für so lange Zeit getrennt gewesen waren. Aber inzwischen waren auch die Leute aus dem Dorf zu Freunden geworden. Besonders Eri - das Mädchen gerettet wiederzufinden, ließ eine schwere Last von Jens Herz fallen. Auch Michael freute sich, sie wiederzusehen. Scheu ließ sie sich von den beiden in die Arme nehmen. Fast ebenso froh waren sie, Beska einigermaßen heil anzutreffen. Der junge Priester lag, in eine Wolfsdecke gehüllt, bei ihrer Gruppe im Sand. Er zog es vor, nicht mehr aufzustehen. Jetzt, nachdem die Aufregung sich gelegt hatte, machte seine Wunde, mehr noch vielleicht der Blutverlust, ihm schwer zu schaffen. Aber er hörte zu, als Sonja von ihrer Entführung und von dem Kampf auf der Halbinsel erzählte. Sete gesellte sich ebenfalls zu der Gruppe, um nach seinem Bruder zu sehen. Gutmütig wie immer brachte er von irgendwoher Feuerholz und einige Fische an. Eri half ihm, ein Feuer zu entzünden. Gemeinsam mit Sonja briet sie die Fische an einem rasch improvisierten Spieß, während Sete den Part des Erzählers übernahm. Seit die Nacht die Verwundeten und Toten dem Blick entzog, fand auch Sonja mehr Ruhe. Jetzt, am Lagerfeuer, in der Wärme der Sommernacht, fühlte sie fast so etwas wie Frieden. Michael saß neben ihr, Eri war wieder da, und Jens hatte sich neben Beska gesetzt.

Sete erzählte, und bald merkten Sonja, Jens und Michael, daß die Zusammenhänge für die Sonmani völlig klar waren. Sieg oder Niederlage hingen nicht nur von Zahl und Geschick der Gegner ab, sondern auch von ihrer Kraft oder Vollmacht. Das Wort, das die Sonmani benutzten, hieß “Krom”. Es war kaum zu übersetzen und bedeutete so etwas wie magische Energie, Macht über Dinge und Schicksale, aber auch der Begriff der Fortune klang mit. Als das Dorf den Rat des Zauberers mißachtete, hatte es an "Krom" verloren. Harka hatte mit seiner Hartnäckigkeit besonders zu dem Unglück beigetragen. Nicht nur Sete und Beska dachten so, alle würden so denken. Natürlich mußten die drei Gäste jetzt so schnell wie möglich nach Perrar'ti ziehen, und zwar mit Eri. Eine andere Entscheidung konnte es nicht mehr geben. Dann würden die Götter dafür sorgen, daß keiner der Axtleute, die die waghalsige Entführung versucht hatten, ihren Stamm wiedersehen würde. Morgen würde man alles regeln.

"Magisches Weltbild", dachten Sonja, Jens und Michael so gleichzeitig, daß sie sich die Gedanken gegenseitig von den Gesichtern lesen konnten. Natürlich war es ein magisches Denken, das die Erklärungen der Sonmani beherrschte. Aber wie in fast allen anderen Fällen erschien die Realität, die sie bei den Sonmani erlebten, auch an diesem Punkt ganz anders zu sein als die Vorstellung, die man sich im zwanzigsten Jahrhundert von der sogenannten Steinzeitkultur machte. Wie oft hatten sie sich schon geärgert, allein und im Gespräch, wie irreführend das viele pseudogeschichtliche Gerede war, das sie als angeblich gesichertes Wissen in sich aufgenommen hatten. Und zwar - das war vielleicht das Überraschendste - irreführend nicht nur in bezug auf die "Steinzeitkultur", sondern in bezug auf ihre eigene oder ihre ehemalige Kultur. Die Sonmani hatten kein magisches Weltbild wie ein dreijähriges Kind, das seine mangelnde Lebenserfahrung mit Phantasieerklärungen ausgleicht. Ihnen stand ein reiches Maß an Alltagserfahrung zur Verfügung, für den zwischenmenschlichen Bereich sogar mehr als den Menschen im zwanzigsten Jahrhundert, weil auf die Weitergabe praktischer Lebensweisheit großen Wert gelegt wurde. Die magischen Erklärungen, das magische Weltbild, gaben dieser Alltagserfahrung den Rahmen. Sie deckten das Unerklärliche ab, das Geheimnisvolle, das große Warum des Freuens und Liebens, Leidens und Scheiterns. Im magischen Denken ging es um das Woher und Wohin des Lebens selbst. Wie in diesem Fall: die Frage, warum Lech'te sterben mußte, war eine Frage, die auch im zwanzigsten Jahrhundert ohne nachprüfbare Antwort geblieben wäre. Die Sonmani hatten ihre Antwort, sicherlich eine magische Antwort, aber stand es mit den Antworten des zwanzigsten Jahrhunderts besser? Jens erinnerte sich an einschlägige Gespräche, als ein Freund mit dem Auto verunglückt war und als ein junger Professor, wenig über vierzig Jahre alt, an Krebs starb. Da waren technische und medizinische Einzelheiten diskutiert worden: Wäre er... Hätte man... Man sollte... Und immer schwang dieser merkwürdige Glaube mit, das Leben könne beherrschbar sein, würde man sich an die Regeln halten, würde der Staat funktionieren, wäre die Gesellschaft nicht so korrupt usw. Das war genauso magisch gedacht wie bei den Sonmani, die sich über die Bilanz an "Krom" sorgten, und sicher genau so wirklichkeitsfremd. Nichts war beherrschbar, nichts voraussehbar, nur wenig war machbar. Das zumindest hatten sie aus ihren Abenteuern gelernt. Man nahm die Dinge hin, mit Vertrauen oder mit Resignation, oder man lehnte sich dagegen auf. Aber die Vorstellung, man könnte ein Menschenschicksal zurechtfeilen wie eine Kurbelwelle - oder wie ein Steinbeil -, die war Unsinn. Seltsam, daß die magische Welt der Sonmani und die technische Welt ihrer eigenen Zivilisation sich hier gar nicht so unähnlich waren. Darin lag die eigentliche Erschütterung ihres Weltbilds: Nicht, daß sie die Magie der Sonmani akzeptiert hätten. Das konnten sie im Innersten gar nicht, wie sie die Erfahrung gelehrt hatte, selbst wenn sie gewollt hätten. Daß sie jedoch an ihrem eigenen, bisherigen Weltbild zweifelten, seine Vorläufigkeit, seinen Phantasiecharakter erkennen mußten, das machte ihnen allen Angst. Am meisten vielleicht Michael, der es am wenigsten zeigte. Sie konnten über diese Dinge nicht sprechen, solange Beska, Eri und Sete zuhörten. Dankbar machten sie sich daran, die gerösteten Fische zu verzehren.

Bald nach dem Essen rollten sich Beska und Sete in ihre Felldecken und schliefen ein. Beide waren zutiefst erschöpft. Auch Eri war todmüde. Beska hatte ihr eine große Bärendecke gebracht, aber sie zögerte, sich neben ihn zu legen. Sie schaute Jens an. Michael beobachtete das Mädchen mit einem kleinen, mitfühlenden Lächeln. Sie war so empfindlich, so sehr darauf bedacht, keine bösen Gefühle wachzurufen! Wahrscheinlich war sie sich auch innerlich nicht sicher, wohin sie gehörte. Daß darin eine eigene Schönheit lag, in der Behutsamkeit, der unbefangen gezeigten Unsicherheit, das hatte er früher nie wahrgenommen. Die Art, wie die Frauen aus seinem früheren Bekanntenkreis sich gaben, das Überlegene, das krampfhafte "cool" bleiben, aber auch die inszenierten Gefühlsausbrüche, sie kam ihm in der Erinnerung oberflächlich und gekünstelt vor. Die wußten immer ganz genau, was das Richtige war, auch wenn sie sich zwei Tage später für das Gegenteil stark machten. Genau genommen war er selbst ebenso - oder war er, wie er hoffte, nur ebenso gewesen? Verwundert stellte Michael fest, daß er anfing, diese angeblich primitiven Menschen zu bewundern. Aber vorläufig half er Eri aus der Klemme, indem er sie bat, sich doch zu Sonja zu legen. Die würde sich freuen, die verloren geglaubte Freundin neben sich zu haben. Dankbar lächelte sie Michael zu und rollte sich neben Sonja in ihre Decke. Nachdenklich streichelte die ihr über das dunkle Haar. Bald war Eri an Sonjas Seite eingeschlafen.

"Selig sind die Friedensstifter...". Der Kommentar kam von Jens, natürlich auf Deutsch, und Sonja blickte ihn verständnislos an. Sie war zu müde, um zu denken, fast zu müde, um zu reden. Aber Michael bemerkte, daß Jens ihn beobachtet und sehr wohl verstanden hatte. Ein bissiger Kommentar sah ihm nicht ähnlich, das wäre früher eher sein eigener Part gewesen. Auch Jens hatte sich verändert, er konnte ganz schön entschlossen und sogar aggressiv werden. Aber bissig hatte er eigentlich nicht geklungen, nur ein wenig traurig. Michael unterdrückte seinen momentanen Ärger. Warum sollte Jens nicht merken, daß er Mitleid hatte und Eri helfen wollte? Sie ließ ihre Freunde sogar ihren Liebeskummer merken, da war eine öffentliche mitleidige Regung doch ein Klacks dagegen.

"Wir haben ganz schön viele soziale Hemmungen, wir Zivilisationsmenschen", murmelte Michael vor sich hin.

"Warum wir wohl so stolz auf uns sind? Wahrscheinlich, weil wir so isoliert voneinander sind und klugerweise alle zehn Jahre einmal unseren Wohnsitz wechseln. Würden wir dieselben hundert Leute ein Leben lang kennen, ich glaube, wir wären viele Illusionen über die Menschen los."

“Und über uns selbst”, ergänzte Jens prompt. Er hatte Michael sehr gut verstanden. Seine Gedanken waren in ähnliche Richtung gegangen. Beide rückten näher ans Feuer, beide hatten das Bedürfnis, sich auszusprechen. Sie waren nicht müde genug, um die Aufregung des Tages einfach abschütteln zu können. Auch Sonja setzte sich zu ihnen, obwohl sie sich vor Erschöpfung innerlich ganz leer fühlte. Sie sprach wenig, aber sie mußte einfach bei den Männern bleiben. Sie wollte ihre Stimmen hören, die Muttersprache, die Erinnerung an die verlorene Welt, die sie nur mit Jens und Michael teilen konnte. Den beiden Männern ging es wohl ähnlich in dieser Nacht. Soviel Angst, soviel Haß, Blut und Leid hatte die gnädige Dunkelheit zugedeckt. Und die Nacht fühlte sich so ruhig an, wie ein Mantel über der unerträglich fremdem und grausamen Erde. Der warme Ostwind ließ keine Nachtkühle aufkommen. Michael erzählte:

“Wißt ihr, ich bin froh, daß wir bei dem Kampf nicht dabei waren. Ich meine, wären die Dorfleute besiegt worden, und die Axtmänner hätten Sonja mitgenommen, dann würde ich mich schrecklich fühlen, nicht dabeigewesen zu sein. Aber so, wie es gekommen ist, ist es mir lieber. Obwohl Lech’te tot ist, und ich ihn vielleicht hätte retten können, wer weiß? Wenn Sete mich hören könnte, er würde mich nicht verstehen. Manchmal habe ich das Gefühl, zwischen dem Wisentbullen und einem Krieger der Axtleute ist für ihn gar kein so großer Unterschied wie für mich. Deshalb bin ich froh, daß ich niemand töten mußte. Es geht mir tatsächlich weniger um das Getötetwerden als um das Töten. Ich weiß nicht, ob ihr mir das glaubt. Ich glaube es selbst kaum, daß ich so etwas sagen kann. Man sollte denken, daß ich immer noch eher töten würde als mich töten zu lassen, wenn ich vor der Wahl stünde. Aber jetzt bin ich gar nicht mehr sicher. Wir sind hier ziemlich überflüssig. Was spielt es schon für eine Rolle, was wir tun oder lassen - ich meine, für uns? Trotzdem hatte ich noch nie das Gefühl, daß irgend etwas so ernst für mich wurde. Hätte ich den Mut gehabt, zu töten, oder den, mich töten zu lassen? Das frage ich mich seither.”

Es war in der Tat gar nicht typisch für Michael, sich selbst oder anderen seine Schwächen einzugestehen. Und eine Schwäche hätte Michael es genannt, hätte er früher über solche Skrupel nachgedacht. Man müsse mit den Wölfen heulen, man müsse mit dem einen Leben auskommen, das man habe, jedem sei das Hemd näher als der Rock - solche Sprichwörter waren ihm früher leicht von den Lippen gegangen. Jens dachte nicht zum ersten Mal, daß auch Michael sich sehr geändert hatte. Das Erstaunliche dabei war, daß Michael bei den Sonmani gut zurechtkam, seit er seine anfänglichen Depressionen überwunden hatte. Er hatte, wie immer, die Dinge im Griff. Aber das schien ihm aus irgend einem Grund nicht mehr viel zu bedeuten. Laut antwortete Jens ihm:

"Als Per'kea uns heute morgen alarmierte, und als ich begriffen hatte, um was es ging, da fühlte ich mich so ähnlich wie du. Es war, als müßte ich mich entscheiden: mitmachen oder aussteigen. Ich nahm den Speer von der Wand, ich machte bei der Verfolgung mit. Ich wußte, daß ich vielleicht töten müßte oder getötet würde. Ich hatte allerdings Angst vor dem Sterben. Nicht so sehr vor dem Tod. Mehr vor dem Sterben, mit einem Speer im Bauch, mit Wundfieber, mit Blutvergiftung. Irgendwie habe ich mich entschieden, nicht mehr auf Sicherheit zu spielen. Du weißt schon: Nicht töten, aber andere töten lassen, dagegen sein und sich raushalten. Es half, daß ich wußte, daß es unmöglich war, auf Sicherheit zu spielen. Hätte ich nicht mitgemacht, hätten die Sonmani mich verachtet. Ich glaube, ich habe in meinem Leben viel zu viel auf Sicherheit gemacht. Du darfst das nicht falsch verstehen. Ich habe zu Gott gefleht, daß ich nicht töten muß, daß Eri und Sonja freikommen, daß kein Blut fließt. Aber ich war bereit, mitzumachen. Damit muß ich jetzt fertigwerden. Wohin das führt, weiß ich nicht. Aber auf Sicherheit kann ich hier offensichtlich nicht mehr gehen."

Jens schwieg. Michael sagte:

"Es ist merkwürdig. Wo du härter geworden bist, bin ich verletzlicher geworden. Aber das trifft es eigentlich gar nicht. Ich bin unsicherer geworden, das stimmt, aber ich fühle mich gar nicht schlecht dabei. Vielleicht sollte ich eher sagen, ich fühle mich offener, zugänglicher, als früher. Seit heute morgen habe ich das Gefühl, ich habe früher nicht richtig gelebt. Nicht wegen irgendwelcher Naturromantik, einfaches Leben, mit den Händen arbeiten und so weiter. Das wissen wir ja alle inzwischen, daß es nicht so einfach ist, wirklich zu leben. Die Sonmani sind uns so unglaublich ähnlich. Sie empfinden das Leben als etwas vorläufiges. Ich glaube, ein Sonmani kann genauso auf sein Leben zurückblicken wie ein Manager des zwanzigsten Jahrhunderts und sich fragen: Was war es eigentlich? Was nützen die Siege, die Erfolgsgeschichten, die Erinnerungen? Er wird nicht so fragen, weil er die Begriffe nicht hat. Er kann den Gedanken nicht denken, daß das Leben anders sein könnte. Aber er sehnt sich danach, daß es erfüllt wird, daß es richtig wird. Und das kann nicht in dieser Welt geschehen, dazu muß er auf die unbekannte Reise gehen. Seit heute morgen weiß ich, daß Leben bedeutet: solche Fragen stellen. Unter anderem, natürlich. Es heißt auch, sich nach einem Menschen sehnen und doch nicht zu ihm gehören."

Sein Blick ruhte auf der schlafenden Eri. Jens senkte die Augen. Das letzte Thema ging ihm viel zu nahe, als daß er etwas dazu hätte sagen können. Michaels leidenschaftlicher Ausbruch (denn darum handelte es sich, trotz des philosophischen Gewandes) überraschte ihn. Michael war damit noch nicht zu Ende.

"Ich bin froh, Jens, wirklich froh! Ich glaube, zum erstenmal in meinem Leben bin ich nicht zufrieden, sondern froh. Deshalb könnte ich jetzt auch sterben. Ich habe damit keinen Spaß gemacht! Ich nehme an, der Zustand wird nicht so bleiben, aber ich bin froh, daß ich einmal mit jeder Faser meines Herzens gespürt habe, was Leben ist. Und ich will verdammt sein, wenn ich das jemals wieder vergesse - auf Dauer, meine ich."

"Du wirst dann und nur dann verdammt sein, wenn du vergißt, was Leben ist! Ich übrigens genauso. Zumindest glaube ich, daß man die Bruchstücke Theologie, die ich im Kopf habe, so übersetzen darf. Und wenn für uns beide hier Leben zu holen ist, dann sind wir vielleicht doch nach Gottes Willen hier. Ich meine das nicht überheblich. So nach dem Motto: Der Schöpfer hat Zeit und Raum verschoben, um die Werteskala von Michael und Jens zurechtzurücken. Das wäre wahrscheinlich auch im zwanzigsten Jahrhundert gegangen. Ich meine nur, daß die Sache, was immer dahintersteckt, keinem bösen Willen folgt. Für uns fällt irgendwie etwas Gutes ab, obwohl das Ganze geheimnisvoll und, ehrlich gesagt, auch ziemlich gräßlich bleibt."

Sonjas Kopf sank herab und ruhte jetzt an Michaels Schulter. Sie schlief. Als die beiden Männer sie in ihre Felldecke wickelten und neben Eri in den Sand betteten, wachte sie nicht einmal auf. An den übrigen Feuern war es ruhig geworden. Die Sonmani schliefen. Die Wächter sah man nicht, sie hatten den Waldrand und das Gebüsch am Ufer besetzt. Nur die Augen der Hunde, die neben den Einbäumen angebunden waren, funkelten herüber. Auch Jens und Michael legten sich nieder, während der junge Mond über dem Strom aufging und seine schmale Sichel als silbernes Abbild auf das dunkle Wasser warf.

Warum jagst du nicht mehr im Schatten
des Eichenlaubs im Sommerwald?
Warum verläßt du deine Taten
so ungetan, so jung und bald?
In Trauer bleibe ich zurück,
die Hütte leer, das Feuer kalt.
Du suchst mit hellem Todesblick
den Westen und den Berg am Meer.
Du fliehst der Himmelssonne Glück.
Die Geister ziehen um dich her
ins unbekannte Land der Toten.

Zieh hin, zieh hin, mit Schild und Speer,
wie unsre Ahnen es geboten!
Geh! Trage deiner Wunden Qual,
die Glieder, die mit deinem roten
Herzblut der Todfeind hat bemalt,
ins waffenferne Schattenland.
Dort wird die Schuld der Welt bezahlt.
Warm bette dich Ech'higes Hand!
Hoch wachse deines Schlafes Baum
am abendroten Himmelsrand!

Geh, Bruder, träume deinen Traum.

Fragment des Totenliedes Ristas
für seinen Bruder Lech'te
(aus dem Gedächtnis übersetzt von Sonja Lux)

Kapitel 6

1.

Am Morgen nach dem blutigen Kampf ging die Sonne strahlend im Osten auf und vertrieb die Flußnebel zwischen den Weidenbüschen. "Es ist wie am ersten Morgen im Rheinwald", dachte Sonja. Sie wickelte sich aus der Schlafdecke und ging zum Strom, um sich zu waschen. Viele der Sonmani waren schon wach, zündeten Feuer an und kümmerten sich um die Verwundeten. Der Duft von gebratenen Fischen wehte herüber und weckte - fast als letzte - Jens und Michael auf. Beska war nicht mehr da. Sonja sah ihn bei den verwundeten Männern sitzen. Eri kam eben mit Feuerholz aus dem Gebüsch. Sete ging hinter ihr. Er hatte ihr nicht beim Holzsammeln geholfen, sondern sie mit dem Speer begleitet. So war es auf Reisen weitab vom Dorf üblich. Jetzt setzte er sich neben ihre Feuerstelle. Eri beeilte sich, am Nachbarfeuer einen Ast zu entzünden. Jens erkundigte sich bei Sete nach den Verwundeten. Er erfuhr, daß es allen Verletzten besser ging. Lediglich der schwerverwundete Mann hatte hohes Fieber bekommen. Er sollte so schnell wie möglich mit dem Kanu in das nächste Dorf gebracht werden. Die Priester hatten Angst, daß er im Freien nicht überleben würde. Michael hörte sich die Sache an, aber wie sollte er helfen? Es gab weder Antibiotika noch sterile Verbände. Und was mit Hilfe bakterizider Kräuter getan werden konnte, hatten die Priester wahrscheinlich schon getan. Sete berichtete weiter. Erfreulicherweise war Rista, den Umständen entsprechend, wieder auf dem Damm. Aber der Tod Lech'tes bedrückte ihn schwer. Er hatte sich ins Gebüsch zurückgezogen und fastete. Er würde erst zur

Begräbnisfeier wieder zu den übrigen Männern stoßen. Und nach dem Begräbnis der drei Toten sollte der Rat des Dorfes einberufen werden. Zwei Häuptlinge und drei Priester anderer Dörfer würden teilnehmen. Die Sache ging jetzt alle Sonmani an.

Bei dieser Gelegenheit erfuhren die Drei von Sete, daß sie wahrscheinlich unmittelbar zu den roten Fällen aufbrechen würden, ohne vorher ins Dorf zurückzukehren. Die Verfolgung der Axtmänner hatte sie weit nach Norden geführt. Sie konnten von hier aus auf einem kürzeren Weg zu dem Heiligtum reisen als vom Dorf aus. Um Perrar'ti zu erreichen, mußten sie direkt nach Osten oder sogar etwas nach Südosten ins Gebirge vordringen. Zwei Tage dauerte, laut Sete, die Wanderung zu dem geheimnisvollen Ort. Dabei konnten sie den ersten Teil der Reise auf einem Fluß zurücklegen, der ein Stück weiter abwärts in den großen Strom mündete.

Jens und Michael machten sich daran, ihren derzeitigen Aufenthaltsort zu erraten. Die vertrauten Schwarzwaldberge, unten dunkelgrün und oben bläulichgrau, begrenzten immer noch den östlichen Horizont. Im Westen, fast ebenso nahe, erkannten sie die flacheren Bergkämme der nördlichen Vogesen.

"Der Nordschwarzwald ist noch hoch hier", sagte Jens.

"Bis in die Gegend von Karlsruhe sind wir nicht gekommen, dort laufen die Berge in sanfte Hügel aus. Aber man hat den Eindruck, daß direkt im Osten die letzten hohen Gipfel liegen. Nach Norden zu wird es flacher. Nur sieht man nicht besonders gut, wir stehen einfach zu niedrig."

"Dann wären wir ungefähr in der Gegend von Straßburg", meinte Michael.

"Seltsamer Gedanke, daß wir vielleicht auf einer Sandbank herumlaufen, auf der viele Jahrtausende später und einige Meter Schutt höher Häuser stehen werden. Vielleicht wird hier das Münster gebaut werden. Menschen, Autos, Lärm..."

Michael schwieg; die Vorstellung weckte das bohrende Heimweh in ihm, dem alle drei nie für lange Zeit entkamen. Jens verlor sich ganz in seine geographischen Grübeleien.

"Ich vermute, daß wir eher noch weiter nördlich gelandet sind. Obwohl, nach dem Rhein kannst du sowieso nicht gehen. Er verlagert im Laufe von ein paar tausend Jahren sein Bett um viele Kilometer hin und her. Nur die Berge bleiben stehen. Und ich glaube, der hohe, langgezogene Rücken, der oben wie abgeschnitten aussieht, ist doch die Hornisgrinde. Nur habe ich sie aus dieser Richtung nie bewußt gesehen. Aber egal, dort müssen wir hinauf. Ich bin eigentlich froh, wenn wir hier wegkommen."

Michael fühlte dasselbe. Er dachte an die drei Körper, ganz in Felle gehüllt, die zum Begräbnis bereit lagen. Einer davon war Lech'te gewesen, sein Freund. Auch die anderen hatte er zumindest vom Sehen gekannt. Vielleicht brachten sie den Sonmani doch Unglück. Am liebsten hätten beide sich vor der Begräbnisfeier gedrückt. Aber das war unmöglich.

Das Begräbnis fand nicht unten am Ufer statt, sondern einige hundert Meter weiter, auf höher gelegenem Grund. Dort konnten die häufigen Überschwemmungen die Ruhe der Toten nicht stören. In feierlichem Zug begaben sich alle anwesenden Männer und Frauen zu dem ausgesuchten Ort. Beska trug das Gewand eines Priesters. Er hatte es sich von den drei anderen anwesenden Dorfpriestern geliehen. Die vier Priester senkten die drei Leichen in ihren Fellhüllen hinab in die Erde. Neben die Toten wurden ihre Waffen und Schilde gelegt, dazu ihre Clan-Abzeichen. Die Männer des Dorfs brachten Wegzehrung in Lederbeuteln und Tongefäßen: Fisch, Fleisch, Nüsse. Alles wurde neben den Leichen aufgestellt. Schließlich schlossen die Priester die flachen Gräber unter feierlichen Gesängen.

Über die Gräber wurden dann Steine aufgehäuft. Alle Anwesenden beteiligten sich, da die Steine als Gruß an den Toten galten, als Wunsch für eine gute Reise. Sie symbolisierten auch den Wunsch, der Tote möge bald auf die Reise gehen und nicht im Land seiner Stammesgenossen bleiben. Es hätte Unglück gebracht, keinen Stein auf das Grab zu legen. Vom Wunsch nach einem schnellen Wegzug der Geister sprachen auch die Lieder der Priester. Aber sie waren für die drei Gäste schwer zu verstehen. Zu den Schwierigkeiten der "gehobenen" Sprache kam das merkwürdig stimmlose, sich erst allmählich zum Lied wandelnde Rezitativ, in dem die Gesänge vorgetragen wurden. Jedes Lied begann wie ein geleierter Vortrag, ohne erkennbare Melodie. Irgendwann schlug der Vortrag dann in Gesang um, und zwar so allmählich, daß der Übergang nicht recht festgelegt werden konnte. Zumindest für die Gäste nicht, denen diese Kunstform fremd und verschlossen blieb. Der Übergang vom Vortrag zum Gesang hatte eine bestimmte Bedeutung. Er hatte etwas mit der Verwandlung des Menschen zu tun: vom lebenden Körper zum Geist, von der sichtbaren zur unsichtbaren Existenz.

In krassem Gegensatz zu dem kultischen, distanzierten Priestergesang trugen die Angehörigen ihren letzten Gruß an die Toten leidenschaftlich, schrill, anklagend vor, trotz der strengen Kunstform der Texte. Sie sangen von dem Schmerz, den der Tod des Bruders oder Schwestermannes oder Freundes ihnen brachte. Sie sangen von den Taten des Gefallenen, von seinem guten Herz, von seiner großen Rednergabe. Jedes Lied war sorgfältig ausgearbeitet und gelernt worden - alles ohne Schrift, mit Hilfe des Gedächtnisses, wie die Drei inzwischen wußten. Trotzdem ließ der gefühlsbetonte Vortrag die Lieder wie spontane Ausbrüche erscheinen. Sie konnten die Inhalte einigermaßen verstehen. Aber nur das Lied Ristas blieb ihnen in Erinnerung. Sie versuchten es später zu übersetzen. Schließlich war die Zeremonie beendet, und man begab sich zu den Lagerfeuern zurück. Die Grabstätte würde künftig von den Sonmani scheu gemieden werden. Orte, wo gewaltsam getötete Menschen begraben lagen, waren voller magischer Energie und darum gefährlich.

Nun traf sich am größten der Lagerfeuer der Rat des Dorfes, verstärkt durch die Häuptlinge und Priester mehrerer anderer Dörfer. Die drei Gäste wurden in den inneren Kreis gerufen. Aber praktisch jeder Anwesende nahm teil, da sich ein weiter Kreis um den eigentlichen Rat herum sammelte. Nachdem das wohlbekannte Ritual, mit dem ein Feuer zum geheiligten Ratsfeuer gemacht wurde, vorbei war, eröffnete Per'kea die Diskussion. Sie nahm genau die Richtung, die Beska und Sete am gestrigen Abend vorausgesagt hatten.

Alle waren sich darüber einig, daß das Unglück der Entführung sowie die Verluste im Kampf mit den Axtmännern hätten vermieden werden können, wäre das Dorf dem Rat des Zauberers gefolgt. Es wurde hitzig darüber diskutiert, wer die Schuld an der Verzögerung zu tragen habe. Dabei schnitt Harka schlecht ab. Die Stimmung hatte sich gegen ihn gekehrt. Fast alle, die das Wort ergriffen, machten seinen Starrsinn für die Verzögerung verantwortlich. Er selbst versuchte, die Schuld auf Eri abzuwälzen. Wäre sie nicht so widerspenstig gewesen, hätte die Reise sofort losgehen können. Aber das nahm ihm außer seinen engsten Freunden kaum jemand ab. Ein älterer Mann namens Te'hirra faßte die Mehrheitsmeinung zusammen:

"Was wäre schon dabei gewesen, Eri mit nach Perrar'ti ziehen zu lassen? Selbst wenn sie nachher Harkas Frau geworden wäre: Wäre es für ihn eine Schande gewesen, wenn sie vorher das Bett mit dem Priester des Dorfes geteilt hätte, oder gar mit einem unserer Gäste? Wenn eine Frau einen Priester oder einen geehrten Gast verläßt, um sich einem anderen Krieger zuzuwenden - liegt darin etwa eine Beleidigung für den anderen? Ich meine, daß das Gegenteil der Fall ist. Beska hätte sich beleidigt fühlen können, oder Jens, unser Gast. Immerhin hat Harka ihnen unterstellt, sie könnten Eri nicht für sich gewinnen, ohne sie allein auf eine Reise mitzunehmen. Und wir haben uns von seiner Rednergabe verführen lassen. Darin liegt unser Fehler. Durch ihn haben wird gegen das Wort der Weisen gehandelt. Wir haben vergessen, daß sich erst in Perrar'ti selbst für den, der gerufen wird, das Menschenschicksal entscheidet, nicht vorher am Ratsfeuer eines Dorfes. Dadurch gewannen die Feinde die Macht, uns zu schaden. Am besten schicken wir unsere Gäste gleich mit A'kire, Beska und Eri auf die Reise nach Perrar'ti. Beska soll unseren Wunsch dorthin mitnehmen, daß die Weisen die Ahnen und die Götter mit uns versöhnen sollen. Dann wird uns kein weiteres Unglück treffen."

Sonja, Jens und Michael konnten der Logik Te'hirras nicht ganz folgen. Sie bildete ein Beispiel für die seltsame, für sie unverständliche Vermischung einer aus moderner Sicht "konventionellen" Ehemoral mit der unbekümmerten Behandlung erotischer Verwicklungen in aller Öffentlichkeit. Sonja fragte sich nicht zum erstenmal, ob es mit der sexuellen Befreiung in ihrer eigenen Studentengeneration wirklich so weit her war, wie sie immer geglaubt hatte. Permissiv ging es in ihren Kreisen sicherlich zu, aber unverkrampft? Da konnte man von den Sonmani noch einiges lernen. Trotzdem verstand sie nicht ganz, wieso eine Affäre mit einem geachteten Gast bzw. dem Dorfpriester für den (rein hypothetischen) Ehemann eher schmeichelhaft sein sollte. Da aber alle anwesenden Häuptlinge und Priester mit dieser Sicht übereinstimmten, gab es an ihr nicht viel zu deuteln.

Erst als alles besprochen und geregelt war, wurde Michael wieder auf Harka aufmerksam. Der junge Mann schwieg verbissen, seit er sich mit seiner Interpretation der gestrigen Ereignisse nicht hatte durchsetzen können. Aus seinen Zügen sprach ein kalter, berechnender Haß, der Michael erschreckte. Er zweifelte für einen Moment an Harkas geistiger Gesundheit. Konnte es sein, daß der Mann nicht ganz normal war? Ein Fehlschlag, eine öffentliche Niederlage - so unerträglich schlimm war das doch auch wieder nicht. Aber als Michael die Versammlung weiter beobachtete, stellte er fest, daß mindestens Per'kea und Beska ebenfalls beunruhigt waren. Was A'kire dachte, ließ sich nicht erraten. Und Eri hatte sich bereits mit Sonja entfernt, um zu packen. Nun ja, bald würden sie weit weg sein - zumindest für einige Tage. Aber wenn sie zurück im Dorf waren, erwarteten sie Probleme, da war Michael sich sicher. Er nahm sich vor, mit Beska und Jens einmal offen über das Thema Eifersucht zu sprechen.

Da die Sonmani für eine Reise mitten im Hochsommer nicht viel Gepäck für nötig hielten, waren die Gefährten bald zum Aufbruch bereit. Jeder trug seine Felldecke für die Nacht verschnürt auf dem Rücken. Das war die Hauptlast. Die Männer nahmen ihre Speere mit, aber keine Schilde. Ein Sonmani wäre ohne Speer nicht einmal zum Beerenpflücken in den Wald gegangen. Jens und Michael hatten sich ebenfalls schon lange an diese Sitte gewöhnt. Dazu trugen A'kire und Beska leichte Jagdbögen und einen Pfeilvorrat. Feuersteine, einige Steinklingen und Nadeln paßten in einen kleinen Lederbeutel, den sich Eri umhing. Michael und Jens teilten sich eine andere Last:

Sie trugen, säuberlich in Leder gehüllt, ihre alte Kleidung mit sich, in der sie zu den Sonmani gekommen waren. Die Kleidungsstücke, die sie im Alltag nicht mehr benutzten, waren am späten Morgen per Boot im Lager eingetroffen. Per'kea hatte daran gedacht, daß die Weisen die Kleidungsstücke vielleicht sehen wollten. Dazu hängte sich Michael das eiserne Beil an den Gürtel, und in Jens Gürtel steckte das Fahrtenmesser. Die leere Sprudelflasche war nicht mit dabei. Sie ruhte als größter Schatz des Dorfes in Per'keas Hütte. Sie hatten ihm die Flasche geschenkt, als sie sahen, wie sehr die Sonmani von dem durchsichtigen Werkstoff fasziniert waren. Auch die Sporttasche hatte inzwischen einen anderen, stolzen Besitzer gefunden. Aber sonst konnten sie sich, wenn es gewünscht würde, wieder so anziehen wie am ersten Tag.

2.

Die Mittagszeit war kaum verstrichen, als die Reisenden ihre Bündel in den Booten verstauten. In etwa fünf Stunden, so lautete die Auskunft ihrer Führer, konnten sie das Dorf erreichen, in dem sie übernachten würden. Die sechs Reisenden verteilten sich auf drei lange Einbäume, da ihre Gastgeber ihnen das Paddeln möglichst ersparen wollten. Jens, Michael und Sonja wären auch keine große Hilfe gewesen. Aber leider ließ das Arrangement, das ihnen die Mühe des Paddelns abnahm, auch kein vertrautes Gespräch zu. Die fremden Krieger, die die Boote mit raschen Schlägen stromab trieben, plauderten freundlich mit ihren Gästen. Michael wollte das Verhalten Harkas jedoch nicht vor ihren Ohren besprechen. Und Jens, mit dem er hätte Deutsch reden können, saß in einem anderen Boot.

Es war warm auf dem Strom. Aber das kühle Wasser und der leise Fahrtwind ließen keine Schwüle aufkommen. Sonja wurde durch eine plötzliche, schwere Müdigkeit daran erinnert, daß der vorige Tag sehr an ihrer Kraft gezehrt hatte. Sie wäre wohl eingeschlafen, wenn die Boote nicht in diesem Augenblick um eine Sandbank herum in die Mündung des Nebenflusses eingebogen wären. Auf dem kleinen Fluß war das Wasser weit weniger ruhig. Ihre Fahrt verlangsamte sich, und ab und zu mußten gestürzte Baumstämme umkurvt werden. Die Windungen und Wellen schüttelten auch Jens und Michael wieder wach. Alle drei bemerkten, daß ihre Umgebung schön war. Ob es einen solchen Fluß in ihrer Zeit, im zwanzigsten Jahrhundert, überhaupt noch gab?

An manchen Stellen, an denen das Ufer höher lag, rückte der Hochwald bis zum Wasser vor. Riesige Eichen hoben ihre massiven, vielfältig verbogenen Äste weit in den Himmel. Schlanke Eschen, mächtige Ulmen und weißglänzende Pappeln woben ihre Zweige ineinander. Und überall, wo ihnen das Buschwerk Gelegenheit dazu bot, spannen sich Lianen in das Geäst der Bäume hinauf. Waldreben hingen wie ein grüner Wandteppich am Ufer herab. Wilder Hopfen schlang sich bis in die Gipfel der Eichen empor. Seine tannenzapfenartigen Blütenstände sandten ihren herben Duft zu den Reisenden hinüber. Jens, der von der Schönheit des Auenwaldes immer mehr bezaubert wurde, glaubte einmal sogar die wilde Weinrebe am Ufer zu erkennen, die er nie zuvor in freier Natur gesehen hatte. Die ungezähmte Natur von Fluß und Wald schlug auch Sonja und Michael in ihren Bann. Wer hätte es für möglich gehalten, daß ein solcher Urwald im kalten Mitteleuropa wachsen und gedeihen konnte? Was hätten die Städter des zwanzigsten Jahrhunderts für eine solche Bootsfahrt bezahlt? Mit Düsenjets und Luxusdampfern reisten sie in ferne Länder, um etwas ähnliches - oder auch nur scheinbar ähnliches - erleben zu können. Was war das für ein zierliches Vögelchen mit leuchtend blauer Brust, das ohne Scheu auf einem Weidenast sein Lied schmetterte? Was waren das für Tiere, die sich beim Herannahen der Boote platschend vom Ufer ins Wasser warfen? Man konnte sie nicht erkennen, aber es mochte sich um Wasserratten oder Fischotter handeln. Einmal sah Michael eine große Schildkröte von einer Kiesbank, wo sie sich gesonnt hatte, in den Fluß gleiten. Gab es diese Tiere überhaupt noch im Europa ihrer Zeit?

Eisvögel schossen wie lebende Juwelen an den steileren Uferstellen hin und her. An jeder Böschung schien es nur ein Paar zu geben. Aber immer wieder flogen die tropenbunten Vögel vor ihnen auf, schwenkten durch den Uferwald zurück und ließen sich hinter den Booten wieder auf einem Ast über dem Wasser nieder. Sie konnten sich an dem farbigen Schauspiel nicht satt sehen.

An einer flachen Stelle, wo der Fluß sich fast zu einem langgezogenen See verbreiterte, störten die Boote unzählige kleine Wasserfrösche auf. Mit hastigen Sprüngen brachten sich die Tiere von den Ufersteinen aus im Fluß in Sicherheit. Keiner von ihnen hatte je so viele Frösche auf einmal gesehen. Fast einen Kilometer weit säumten sie das Ufer. Große Libellen schossen grün und golden über ihnen hin und her. Ihre kleinen, blau oder rot schillernden Vettern saßen auf Wasserpflanzen und hoben sich nur in die Luft, wenn der Wellenschlag der Boote sie zu sehr schaukelte. Als der Fluß sich wieder verengte, passierten die Boote eine Reiherkolonie. Die Nester hingen wie unordentliche Zweigbündel auf hohen Bäumen, die fast alle Blätter eingebüßt hatten. Der Vogelkot hatte die Stämme weiß gestreift und unten, auf dem Boden, einen Urwald riesiger Brennesseln ins Leben gerufen. Die Warnschreie der Altvögel, das krächzende Betteln der Jungen, die klatschenden Flügel unterbrachen aufdringlich die sonstige Stille des Waldes, aber sie gehörten dazu, ein Teil des wuchernden Lebens in der wilden Flußaue.

Dann blieb auch die Kolonie der Fischreiher hinter ihnen zurück. Der Fluß wurde immer schmaler. Viele Enten hatten sich im Schutz der Weidenbüsche angesiedelt. Öfters wurde ein blaugrün gefiedertes Männchen von den Booten auf dem offenen Wasser überrascht. Dann schäumte der Fluß unter den schlagenden Flügeln und rudernden Flossenfüßen auf, wenn sich der Enterich flußaufwärts in die Luft zu schwingen versuchte. Die Entenweibchen waren vorsichtiger. Man sah nur von ferne, wie sie sich rechtzeitig zwischen die Uferbüsche zurückzogen. Viele von ihnen führten wohl noch Küken. Aber von ihnen waren nur die feinen Lock- und Warnrufe aus dem Gebüsch zu vernehmen. Einmal hob Beska den Arm und wies auf einen gewaltigen, schwarz und weiß gezeichneten Vogel, der mit langsamem Flügelschlag von einer hohen Pappel aufflog. Es war ein Fischadler, das Totemtier Beskas. Seine drohende Anwesenheit erklärte die Vorsicht der Entenmütter zur Genüge. Auch die Schwarzmilane, die immer wieder den Fluß überflogen, stellten wohl eine Gefahr für die jungen Enten dar. Einen anderen Greifvogel, der sich vor den Booten in die Luft hob, konnte nicht einmal Jens benennen. Mit dem Namen, den die Sonmani - die jedes Tier ihrer Heimat kannten - für den Vogel hatten, ließ sich natürlich nichts anfangen. Er war unauffällig braun wie ein Bussard und etwa ebenso groß. Aber seine scheinbar viel zu langen Flügel gaben ihm ein groteskes Aussehen, und sein Flug war rasch, schwankend und niedrig. Schnell war der unbekannte Greif hinter den Baumwipfeln verschwunden.

Die Fülle des Lebens um sie herum machte einen tiefen Eindruck auf die drei Menschen des zwanzigsten Jahrhunderts. Wie sehr sich die unkultivierte Natur dieser Zeit von ihrer eigenen Welt unterschied, hatten sie bisher noch nie so deutlich wahrgenommen. Daß das ganze Land ein riesiger Wald war, daß es Wisente gab, Wölfe, Bären und Auerochsen - das hatten sie natürlich begriffen. Aber die wilde Lebendigkeit dieser Welt, ihre Schönheit, ihre beglückende und erschreckende Andersartigkeit hatte sich ihnen noch nicht wirklich eingeprägt. Was die Angst im nächtlichen Urwald, was der wilde Kampf mit dem Wisent, was die magischen Rituale der Sonmani allein nicht bewirkt hatten, das bewirkte die ruhige Schönheit der Bootsfahrt auf dem unbekannten Nebenfluß des Rheins.

Sie wußten, daß Leben für die Menschen hier etwas anderes bedeutete als in ihrer eigenen Zeit. Nicht anders in jeder Hinsicht, nicht gegenüber Mühe und Not, Schmerz und Hoffnung, Freude und Trauer, Schuld und Tod. Aber die Tönung des Lebens war verschieden, seine Farbe. Oder, mit einem anderen Bild gesagt: die allgemein menschliche Melodie erklang in einer anderen, einfacheren und vielleicht profunderen Variation als im zwanzigsten Jahrhundert. In dieser Welt der ungezähmten Flüsse und Wälder war der Mensch zwar Herrscher, aber er war nicht Gestalter und Neuschöpfer. Er war das stärkste und klügste der Geschöpfe, aber er bemächtigte sich der übrigen Geschöpfe nicht - oder nicht annähernd in dem Ausmaß, wie es die moderne Zeit getan hatte. Die Sonmani benutzten die Natur, sie lebten von ihr ebenso wie der moderne Mensch, aber sie veränderten sie kaum. Es gab eine Unmittelbarkeit von Mensch und Natur, die Geborgenheit, aber auch völlige Abhängigkeit bedeutete. Demgegenüber kamen sich Sonja, Jens und Michael beim Gedanken an ihre frühere Welt unsäglich frei und ungebunden, aber auch unsäglich verlassen und quälend verantwortlich vor.

Allmählich veränderte sich die Landschaft. Die Umgebung des Flusses wurde hügeliger. Der eigentliche Auwald blieb zurück.

Immer mehr traten Buchen, Hainbuchen und Spitzahorn in den Vordergrund, während die Eschen, Ulmen und Pappeln seltener wurden. Am Fuß einer steilen Böschung machten sie eine halbe Stunde Rast. Die Paddler sprangen in das klare Wasser des Flusses, um sich abzukühlen. Danach legten sie sich in die Sonne, um sich und ihre Lederkleidung zu trocknen. Es gab gedörrtes Fleisch und Haselnüsse, dazu Wasser aus einer kleinen Quelle. Es wäre ein herrliches Picknick gewesen, wenn die vielen Menschen nicht auch die Steckmücken angezogen hätten. Ständig mußte man auf der Hut sein, um die fliegenden Blutsauger rechtzeitig zu erschlagen, wenn sie sich auf Arme oder Beine niederließen. Nach einiger Zeit hatten alle genug, und die Fahrt ging weiter.

Der Fluß war nun so schmal, daß die drei Boote hintereinander einer gewundenen Fahrrinne folgen mußten. Sie kamen dadurch viel langsamer voran, aber das Dorf war auch nicht mehr weit. Die Sonne stand jetzt hinter ihnen und warf lange Schatten über die Wasseroberfläche. Alle Einzelheiten von Fluß und Wald wurden von Licht und Schatten in ungewöhnlicher Klarheit herausgemeißelt. Die Reise endete in Schönheit, wie sie in Schönheit begonnen hatte. Als sie die Bootsanlegestelle des Dorfes erreichten, färbte sich der westliche Himmel bereits orangegelb. Sie wurden von der üblichen Menge aus Frauen und Kindern freudig begrüßt. Die Gäste erregten Neugier, aber auch Scheu. Ihre Gastgeber zeigten ihnen eine leere Hütte, die sie für die Nacht benutzen konnten. Nach den Maßstäben der Sonmani war sie für vier Männer und zwei Frauen bei weitem groß genug. Also brachten sie ihr Gepäck in die Hütte und richteten sich ein, indem sie ihre Felle ausrollten. Immer wieder gingen neugierige Dorfbewohner scheinbar zufällig am offenen Eingang vorbei, aber sonst ließ man sie höflich in Ruhe. Bei Einbruch der Dunkelheit würde das unvermeidliche Festessen am Lagerfeuer folgen. Die Vorbereitungen waren bereits in vollem Gang. Man hörte die Frauen draußen plaudern und lachen, die sich um die Feuer zu schaffen machten. Aber vorerst waren die Reisenden für die Pause und für das Alleinsein dankbar.

Michael sah nun eine Gelegenheit, die Sache mit Harka zur Sprache zu bringen. Um Eri und Jens nicht zu verletzen, lenkte er das Gespräch auf die unverständlich starke Betroffenheit, die er nach der Beratung am Morgen bei Harka beobachtet hatte. Er erwartete, daß dies zum Thema "Eifersucht" führen würde. Dann könnte er zur Diskussion stellen, wie künftigen Eifersuchtsproblemen vorzubeugen sei. Aber zu seiner Überraschung deutete Beska Harkas Verhalten anders.

"Mein Halbbruder Harka besitzt großen Ehrgeiz. Er spricht nicht darüber, aber er will Häuptling des Dorfes werden, wenn Per'kea zu alt wird, um die Jäger anzuführen. Und er hat viele der Eigenschaften, die ein Häuptling braucht: Er kann die Männer für eine Sache begeistern, er ist ein sehr guter Redner und Sänger, er ist klug, er ist ein geschickter Jäger und tapferer Krieger. Aber sein Herz ist hart, er denkt zu sehr an seinen Ruhm und zu wenig an andere Menschen. Ich weiß das, seit wir als kleine Kinder zusammen waren, Söhne desselben Vaters und verschiedener Mütter. Er weiß, daß ich gegen seine Wahl wäre. Auch andere wären gegen ihn, weil sie ihn nicht leiden können. Er kann nur Häuptling werden, wenn er beweist, daß er den Willen der Götter richtig zu lesen versteht, wenn er zeigt, daß er über Schicksalskraft (Krom) verfügt. Und wenn ich unsere Leute richtig kenne, dann bedeutete der gestrige Tag für ihn schon fast das Ende seiner Hoffnungen. Schuld zu sein am Zorn der Götter - das darf einem Häuptling nicht passieren. Harka ist klug. Er weiß, daß sein Traum so gut wie ausgeträumt ist. Und das kann er nicht verwinden."

A'kire sagte mit einem leichten Lächeln:

"Du bist zu bescheiden, Beska. Auch wenn ein junger Mann nicht als Unglücksbringer gilt, kann er nur schwer Häuptling werden, solange der Dorfpriester sich gegen ihn stellt. Es hat schon seinen Grund, daß Harka dich haßt. Du willst nicht, daß er Häuptling wird, und du bist der Priester. Du bist auch beliebt bei den Leuten - wehre nur nicht ab! Du warst zumindest bisher das größte Hindernis für ihn. Und auch für den gestrigen Tag wird er dir - oder Eri und dir - die Schuld geben. Er wollte Eri haben, weil du sie willst, oder weil er das dachte. Sie zur Frau zu bekommen, wäre ein Sieg für ihn gewesen. Und jetzt habt ihr gesiegt, zumindest aus seiner Sicht. Er wird dich mehr hassen als je zuvor."

Beska schwieg. Er hatte Eri für sich gewollt, das stimmte. Jetzt, wo es zu spät war, konnte er sich seine Sehnsucht eingestehen. Und er hatte schon lange vermutet, daß Harkas Interesse an Eri weniger dem Mädchen selbst galt; Harka wollte vor allem ihm Eri wegnehmen. Aber das auszusprechen, tat ihm weh - Eris wegen und seiner selbst wegen. Denn jetzt war der Geistervogel, Freund und Rivale zugleich, in seine Liebeshoffnungen eingebrochen, bevor er sie Eri überhaupt offenbart hatte.

Aber Jens war nicht wie Harka, das wußte der junge Priester. Er empfand so, wie Beska selbst an seiner Stelle empfunden hätte: Mitleid, Scham, Verlegenheit angesichts der Tatsache, einem anderen Menschen unausweichlich Schmerz zufügen zu müssen. Beska konnte nicht anders. Er mochte Jens, trotz des schmerzlichen Verlustes, trotz der Kränkung, von Eri verschmäht worden zu sein. Aber er hatte ja nie wirklich um sie geworben. Er hatte gezögert - und trotzdem. Eri wußte, wie er empfand. Da war er sich sicher.

Auch Eri litt an der Situation. Was waren sie doch für drei Narren, Jens, Eri und er selbst! Jeder litt die Qualen der anderen mit und vermehrte dadurch seinen eigenen Schmerz. Da war Harka anders. Er genoß es, stärker und erfolgreicher zu sein als seine Rivalen. Er konnte ohne Skrupel triumphieren, und in der Niederlage konnte er glühend hasssen. Ihn, Beska, lähmten dagegen alle möglichen Zweifel. War er nicht Priester? Standen ihm nicht sichtbare und unsichtbare Mächte zur Verfügung? Und trotzdem - Beska dachte an seinen Lehrer, den alten Iska. Der hätte gesagt, daß der Friede zwischen den Menschen mit dem Leid des eigenen Herzens nicht zu teuer erkauft sei. Und sie hatten immerhin noch Frieden untereinander, Eri und er, auch Jens. Harka hatte keinen Frieden mehr. Nicht mehr mit ihnen, vielleicht nicht einmal mehr mit dem Dorf insgesamt. Außerdem war es Unsinn, an Magie zu denken. Über Jens hatte er keinerlei Macht, das wußte Beska nur zu gut. Und Eri? Was wäre eine Zuneigung wert, die nicht freiwillig gegeben wurde? Allein der Gedanke an magische Mittel war für Beska abstoßend. Wenn sie ihn nicht als Beska lieben konnte, als den Spielgefährten der Kindheit, dann wollte er auch nicht als Priester geliebt werden. Es blieb ihm nur der Verzicht.

Es war Eri, die das Schweigen brach.

"Es ist gut, daß du so offen gesprochen hast, A'kire. Ich verstehe jetzt, was ich bisher nie verstanden hatte: daß Harka mich nicht wirklich liebt, und daß er mich doch zur Frau will. Ich wußte, daß er mich nicht liebt. Ich glaube, eine Frau spürt das immer. Aber ich war zu eitel, um zu merken, was er wirklich wollte. Ihr könnt mich auslachen, ich habe es verdient. Ich dachte, irgend etwas an mir sei ihm doch wichtig. Ich wollte ihn nie haben, aber ich war mir nicht sicher, ob er mich nicht doch wollte. Was A'kire gesagt hat, ist die offenkundige Wahrheit. Und wahrscheinlich weiß es das halbe Dorf, nur ich nicht. Es tut mir leid, es tut mir so leid."

Unvermittelt brach Eri in Tränen aus. Sonja legte ihr den Arm um die Schulter, während sie ihr Gesicht in den Händen verbarg. Aber was hätte Sonja zu dem Mädchen sagen sollen? Sie spürte, daß Eri nicht nur die Sache mit Harka bedrückte. Das Zusammensein mit Jens und Beska, die unklare Situation, quälte sie. Eri war kein Mädchen, das es genoß, wenn die Mäner um sie rivalisierten. Außerdem rivalisierten Jens und Beska nicht, nicht eigentlich. Dazu mochten sie sich zu gerne, und dazu lag ihnen zu viel an Eri - wenn auch vielleicht in verschiedener Weise. Aber all das machte es noch viel schlimmer für Eri.

Mit beherrschter Stimme wandte sich Beska an Eri:

"Wegen Harka brauchst du nicht mehr zu weinen. Er weiß, daß du dich für Jens entschieden hast. Es klingt hart, so etwas zu sagen. Aber wenn er sieht, daß deine Entscheidung mir weh tut, wird er dich mit Jens in Ruhe lassen. Und das sage ich dir, nur dieses eine Mal: Es tut mir weh, es tut mir wirklich weh. Ich habe nie zu dir von Liebe gesprochen, und vielleicht war das ein Fehler. Vielleicht haben die Götter die Schicksalspfade so gelenkt, daß du Jens treffen mußtest. Aber es tut mir weh. Heute abend sage ich, was ich nie mehr sagen werde. Das schwöre ich bei der Klaue des Fischadlers hier auf meiner Brust. Und ich wünsche, daß du glücklich bist. Mein Segen wird dich begleiten, solange ich segnen kann. Auch das sollst du wissen."

Beska war betroffen von der Leidenschaft, die sich während des Redens in ihm Bahn gebrochen hatte. Er hatte nicht so viel sagen wollen. Aber er war trotz seines Amtes jung. Und dieses Mal hatten seine Gefühle seine Zunge mit davongetragen. Eri schluchzte immer noch in Sonjas Arm. Jens schwieg. Er hatte mehrfach einen inneren Anlauf genommen, um etwas zu sagen. Aber jedesmal hatte er gemerkt, daß er das, was ihn bewegte, nicht aussprechen konnte. Wäre er vollkommen ehrlich gewesen, hätte er sagen müssen:

Ich finde dich schön, Eri. Und es ist schön, dich in den Armen zu halten und deine Zärtlichkeiten zu fühlen. Wenn ich sicher wüßte, daß ich mein Leben mit den Sonmani verbringen muß, dann würde ich bei dir bleiben. Zumindest dann, wenn Sonja bei Michael bliebe. Aber so zweifle ich immer wieder, ob unser beider Leben wirklich zusammengehört. Ich hätte nicht mit dir schlafen sollen, damals vor Setes Hochzeitsfest. Du hast es nicht verdient, daß der Mann, den du liebst, irgend einen Zweifel hat. Und ich habe kein Recht, irgend jemand an mich zu binden, solange mein Schicksal so ungewiß ist. Aber ich war unglücklich und einsam, und du hast mich getröstet. Ich bin immer noch auf deinen Trost angewiesen, solange wir bei den Sonmani sind. Aber ich weiß nicht, ob das genug ist für ein gemeinsames Leben. Es ist wohl besser, wir vergessen das, was geschehen ist, und bleiben gute Freunde.

So hätte Jens sprechen müssen, hätte er ehrlich sein wollen. Aber er wußte, daß er diese Dinge nicht aussprechen durfte. Sie hätten Eri tief verletzt und ihm nicht zur Klärung verholfen. Außerdem wollte er Eri irgendwo auch nicht aufgeben - es war so schön gewesen, mit ihr zusammen zu sein. Er war selbstsüchtig, das wußte er - aber er konnte seinen Wunsch nicht überwinden, zumindest nicht jetzt und hier. Er mußte abwarten, vielleicht bis zur Rückkehr ins Dorf. Vielleicht sollte er einmal mit Beska allein sprechen. Oder mit Michael. In letzter Zeit konnte man mit ihm auch über solche Dinge reden. Wie schön Eri war - selbst wenn sie schluchzte und ungeniert durch die verstopfte Nase schnaubte. Aber mit verstopfter Nase konnte Eri nicht sprechen. Und sie wollte jetzt selbst sprechen.

"Dann will ich auch etwas sagen, was ich eigentlich nicht sagen wollte. Seit mein Vater tot ist, bin ich auf Harka angewiesen. Er hat immer genug Beute mitgebracht, er ist ja ein so guter Jäger! Und er hat mir immer genug Felle gegeben, er ist ja ein so guter Versorger!

Aber er hat es mich spüren lassen, daß ich von ihm abhängig bin. Ich habe nie Vertrauen zu ihm gehabt, und er hat mich oft gekränkt. Vielleicht bin ich deshalb so eitel geworden, weil ich mich wehren wollte. Die anderen Mädchen sagen, ich sei stolz und wählerisch, wie Harka auch. Vielleicht ist das wahr. Vielleicht wollte ich etwas Besonderes sein, und habe deshalb... deshalb an Jens Gefallen gefunden. Jens war so ganz anders als die jungen Männer im Dorf. Er gab nie an, er war immer freundlich. Und dabei ist er wirklich etwas Besonderes, nicht nur besonders eingebildet, wie Harka und seine Freunde. Ich wußte einfach, daß Jens nie eine Frau verführen würde, um dann bei seinen Freunden damit anzugeben. Darum bin ich zu ihm gekommen, als er traurig war, darum mag ich ihn so gerne. Vielleicht auch, weil er der Geistervogel ist, weil er viel Macht besitzt, und weil ich stolz darauf bin, daß ich ihm gefalle. Aber die Götter haben mich stolz gemacht, und darum muß ich es wohl sein. Ich hätte nie gedacht, daß irgendein Mann aus dem Dorf so sein könnte, wie Beska zu mir war. Ich sage das nicht einfach der Dinge wegen, die er eben ausgesprochen hat. Schon seit der Wisentjagd, seit er merkt, daß mir Jens gefällt, versucht er mir zu zeigen, daß er mir nicht böse ist, daß er mich versteht. Ich bin wirklich dumm! Ich dachte irgendwo im Innern, alle jungen Männer sind wie Harka! Ich habe Beska immer gern gehabt. Aber jetzt schäme ich mich, weil ich so dumm über ihn gedacht habe. Und wenn Jens geht, wie der Geistervogel mit dem Sommer geht, werde ich sehr traurig sein. Aber ich werde nicht so traurig sein, wie..." Eri stockte. Sie setzte nochmals zum Sprechen an. Aber A'kire unterbrach sie.

"Ich glaube, wir haben genug über diese Dinge gesprochen. Es ist gut, wenn man einander unter Freunden das Herz öffnet. Aber es ist auch gut, dann wieder zu schweigen. Ich weiß, daß ihr es mir nicht übelnehmt, wenn ich die Wahrheit sage: Die Jungen verstehen es besser, das Herz zu öffnen. Und die Alten verstehen es besser, im rechten Moment zu schweigen."

Er lachte ein wenig in sich hinein, als er sah, wie sowohl bei Beska als auch bei Eri weitere Gefühle zur Aussprache drängten. Aber er war entschlossen, die vertrauensvolle Stimmung durch Schweigen zu bewahren, um das Erreichte nicht zu gefährden.

"Ich will euch etwas sagen: Ich habe schon an vielen Ratsfeuern gesessen. Und an den meisten wurde kunstvoller gesprochen als in dieser Hütte. Aber selten wurde ehrlicher und wahrer gesprochen. Und selten wurde das, was gut ist, so leidenschaftlich zu erlangen gesucht, wie ihr es erlangen wollt. Es tut einem alten Krieger wohl, wenn er sieht, daß kraftvolle Schößlinge aus dem alten Stamm unseres Dorfes schlagen. Aber jetzt denkt wieder daran: Wir gehen nach Perrar'ti. Dort entscheidet sich das Schicksal derer, die hingerufen werden. Wenn wir heute weiter darüber sprechen, was sein könnte und sein sollte, sprechen wir vielleicht Worte in den Wind. Die Vergangenheit liegt euch nun klarer vor Augen. Das haben die Götter geschenkt, und ich spüre ihren Segen auf dieser Reise liegen. Aber die Zukunft laßt in ihren Händen ruhen. Wir wollen mit ruhigem und fröhlichem Herzen am Feuer unserer Gastgeber sitzen. Trockne deine Tränen, Eri."

Und A'kire strich dem weinenden Mädchen schnell, fast verstohlen über das Haar. Als sie erstaunt aufblickte, murmelte der große Krieger ein wenig verlegen:

"Ich habe deinen Vater sehr gut gekannt, Eri. Ich habe dir nie davon erzählt. Er war mein liebster Begleiter auf der Jagd und im Krieg. R'hosta, der Bär - er war ein wenig wie du. Stolz, klug, mit warmem Herzen, immer ein wenig schneller als andere mit Worten und Taten. Du handelst ebenfalls schnell. Ich sage nicht, daß du hastig handelst, und ich sage nicht, daß du falsch handelst. Aber wer schnell handelt, muß auch die Folgen tragen, die schnell über ihn kommen. So war es bei R'hosta, dem Bären. Ich sang ihm das Totenlied, als er starb. Habe nie Angst, von ihm zu sprechen. Ein Geist wie der R'hostas, des Bären, bleibt nicht im Stromtal, um die Lebenden zu kränken. Sein Geist flog nach Westen wie auf den Flügeln des Wintersturms, auch dann noch ein wenig schneller als alle anderen. Er war auch auf der unbekannten Reise schneller als A'kire, der Wolf. Um wieviel schneller, das werde ich bald wissen."

Mit diesen rätselhaften Worten wendete sich A'kire ab. Eri trocknete ihre Tränen mit dem Zipfel ihres langen Lederrocks. Sonja hielt sie noch immer im Arm. Jens, Michael und Beska starrten nachdenklich vor sich hin. Beskas Gedanken kreisten um das, was Eri gesagt hatte. Freude und Schmerz mischten sich für ihn in den Worten des Mädchens. Sie hatte recht, vielleicht mehr, als sie selbst es wußte; Er, Beska, war anders als die übrigen jungen Männer der Sonmani, auch anders als die jungen Priester. So hatte sein Lehrer, der alte Priester Iska, ihn gemacht. Wäre er doch noch da und könnte ihm raten!

Die Feierlichkeit, die sich in das Gespräch gemengt hatte, schlug bei Sonja kräftig ins Gegenteil um. Sie grinste über beide Ohren, bis sie die verwunderten Blicke der anderen bemerkte, die sich nicht erklären konnte, wo der Spaß lag. Aber sie war in einer solchen Stimmung, daß ihr die Verwunderung nichts ausmachte, sondern nur ihre Heiterkeit vergrößerte. Gestern um diese Zeit, dachte sie, war ich noch todmüde und völlig verzweifelt. Ich muß verrückt sein, jetzt schon wieder fröhlich zu grinsen. Ach, was soll es? Laut sagte sie:

"Kommt, gehen wir hinaus. Ich hab' lange genug im Boot gesessen. Unterhalten wir uns ein bißchen mit den Leuten hier. Eri, kommst du mit? Sie finden es im Dorf sicher höflicher, wenn wir zu den Frauen gehen und mit ihnen plaudern, während sie das Essen vorbereiten."

Sonja hatte recht. So gut kannten sie die Gebräuche der Sonmani inzwischen alle. Niemand würde sich ihnen aufdrängen. Aber es galt als unhöflich, irgendeine Neuigkeit zu verschweigen, die auch nur entfernt interessant sein könnte, und irgendein Thema nicht zu behandeln, das irgend jemand interessieren könnte. Und darum mußte man sich zu den Dorfbewohnern setzen und mit ihnen plaudern. Zeit zählte nicht, wenn es Nachrichten auszutauschen galt. Seufzend richteten sich Jens und Michael darauf ein, unzählige Fragen über den aufregenden Ablauf des letzten Tages beantworten zu müssen. Aber sie kamen noch einmal gut davon. A'kire bemerkte, daß Beska nicht in der Stimmung war, viel zu erzählen. Also übernahm er diese Rolle selbst. Und in seinem Mund wurde die Entführung, die Verfolgung auf dem großen Strom und der Kampf auf der Halbinsel zu einem Epos. Wenn A'kire einmal sprach, dann sprach er mit aller Kunstfertigkeit, derer ein angesehener Sonmani fähig war. Ihre Gastgeber waren begeistert. Alt und jung drängte sich um das Feuer, an dem A'kire saß und erzählte. Fast wider Willen hörten auch Jens und Michael fasziniert zu. Sie kamen sich vor wie jemand, der beim Hören des Nibelungenlieds plötzlich entdeckt, daß er ja mit dabei war, als Etzels Hunnen die Halle in Brand steckten...

3.

Der Morgen, an dem sie nach Perrar'ti aufbrachen, versprach ebenso schön und sonnig zu werden wie der gestrige Tag. Obwohl das Festessen am Abend bis weit in die Nacht hinein gedauert hatte, wurden die Reisenden früh wach. Sie waren alle innerlich angespannt und drängten danach, den Aufstieg zu beginnen. Bald schon befanden sie sich auf einem schmalen Fußpfad, der dem Fluß ins Gebirge folgte. Die Berge, die das Tal begrenzten, erhoben sich weich und rund und trugen bis zu den Gipfeln tiefgrünen Laubwald. Aber der Fluß, der sie bis zum Dorf gebracht hatte, war nun zu klein für die Einbäume der Sonmani. Er floß schnell, über weißschäumende Stromschnellen, weit unterhalb des Pfads nach Westen.

Sie gingen in einer Reihe hintereinander, da der Pfad nicht breit genug war. A'kire führte sie an. Er kannte als einziger den Weg, bis auf das letzte Stück nach Perrar'ti. Aber auf der Höhe würden sie, so versicherte er, genug Zeichen finden, die zu dem geheiligten Ort wiesen. Die Entfernung war nicht groß. Auf ebenen Pfaden hätte ein Jäger die Strecke in einem halben Vormittag zurückgelegt. Sie würden für den Anstieg mindestens die doppelte Zeit benötigen. Und dann mußten sie erst in das Hochtal hinabsteigen, in dem die roten Fälle lagen. Da sie sich inzwischen mit den Zeit- und Entfernungsmaßen der Sonmani auskannten, wußten sie, daß die Entfernung zehn bis zwölf Kilometer betrug, und daß sie etwa fünf Stunden unterwegs sein würden. Das bedeutete, daß sie bereits um die Mittagszeit die roten Fälle erreichen konnten. Und dann? Niemand wußte darauf eine Antwort.

Nach einer Stunde veränderte sich sowohl der Pfad als auch die Landschaft um sie her. Sie waren nun tiefer in das Gebirge vorgedrungen. Der Pfad war manchmal kaum mehr sichtbar. Offenbar wurde er hier selten begangen. Außerdem verlief er immer steiler bergan. Öfter und öfter wand er sich um unpassierbare Hänge herum oder umging Stellen, an denen Gruppen gestürzter Bäume den Abhang bedeckten. Die Berggipfel drängten sich scheinbar näher an das Tal heran und erschienen höher, obwohl sie selbst ständig aufwärts marschierten. Das Grün der Laubwälder reichte nicht mehr zu den Gipfeln, die jetzt dunkle Kappen aus Nadelwald trugen. Die Sommersonne stand nun hoch am Himmel. Sie machte den Aufstieg heiß und beschwerlich. Immer wieder störten sie ein kleines Tier auf. Aber der Marsch nahm ihre Kraft so in Anspruch, daß sie sich nicht um ihre Umgebung kümmerten, außer um immer wieder nach möglichen Gefahren auszuspähen. Aber weder ein Mensch noch ein größeres Raubtier zeigte sich im Tal. Und immer weiter führte ihr Weg nach oben.

Schließlich konnte Sonja nicht mehr ohne Rast weitergehen. Auch Eri war müde. Die Männer spürten ihre Beine wohl ebenfalls, denn sie ließen sich dankbar auf einigen Felsen nieder, die sich den Wanderern als Ruheplatz anboten.

Es war schön, unter den dicht belaubten Ebereschen zu sitzen. Sie aßen und tranken ein wenig und versuchten, den Pfad vor sich mit den Augen zu verfolgen. Es gelang ihnen nicht, der Wald stand zu dicht. Aber ein wenig weiter oben, fast am Ende des Tales, erkannten sie offene, felsige Abhänge und Steilwände. A'kire erklärte ihnen, daß sie diese Felsen links liegen lassen müßten. Sie würden dann einem der Quellbäche des Flusses folgen, um den Bergkamm zu erreichen. Einen Pfad würde es dort kaum mehr geben. Aber irgendwie müßten sie sich nach Südosten halten und in ein weiteres Tal absteigen. Der Bach, der durch dieses Tal floß, stürzte sich über die roten Fälle in die Tiefe. Oberhalb der Fälle würden sie Perrar'ti finden.

Wieder überfiel sie gespannte Erwartung. Ihre Blicke hingen am Gebirgskamm, als könnten sie über ihn hinweg in das geheimnisvolle Hochtal blicken. Ein schriller Schrei riß sie aus ihren Gedanken. Von der Steilwand vor ihnen hob sich ein Vogel in die Luft und schoß pfeilschnell zu ihnen herab. Er umkreiste die Gruppe in einem weiten Bogen, schrie erneut, und stieg scheinbar mühelos wieder zu den Felsen empor. Jens hatte die spitzen Schwingen, die weiß gebänderte Brust und den scharfen Hakenschnabel erkannt.

“Ein Wanderfalke!” rief er erstaunt aus. “Er muß in der Felswand brüten.” In seiner Überraschung sprach er deutsch, so daß die Sonmani ihn nicht verstanden.

“Ein Falke”, sagte auch Beska. “Er wollte prüfen, ob wir seinem Nest gefährlich werden können. Nun ist er beruhigt. Für uns war es ein gutes Vorzeichen. Der Falke hat keinen Clan, aber er ist der junge Krieger unter den Vögeln. Von einem Krieger begrüßt zu werden, gibt uns Mut. Wir wollen weitergehen.”

Sie erhoben sich und begannen den restlichen Aufstieg. Es dauerte erstaunlich lang, bis sie die Felsen passiert hatten, die so nahe vor ihnen lagen. Der Pfad verschwand, und sie mußten sich von Baum zu Baum emporziehen, so steil wurde das Gelände. Eine Unzahl gestürzter Stämme, alter Zweige und Felsbrocken machten den Abhang nahezu unbegehbar. Das Unterholz bestand aus Heidelbeersträuchern, brusthohem Adlerfarn und jungen Fichten. An den dunkleren Stellen des Waldes erstreckten sich silbern schimmernde, dicke Moospolster über das Geröll. Wären sie nicht gezwungen gewesen, mühsam höher zu steigen, hätte der Bergwald mit seiner wilden, rauhen Schönheit sie ebenso verzaubert wie der Auenwald am Tag zuvor. Aber so war die Anstrengung, besonders für die Frauen, fast zu groß. Die Luft zwischen den Bäumen wurde von der Sonne erhitzt. Und von dem Felsenhang, den nur eine dünne Erdschicht bedeckte, stieg keine Kühlung auf. Mit zitternden Knien erreichten sie endlich eine Bergschulter, die nach oben immer flacher wurde. Die Felsbrocken verschwanden unter Erde und Moos, und der Boden wurde feuchter. Bald verlief ihr Weg nahezu eben. Als sie durch eine Lücke zwischen den Bäumen ins Tal zurückschauen konnten, sahen sie, daß sie den Bergkamm erreicht hatten, der ihren Horizont bisher nach Osten begrenzt hatte. Nach links stieg der Bergrücken weiter an, und dahinter lag ein noch höherer Kamm. Ein Wind- oder Schneebruch gab ihnen jetzt auch den Blick nach Osten und Norden frei. Zur Überraschung von Jens, Michael und Sonja erschienen die hohen, runden Gipfel in dieser Richtung unbewaldet zu sein. Sie wurden von niedrigem Gebüsch bedeckt, das Jens für Krüppelkiefern hielt. A’kire erklärte:

"Die höchsten Gipfel des Gebirges sind kahl, hier und im Süden. Viele Hirsche weiden im Sommer am Rand der hohen Moore, während sie im Winter in die Täler kommen. Auch Gemsen findet man dort oben, Wölfe und Bären. Aber wir jagen selten auf den waldlosen Höhen. Es ist zu schwierig, die Beute zu den Dörfern zu tragen. Und die Berggeister mögen es nicht, wenn die Jäger ihre Geheimnisse entdecken. Sie wohnen in den hohen Mooren und wollen ihr Jagdrevier nicht mit Menschen teilen."

Sie gingen langsam weiter, um die Kräfte der Frauen zu schonen. Das Gehen war angenehm auf dem weichen, mit Fichtennadeln bestreuten Boden, zumindest nach der Kletterei auf dem Steilhang. Bald stießen sie auf einen Pfad. Wenigstens stießen A'kire und Beska auf einen Pfad. Er prägte sich im Waldboden so schwach aus, daß die anderen ihn nicht erkannt hätten. Aber er führte in die richtige Richtung, und so folgten sie ihm. Die Sonne stand hoch über ihnen, es ging gegen Mittag.

In allen sechs Wanderern wuchs das Gefühl, eine geheimnisvolle, fremde Welt zu betreten. Beska summte leise ein Lied vor sich hin, ohne Worte, langsam und rhythmisch. Sie wußten, daß er dazu innerlich die Worte sprach, die seine magischen Kräfte wecken sollten. Niemand durfte die Worte hören, selbst der beste Freund nicht. A'kire wurde noch schweigsamer als sonst. Eri war sichtbar erregt. Zum ersten Mal auf ihrer Reise zeigte sie deutliche Angst. Michael, Sonja und Jens wurden von der Erregung ihrer Gefährten angesteckt, obwohl sie keine Vorstellung von Perrar'ti und seiner religiösen Bedeutung hatten. Es war sehr still im Bergwald, auch die Vögel sangen nicht mehr. Nur der niemals ruhende Höhenwind entlockte den Gipfeln der Fichten und Tannen ein sanftes, kaum wahrnehmbares Rauschen. Der Pfad wurde deutlicher und senkte sich allmählich nach Südosten ins Tal hinab. Die letzte Aussicht auf die ferne Rheinebene verschwand hinter dem Bergkamm, den sie vorher erstiegen hatten. Ein tief eingeschnittenes, dicht bewaldetes Tal lag vor ihnen. Je mehr sie sich seinem Grund näherten, desto mehr wurden die Fichten, die auf der Berghöhe vorherrschten, von dunkel ragenden Tannen verdrängt. Sie standen so dicht, daß selbst die brennende Mittagssonne nur einzelne Lichtbahnen auf die grün bemoosten Abhänge herabschickte. Die silbrig schimmernden, braunen Säulen der Stämme versperrten ihnen die Sicht, so daß sie den Pfad nur wenige Meter weit überblicken konnten. Selbst der schmale Bach, dessen Ufer sie schließlich erreichten, wurde von den Kronen der Tannen so tief in Schatten gehüllt, daß alles Ufergebüsch fehlte. Lediglich Moos, überall Moos, bedeckte die Felsen, die vom klaren Wasser bespült wurden.

Sie folgten dem Bach talabwärts. Der Pfad verlief ein wenig oberhalb des Wassers im Wald und vermied die übereinander getürmten Uferfelsen. Nach etwa einer halben Stunde kamen sie an einen Ort, wo sich der Bach über eine massive Felsplatte aus grau und rosa schimmerndem Sandstein verbreiterte. Eine Insel von Sonnenlicht ließ das Wasser glitzern und wärmte die runden Steine am Ufer. Dort wurden sie erwartet. Ein alter Mann hockte neben dem Bach in der Sonne und schaute ihnen entgegen. In Gestalt und Kleidung glich er dem Zauberer, der das Dorf besucht hatte. Wie jener war er unbewaffnet und trug keine Clan-Abzeichen. Aber es war nicht derselbe Mann.

"Einer der Weisen", flüsterte Beska und ging vor. Alle anderen hielten unwillkürlich im Gehen inne. Als Beska ins Sonnenlicht trat, erhob sich der Mann und lächelte. Sein Haar und sein Bart waren viel länger, als es bei den Sonmani üblich war.

"Ich habe euch erwartet", sagte er freundlich. "Ich werde euch nach Perrar'ti führen. Ihr kommt mit dem Segen der Götter. Die Kraft von Hirsch, Wolf, Bär und Ur begleiten euch. Die Kraft der Ältesten von Perrar'ti schützt euch. Sprecht jetzt nicht mehr. Ich kenne eure Namen. Die Namen der Zauberer sind vergangen, daher kann ich euch meinen Namen nicht sagen. Wir werden bald unter den heiligen Tannen von Perrar'ti miteinander beraten."

Damit wandte sich der Mann um und ging ihnen auf dem Pfad voran. Beska, Eri und A'kire schlossen sich ihm an. Die freundliche, ja ehrenvolle Begrüßung beruhigte sie. Sonja folgte, dann Jens und Michael. Sie schwiegen, aber alle drei fragten sich, woher der Mann Zeit und Ort ihrer Ankunft gewußt hatte? Aber das mußte keine Zauberei sein. Auch die anderen Sonmani wußten so viel von dem, was im Wald vorging, daß es einem Zivilisationsmenschen wie ein

Zauber erschienen wäre. Sie hatten nicht viel Zeit, sich Fragen zu stellen. Vor ihnen fiel erneut Sonnenlicht zwischen die Bäume, und der steile Abhang zur Rechten wich in ein kleines Seitental zurück. Das Haupttal weitete sich, der Hang oberhalb des Baches bildete eine fast ebene Schulter. Gleichzeitig sank das eigentliche Bachbett in einen metertiefen Einschnitt hinab, gesäumt mit Erlengebüsch und am Grund geschmückt mit den hohen, blauen Blütenstauden und breiten Blättern des Alpendosts. Ständiges melodisches Wasserrauschen drang aus der kleinen Klamm herauf und füllte das Tal so gleichmäßig, daß man es bald nicht mehr bewußt wahrnahm. Trotzdem blieb den Reisenden die Melodie des rieselnden und rauschenden Wassers in Erinnerung. Es war, als singe der Bach das Grundthema zu allem, was in dem geheimnisvollen Tal getan wurde und geschehen sollte. Auf der flachen Bergschulter über dem Bachlauf lag eine runde Lichtung vor den Reisenden. Frisches Gras bedeckte die Wiese, die sich sanft ansteigend in das Tal schmiegte. Riesige Tannen umstanden die offene Fläche auf allen Seiten. Dreißig Meter oder mehr ragten die dunklen Gipfel über ihren Köpfen auf. Zwei Männer hätten die gewaltigen Stämme kaum umfassen können. Das Geäst begann so weit über dem Boden, daß ein Säulengang mit hochgewölbter grüner Decke, getragen von den massiven Baumstämmen, die ganze Lichtung umgab. Auf der Wiese, in der hellen Sonne, weideten Hirschkühe mit ihren Kälbern und kümmerten sich nicht um die heranschreitenden Menschen. Sie erblickten Perrar'ti, den Wohnsitz der Zauberer, das heilige Tal der Sonmani, der Ort größter Kraft und größten Wissens, das Tal, in dem die Bäume der vergänglichen Erde die Nähe der Götter suchen.

Die drei Fremden, die Menschen des zwanzigsten Jahrhunderts, waren überrascht. Sie hatten keinen Tempelbau mit Säulen und Bögen erwartet, aber doch einen Kultplatz mit einem Altar, mit Mauern oder Wegen. Nichts dergleichen gab es zu sehen, vielmehr schien der Ort kaum von Menschenhand verändert worden zu sein. Und trotzdem war hier ein Heiligtum. Selbst Michael, der sonst unempfindlich gegen die Atmosphäre eines Ortes war, spürte das Besondere, Bedrohliche und Aufwühlende, das sie umgab. Jens und Sonja empfanden einen erregenden Schauer, nicht so sehr aus religiöser Scheu, als aus einem Gefühl der gespannten Erwartung heraus. Sie spürten, daß ihnen hier das Unvorhersehbare, das völlig Unberechenbare begegnen konnte. Beska und Eri wagten kaum zu atmen, Eri aus Angst, Beska aus einer Erregung, in der sich Angst und Sehnsucht mischten. A'kire atmete schwer. Ehrfurcht, aber auch Entschlossenheit und eine leise Trauer sprachen aus seinem Gesicht.

Unter den Bäumen auf der linken Seite der Lichtung, oberhalb des mehrere Meter tief eingeschnittenen Bachlaufs, standen einige der Hütten, deren Bauweise sie aus dem Dorf kannten. An ihnen war nichts auffällig, außer daß sie im tiefen Schatten der Baumkronen anstatt auf der sonnigen Lichtung errichtet worden waren. Rund um die offene Fläche führte, bergauf und bergab, ein mit großen, hellroten Sandsteinblöcken gekennzeichneter Weg. Das Gras der Lichtung selbst schien nicht begangen zu werden. Nur die Hirschkühe mit ihren Jungen schritten darauf hin und her oder lagen in der Sonne, um wiederzukäuen. Erst als die Wanderer den Pfad mit den roten Steinen erreicht hatten, drehten sich ihnen einige Köpfe zu, und die langen Ohren stellten sich auf. Aber nicht eines der liegenden Tiere erhob sich. Offenbar waren die Hirsche völlig zahm und hatten keinerlei Furcht vor den Menschen. Ein schwer faßbarer Frieden, ein Gefühl der Geborgenheit und Güte ging von ihnen aus. Sonja wurde an einen englischen Schloßpark erinnert, den sie einmal besichtigt hatte. Dort war das Dammwild ähnlich zahm gewesen. Aber so gelassen, so unberührt und gleichzeitig so vertraut hatten sich selbst diese Parkhirsche nicht verhalten. Sie hatten um Futter gebettelt, sie hatten zwischen Freßlust und Scheu geschwankt, sie waren nähergekommen und schnell wieder zurückgewichen. Nichts dergleichen bemerkte sie bei den heiligen Hirschen von Perrar'ti.

Den Hütten gegenüber, im Wald an der Bergseite der Lichtung, erhob sich ein breiter, mehrere Meter hoher Felsriegel über den Abhang. Auch er wurde von riesigen Tannen beschattet. Aber man konnte erkennen, daß er aus demselben roten, zu einem satten Braun nachgedunkelten oder zu hellem Grau verwitterten Sandstein bestand wie die glattgeschliffenen Steine des Bachbetts, das sie nach Perrar'ti geführt hatte. Die Oberkante des Felsens ragte an einigen Stellen weit über seinen Fuß hinaus, so daß überdachte, mannshohe Nischen entstanden. Aus ihnen war der Steinschutt und der Bewuchs sorgfältig entfernt worden, und in der tiefsten Nische brannte ein Feuer. Der Rauch stieg zwischen den Baumwipfeln jenseits der Lichtung senkrecht empor. Sonst war im Schatten von Fels und Baum nicht viel zu erkennen.

"Das immerwährende Feuer von Perrar'ti", sagte ihr Führer und wies in die Richtung des Felsens.

"Dort werden wir uns bald versammeln, dort werden die Weisen eure Worte hören. Aber vorher sollt ihr essen und trinken. Ihr werdet müde sein. Danach werde ich euch den heiligen Ort zeigen. Ihr müßt wissen, wo ihr seid. Ihr müßt der Kraft dieses Ortes begegnen, damit das zum Guten wirkt, was am Feuer gesprochen werden wird. Kommt mit zu der Hütte, die wir für euch vorbereitet haben. Tretet nicht auf das Gras, auf dem die Hirsche weiden. Bleibt auf dem Weg unter den Bäumen."

Wortlos folgten sie ihrem Führer in eine der Hütten. Dort empfing sie ein anderer Mann, älter als der erste, mit fast weißem Bart und grauem Haar. Eine Mahlzeit aus Haselnüssen, Heidelbeeren und frischem Sauerampfer wartete auf sie. Sie rollten ihre Felle aus und ließen sich dankbar nieder. Die beiden Männer setzten sich zu ihnen, aßen aber nichts.

Die meisten der Nüsse blieben liegen. Die Aufregung ließ keinen rechten Appetit aufkommen. Aber von den Beeren und dem Ampfer wurden sie außerordentlich erfrischt. Trotzdem vermißten die Gäste das sonst bei den Mahlzeiten der Sonmani allgegenwärtige Fleisch, oder den gebratenen Fisch. Die beiden Zauberer erklärten ihnen, daß sie niemals ein Tier töteten, um es zu essen. Nur das Fleisch von Tieren, die auf natürliche Weise starben, war für sie nicht tabu. Im Winter aßen sie mehr Fleisch, da Hirsche und Rehe dem Schnee und dem Hunger zum Opfer fielen. Im Sommer lebten sie weitgehend vegetarisch. Auch sonst erwiesen sich ihre Gastgeber als recht gesprächig. Bereitwillig beantworteten sie die vielen Fragen, die Jens, Sonja und Michael auf dem Herzen hatten. A'kire und Eri fragten nichts, und selbst Beska nur sehr wenig. Was sie erfuhren, ergab in etwa folgendes Bild:

Perrar'ti bildete das Zentrum des Ordens der Weisen, die von den Sonmani auch "Zauberer" genannt wurden. Hier hielten sich die Führer des Ordens auf, die nicht mehr umherwanderten. Über sie wollten ihre Gastgeber nichts sagen. Die Gäste würden sie bald kennenlernen, lautete die ausweichende Antwort. Die anderen Stämme der fünf Ratsfeuer besaßen ebenfalls je ein Zentrum, wie es Perrar'ti war. Der Orden der Weisen erstreckte sich über den ganzen Stammesbund, nicht nur auf die Sonmani, die Speermänner am großen Strom. Aber gleichzeitig war Perrar'ti das Heiligtum der Sonmani, eine Kultstätte, und zwar die bedeutendste des Stammes. Hier opferten nicht die Dorfpriester, sondern die Weisen selbst. Die Kraft der Götter wohnte in kleinen Abbildungen, die in verschiedenen Nischen unter dem Felsdach standen, das sie von weitem bemerkt hatten. Nur von der Sonnengöttin gab es kein Abbild. Sie warf ihre Strahlen auf die Lichtung zwischen den Tannen. Ihre Kraft lebte im Gras und im Grün der Bäume. Unter dem Felsdach wurde nicht, wie in den Dörfern, hin und wieder ein Ratsfeuer entzündet. Dort brannte ständig ein Ratsfeuer, und ständig waren die Götter im Felsen und in den Bäumen gegenwärtig. Bis auf den Stromgott - er lebte im heiligen Bach von Perrat'ti, der über die roten Fälle hinab ins Rheintal eilte. Der Vater aller Sonmani ließ sich nicht in Felsen und Bäumen nieder, seine Kraft war dunkel und fremd. Ihm wurde jedes Frühjahr eine der heiligen Hirschkühe geopfert. Sie lebten das ganze Jahr in ungestörter Ruhe, Kinder der Sonnengöttin, die sie beschien und mit Leben erfüllte. Aber im Frühling, am ersten warmen Sonnentag des Jahres, führten die Weisen eine junge Hirschkuh zum Opferplatz oberhalb der roten Fälle. Dort stieß der Älteste der Weisen ihr den geweihten Speer ins Herz, den einzigen Speer, den es in Perrar'ti gab. Ihr Blut vermischte sich mit dem Wasser, das sich über die Felsen ins Tal stürzte, und ihr Körper wurde in die Tiefe geschleudert. Der Bach trug das Opfer hinab ins Tal. Hirschkuh und Stromgott vermählten sich aufs neue, um dem Volk der Sonmani Fruchtbarkeit zu bringen und die Gier des großen Stroms zu stillen, der sonst die sonnengeborenen Lebewesen der Erde verschlänge.

Das war das große Opfer, das entscheidende Opfer, das nur in Perrar'ti erbracht werden konnte. Viele andere Opfer wurden den übrigen Göttern gebracht: Fleisch, Früchte, Lieder, Waffen und Geräte. Aber diese Opfer gab es überall, in jedem Dorf der Sonmani. Das große Opfer, durch das das Blut der sonnengeweihten Hirschkuh die Zerstörungsmacht des Stromgotts band, war Sache der Weisen allein. Man würde ihnen den Felsen zeigen, von dem aus das Opfertier in die Tiefe stürzte. Er war rot, als ob das Blut der Hirschkuh immer an ihm sichtbar bliebe, rot wie das lebende Herz von Menschen und Tieren. Das Wasser der Tiefe und das Blut der Sonne - daraus war die Welt gemacht, daraus wurde sie jedes Jahr neu gemacht. Nur die Weisen wußten davon. Die Jäger der Sonmani und ihre Frauen kannten nur die überlieferten Geschichten, die ihnen die Wahrheit soweit eröffneten, wie uneingeweihte Menschen sie fassen konnten. Aber sie, sie waren nun am Ort der Wahrheit selbst. Unter den Bäumen von Perrar'ti wurden Geheimnisse offen besprochen. Als der alte Mann das sagte, schaute er A'kire, Beska und Eri lange, wie mitleidsvoll, an.

"Wer die Geheimnisse von Perrar'ti kennt, verändert sich. Weder Mann noch Frau können wie vorher jagen, oder Leder gerben und Felle nähen. Die Kraft, die in Perrar'ti wohnt, bemächtigt sich der Schicksale. Wir werden heute abend mehr darüber hören. Aber ich sage es euch jetzt, damit ihr wißt, daß auch ihr verändert sein werdet, wenn ihr Perrar'ti den Rücken kehrt. Aber habt keine Angst. Der Segen der Götter liegt auf euch. Und nun wollen wir gehen, um die Orte zu sehen, von denen ich erzählt habe."

Von dem Rundgang blieben nur einige unzusammenhängende Bilder in Michaels Gedächtnis haften. Der steile Pfad aus dem lieblichen Tal der Hirschkühe in die enge Klamm hinab... der rotfleckige, gewaltige Opferfelsen am Rand des Abgrunds, kein Sandstein wie im oberen Tal, sondern eher eine Art Granit... der Stein glich tatsächlich eingetrocknetem, fleckigen Blut... die senkrecht hinabstürzende Schlucht mit ihren ragenden Felswänden, in die das brodelnde Wasser hinabfiel, unzugänglich und tödlich, wie ein Tor zur Unterwelt... die Rückkehr zur sonnenbeschienenen Lichtung wie die Rückkehr aus der Gefahr in den Frieden... Sie saßen vor der Hütte, die ihnen zugewiesen worden war, in der Sonne, eine Ruhepause vor der abendlichen Beratung am heiligen Feuer von Perrar'ti.

Michael bemerkte, daß ihn der Glaube der Sonmani innerlich stärker berührte, als er es erwartet hatte. Es lag Schönheit, sogar Sinn in dem großen Opfer. Er spürte es, aber er konnte seine Gedanken nicht genügend sammeln, um die Bedeutung dessen zu fassen, was er spürte. Eine merkwürdige Erschöpfung war über ihn gekommen, ein Wunsch, sein eigenes Schicksal loszulassen und alles Kämpfen zu beenden. Das war ihm nicht neu, aber neu war, daß er sich dieser Stimmung hingab und dabei unerklärliches Vertrauen spürte. Vertrauen zu Jens, zu Beska, zu A'kire, einfach Vertrauen. Michaels Gedanken versickerten in dem Behagen, inmitten des Friedens von Perrar'ti, unter den uralten Bäumen, beschienen von der westlichen Sonne, Ruhe finden zu können.

Sonjas Überlegungen gingen in ähnliche Richtung wie die von Michael. Ihre Kenntnisse alter Literatur kamen ihr dabei zu Hilfe.

"Jenseits des Animismus und Polytheismus gibt es in der Religion der Sonmani also auch eine Art von Dualismus: Die Sonnengeschöpfe, die Welt Ech'higes, steht gegen die Chaosmächte, die der Stromgott symbolisiert. Wasser als Todes- und Zerstörungsmacht, Sonne und Himmel als Lebens- und Gedeihensmacht, das ist ein uraltes Motiv. Und auch, daß die Chaosmächte mit einem Blutopfer gebändigt werden müssen. Ein Sonnengeschöpf muß sich opfern, damit die anderen leben können. Warum ist das wohl ein Grundbestandteil vieler Religionen? Sicher kann man das irgendwie tiefenpsychologisch auseinanderanalysieren. Aber das kommt mir, ehrlich gesagt, ziemlich lächerlich vor, wenn ich mir die Weisen hier, Beska oder A'kire anschaue. Da steckt mehr dahinter. Man könnte fast denken, die alten Kirchenväter hätten recht gehabt. Sie schrieben, diese Blutopfer seien Vorschattungen oder Ahnungen der Kreuzigung gewesen... Es ist ein Licht den Heiden gegeben... Wo habe ich denn das nun wieder gelesen?"

Wie immer, wenn Sonja solchen Überlegungen nachhing, fiel ihr brennend ein, daß die alten Kirchenväter von ihrem jetzigen Standpunkt keineswegs alt, sondern sehr zukünftig waren. Selbst Origenes und Athanasius standen der Welt erst nach Tausenden von Jahren bevor. Aber die Erkenntnis schmerzte nicht wie sonst. Hier, in Perrar'ti, war das Grundempfinden der Geborgenheit wieder über sie gekommen, das die schreckliche Erfahrung der Entführung, Kampf, Blut und Tod zeitweise zerstört hatten. Aber die Geborgenheit hatte sich verändert: Sonja empfand nicht mehr wie früher, daß nichts Schlimmes passieren könne. Dieses Stück Kindheit hatte sie verloren - oder überwunden. Sie empfand, daß alles Schlimme, alles Schmerzliche, auch in einem Sinn aufgehoben war. Sie konnte sich selbst kaum Rechenschaft über ihren Zustand geben. Aber sie sah all dem, was kommen würde, mit Ruhe und fast mit einer Art Freude entgegen. Ihre Gedanken liefen wie von selbst weiter.

"Da war doch diese Geschichte von der weißen Hirschkuh, dem Stromgott und dem Ur. Der Stromgott ist Vater der Sonmani, und die Zeugung geht auf einen Ehebruch zurück. Das Chaos hat also seinen Platz im Volk selbst. Die Geschichte hat sicherlich etwas mit dem großen Opfer zu tun. Und ich erinnere mich, daß viele Ursprungsmythen irgendeine anfängliche Untat, irgendeinen Greuel berichten. Wenn diese Mythen lebendig werden, wenn man erlebt, wie sie tatsächlich gelebt und geglaubt werden, sind sie überhaupt nicht lächerlich oder unverständlich. Nur ursprünglich, archaisch, als sei ihre Zeit vorbei - im zwanzigsten Jahrhundert vorbei gewesen, muß ich wohl sagen."

Jens dachte ebenfalls über die Dinge nach, die er von der Mythologie der Sonmani erfahren hatte. Und seine Gedanken lagen denen Sonjas nicht fern. Aber sein Gefühlshintergrund war ein anderer. Er empfand Perrar'ti als einen Ort der Entscheidung. Hier würden sie Stellung beziehen müssen. Die Weisen wollten etwas von ihnen, sie sollten eine bestimmte Rolle spielen. Und es lag an ihnen, was oder wie entschieden werden würde. Jens konnte dieses Gefühl andrängender Entscheidung weder erklären noch abweisen. Er ermahnte sich, keine Gespenster zu sehen. Aber es half nichts. Der Ernst, den er empfand, prägte sich auch in seinen Zügen aus. Da er sich für Entscheidungen wappnete, wurde er entschiedener. Unwillkürlich, ohne daß es den anderen bewußt wurde, geriet er in eine Führungsposition. Bisher hatte er sich im Vergleich zu Michael, und selbst zu Sonja, immer eher im Hintergrund gehalten. Das änderte sich nun. Solange sie in Perrar'ti waren, war er der, der meist für die anderen sprach und handelte. Und seltsamerweise ließen Sonja und Michael diese Wandlung nicht nur zu, sondern empfanden sie als ganz natürlich. Die Sonmani hatten in Jens, dem Geistervogel, sowieso immer etwas Besonderes gesehen. Sie erwarteten nichts anderes, als daß der Mann, dessen Tierbruder halb zur Geisterwelt gehörte, seine besondere Rolle in Perrar'ti erkennen ließe.

Beska hatte es geradezu vorausgesehen, daß sich die Aufgabe des Geistervogels in Perrar'ti enthüllen würde. Er wußte, wie alle Priester der Sonmani, von dem großen Opfer. Er wußte viel von den Geheimnissen der Zauberer. Sein Lehrer Iska war mehr als ein gewöhnlicher Priester gewesen. Er hatte große Weisheit besessen, dazu innere Wärme und Güte fast über menschliches Maß hinaus. Beska spürte die Kraft, die in Perrar'ti anwesend war. Er spürte auch die Erwartung, die Spannung. Beinahe meinte er, so etwas wie Furcht wahrzunehmen, selbst hier, am heiligsten Ort der Sonmani. Aber der Eindruck blieb undeutlich. Und Beska wagte es nicht, die Kunst der inneren Schau anzuwenden. Die dazu nötige Konzentration, die Kräfte, die er benutzte, wäre von den Weisen bemerkt worden. Perrar'ti war kein Ort, wo man die Pfade der Weisen - oder gar der Götter - ungefragt erforschen durfte.

Beska riß sich von den müßigen Gedanken los. Er sprach leise auf Eri ein, die ihre Anspannung und Angst nur schwer im Zaum halten konnte. Es gelang ihm, sie zu beruhigen, indem er sie an den Segen der Weisen erinnerte, der ihnen allen zugesagt war. Eri hatte sich während des ganzen Rundgangs dicht bei Sonja und Jens und möglichst weit von dem Zauberer entfernt gehalten. Es kam Beska merkwürdig vor, daß ausgerechnet die Fremden - obwohl sie Freunde geworden waren - Eri als Schutz vor der Kraft Perrar'tis erschienen. Es stimmte, die Drei blieben von der Macht des heiligen Ortes scheinbar unberührt.

Ohne daß Beska es bemerkte, hatte er sich selbst verändert. Sein verstorbener Lehrer hatte damit zu tun. Aber vielleicht geriet auch er in etwas hinein, was man als Einfluß oder als "Macht" der Menschen des zwanzigsten Jahrhunderts hätte bezeichnen können, obwohl er nichts davon spürte. Denn was war das für ein Priester der Sonmani, der eine Frau - und sei sie noch so schön und wertvoll - über die Kraft, über die priesterliche Vollmacht stellte? Was war das für ein Priester, der an den roten Fällen nicht magische Kraft, sondern eine Frau gewinnen wollte! Energisch blickte Beska in die Runde. Demonstrativ setzte er sich an Eris Seite. Haltung und Blicke verrieten mehr als er ahnte von dem, was in ihm vorging. Und es gab in Perrar'ti Augen genug, welche die Gruppe vor der Hütte beobachteten. Die Weisen zogen ihre Schlüsse, noch bevor die Beratung begann.

4.

Gelbrot glühte der Himmel über den Bergen. Die Tannen schnitten schwarze Dreiecke aus dem leuchtenden Horizont. Das Felsdach des Heiligtums lag bereits im Schatten. Nur die größte der Felsnischen wurde vom ewigen Ratsfeuer erhellt. Dort erwarteten sie die Weisen: Jens, Sonja und Michael aus dem zwanzigsten Jahrhundert nach Christi, Beska, der Priester vom Clan des Fischadlers, Eri vom Otterclan und A'kire, der Wolf. Einer der Weisen erhob sich, um sie zu begrüßen. Es war ein großer Mann, in dessen langem Haar sich schwarze und weiße Strähnen mischten.

"Ich bin das Haupt der Weisen", sagte er.

Beska, Eri und A'kire verneigten sich, wie es die Höflichkeit forderte. Die drei anderen rührten sich nicht. Die Grüße, die sie sonst zu benutzen gelernt hatten, paßten nicht. So wußten sie nichts zu sagen. Der Mann schien es auch nicht zu erwarten. Er stellte die Weisen vor, die am Feuer hockten. Zur Überraschung der Gäste waren zwei alte Frauen darunter.

"Die drei Männer und die Frau, die ihr neben mir seht, sind diejenigen, die mich beraten. Sie haben keine Namen und keinen Clan mehr. Sie sind die Ratgeber, wie ich das Haupt bin. Dort drüben, auf der anderen Seite des Feuers, sitzen drei mit einem besonderen Amt. Links seht ihr die Frau, die man das Ohr der Weisen nennt. Sie hört die Stimmen der Tierbrüder und der Götter, der Ahnen und der Zukünftigen. Sie hört ihre Festgesänge und ihre Totenlieder."

Die alte Frau, auf die er zeigte, schien die Vorstellung nicht zu beachten. Sie hatte die Augen geschlossen, als ob sie schliefe. Sie war ganz weißhaarig, mit hageren, ausgezehrten Zügen. Nur ein unmerkliches Nicken deutete an, daß sie bemerkte, was vor sich ging. Dann wies das “Haupt” auf den Mann zur Rechten hin:

“Hier sitzt der, den man das Auge der Weisen nennt. Er sieht die Wege, die die Götter Menschen, Stämme und Völker führen. Er sieht über die Grenzen dieser Welt hinaus. Aber wir müssen ihn fragen, wir müssen ihn drängen. Ist es nicht so, Auge der Weisen? Denn wer die Wege der unsichtbaren Welt betritt, interessiert sich nicht mehr für die Welt der Menschen und Tiere, der Wälder und Flüsse. So ist es auch mit dem Ohr der Weisen. Sie hört hinein in die unerkennbare Zeit. Aber daß sie uns hier hört, dafür müssen wir selbst sorgen. Ist es nicht so, Ohr der Weisen?”

Die Angesprochenen antworteten nicht. Der, der als “Auge” bezeichnet worden war, sah gar nicht aus wie ein Seher. Er war wie das “Ohr” alt, aber eher gedrungen und rundlich. Er hatte einen freundlichen, in die Ferne zielenden Blick, der durch die Dinge um ihn her hindurchzudringen schien. Sein Lächeln verstärkte sich etwas. Sonst gab er nicht zu erkennen, daß er das “Haupt” gehört hatte. Der sprach weiter.

“In der Mitte sitzt der Mann unseres Ordens, den wir die Klinge der Weisen nennen.”

Das Wort “Klinge” bezeichnete in der Sprache der Sonmani nicht nur eine Messerklinge. Es bezeichnete jedes geschärfte, schneidende Werkzeug, sei es aus Stein, Knochen oder Horn. Genau genommen hätte man übersetzen müssen “das geschärfte Werkzeug der Weisen”. Sie fragten sich, was dieser Titel zu bedeuten hatte. Was für ein Amt übte dieser Mann aus, der sie, ganz anders als seine beiden Nachbarn, lebhaft musterte? Auch die “Klinge” war alt und weißhaarig. Aber trotz der Jahre sprachen breite Schultern und ein gedrungener Schädel davon, daß der Mann groß und stark gewesen war. Jetzt sprach er.

“Setzt euch”, sagte er. “Bevor dieses Haupt anfängt zu erklären, tue ich es lieber selbst. Ich bin der, der den Geheimnissen der Welt auf die Spur kommt, wie der Jäger das Wild im Unterholz aufspürt. Mein Geist ist so geschärft, daß er richtig und falsch, wahr und unwahr, trennt wie eine Flintklinge das Fleisch vom Fell. Aber auch dafür fordern die Götter einen Preis, wie von dem närrischen Paar neben mir, das nichts mehr von den gewöhnlichen und unheiligen Dingen merkt, weil Auge und Ohr nur noch am Fremden und Heiligen hängen. Ich bin schlechtgelaunt und bösartig. Das ist der Preis, den ich bezahle. Ihr interessiert mich, die Lage ist neu für mich. Aber glaubt nicht, daß ich es gut mit euch meine! Ich meine es mit niemandem gut. Dafür ist dieses Haupt da, und seine vier lächerlichen Ratgeber. Sie meinen es immer gut mit allem möglichen. Aber sie sind dumm wie die Waldmäuse. Darum fragen sie mich. Und daß sie mich fragen, daß sie mich drängen, das ist der einzige Nutzen, den sie haben. Denn ohne ihr Drängen würde ich mich mit ihren langweiligen Sorgen nicht befassen. Heute wird es interessanter als sonst für mich sein. Deshalb spüre ich heute bessere Laune, als es seit Jahren der Fall war. Fangt endlich mit der Beratung an!"

Die übrigen Weisen hatten der merkwürdigen Rede ungerührt gelauscht. Die Gäste waren verwirrt. Hatten sie so etwas wie einen Hofnarren vor sich? Ein Blick in das spöttische, finstere, aber wache und aufmerksame Gesicht der "Klinge" verbot solche Gedanken. Dieser seltsame Mann war wichtig, vielleicht sogar der wichtigste der Anwesenden. Das "Haupt" winkte ihnen, sich ebenfalls ans Feuer zu setzen. Die sechs Besucher nahmen den freien Raum ein, der zwischen der Gruppe der Ratgeber und den dreien geblieben war, die Auge, Ohr und Klinge hießen. Das "Haupt" begann die ihnen inzwischen bekannte Zeremonie, mit der jede feierliche Ratsversammlung eröffnet wurde. Es gehörte zu der Zeremonie, daß ein kleines Opfer verbrannt wurde. Die Sonmani nahmen an, daß ihre Gabe mit dem Verbrennen in die Geisterwelt überginge und für die Götter nutzbar würde. Sonst hatte immer ein Priester für die ganze Runde geopfert. Dieses Mal sollte sich, wohl der Bedeutung der Beratung wegen, jeder Anwesende beteiligen.

Das "Haupt" warf aus einem Lederbeutel Haselnüsse ins Feuer, die sofort in Flammen aufgingen. Dann reichte er den Beutel an A'kire weiter, der sein Opfer brachte. Der nächste war Jens. Aus einem plötzlichen Impuls heraus schüttelte er den Kopf und gab den Beutel Beska, der neben ihm saß. Sie hatten noch nie an einer Opferzeremonie aktiv teilgenommen, aber sie waren auch noch nie dazu aufgefordert worden. Jens hatte vorher keinen Gedanken daran gewandt, was er tun würde, wenn es soweit käme. Wahrscheinlich hätte er gesagt (und Michael und Sonja hätten ihm zugestimmt), daß es unhöflich sei, nicht mitzumachen. Aber jetzt wußte er, ohne überlegt zu haben, daß er hier in Perrar'ti nicht opfern konnte. Die vier Berater und das "Haupt" tauschten Blicke, sagten aber nichts. Die "Klinge" kicherte offen vor sich hin. Ob das "Auge" und das "Ohr" überhaupt etwas bemerkten, ließ sich nicht feststellen.

Da reichte auch Beska, zur maßlosen Überraschung der Drei, den Beutel mit den Haselnüssen weiter. Er hielt ihn Eri hin, ein wenig zögernd, wie es Jens vorkam. Sie wehrte ab. Michael nahm den Beutel, er war der nächste in der Reihe. Einen Augenblick zögerte auch er. Es verwirrte ihn, daß Beska und Eri sich nicht am Opfer beteiligt hatten. Ein nachdenklicher Blick traf Jens. Auch Michael reichte die Opfergaben zu Sonja hin. Sie nahm den Beutel in die Hand, hielt einen Moment inne und überreichte ihn der alten Frau, die das "Ohr" hieß. Ungerührt streute diese ihre Opfergabe in das Feuer. Ihre Hand zitterte ein wenig, aber nicht vor Aufregung, sondern ihres Alters wegen. Auch das "Auge" opferte. Danach opferte die "Klinge", noch immer unfeierlich kichernd. Auch die vier Berater opferten. Aber ihnen merkte man Aufregung und Unruhe an. Dann nahm das "Haupt" den Beutel wieder an sich und beendete die Zeremonie. Die Beratung konnte beginnen.

"Wir haben euch nach Perrar'ti gerufen, weil der Geistervogel euch anführt, aber nicht nur deswegen. Unsere Seher - allen voran das Auge - haben euch auf dem Weg hierher gesehen, und haben erkannt, daß an eurem Kommen ein Stück des Schicksals unseres Stammes hängt", sagte das "Haupt".

"Darum muß ich, als das Haupt der Weisen, euch vor allem anderen fragen, ob ihr eine Botschaft für uns habt. Wir leben in einer Zeit voller Unruhe und Veränderungen, wie es die Zeit unserer Ahnen nicht war. Wir brauchen den Rat der Götter und die Kraft der Ahnen. Habt ihr uns etwas auszurichten?"

Er blickte Jens an, der antwortete:

"Wir wissen nichts von einer Botschaft an euch. Dort, wo wir herkommen, haben die Götter der fünf Ratsfeuer keine Macht.

Daher können wir euch nichts sagen und euch keine Hilfe von ihnen bringen. Wir wissen nicht, warum wir durch einen Zauber, den wir nicht verstehen, in euer Land gekommen sind."

So oder ähnlich hatten sie es immer wieder gesagt. Und die Sonmani hatten den Kopf gewiegt und gemeint, im großen Rat der Häuptlinge oder in Perrar'ti - jedenfalls in Gegenwart der Weisen - würde sich alles klären. Nun waren sie hier, und mußten dieselbe Frage auf dieselbe Weise beantworten. Sie waren enttäuscht. Da mischte sich die "Klinge" in das Gespräch:

"Eure Dummheit überrascht selbst mich immer wieder, ihr sogenannten Ratgeber. Natürlich bringt der Geistervogel keine Botschaft von den Göttern zu uns! Habt ihr die Lehrgedichte vergessen, die die Jugendlichen schon vor ihrer Weihe zum Jäger oder zur Frau auswendig können? Der Geistervogel bringt Botschaften aus dem Land der Lebendigen in das Geisterreich hinüber, nicht umgekehrt. Die drei Fremden bringen von uns eine Botschaft zu den Göttern. Sie nehmen etwas mit, sie bringen nichts. Habt ihr das Ratsopfer eben nicht gesehen? Und wenn ihr es gesehen habt, denkt ihr nicht darüber nach? Eure Gedanken flattern in euren Schädeln herum wie Fledermäuse in einer Berghöhle: Scheucht man sie auf, dann fliegen sie hin und her. Aber danach hängt sich jede wieder an ihren Platz, als ob nichts gewesen wäre! Ihr habt nichts verstanden und nichts gelernt. Die Götter des Stromtals sind nicht ihre Götter, sie opfern ihnen nicht. Und wer ist wohl der Gott, dem man niemals opfert? Warum sehe ich hier ausgerechnet Beska, den Schüler Iskas, des Weisen und Weichherzigen, mit den Fremden das Opfer verweigern? Fällt euch dazu gar nichts ein? Hängt sich nicht eine einzige Fledermaus anderswo hin in euren Köpfen? Wenn nicht, ist es nicht meine Aufgabe, euch zu belehren!"

Das "Haupt" ließ diese Rede ungerührt über sich ergehen. Nicht nur die drei Freunde, auch Beska, Eri und A'kire waren erstaunt darüber. Unter den Sonmani war krasse Unhöflichkeit noch seltener als im Alltag des zwanzigsten Jahrhnderts. Normalerweise hätte ein Kriger der Sonmani eine solche Rede mit dem Speer beantwortet. Das "Haupt" bemerkte ihr Erstaunen.

"Ihr müßt daran denken, daß die Klinge der Weisen für die Schärfe seines Geistes einen hohen Preis bezahlt. Es wäre sinnlos, wenn ich die Klinge daran erinnern würde, daß er die Fragen, die wir haben, mit uns allen besprochen hat. Er hat irgendeine neue Idee, und das äußert sich immer in Unhöflichkeit und Beschimpfungen. Aber vielleicht hat er recht damit, daß ihr uns nichts bringt, sondern daß ihr etwas mitnehmt. Und wenn ihr wirklich Ech'hige, dem Ewigen, dient, dann weiß ich nicht, was das für uns und für die Sonmani bedeuten soll, wenmn es nicht unser aller Ende näher bringt."

Er wandte sich nun direkt an die "Klinge":

"Wir haben noch andere Fragen. Aber wenn du einen Vorschlag hast, wie wir weiter beraten sollen, sprich ihn aus. Oder schimpfst du dieses Mal nur, ohne etwas zu wissen?"

Die "Klinge" schaute ihn verächtlich an. Aber offenbar wußte das "Haupt", wie der streitsüchtige alte Mann zu behandeln war. Mit einem spöttischen Lächeln antwortete die "Klinge":

"Hier sitzt ja das Ohr, und daneben das Auge. Fragt das Ohr, was es im Stromtal hört, was die Geister zu den Fremden sagen. Und fragt das Auge, was es vom Weg der Fremden sieht. Wohin geht ihr Weg, wenn er Perrar'ti verläßt? Die Antwort wird euch sicher noch mehr verwirren. Aber mich interessiert sie. Deshalb fragt ruhig."

Das "Haupt" nickte der Frau unter den Ratgebern zu. Diese wiederholte die Frage der "Klinge", indem sie sich zu dem "Ohr" neigte und eindringlich mit der Greisin flüsterte. Sie schüttelte unwillig den Kopf, als würde sie in wichtigen Gedanken gestört. Aber schließlich antwortete sie doch:

"Ich will für euch hören. Die Fremden... Was sagen die Geister zu dem Weg der Fremden? Sind sie erfreut oder erzürnt, warten sie auf die Zukunft oder fürchten sie die Zukunft? Ich habe ihre Stimmen gehört... Laßt mich hören..."

Das "Ohr" fiel in eine Art Trance, in der sie schwer verständliche Worte vor sich hinmurmelte. Da die alte Frau schon vorher ausgesehen hatte, als schliefe sie, war der Übergang weder bemerkenswert noch erschreckend. Für Eri und A'kire, noch mehr für

Beska, bot der Zustand des inneren Hörens nichts Neues oder Seltsames. Erstaunlich war für den Priester höchstens, wie leicht, ohne alle magischen Mittel, das "Ohr" sich auf das innere Hören konzentrieren konnte.

Die Beraterin, die neben dem "Ohr" saß, wartete geduldig einige Minuten. Schließlich sprach die Greisin deutlicher. Jeder am Feuer konnte sie verstehen.

"Sie schweigen... Die Geister schweigen. Die Fremden verbreiten um sich her Schweigen, so wie dichter Nebel das Land einhüllt. Die Geister sind nicht erzürnt und nicht erfreut. Sie schweigen. Die Sonne schweigt, als verhülle sie sich für immer. Der große Strom schweigt in seinem Bett, als wäre der Gott aus ihm gewichen. Ich mag das nicht. Ich kenne das nicht. Ich will nicht mehr davon hören."

Zum erstenmal, soweit sie sich erinnern konnten, öffnete die Greisin die Augen. Mit deutlichem Unbehagen musterte sie Jens, Sonja und Michael. Die Trance war verflogen, aber das "Ohr" schien von seinem Erlebnis beim inneren Hören erschüttert worden zu sein.

"Konntest du nichts hören? War die Stimmer der Geisterwelt für dich verschlossen? Welche Kraft konnte das Ohr der Weisen daran hindern, zu hören? Kannst du uns etwas darüber sagen?"

Die Greisin schüttelte die Fragen, die ihre Nachbarin an sie richtete, unwillig, ja ängstlich ab.

"Keine Kraft, es gab keine Gegenkraft. Und ich konnte hören, ich konnte sehr gut hören. Aber was ich hörte, war Schweigen. Schweigen, verstehst du das nicht? Ich konnte das Schweigen hören. Die Stimme der Geister war Schweigen um die Fremden herum. Sie waren da, aber sie wichen schweigend vom Weg der Fremden. Und nun laß mich in Ruhe. Ich will das Schweigen nicht hören. Es ist furchtbar, wenn die Geister schweigen müssen. Fragt das "Auge", was es sieht."

Das "Haupt" schüttelte nachdenklich den Kopf. Dann flüsterte er mit einem anderen Berater, und der stellte die Fragen an den Mann, der das "Auge" genannt wurde. Die "Klinge" beobachtete ihn einen Moment lang ruhig und sichtbar interessiert.

Auch das “Auge” verfiel in eine Art Trance, noch immer mit leichtem Lächeln. Beska, der die innere Schau der Sonmanipriester selbst oft genug praktiziert hatte, erkannte sofort, daß hier ein Meister saß, dessen Fähigkeiten weiterreichten, als er es sich bisher hatte vorstellen können. Das “Auge” benötigte keine magischen Zeichen, keinen Trancegesang und keine Drogen. Er verfiel in den Zustand inneren Sehens, nur weil er es wollte. Im Gegenteil, es schien so, als sei es für das “Auge” schwerer, diesen Zustand zu verlassen, als in ihn einzutreten. Sofort begann der Seher zu sprechen:

“Ich sehe den Weg der Fremden. Sie schlafen in der Höhle der Träume. Träume kommen zu ihnen, seltsame und fremde Träume. Sie brechen auf zum Auge der Unterwelt, sie besteigen den Berg des Auerhahns. Beska und Eri gehen mit ihnen. Ich sehe ihren Weg.”

Plötzlich stieß das “Auge” einen Schrei aus, einen Schrei des Schreckens und der rasenden Angst. Sein rundes, lächelndes Gesicht verzerrte sich. Er hob die Hände, wie um einen Schlag abzuwehren, und bog den Oberkörper zurück bis zur Felswand.

“Nein, nein! Laßt mich gehen! Ich ertrage es nicht! Meine Augen, meine Augen!”

Der rundliche, alte Mann zitterte unkontrolliert, jeden Muskel gespannt. Er war offenbar unfähig, sich aus der Trance zu lösen. Der Ratgeber, der ihm die Frage gestellt hatte, sprang hastig auf. Er schrie das zitternde “Auge” an:

“Komm! Komm zurück! Komm an das Ratsfeuer! Komm nach Perrar'ti! Schau in das Ratsfeuer! Schau in das Feuer!”

Dann packte der Mann, zum Entsetzen der Gäste, das “Auge” und schüttelte ihn heftig, wobei er sein Gesicht zum Feuer hin drehte. Mit Befehlsstimme brüllte er dabei:

“Komm und öffne die Augen! Komm und öffne die Augen!”

Es schien sich um eine Art hypnotischen Rückkehrbefehl zu handeln. So schloß zumindest Michael, der etwas von Suggestionstechniken verstand. Das “Auge” wand sich im Griff des Beraters. Aber schließlich öffnete der Seher, offenbar unter Qualen, die Augen und starrte wie blind in die Flammen. Er stöhnte laut. Langsam, sehr langsam, kehrte sein normales Bewußtsein wieder zurück. Und mit ihm kehrte auch die Angst zurück. Das “Auge” schlug die Hände vors Gesicht und weigerte sich, über das zu sprechen, was er gesehen hatte. Der bloße Gedanke an seine Vision schien ihn von neuem zu erschüttern. Michael konnte die körperlichen Anzeichen eines seelischen Schocks erkennen. Er riet dem "Haupt" dazu, den Mann in ein warmes Fell zu hüllen und ihn eine Weile in Ruhe zu lassen. So geschah es dann auch. Alle warteten schweigend, bis sich das "Auge" ein wenig beruhigt hatte. Schließlich gelang es den geduldigen Versicherungen des "Hauptes", daß er nicht zurück auf den Weg der Fremden müsse, den Seher zum Sprechen zu bringen. Stockend berichtete das "Auge":

"Ich konnte die Fremden mit Beska und Eri den Weg zum Auge der Unterwelt einschlagen sehen. Ich wunderte mich, aber ich konnte alles deutlich sehen. Dann überfiel sie plötzlich ein Licht, ein furchtbares Licht. Das Licht verschlang sie, und es stach in meinen Augen viele Male stärker als die Mittagssonne. Es war schrecklich! Die Fremden zogen meine Augen mit sich, und ich kam nicht aus dem Licht heraus. Ich wußte, daß es mich blind machen würde, daß meine Augen verbrennen würden. Darum schrie ich laut. Dann weiß ich nichts mehr. Ich weiß nur, daß kein Seherblick den Fremden in dieses Licht folgen kann. Es ist unmöglich! Das Licht schlägt den Seher mit Blindheit und Wahnsinn! Ich wollte, mein Blick würde in den dunklen Tiefen des Stroms Ruhe und Kühlung finden! Ich flehe zu Ona, unserem Vater, daß er mir hilft! Ich weiß nicht, ob ich meine Augen jemals wieder auf die Reise in das Unsichtbare senden kann. Ich habe Angst, dem Licht noch einmal zu begegnen. Ich kann euch nicht helfen, und ich will es nicht!"

Die Weisen tauschten Blicke miteinander. Für sie war es, so sehr sie der Bericht des Sehers verwirrt hatte, zumindest klar, wie die Reise der drei Fremden am nächsten Tag weitergehen mußte. Sie mußten mit Beska und Eri zum Auge der Unterwelt gehen. Das war, wie sie erklärten, ein dunkler Bergsee jenseits des breiten Höhenrückens, der Perrar'ti im Norden und Osten begrenzte. Er war etwa einen halben Tagesmarsch entfernt und lag mitten in der einsamsten Gegend des Gebirges in einem tiefen Tal. Dort schaute die Unterwelt, die Welt Onas und der Dämonen, mit ihrem schwarzen Auge - eben dem See - ständig in den Himmel der

Lichtgötter. Die Sonmani scheuten sich, den See zu besuchen. Es war ein Platz großer Kraft, aber auch großer Gefahren. Die Weisen suchten ihn manchmal auf, aber schon lange war niemand mehr dort gewesen. Aber was das schreckliche Licht zu bedeuten hatte, das wußte niemand zu sagen. Die "Klinge", die alles grimmig lächelnd mit angehört hatte, schwieg beharrlich.

Schließlich kam einer der Ratgeber auf die Idee zu fragen, was A'kire, der Wolf, tun solle. Das "Auge" ließ sich nach einigem Drängen dazu bewegen, immerhin soviel zu sagen, daß A'kire in der Höhle der Träume dabeigewesen sei. Aber was danach mit A'kire geschehen sei, konnte oder wollte er nicht berichten. Die Weisen nahmen es hin. Auf jeden Fall sollten alle Gäste in der Höhle der Träume übernachten. Es handelte sich um eine geräumige Nische in der Felswand, die zum Übernachten eingerichtet war. Dort schlief man nur, wenn man den Kontakt mit der Geister- und Götterwelt suchte. Dort also mußten die sechs Gäste die Nacht verbringen.

Die "Klinge" verzog so lange spöttisch den Mund, bis das "Haupt" den alten Mann nach seiner Meinung fragte. Der schimpfte, wie üblich, kam dann aber zur Sache:

"Habt ihr nicht bemerkt, daß das Auge, natürlich ohne irgend etwas zu verstehen, eure Frage beantwortet hat? Was nimmt der Geistervogel mit in die unsichtbare Welt, habt ihr gefragt! Und nun, was nimmt er mit? Er nimmt Beska und Eri mit, die den Göttern heute nicht opfern wollten! Seht ihr denn nicht, daß ihre Füße bereits in der Spur des Geistervogels gehen? Sie wandern mit ihm in das Licht, in das der Blick des Sehers nicht eindringen kann. Ich wüßte gerne, was das bedeutet... Ich wüßte es so gerne! Das Licht, ja, das Licht, das den Blick des Sehers verbrennt! Ob es auch die Schärfe meines Geistes in Rauch auflösen und mich wieder zum unwissenden Kind machen würde, das die Mutter und den Wald lieben kann mit dem Herzen des Kindes?" Etwas, das wie Sehnsucht wirkte und die spöttische Bitterkeit aus den Zügen des alten Mannes wischte, überflog sein nachdenkliches Gesicht. Aber die Bitterkeit kehrte schnell zurück.

"Ihr glaubt, daß ich Unsinn rede. Vielleicht ist es Unsinn, aber ihr könnt das bestimmt nicht wissen. Wehe, jemand wiederholt diese Worte mir gegenüber! Ich will sie nicht mehr hören, von niemandem! Wehe, ihr nehmt diese Worte in eure Mäuler und Köpfe! Laßt mich in Frieden."

Wieder versuchte das "Haupt", den alten Mann zu beschwichtigen. Er fragte ihn, warum der glaube, daß Eri und Beska auf dem Weg des Geistervogels gingen. Das sei doch ein Weg, den kein lebendes Wesen betreten könne. Mürrisch antwortete die "Klinge":

"Warum! Warum! Woher soll ich das wissen? Fragt die Götter selbst, warum sie den Geistervogel jeden Sommer ins Stromtal schicken. Aber erinnert euch, wenn euer Verstand so weit reicht, daß Beska der Schüler Iskas ist. Iska, der Weise und Weichherzige! Ich habe euch schon einmal daran erinnert. Und wie Eri sich auf den Weg des Geistervogels begeben hat, das wird sie selbst am besten wissen. Fragt sie doch!"

Eri war blaß, der Schweiß stand ihr trotz der Nachtkühle auf der Stirn. Sie hatte Angst. Auch Beska hatte Angst. Beide nahmen den Spruch des Sehers offenbar als dunkles und unverständliches, aber unabwendbares Schicksal hin. Und erst allmählich wurde es den anderen klar, daß das Seherwort und seine Deutung durch die "Klinge" auf Eri und Beska wie ein Todesurteil wirken mußte. Die relative Gleichgültigkeit, die sie selbst empfanden, hatte die Gründe, die sie schon oft diskutiert hatten: es war ihnen einfach nicht möglich, die Magie der Sonmani für sich persönlich wirklich ernstzunehmen. Nicht, daß sie Optimisten waren und glaubten, die Vision des Sehers bedeute etwas Gutes. Ob gut oder schlecht, es fiel ihnen schwer zu glauben, daß sie überhaupt etwas Wesentliches bedeuten könnte.

Aber was für Jens, Sonja und Michael ein geheimnisvolles Schauspiel war, war für Eri und Beska ein Gericht über Leben und Tod. Nur mühsam gelang es dem Mädchen, die Fassung zu bewahren. Sonja hätte sie gerne getröstet, aber wie immer in dieser Situation empfand sie sich als hilflos und unfähig, Eri innerlich zu stützen. Michael erging es ähnlich. Sonja nahm, da ihr die Worte den Dienst versagten, Eris Hand und hielt sie fest. Langsam ließ das Zittern und die Kälte in der zarten Mädchenhand nach. Nur Jens hatte sich nicht um Beska und Eri gekümmert. Er wirkte angespannt und konzentriert. Seine Aufmerksamkeit galt dem Gespräch, das die Weisen untereinander führten. Er fragte:

“Was hat es mit Iska, dem Lehrer Beskas, eigentlich auf sich? Beska hat uns oft von ihm erzählt, und immer mit großer Bewunderung und Liebe. Was war er für ein Mann, so daß sogar sein Schüler etwas Besonderes für euch ist?”

Das “Haupt” war offenbar ganz froh, für eine Weile über ein unverfängliches Thema sprechen zu können. Er erklärte:

“Es gab keinen zweiten Priester in allen Dörfern der Sonmani, sogar in allen Dörfern der fünf Ratsfeuer, der wie Iska war. Iska verfuhr gütiger mit den Schwachen und Hilflosen unter den Sonmani, als es die Priester sonst tun. Obwohl sein Einfluß sehr groß war, liebte er es nicht, seinen Willen den Menschen aufzuzwingen. Wenn sein Rat oder Wille nicht befolgt wurde, wartete er ab. Niemals hat es einen Priester gegeben, der so viel Kraft besaß und der so wenig Macht ausübte. Ihr wißt es vielleicht nicht, aber die meisten Priester nutzen ihre Kraft nicht nur für ihr Dorf, sondern auch für sich selbst. Es ist immer ein Preis für die Kraft zu entrichten, und den zahlt nicht nur der Priester selbst, sondern auch das Dorf und der ganze Stamm. Aber bei Iska schien es so zu sein, als ob es keinen Preis für seine große Kraft zu entrichten gebe. Und Beska, sein Schüler, ist ihm ähnlich - soweit man das in seinem Alter schon sagen kann. Schaut ihn euch doch an, Beska, den Fischadler! Hat er versucht, die Geheimnisse Perrar’tis zu erforschen? Will er in die Wege der Kraft der Weisen eingewiesen werden? Versucht er, sich mit der Kraft der Weisen günstig zu stellen? Nichts davon! Er macht sich Sorgen um das Schicksal eines Mädchens, das ihn sogar abgewiesen hat! Er sorgt sich mehr um sie als um sich selbst. Er sucht die Nähe des Geistervogels und seiner beiden Begleiter, obwohl gerade sie seine Kraft schwächen!”

Das “Haupt” machte eine Pause, um sich zu beruhigen, und fuhr dann weniger heftig fort:

“Iska war für uns Weise ein Rätsel, bis zu seinem Tod. Die Sonmani liebten ihn, aber auch für sie war er ein Rätsel. Hätte er nicht so große Kraft des Heilens und Ratens besessen, hätten sie ihn wahrscheinlich gefürchtet und verjagt. So hielt ihre Ehrfurcht und Liebe ihrem Erstaunen die Waage. Und daß jetzt sein Schüler Beska einen Weg geht, der uns ein Rätsel ist, paßt mit dem Weg Iskas zusammen. Ich vermute, daß die Klinge davon spricht, wenn er uns an Iska erinnert."

Die "Klinge" unterbrach den Sprecher:

"Nichts dergleichen meine ich, oder nur ganz am Rande! Wenn ich etwas meinen würde, was du ohne Erklärung verstehen könntest, würde ich mich für diese Meinung schämen. Merkt ihr denn wirklich nicht, was ich euch sagen will? Dann will ich unseren Gästen etwas erzählen, was dieses Haupt sorgfältig verschwiegen hat: Iska war noch in einem anderen Sinn einmalig!"

Das "Haupt" machte eine Bewegung, wie um die "Klinge" zu unterbrechen, überlegte es sich dann aber anders. Der alte Mann hätte sich sowieso nicht um das "Haupt" gekümmert.

"Iska war der einzige Priester, seit die weiße Hirschkuh die ersten Sonmani gebar, den die Weisen in ihren Orden aufnehmen wollte, und der ablehnte. Dieses Haupt hier war noch nicht das Haupt, aber er war einer der Berater, als wir uns an diesem Feuer entschlossen, der Stimme der Götter zu folgen und Iska in unseren Kreis einzuladen. Wir sandten den Boten, auf den jeder Priester insgeheim wartet. Er traf Iska, er überbrachte die Botschaft, und Iska lehnte ab! Der Ruf der Götter kümmerte ihn nicht. Er wollte im Dorf bleiben, bei den einfachen, unwissenden Menschen, die er liebte. Er schlug die Kraft der Weisen in den Wind, wie er den Ruf der Götter in den Wind schlug. Wir warteten, daß die Götter sich rächen würden. Aber sie rächten sich nicht. Iskas Kraft blieb bei ihm, und sein Seherblick war schärfer als vorher. Als er starb, flog sein Geist wie der wilde Falke nach Westen. Selbst der Blick des Auges konnte dem rasenden Flug nicht folgen, mit dem Iskas Geist dem Ruf Ech'higes entgegeneilte. Welche Kraft jenseits der Kräfte dieser Welt gab ihm die Flügel zu seinem Flug? Von den besten unserer Krieger und Frauen sagen wir, daß sie mit der Sonne nach Westen ziehen, dem Land jenseits des Meeres entgegen. Von den Besten sagt man das! Aber Iska flog schneller als die Sonne, viel schneller! Der schneidende Ostwind des Winters hätte ihn nicht eingeholt! Ein Geheimnis, heilig und groß, liegt hier verborgen. Noch nie ist ähnliches im Stromtal geschehen. Nie wieder wird es geschehen, soweit der Blick der Weisen reicht. Und ihr wundert euch, daß Iskas Schüler gewählt wurde, um dem Geistervogel zu folgen?"

Das "Haupt" unterbrach den Sprecher nun seinerseits.

"Aber wir tragen mit unserer Kraft nicht am Schicksal der Geisterwelt, auch nicht am Schicksal des ewigen Westens jenseits des Meeres. Ich kann es kaum glauben, daß der Weg eines jungen Priesters - und gar eines einfachen Mädchens - so weit führen und so rätselhaft sein soll. Würdest du es nicht sagen, Klinge der Weisen, und wären da nicht die drei Fremden, ich würde es nicht glauben. Trotzdem: Was bedeutet das für uns hier im Land der Lebendigen und Sterblichen? Was bedeutet es für die Fragen, die die Häuptlinge der fünf Ratsfeuer in wenigen Wochen an uns stellen werden, und die wir beantworten müssen? Du hast uns mit Rätseln verwirrt, Klinge der Weisen. Du hast uns mit heiligen und tiefen Gedanken erschüttert. Aber unsere Fragen bleiben. Können unsere Gäste kein Wort des Rates sagen, um die Rätsel zu lösen?"

Zur allgemeinen Überraschung ergriff Beska, der bisher geschwiegen hatte, das Wort. Was die "Klinge" über seinen Lehrer Iska erzählt hatte, bewegte ihn tief. Er spürte wieder den ruhigen Mut in sich, den die Angst fast verdrängt hatte, und der ihn zum Handeln veranlaßte. Es war, als wenn der Name Iska die Erinnerung in ihm wachrief, und mit der Erinnerung den Geist des geliebten Lehrers. Wie oft hatte Iska ihm gezeigt und gelehrt, daß das rechte Handeln nur aus einem Mut kommen könne, der sich mit einem ruhigen Herzen verbindet. Er sagte:

"Hört auf mich, Weise und Reisegefährten. Das Auge der Weisen sah, daß wir diese Nacht in der Höhle der Träume schlafen sollen. Die Träume, die zu uns kommen werden, werden die Antworten auf diejenigen Fragen bringen, für die es Antworten gibt. Und dann werden wir den Weg gehen, den wir gehen müssen, und dort vielleicht weitere Antworten finden. Wenn uns der Geistervogel führt, werden wir den richtigen Weg finden. Ich kenne die Fragen nicht, die die Weisen haben. Ich weiß nur, daß der Morgen die Antworten bringen wird. Darum bitte ich, den Rat für heute aufzuheben und ihn morgen früh fortzusetzen."

Zum ersten Mal zeigte es sich, daß das "Haupt" derjenige war, der die Entscheidungen traf. Bisher hatte er eher unsicher gewirkt. Aber nun hob er nach kurzem Nachdenken die Ratsversammlung auf, obwohl die "Klinge" heftig protestierte. Schweigend, nachdenklich, gingen die Teilnehmer der seltsamen Sitzung auseinander. Die sechs Reisenden wurden plötzlich von einer schweren Müdigkeit überfallen. Immerhin hatten sie in der letzten Nacht wenig geschlafen und am Tag eine anstrengende Bergwanderung hinter sich gebracht. Die Müdigkeit überwältigte sogar die Ängste und Zweifel, die Eri und Beska plagten. Einer der Weisen führte sie in die Hütte, in der sie schon mittags gegessen hatten. Wieder standen Beeren und Nüsse bereit. Diesmal blieb nichts übrig, aber dann ließ sich der Schlaf nicht länger abweisen. Nur undeutlich nahmen sie wahr, daß sie in eine Höhle in der den Göttern geweihten Felswand geführt wurden, die nach vorne durch eine Hüttenwand abgeschlossen war. Es war dunkel und kühl in der Höhle. Das Licht einer einzigen Fackel reichte nicht aus, um die Breite und Höhe des Raumes zu erkennen. Aber auf dem sandigen, trockenen Boden lag dürrer Adlerfarn in dichten Haufen ausgebreitet. Sie rollten ihre Decken darauf aus und legten sich schlafen, eng aneinandergerückt, um Sicherheit in der Nähe der Gefährten zu finden.

Der Dämon Gritta lebte vor langer Zeit auf den kahlen Höhen des Gebirges. Er hütete die Herden der Hirsche und Gemsen, von denen er sich und seine Familie ernährte. Seine Frau war die Auerhenne, die ihm die Hütte bewachte, wenn er umherschweifte. Sie hatten eine Tochter, die Wasseramsel, die sehr schön war. Eines Tags traf die Tochter am Waldrand den Wolf. Der verliebte sich in das schöne Mädchen, und die Wasseramsel erwiderte seine Liebe. Darum gab der Wolf ihr seinen besten Pfeil als Verlobungszeichen mit nach Hause. Aber als die Wasseramsel von ihren Eltern verlangte, daß der Wolf als ihr Ehemann zu ihr kommen dürfe, wurde Gritta sehr zornig. Er haßte Bär und Wolf, weil sie die Tiere töteten, die er als sein Eigentum betrachtete. Er riß der weinenden Wasseramsel den Pfeil aus der Hand und warf ihn weit von sich. Der Pfeil des Wolfs fiel in das reißende Wasser von Perrar'ti und ging unter, denn seine Flintspitze war schwer. Da war Gritta zufrieden, denn er lebte in Feindschaft mit den Geistern der Bäche und Flüsse.

Er sagte der Wasseramsel, daß sie ihren Verlobten nur dann heiraten könne, wenn sie den Pfeil wiederfände. Er wußte, daß die Flußgeister seiner Tochter nicht helfen würden.

Aber die Wasseramsel ließ sich nicht entmutigen. Sie grüßte den Bach ehrerbietig und verbeugte sich so lange vor ihm, bis die Geister ihr erlaubten, in das Wasser zu tauchen und den Pfeil zu suchen. Aber das Mädchen fand den Pfeil nicht, denn die Strömung hatte ihn mit sich fort genommen. Seither sucht die Wasseramsel an allen Bächen und Flüssen nach dem Verlobungszeichen ihres Geliebten. Sie verbeugt sich vor dem Wasser, sie taucht hinab, aber sie findet den Pfeil niemals wieder.

Aus den Tierlegenden der Sonmani

Kapitel 7

I.

Jens stand an einer breiten Mauer, auf die er sich mit beiden Händen stützte. Es war keine der aus Stangen und Dornen geflochtenen Palisaden der Sonmani, sondern ein aus großen Steinquadern gefügtes Bauwerk, wie der Wall einer mittelalterlichen Burg. Jens stand auf hohem Grund. Die Mauer reichte ihm nur bis zur Brust. Aber vor ihm fiel der Wall tief hinab und endete in einem steilen Hang.

Am Fuß des Abhangs breitete sich ein weites Land aus, auf dem ein unbestimmtes und trotzdem strahlendes Dämmerlicht ruhte, das Licht des frühen Morgens. Die Sonne mußte hinter seinem Rücken aufgehen, denn er sah seinen eigenen Schatten vor sich auf der Brüstung liegen. Aber er drehte sich nicht um, weil die Szene unter ihm seine Aufmerksamkeit gefangen nahm. Er blickte von seinem erhöhten Standort aus auf ein wildbewegtes Schlachtfeld hinunter. Die kämpfenden Heere und Armeen bedeckten, soweit er sehen konnte, die ganze, in der Ferne immer düsterer werdende Ebene. Am heftigsten wogte der Kampf jedoch am Fuß des grünen Hügels, von dem Jens selbst herabblickte. Es war, als wenn man vom Wall einer umkämpften Burg auf die Belagerer hinunterschaute, die eben - vielleicht auch ständig und seit ewigen Zeiten - zum Sturmangriff ansetzen. Trotzdem herrschte um Jens eine friedliche Ruhe. Kein Mensch war zu bemerken. Das Gras unter seinen Füßen wuchs hoch und duftete süß. Schließlich riß er sich von der Szene in der Ebene los und blickte umher, um zu sehen, in was für einer seltsamen Art von Burg er sich befand. Sie war noch viel seltsamer, als er es sich vorgestellt hatte. Das Licht, das er für den Schein der aufgehenden Sonne gehalten hatte, kam in Wirklichkeit von dem Hügel selbst. Die breite, wuchtige Ringmauer, an deren Krone er sich lehnte, umschloß kein Bauwerk, sondern einen Garten mit mächtigen Bäumen. Von einem der Bäume auf der höchsten Kuppe des Hügels strömte ein heller Schein weit über die Ebene. Jens konnte die Quelle des Lichts nicht genau erkennen. Manchmal schien es ihm, als hinge ein strahlender Stern im Geäst des Baumes, manchmal schienen die Blätter und Früchte der ausladenden Krone selbst zu leuchten. Es war ein Apfelbaum, größer als jeder Baum, den Jens bisher gesehen hatte. Und offenbar tobte die ganze, ungeheuere Schlacht wirklich um diesen Baum und um den Garten auf dem Hügel.

Scharen von Männern und Frauen stürmten die weiten Flanken des Bergs hinab, um die Angreifer aufzuhalten. Oder waren sie selbst die Angreifer, die die Gegner in die dunkle Ebene zurückzudrängen suchten? Das Licht aus dem Garten machte es schwer, das Geschehen zu verfolgen. Denn hinter jedem der grimmigen Kämpfer, die den Hügel erobern wollten, strömte ein langer Schatten hinaus in das Land. Daher wurde seine Weite umsomehr in ein Gewirr verschiedener Dunkelheiten gehüllt, je mehr man sich von dem Garten entfernte. Die Verteidiger des Hügels warfen keinen Schatten, obwohl sie das Licht des Baumes im Rücken hatten. Sie schienen selbst zu leuchten, und wo sie auftauchten, nahm das Verwirrspiel von Licht und Dunkel noch mehr zu.

Aber es war eine seltsame Schlacht, die dort geschlagen wurde. Krampfhaft versuchte Jens, die Einzelheiten zu erkennen. Es gelang ihm, hier und dort eine Szene deutlich zu erfassen, so wie das Bild in einem Fernglas plötzlich scharf wird, wenn man die richtige Einstellung findet. Da marschierte eine dreifach gestaffelte Reihe geharnischter Männer den Hügel hinunter. Sie bildeten eine dichte Phalanx. Sie trugen nur Schilde in den Händen, dicht an dicht wie eine Mauer. Von jedem der Schilde strahlte ein heller Glanz auf die Feinde. Die Gegner, wild aussehende Soldaten in dunklen Mänteln, griffen den Schildwall mit Äxten und Speeren an. Eine gewaltige Streitmacht dieser Krieger versperrte den Schildträgern den Weg.

Aber es schien ihnen schwer zu fallen, den Vormarsch aufzuhalten. Ihre Speere zersplitterten an den Schilden. Der Glanz des Metalls blendete sie und ließ sie zurücktaumeln. Immer wieder stürzte einer der Geharnischten schwer zur Erde, von einer Axt getroffen oder von einem Speer verwundet. Sofort trat ein anderer an seine Stelle und schloß den leuchtenden Wall. Wildes Kriegsgeschrei füllte die Luft. Aber es kam nur von den Axt- und Speersoldaten. Die Schildträger blieben stumm, ihre Gesichter waren fast unnatürlich ruhig. Ihr Vordringen wirkte gelassen und unaufhaltsam. Es war, als hätte sich die mächtige Ringmauer selbst in Bewegung gesetzt, um die Angreifer vor sich her zu treiben.

Der furchtbare Haß, der sich in den verzerrten Zügen der dunklen Soldaten spiegelte, erschreckte Jens. Aber auch damit hatte es eine merkwürdige Bewandtnis. Immer wieder warf einer der Krieger, die sich mit besonderem Mut auf den Schildwall stürzten und die schrecklichsten Schläge austeilten, plötzlich Axt und Speer zu Boden. Jens sah, wie einer dieser Kämpfer vor den Schilden niederkniete, die er eben noch zersplittert hatte. Sehnsüchtig griff er mit leeren Händen nach dem Licht. Die Phalanx öffnete sich, um ihn aufzunehmen. Ein Verwundeter reichte ihm mit letzter Kraft den Schild, den Harnisch löste der dunkle Krieger selbst vom Körper des Gestürzten. Er wappnete sich, hob den Schild, und mit ruhig strahlendem Gesicht fügte er sich in die Reihe seiner Gegner ein. Solche Dinge geschahen überall. Umgekehrt schien selten jemand von den Schildträgern zu den dunkeln Gegnern überzugehen, so daß die waffenlosen Angreifer trotz ihrer Verluste stetig vorankamen.

Was waren es für Leute, die so kämpften? Jens erkannte plötzlich, daß die Männer verschiedenen Rassen angehörten. Viele waren Asiaten. Chinesen, Japaner oder Koreaner, er konnte es nicht unterscheiden. Ihre Ruhe schien ihm besonders beängstigend in ihrer Unerschütterlichkeit. Viele waren Europäer, aber auch schwarze und braune Krieger standen in der Schildreihe. Jens meinte sogar einige Indianer zu erkennen. Und zu seiner Überraschung gab es Frauen, die ebenso bewaffnet waren wie die Männer. Je länger er den Kampf verfolgte, desto deutlicher wurde ihm, daß die unerschütterliche Ruhe der Schildträger nichts mit Gleichgültigkeit zu tun hatte. In jedem der Gewappneten brannte ein so verzehrendes Feuer von Mut und Leidenschaft, daß es sich nur als Stille äußern konnte. Die Leidenschaft war es, die die Gesichter und Schilde aufstrahlen ließ. Ihr Licht vermischte sich mit dem weithin leuchtenden Glanz des Baumes, den sie verteidigten, und wurde eins mit ihm.

Plötzlich verstand Jens, daß hier nicht leuchtende Menschen gegen dunkle Menschen kämpften. Das Licht selbst kämpfte gegen die Dunkelheit, und die Menschen verbreiteten Helligkeit oder Dunkelheit je nachdem, wie sie sich zum Licht wandten. Wandten sie sich gegen das Dunkel, so überkleidete sie das Licht. Wandten sie sich gegen das Licht, so trugen sie das Dunkel wie ein Gewand. Es waren dieselben Menschen in einem verschiedenen Verhältnis zum Licht. Ohne zu wissen, warum er es dachte, kam Jens sogar der Gedanke, daß sie alle dunkel seien, daß sie alle Bewohner der weiten, dämmrigen Ebene waren. Sie wurden dadurch Lichtträger, daß sie sich um den Garten auf dem Hügel scharten. Mit ihnen, den Lichtträgern, drang das Licht stetig vor, während ständig neue Angreifer aus dem Dunkel des weiten Landes heranströmten.

Rund um den Hügel, von dem aus sich das Licht in die Ebene hinabwarf, wurde die seltsame Schlacht geschlagen. Die Scharen der Leuchtenden, die Scharen der dunklen Angreifer, das stetig vordringende Licht verwirrten Jens immer mehr. Er wandte sich wieder dem hell aufstrahlenden Baum zu. Der Baum war noch größer, noch gewaltiger, als er geglaubt hatte. Unmöglich konnte es einen solchen Baum geben! Riesig thronte er über dem Hügelgarten, wie eine Wolke das Gebirge bedeckt. Das Licht floß aus seiner Krone als ein stetiger Wasserfall in die Ebene hinab, so als verblutete sich der Baum mit seinem Glanz in die Dunkelheit hinaus. Das Leuchten überwältigte Jens. Die ungeheuere Schlacht, die Kämpfer, sie erschienen ihm nun klein und unbedeutend in dem flutenden Licht und der zähen Dunkelheit, die alles zu verschlingen suchte. Das Licht blendete Jens so sehr, daß er sich abwenden mußte. Aber er konnte dem Glanz nicht entkommen. Er füllte das ganze Gesichtsfeld mit unerträglicher, roter Helle. Gequält warf er sich hin und her und öffnete schließlich die Augen.

Die Sonne fiel durch den offenen Höhleneingang auf sein Gesicht. In seine Schlafdecke gehüllt, lag Jens in der Höhle der Träume. Es war Morgen. Neben ihm schliefen Michael und Sonja. Vielmehr wachten sie beide eben auf, wohl durch seine eigene Unruhe aus dem leichten Morgenschlaf gerissen. A'kire, Beska und Eri waren bereits erwacht. Als auch die beiden letzten Schläfer sich erhoben und verwirrt um sich schauten, konnte Jens sich nicht mehr beherrschen. Er erzählte seinen Traum, so gut er die Szene in der Sprache der Sonmani schildern konnte. Je länger er sprach, desto stiller wurden seine Zuhörer. Sonja und Michael hatten denselben Traum gehabt. Jede Einzelheit war gleich gewesen, der Baum auf dem Hügel, die hohe Mauer, das weite, dunkle Land und die geheimnisvolle Schlacht, die das Licht mit dem Dunkel schlug. Auch Beska und Eri hatten denselben Traum gehabt. Aber sie hatten den ummauerten Hügel, den leuchtenden Baum und die Schlacht von außen gesehen, von einem dunklen Waldrand aus. Die drei anderen hatten ihrerseits nichts gesehen, was einem Wald geglichen hätte. Aber Beska und Eri versicherten, in ihrem Traum hätten sie die ganze, für sie erschütternde und verwirrende Szene von einem Waldrand aus sehen können. Außerdem hatten sie vieles von dem, was sie gesehen hatten, nicht verstanden. Erst die Erläuterungen der Gefährten machten ihnen ein wenig deutlich, was für Waffen in dem Traum vorgekommen waren. Alle fragten sich, wieso ihr Traum die beiden Sonmani in eine Welt geführt hatte, die nicht ihre eigene Welt war. Jens, Sonja und Michael hätten einen Traum verstanden, in dem Steinmesser und Speere, Pfeil und Bogen vorgekommen wären. Aber wie sollten Eri und Beska einen Traum verstehen, in dem es Rüstungen und Steinwälle und Schwerter gab? Alle dachten sie an das Wort der "Klinge der Weisen": Sie gehen bereits auf der Spur des Geistervogels. Sie fürchteten sich ein wenig vor der Ratsversammlung, die nun bald fortgesetzt werden mußte. Dann würden sie ihre Träume - oder vielmehr ihren gemeinsamen Traum - erklären müssen. Wer konnte schon wissen, welche Schlüsse die Weisen aus ihm ziehen würden?

A'kire hatte etwas anderes geträumt als seine Gefährten. Aber was es war, das wollte er nicht sagen. Ein tiefer Ernst ging von ihm aus, aber keine Trauer und keine Angst. Eher etwas wie schmerzliche Freude. Er sprach noch weniger als sonst, als sie die Höhle verließen. Draußen in der Sonne wartete der Weise auf sie, der sie bisher stets bedient hatte. Er brachte ihnen wieder etwas zu essen und zeigte ihnen einen Waschplatz an einer kleinen Quelle. Das ewige Ratsfeuer brannte unter dem roten Felsen, während sie aßen. Die Sonne schien hell, und der Rauch stieg senkrecht in die Luft. Dann wurden sie zum Rat gerufen.

2.

Dieses Mal verzichtete das "Haupt" darauf, das Ratsopfer von allen Anwesenden zu verlangen. Er führte die Zeremonie alleine durch. Dann fragte er die sechs Gäste nach ihren Träumen. A'kire weigerte sich erneut, zu berichten. Er betonte nur, daß sie alle sechs spätestens gegen Mittag zum Auge der Unterwelt aufbrechen müßten. Daß es so sein müsse, wisse er durch seinen Traum. Aber weitere Fragen wollte er nicht beantworten.

Was die anderen fünf zu erzählen hatten, stieß auf Unglauben und Erstaunen. Es handelte sich um einen seherischen Wahrtraum, zweifellos. Wie anders hätten fünf der sechs Schläfer dasselbe träumen können? Aber die Deutung überstieg selbst die Weisheit des Rates. Die vier Berater erwogen eine Möglichkeit nach der anderen, kamen aber zu keinem Ergebnis. Das "Ohr" sprach, wie üblich, nur in gemurmelten, kaum verständlichen Sätzen. Das "Auge" war zutiefst erschrocken, als von dem großen Licht auf der Höhe des Berges die Rede war. Offenbar wurde der Seher an sein gestriges Erlebnis erinnert. Er weigerte sich, in irgendeiner Weise an der Diskussion teilzunehmen. Mit der "Klinge" war, zur Enttäuschung des Rats, gar nichts anzufangen. Der alte Mann befand sich wieder in derselben abwesenden Stimmung, in die ihn die Vision des "Auges" gestern versetzt hatte.

"Das Licht, das Licht", murmelte er vor sich hin. "Wo leuchtet das Licht, das die Dunkelheit mit Licht überkleidet? Schattenland, Schattenland, Land der Dämmerung in der Mittagssonne... Wo ist das Licht?"

Er ließ sich auf keinerlei Erklärungen ein. Noch mehr, er ignorierte alle an ihn gerichtete Fragen und ließ sich von seinen Überlegungen nicht ablenken. Nicht einmal zum Schimpfen konnte das "Haupt" ihn provozieren. Niemand verstand, was er mit seinen Reden meinte, außer vielleicht Beska. Aber der äußerte sich nicht. Schließlich kam das "Haupt" zu einem Entschluß. Nach der Deutung, die er für die beste hielt, hatten die Träumer einen Blick in die Welt der Völker und Stämme getan, den sie nicht ohne weitere Magie verstanden. Aber es war möglich, daß das Verständnis dann kam, wenn man den Träumern konkrete Fragen vorlegte. Daher wollte er nun die wichtigste Frage vorlegen, die die Weisen bewegte. Es ging, wieder einmal, um die anstößige Aussage, daß die drei Gäste aus einem Land kamen, wo Ackerbau betrieben wurde. Folgendes Problem stellte ihnen das "Haupt" dar:

Die Ackerbauer im Süden des westlichen Hügellands, im Süden des Pferdestamms, seien zwar seit der verlorenen Schlacht am weißen Felsen nicht mehr in die Gebiete der Jägerstämme eingefallen. Aber sie waren wieder sehr zahlreich geworden. Und wenn die Dörfer der Bauern nicht untereinander Krieg führen würden, so hätten sich wohl längst wieder junge Krieger zusammengetan, um nach Norden zu marschieren. Die Häuptlinge der fünf Ratsfeuer wiegten sich nach dem großen Sieg allzusehr in Sicherheit. Aber die Weisen sahen weiter, sie sahen, daß der Sieg am weißen Felsen den Pferdeleuten - und auf lange Sicht den Sonmani - nur eine Atempause verschafft hatte. Die Weisen fürchteten, daß die Götter der Ackerbauern, vom schrecklichen Menschenopfer getrieben, schließlich doch ihre Gier wieder auf das Land der Jäger ausdehnen würden. In der Not würden die Ackerbauern sogar die eigenen Kinder der Erde opfern - und ob die Kraft der Jägergötter und der tapferen Ahnen diesem Schrecken wirklich widerstehen könnte? Würden die Götter, die soviel mehr forderten, nicht auch mehr gewähren? Die Weisen untersuchten diese Dinge und planten auf lange Sicht. Und nun fragten sie sich, was zu tun sei. In ihre Überlegungen hatte es wie der Blitz eingeschlagen, als von den drei zauberkräftigen Fremden berichtet wurde, die Ackerbau betrieben, ohne der Erde Menschen zu opfern. Wie war das möglich? Gab es eine Kraft, die der Erde Nahrung abringen konnte, ohne sie mit dem Blut des eigenen Stammes zu erkaufen? Das war schwer vorstellbar, aber so mußte man ihre Worte deuten.

“In den Dörfern der Ackerbauern wächst eine Generation heran, die den Schrecken vor den Speeren der fünf Ratsfeuer vergißt. Und ihre Priester werden die Kinder, die sie jetzt für den Sieg gegen ihre eigenen Stammesbrüder opfern, für den Sieg gegen uns opfern, sobald sie untereinander Frieden schließen. Es gibt nicht viele Gebiete, in denen sie ihre Pflanzen wachsen lassen können. Das haben unsere Kundschafter entdeckt, und das erzählen uns die Gefangenen. Wo die Flüsse breite Talauen freilassen, die nicht überschwemmt werden, wo die Erde weich und tief ist, dort stehen ihre Dörfer. Die Ackerbauern wissen, daß auch unsere Flüsse solche Ufer besitzen. Sobald wieder ein Winter kommt, in dem sie hungern, werden sie sich daran erinnern.”

Sonja, Michael und Jens wurden von diesem “Bericht zur Lage” fasziniert, in dem sich nüchterne Politik und Götterglaube so merkwürdig mischten. Sie erkannten sehr wohl, daß die Weisen eine reale Bedrohung der Kultur der fünf Ratsfeuer in den Begriffen ihres Weltbilds richtig erfaßt hatten. Sie berieten sich kurz. Vielleicht würde es den Sonmani helfen, wenn man ihnen nahebringen könnte, daß der Ackerbau auch ohne die blutige Verehrung einer Erdgottheit möglich sei? Aber wie das am besten formulieren? Es war schwer, einerseits hilfreich zu sein und andererseits der Religiosität der Sonmani Rechnung zu tragen. Sie einigten sich darauf, daß Sonja es versuchen sollte. Sie beherrschte die Feinheiten der Sprache, und sie konnte sich am besten in die Gedankenwelt der Sonmani hineindenken. Merkwürdig genug: Früher, im zwanzigsten Jahrhundert, hatte sie sich für die angeblich feminine und gewaltfreie Naturverehrung stark gemacht. Angeblich, denn seit sie bei den Sonmani echte, religiöse Naturverehrung erlebt hatte, wußte sie nur zu genau, wie wenig göttlich die leichthin beschworene Erdgöttin Gaia für sie gewesen war - nicht viel mehr als eine modische Begrifflichkeit, um die romantischen Naturerlebnisse einer “alternativ” empfindenden modernen Studentin auszudrücken.

Eigentlich geschah es ihr recht, daß sie sich jetzt zwischen zwei augenscheinlich unversöhnlichen Formen der Naturverehrung in der Klemme befand. Noch schlimmer - sie plante sogar, die scheinbar männlich-aggressive Version der Sonmani zu stärken, anstatt die mütterlich-weibliche Erdverehrung, der eigentlich ihre Sympathie gehören müßte. Aber warum kam die Religion der aggressiven Jäger und Krieger mit Tieropfern aus, während die sanften, ackerbauenden Verehrer der Allmutter Erde Menschenblut vergossen? Irgend etwas an ihren früheren Denkkategorien stimmte nicht so ganz. Aber diese Einsicht war für Sonja inzwischen nicht mehr neu. Resolut schob sie die Grübeleien beiseite und widmete sich ihrem praktischen Problem.

Sonja bat das "Haupt" darum, die Lage noch genauer zu schildern. Der alte Mann kam ihrer Bitte gerne nach. Er hatte in der Tat weitere wichtige Informationen weiterzugeben:

Es komme eine neue Schwierigkeit hinzu, die erst im letzten Sommer bekannt geworden sei. Sie habe mit den Ackerbauern zu tun, die im Süden des großen Gebirges wohnten. Die dortigen Dörfer wurden, wie die drei wußten, manchmal von Kriegertrupps der Seestämme und Sonmani überfallen. Die Seestämme kannten die Pässe über das Gebirge. Sie sicherten den Übergang, indem sie mit den scheuen Gebirgsbewohnern Verträge schlossen. Nun war vor zwei Jahren ein Häuptling der Seestämme mit zwanzig jungen Kriegern nach Süden gezogen, aber nicht wie sonst, um zu rauben und zu plündern. Vielmehr hatte er sich von einem Häuptling der Ackerbauern anwerben lassen, um in einem Stammeskrieg auf dessen Seite zu kämpfen. Die Männer der Seestämme waren, wenn auch nicht so berühmt wie die Speerfechter der Sonmani, den Ackerbauern im kriegerischen Geschick überlegen. Die Transaktion hatte sich, wie bei den Seestämmen erzählt wurde, mehr als ausgezahlt. Der Krieg war gewonnen worden, und der betreffende Ackerbauer-Häuptling hatte zwei neue Dörfer an seinen Herrschaftsbereich angegliedert. Der Hilfstrupp der Seestämme war mit reicher Beute zurückgekehrt. Und in diesem Sommer wollte es ihm ein berühmter Kriegshäuptling der Seestämme nachtun. Mit fast hundert Mann wollte er das Gebirge überschreiten, um an einem großen Kriegszug der verbündeten Ackerbauern teilzunehmen.

Die drei Freunde merkten an der Reaktion Eris und Beskas, daß diese Nachricht auch für sie neu war. Die Weisen hatten sie über die befreundete Priesterschaft eines der Seestämme erfahren. Und sie waren aufs äußerste besorgt:

"Werden nicht die Krieger der Seestämme, wenn sie sich an das Leben der Ackerbauern gewöhnt haben, die Götter der Bauern in ihr eigenes Land bringen? Werden sie nicht Männer und Frauen aus dem Süden über das Gebirge führen, damit sie an den Seen ihre Dörfer bauen können? Wenn sich die Ackerbauer an der Südgrenze der fünf Ratsfeuer vermehren, und wenn sie die Unterstützung der Seestämme haben, dann haben ihre Götter schon halb gesiegt. Je enger die Freundschaft zwischen den Seestämmen und den Dörfern im Süden wird, desto größer wird die Gefahr. Was sagt ihr dazu, Gefährten des Geistervogels?"

"Lebt ihr nicht mit den Seestämmen in Freundschaft?" fragte Michael.

Einer der Ratgeber antwortete ihm:

"Wir leben in Frieden mit ihnen, aber nicht in enger Freundschaft. Wir haben mit ihnen keinen Bund geschlossen, wie mit den Pferdeleuten. Das ginge auch nicht, weil die Seestämme unter sich oft uneins sind und nicht gemeinsam handeln. Selbst wenn ein Stamm auf uns hören würde, würden sich die anderen nicht darum kümmern. Unsere Häuptlinge haben es verboten, daß Krieger der Sonmani mit nach Süden ziehen, um gegen Lohn die Kriege der Ackerbauern zu führen. Das können sie tun, weil alle Stämme der fünf Ratsfeuer auf das hören, was der große Rat der Häuptlinge beschließt. Aber bei den Seestämmen ist das anders. Es ist auch bei den Axtleuten anders. Nur die fünf Ratsfeuer sind sich einig, wenn eine Gefahr droht. Und darum haben wir auch Frieden mit den Seestämmen, denn sie fürchten uns. Sie wissen, daß ein Krieg ihr eigener Schaden wäre. Aber wenn sie sich mit Kriegern aus dem Süden verstärken, wenn sie sich uns überlegen fühlen, dann kann der Friede schnell vorbei sein."

Nun mischte sich Sonja in das Gespräch ein:

“Ich frage mich, ob es so kommen muß, wie ihr fürchtet. In der Geschichte unserer... äh, Stämme gab es ähnliche Situationen. Ein Stamm warb Krieger eines anderen, kämpferischen Stammes an, um seine Feinde besiegen zu können. Aber das führte dazu, daß die fremden Krieger blieben und mächtiger wurden als die Einheimischen. Was würde den Häuptling der Seestämme hindern, mit seinen hundert Männern im Süden zu bleiben und sich von den Ackerbauern ernähren zu lassen? Er könnte noch mehr Männer rufen und den Ackerbauern seinen Willen aufzwingen. So etwas hat es oft gegeben: Zuerst sind es bezahlte Helfer, dann Helfer, die man nicht mehr los wird, dann die eigentlichen Herren. Vielleicht geht es so, vielleicht ziehen eher die Männer der Seestämme nach Süden, als die Ackerbauern nach Norden.”

Die Berater und das “Haupt” schauten Sonja bewundernd an. Sogar die “Klinge” wurde aufmerksam.

“Was du da sagst, klingt für mich sehr weise. Es könnte sein, daß du recht hast. Sobald wir Nachricht erhalten, wie der Zug in den Süden ausging, werden wir deine Worte nochmals überdenken. Aber trotzdem: Auch dann wäre die Gefahr nur ein wenig hinausgeschoben, nicht verschwunden. Auch in diesem Fall würden die Seestämme, so fürchte ich, die Götter der Ackerbauern nach Norden bringen. Ich fürchte die Kraft ihrer Götter, nicht so sehr die Waffen der Südländer. Ein großes Heer kann das Gebirge sowieso nicht auf einmal überschreiten. Aber die Seestämme beherrschen die Pässe. Nichts kann sie daran hindern, falls sie im Süden regieren, nach und nach viele Menschen mit ihren Göttern von dort ins Land der Seen zu bringen. Wir haben schon daran gedacht, die Häuptlinge zum Krieg gegen die Seestämme zu reizen. Aber das würde sie, wenn du recht hast, vielleicht nur nach Süden über das Gebirge treiben und die Gefahr auf Dauer vergrößern. Wir müssen der Macht der fremden Götter eine eigene Macht entgegensetzen. Könnt ihr uns nicht helfen? Ihr treibt doch Ackerbau ohne die Götter, die Menschenblut trinken? Welche Macht gibt eurer Erde die Fruchtbarkeit?”

Sonja antwortete, wie sie es sich inzwischen zurechtgelegt hatte. Blasse Erinnerungen an das Erntedankfest und ähnliche religiöse Bruchstücke ihres vergangenen Lebens hatten ihr dabei geholfen:

“Der Himmel gibt der Erde Sonne und Regen, damit Pflanzen wachsen können. Wir danken dem Gott im Himmel dafür, der die Wärme der Sonne und den Regen schickt. Wir lieben die Erde, aber wir opfern ihr nichts. Der Gott im Himmel will nicht, daß Menschenblut vergossen wird. Wir haben eine Sitte, daß wir die besten Früchte nehmen, die auf dem Acker gewachsen sind, und sie den Menschen geben, die am ärmsten sind. Das ist das Opfer, das dem Himmelsgott gefällt.”

Das war geschafft! Aber es fragte sich, wie der Rat ihre Erklärung aufnehmen würde. Sie hatten in dieser Hinsicht schon einige Überraschungen erlebt. Zu Sonjas Erstaunen verstanden die Weisen sehr gut, worum es ging. Daß die Gunst von Sonne und Himmel wichtiger war als die Gunst der Unterwelt, das leuchtete ihnen ein. Und es war klar für sie, daß Sonne und Himmel kein Blutopfer wollten. Ihnen diente man mit Rauchopfern, mit dem heiligen Feuer. Vielleicht waren die Ackerbauer im Süden dumm, die Kraft der Erdgötter mit Menschenopfern zu wecken und dafür die Kraft von Sonne und Himmel zu vernachlässigen? Damals, als die Speere der fünf Ratsfeuer die Feinde trotz ihrer Überzahl zurücktrieben, hatte es sich ja gezeigt, daß die Macht ihrer Götter begrenzt war. Einer der Ratgeber faßte die Diskussion zusammen:

“Denkt daran, daß die Pflanzen der Ackerbauer im Sommer wachsen müssen, wenn die Kraft von Sonne und Himmel am größten ist. Im Winter, wenn die Unterwelt und die Dämonen herrschen, wächst auch nichts auf den Äckern. Den Himmelsgott in der rechten Weise anzurufen, könnte uns die Kraft geben, die wir suchen.”

Nur das mit der Gabe an die Armen verwirrte die Weisen. Bei den fünf Ratsfeuern gab es keine Armen in dem Sinn, daß jemand materielle Not litt, während andere Menschen Überfluß hatten. Alle lebensnotwendigen Güter wurden geteilt. Es gab nur Reichtum in dem Sinn, daß angesehene Familien und geschickte Jäger mehr wertvolle Waffen, Geräte, Felle und Schmuckstücke besaßen als andere. Sonja hatte deshalb für “arm” ein Wort benutzt, das als Gegenteil von “glücklich und angesehen” gebraucht wurde und eher so etwas wie “elend, unglücklich” bedeutete.

Warum eine besondere Gabe an solche Menschen dem Himmelsgott gefallen sollte, das sah der Rat nicht ein. Schließlich war ja gerade das Unglück ein Zeichen, daß der Mensch die Gunst der Götter verloren hatte. Aber nach einigem Hin und Her fand das "Haupt" aus seiner Sicht eine hinreichende Erklärung:

"Denkt an das große Opfer von Perrar'ti! Muß nicht das Blut des Sonnengeschöpfes in die Unterwelt hinabfließen, um die Unterwelt zu bannen und die Ordnung der Welt zu erhalten? Vielleicht ist es sehr weise, die Gaben der Erde in das Unglück hineinzugeben, um das Unglück zu bannen. Trotzdem, je mehr wir von euch hören, desto merkwürdiger erscheint uns euer Volk! Wie erreicht das Opfer die Götter, wenn die Unglücklichen es verzehren? Muß nicht ein Teil verbrannt werden, damit sie das übrige zur Ehre der Götter essen können? Die Sonmani machen es manchmal so, wenn die Jagd gut war, um die Geister der Tierbrüder und Ahnen zu ehren."

Zum ersten Mal an diesem Morgen meldete sich die "Klinge" zu Wort.

"Ich erinnere den Rat an etwas, was wir vor langer Zeit von den Händlern aus dem Osten gehört haben. Sie sind selbst keine Ackerbauern, aber oft führen sie als Proviant auf ihren Reisen die Körner eines Grases mit. Die Körner sind viel größer als die der eßbaren Gräser, die unsere Frauen sammeln. Sie sind leicht und machen doch satt, und die Händler bewahren sie in Ledersäcken auf. Sie kaufen die Säcke bei einem Volk weit im Osten, am Fluß Ekrom, wo der Fluß sehr groß und breit wird. Den Namen dieses Volkes weiß ich nicht, aber die Händler nehmen ihre Krieger und Frauen manchmal mit in ihr Land. Wenn sie den Sommer über bleiben, so bauen sie das Gras mit den großen Samen auch bei den Händlern an. Als wir damals mit den Händlern über das Gras sprachen, sagten sie nichts von Menschenopfern. Dieses weit entfernte Volk vom Fluß Ekrom baut also offenbar den Acker an, ohne Menschenblut zu vergießen. Die Händler verabscheuen Menschenopfer genauso wie die fünf Ratsfeuer, zumindest reden sie so, wenn sie bei uns sind. Und ich glaube, daß sie in ihrem eigenen Land einen solchen Greuel auf keinen Fall zulassen würden."

Diese Information war den Sonmani nicht neu, wie ihre Reaktionen zeigten. Aber offenbar hatte außer der "Klinge" niemand an die Völker im Osten gedacht, die anscheinend Getreide anbauten. Mit ihnen gab es, im Gegensatz zu den südlichen Ackerbauern, keine direkte Berührung. Daher hatte die ganze Aufmerksamkeit des Rats bisher den ackerbauenden Stämmen im Süden gegolten. Die drei Fremden wußten, daß mit dem Fluß Ekrom wahrscheinlich die Donau gemeint war. Der Oberlauf, bis in das heutige (oder zukünftige) Bayern hinein, gehörte zum Herrschaftsgebiet der fünf Ratsfeuer. Weiter östlich kamen andere, mehr oder weniger befreundete Stämme, und irgendwo, "wo der Ekrom fast so breit fließt wie der große Strom", lag das Heimatgebiet der Händler aus dem Osten. Sie hatten nie einen Trupp der Händler getroffen, da sich der Handel meist mit den östlichen Stämmen der fünf Ratsfeuer abspielte (die aus ihrer Zwischenhandelsposition vermutlich einen hübschen Gewinn zogen). Gehandelt wurde mit Salz, besonderen Steinsorten wie Obsidian oder Jade, mit Schmuck, darunter sogar mit Bernstein und mit besonders schönen Töpferwaren. Es gab genug solche Stücke bei den Sonmani. Die Händler befuhren die Donau, soweit sie für die Einbäume schiffbar war, und nahmen andere Waren mit zurück nach Osten. Sie genossen eine Art freies Geleit bei den meisten Stämmen, da man auf ihre Dienste nicht verzichten wollte. Jetzt erfuhren die Drei zum ersten Mal, daß es noch weiter östlich ebenfalls ackerbauende Stämme gab, die mit den Händlern verbündet waren. Es erstaunte sie immer wieder, wie gut die Sonmani, zumindest in groben Zügen, über die Geographie Europas Bescheid wußten. Der Unterschied zur modernen Zeit lag darin, daß die weit entfernten Länder und Völker für das Alltagsleben kaum Bedeutung hatten und deshalb eher in Form von Sagen und spannenden Reiseberichten, als in Form nüchterner Beschreibungen geschildert wurden.

"Was ist dein Rat, Klinge der Weisen?", fragte das "Haupt" direkt zurück. "Sollen wir mit den Händlern nach Osten fahren, um das Volk zu besuchen, das Gras auf dem Acker anbaut? Vielleicht gelingt es uns, die Hilfe ihrer Götter zu gewinnen?"

Die "Klinge" beschränkte sich zum Staunen der Zuhörer auf ein unwilliges Brummen und antwortete ohne die üblichen Bemerkungen über die Dummheit der Anwesenden.

"Das liegt doch auf der Hand, oder nicht? Zwei oder drei vom Orden sollen sich den Händlern anschließen und die Götter, die den Ackerbau im Osten beschützen, in ihrem eigenen Land kennenlernen. Wenn es so ist, wie ich glaube, daß im Osten so geopfert wird, wie es die Gefährten des Geistervogels uns geraten haben, dann geben wir den Händlern Land am Ekrom, um sich ein Dorf zu bauen. Sie mögen es gerne, wenn ein Stamm ihnen so etwas erlaubt. Sie machen gerne Rast in ihren eigenen Hütten unter ihrem eigenen Volk. Dorthin sollen sie dann die Ackerbauer aus dem Osten mitbringen. Und wenn diese säen und ernten, dann hat das Ohr der Weisen etwas zu lauschen, und das Auge der Weisen hat etwas zu schauen! Wenn sie hören und sehen, daß die Kraft der fünf Ratsfeuer wächst und nicht geschwächt wird, dann werdet wohl selbst ihr wissen, was weiter zu tun ist. Aber dieser Plan wird einige Sommer reifen müssen, um Frucht zu bringen. Hoffentlich lebe ich nicht mehr, um sie zu sehen! Ich hasse Aktivität und Veränderung! Ich hasse Aufgaben und Verantwortung!"

Die "Klinge" sank wieder in ihre träumerische, abwesende Stimmung zurück. Aber für das "Haupt" und die Ratgeber hatte der alte Mann genug gesagt. Alle spürten, daß der Rat der Weisen in der Tat Feuer gefangen hatte. Er sah einen gangbaren Weg vor sich. Und die Weisen würden darangehen, diesen Weg zu bahnen.

Sonja dachte: "Das Gras mit den großen Körnern, das müßte Gerste sein, wenn ich mich richtig erinnere. Gerste, Ziegen und Töpfe. Es sieht so aus, als seien wir mitten in die sogenannte neolithische Revolution hineingeraten. Der alte Keyserling hat ja behauptet, damit finde der große Sündenfall der Menschheit statt. Nun, wenn die Sonmani Leute vor dem Sündenfall sind, dann sind sie uns Sündern aber erstaunlich ähnlich. So sehr im Einklang mit sich selbst und mit der Natur leben sie gar nicht. Mehr als wir im zwanzigsten Jahrhundert - das bestimmt. Aber mehr als die Bauern im Mittelalter? Da bin ich mir nicht so sicher. Das Leben der Sonmani ist nicht besonders romantisch. Ich habe den Verdacht, daß eher Keyserling romantisch ist. Obwohl ich ihm geglaubt habe, damals, im Arkana-Zentrum, als er seinen Vortrag hielt."

Die Diskussion ging weiter und holte Sonjas Gedankenflug zurück in die seltsame, aber unausweichliche Gegenwart.

"Sündenfall oder nicht: Ich wünsche den Sonmani so sehr, daß sie sich behaupten können. Ich mag sie einfach. Was wird wohl aus ihnen werden? Sie sind so gut organisiert. Ihr Bund der fünf Ratsfeuer ist wirklich eine politische Leistung, wenn man bedenkt, welche Schwierigkeiten sogar die Europäische Gemeinschaft mit der Gemeinsamkeit hat. Und die Weisen sind so etwas wie ein religiöser Brain-Trust. Damit sollten sie doch eine Chance haben. Aber natürlich weiß das jetzt noch niemand."

Die Ratgeber und das "Haupt" diskutierten inzwischen mit Jens, Michael und Beska die Möglichkeit, mit den Axtleuten langfristig eine Art von Frieden zustande zu bringen. Angesichts der Bedrohung aus dem Süden wäre ein solcher Frieden von großem Wert. Aber die alte Feindschaft saß tief. Und außerdem - die Ratgeber räumten es unbefangen ein - brachte der ständige Kleinkrieg den fünf Ratsfeuern Vorteile. Die Stämme der Föderation benötigten immer mehr Jagdgebiete, da die Bevölkerung wuchs. In der letzten Generation hatte sich zum Beispiel der Herrschaftsbereich der Sonmani nach Schätzung des Rats einen ganzen Tagesmarsch nach Norden vorgeschoben. Einige neue Dörfer waren entstanden. Das lag daran, daß die Axtleute zwar mit ihren heimlichen Raubzügen oft erfolgreich waren. Einem offenen Angriff der Speermänner, wenn mehrere Dörfer gemeinsam handelten, waren sie aber selten gewachsen. Ihre Häuptlinge halfen sich meist nicht oder nur nach langen Verhandlungen. Dadurch, und durch die überlegene Waffenführung, fielen immer wieder Dörfer der Axtleute in die Hand der fünf Ratsfeuer, was umgekehrt kaum je vorkam. Wenn man Frieden schlösse, wohin sollten die überzähligen jungen Männer gehen? Sie brauchten die Chance, sich eigenes Land zu erobern, oder es würde Streit in den Dörfern geben. Aber vielleicht ließe sich dafür eine Lösung finden.

"Die Jäger und Sammler sind also gar nicht so sehr im Gleichgewicht mit der Natur..." dachte Sonja und merkte in Gedanken verloren kaum, wie die Ratsversammlung endete.

3.

Sie wanderten den Weg zurück, auf dem sie am Tag zuvor Perrar'ti betreten hatten. Der heilige Bach floß nun rechts von ihnen und die Sonne stand in ihrem Rücken. Die Weisen hatten ihnen den Weg genau beschrieben. Anstatt das heilige Tal nach Westen oder Osten zu verlassen, mußten sie dem Bach von Perrar'ti bis zur Quelle folgen. Dann sollten sie nacheinander zwei Höhenrücken überschreiten, die oben keinen Wald mehr trugen. Vom zweiten Berg aus würden sie das Auge der Unterwelt tief unter sich in einem engen Talkessel liegen sehen. Sie könnten den geheimnisvollen See noch vor dem Abend erreichen.

Über den sechs Wanderern reckten die riesigen Tannen ihre Kronen in den Sommerhimmel. Das Wetter schlug um. Der strahlend helle Morgen ging in einen schwülen Augusttag über. Dunstwolken zogen über dem Gebirgskamm auf, die Farbe des Himmels wechselte von Blau zu einem weißlichen Grau. Niemand von den Weisen begleitete sie. Niemand wußte, ob sie nach Perrar'ti zurückkehren würden. Trotzdem hatten sie alle nicht unbedingt notwendige Ausrüstung in Perrar'ti zurückgelassen. A'kire trug neben seiner Schlafdecke nur den berühmten Jadespeer. Beska war mit Speer, Pfeilen und Bogen bewaffnet. Eri hatte einen Beutel mit Proviant dabei, genug für zwei karge Mahlzeiten. Sonja, Michael und Jens trugen die Kleider des zwanzigsten Jahrhunderts weiter in Bündeln mit sich. Sonst hatten sie nichts bei sich außer den restlichen fünf Schlafdecken und den beiden eisernen Waffen: Messer und Axt. Sie hatten diese Sachen eigentlich in Perrar'ti zurücklassen wollen. Das hatte der Rat jedoch nicht gestattet, aus Gründen, die ihnen nicht deutlich geworden waren. "Sie gehören mit auf den Weg des Geistervogels." Mit dieser Erklärung mußten sie sich begnügen.

Nach den Maßstäben der Sonmani bildeten sie eine kärglich bewaffnete Gruppe. Aber alle wußten, daß sie im Herzen der Macht der fünf Ratsfeuer keine Feinde antreffen würden. Und Raubtiere brauchten sie, solange A'kire und Beska den Speer führten, nicht zu fürchten. Sie hatten Angst. Aber es war keine Angst vor Tod oder Verletzung. Es war die Unsicherheit, das Geheimnisvolle, dem sie entgegengingen. Beska und Eri waren bleich und sehr schweigsam. Gegen die Gefahren, die sie fürchteten, konnte man nicht mit Speeren und Pfeilen kämpfen. Beska sagte:

"Das ist einer der Wege, die man nur einmal geht. Und man hat den Mut, sie zu gehen, nur weil man weiß, daß man sie gehen wird. Jens, Geistervogel, wenn ich damals im Frühling zwischen den blühenden Traubenkirschen, als ich dich zum erstenmal sah, geahnt hätte, was du mir antun würdest, ich wäre weit weg geflüchtet. Aber ich habe nichts davon geahnt. Ich habe nur gespürt, daß es andere und geheimnisvollere Wege gibt als die, die ich kannte. Und jetzt gehe ich mit dir zum Auge der Unterwelt. Es ist gut, nicht zu wissen, was uns dort erwartet."

Jens legte Beska den Arm flüchtig um die Schulter und nahm Eri bei der Hand. Es war erstaunlich, wie seine Nähe den beiden Mut zu geben schien.

"Ich vertraue auf die Güte des Himmelsgottes. Es ist richtig, daß wir alle sehr seltsame Wege gegangen sind. Es waren schmerzliche Wege, und es tut mir leid, daß ich daran beteiligt war. Aber es ist nicht richtig, wenn wir nur Angst haben. Die Angst ist verständlich, aber wir sollten auch Hoffnung haben. Auf jeden Fall freue ich mich, daß wir zusammen sind, egal, wie der Weg aussieht, den wir gehen."

"Du fängst langsam an, wie der verstorbene Iska zu sprechen. Wenn du noch einige Zeit bei uns bist, wirst du sein wie er", sagte Eri zu Jens. Der Sinn der Sonmani für derben Humor brach ganz unerwartet aus ihr hervor:

"Aber überlege es dir, ob du wirklich wie Iska werden willst. Er nahm sich nie eine Frau. Die meisten Priester heiraten, aber zu Iska gehörte das Alleinsein irgendwie dazu. Überlege dir das gut. Und du auch!" redete sie weiter, indem sie Beska einen Schubs gab. "Willst du wie Iska werden?"

Beska ging auf ihren Ton ein. Er empfand, genau wie das Mädchen, die kleine Kabbelei als Erleichterung. Was ihm vor zwei Tagen ungeheuer bedrückend und ernst erschienen war, seine Liebe zu Eri, sah im Licht der Erfahrungen in Perrar'ti fast normal und heimelig aus.

“Ich werde nicht überlegen, ob ich in allen Dingen wie Iska werden will! Wahrscheinlich zwingst du mich sowieso dazu. Warum soll ich dann Kraft beim Nachdenken verschwenden? Ich gebe diese Macht in deine Hände, ist das nicht etwas? Du kannst bestimmen, ob ich wie Iska werde oder nicht. Suche mir eine Frau aus, falls wir dazu noch einmal kommen. Die Frau, die du aussuchst, werde ich heiraten.”

Beska hatte den Spieß umgedreht und Eri an einer empfindlichen Stelle erwischt. Sie wandte sich ein wenig schmollend an Jens.

“Er macht sich lustig über mich. Ich soll ihm eine Frau aussuchen! Soll ich für dich auch eine Frau aussuchen? Habe ich freie Hand?”

Jens umging die heikle Frage: “Was machst du, wenn die anderen Frauen nicht wollen? Preist du uns dann an? Erzähle doch einmal, wie du unsere Vorzüge darstellen würdest. Wie hört sich die Werbung für Beska an, den besten Jungpriester der Sonmani? Und wie die für den fremden und einsamen Geistervogel, der nicht einmal einen Fisch für seine Frau aus dem Strom spießen kann?”

Beska grinste. Wie er hatte auch Jens Eris Scherz gegen sie gekehrt. Aber die war nicht auf den Mund gefallen. Sie erklärte sogleich in allen Einzelheiten, was jedes Mädchen von Jens und Beska wissen müsse, wenn sie nach der Hochzeit nicht enttäuscht werden wolle. Ihre Darstellung der Schwächen beider junger Männer war sehr vergnüglich. Jens konnte nicht allem folgen, da manche Witze über seine Sprachfähigkeiten hinausgingen. Aber er verstand genug, um sich zu amüsieren. Sie vergaßen beinahe die Bedrückung, die den Abmarsch begleitet hatte. Auch Sonja und Michael hörten zu. Mit einem kleinen Stich empfand Sonja zum erstenmal, daß Eri mit ihren beiden Verehrern spielte. Das war sonst nicht ihre Art gewesen. Jetzt schien sie beide zu locken und beide auf Distanz zu halten. Aber warum machte sie, Sonja, das unwillig? Schließlich war jetzt nicht der Moment, in einer Liebesaffäre eine Entscheidung zu treffen. Und sie selbst? Sie hatte in den letzten beiden Tagen, seit der Entführung durch die Axtleute, keinen Moment mit Michael allein verbracht. Sie hatte kaum Zeit gehabt, an ihn zu denken. Er nahm es wohl nicht übel. Schließlich war genug los gewesen. Und immerhin lenkten solche Gedanken ab, ab von der Ungewißheit dieser merkwürdigen Wanderung. Sie entschloß sich, ihre Gefühle in Ruhe zu lassen.

Aber mit ihren Überlegungen tat sie Eri ein wenig Unrecht. Eri empfand plötzlich eine größere Distanz zu Jens, das hatte Sonja richtig bemerkt. Der wirkliche Grund lag aber in der Veränderung, die mit Jens vorging. Er war für Eri nicht mehr der stille, sanfte Fremde, zu dem sie eine Mischung aus Stolz, Verliebtheit und Mitleid hinzog. Er war der Geistervogel, immer noch ein Schutz und eine Hilfe, aber auch ein wenig furchteinflößend. Mit diesem Gefühl schlug Eri sich auf ihre Art herum. Daß Sonja sie nicht verstehen konnte, lag daran, daß Jens bei ihr keine ähnlichen Empfindungen weckte - wenn er auch, wie sie geschickt vor sich selbst verbarg, sehr wohl Gefühle anderer Art in ihr wachrief. Er war ganz anders geworden. Nicht nur bestimmter und überlegter. Er schien manchmal auch mehr von dem zu verstehen, was vorging. Aber das Numinose, das sie alle bedrängte, hing für Sonja nicht an Jens. Es hing in der Luft, über ihrer ganzen Wanderung. Fast hätte Sonja wie die Sonmani gesagt: Es ist viel "Krom" im Spiel bei dieser Reise. Das ja, aber nicht bei Jens oder sonst jemandem. Einfach so, ungreifbar, unerklärbar. Jens und Beska hatten recht, daß sie sich von Eri ablenken ließen.

Michael verfolgte ähnliche Gedanken wie Sonja.

"Eri ist immer noch unsicher, die Kleine. So sicher war sie wohl nie, daß Jens etwas auf Dauer ist. Sie ist in ihn verliebt, kein Zweifel. Ich sollte die Symptome kennen. Und an ihnen hat sich in den letzten zehntausend Jahren wahrhaftig nicht viel geändert. Aber sie hängt auch an Beska. Was für eine Verwirrung! Ob ich wohl Sonja etwas bedeute? Ich bin auch nicht sicher, ob es bei ihr über Verliebtheit hinausgeht. Sie hat sich verändert, seit der Sache mit den Axtleuten. Sie merkt es selbst wohl noch gar nicht. Aber ich merke es. Wenn die verdammten Psychologen recht haben - was ich nicht hoffe - dann bedeutet das, daß ich sie mehr liebe als sie mich. Was sie wohl so erschüttert hat? Aber diese Grübeleien bringen jetzt nichts."

Michael lag mit seinen Gedanken nicht weit von der Wahrheit entfernt. Sonja hatte erlebt, wie schrecklich bedroht die menschliche

Existenz ist, wie schnell und gründlich das Gute zerstört, das Leben erstickt werden kann. Und sie hatte erlebt, daß sie selbst in die Dunkelheit des Lebens verwickelt war, daß sie mit zerstörte und mit haßte. Das Leben sah für sie plötzlich ganz anders aus, viel kostbarer, aber auch viel schutzbedürftiger, viel vorläufiger. Was war wichtig, was unwichtig? Wo gab es Hilfe, wo gab es Schutz? Wie können wir es aushalten, ständig am Rand eines Abgrunds zu wandern? Fragen, die Sonja noch gar nicht bewußt stellte, begannen in ihr zu leben und zu wirken. Das machte Michael unsicher. Er fühlte, daß die Beziehung zu der früheren Sonja ihm entglitt. Er staunte darüber, wie wenig ihm die Unsicherheit ausmachte. Woher kam nur plötzlich diese Geduld und diese Ruhe, die er gar nicht an sich kannte? Mit der Wanderung zum Auge der Unterwelt war es genauso. Er sagte sich, daß es eigentlich absurd sei, nur auf dunkle Seherspruche und Träume hin tagelang durch unwegsames Gebirge zu hetzen. Aber daß er sich das sagte, war nicht mehr so wichtig wie früher. Seine Meinung war überhaupt nicht mehr so wichtig. Warum nicht mit A'kire und Beska, Eri und Sonja und Jens durch den steinzeitlichen Schwarzwald stapfen? Wußte er vielleicht etwas Besseres? Konnte er sich eine bessere Begleitung vorstellen? Ganz sicher nicht. Was waren doch diese Typen liebenswert, sogar zu bewundern. Denn immerhin glaubten die drei Sonmani an die übernatürlichen Mächte, denen sie entgegengingen. Wenn er daran glauben würde, wäre er so mutig wie sie? Es gab genug, wovor er Angst hatte, weiß Gott. Nur vor dem Übernatürlichen nicht - vor Gott nicht. Wie leicht man dieses Wort benutzte! Wer hatte schon vor Gott Angst... Der seltsame Gedanke brannte in Michael und ließ ihn nicht mehr los. Konnte es, absurderweise, tatsächlich sein, daß die Sonmani mit ihrem Geister- und Magieglauben etwas von der Welt ahnten, das ihm bisher entgangen war? Man konnte so leicht vor den falschen Dingen Angst haben...

A'kire schritt der Gruppe, scheinbar in Gedanken versunken, einige Schritte voran. Sie trauten ihm auch am ehesten zu, den Weg zu finden. Vor ihnen brachen breite Bahnen des weißen Tageslichts durch die Baumkronen. Sie näherten sich der Stelle, an der der Bach sich verbreiterte und über eine große Felsplatte floß. Hier hatte gestern einer der Weisen auf sie gewartet. Riesige Felsbrocken, gerundet von der Arbeit des Wassers, lagen ringsum verstreut. A'kire zögerte einen Moment, bevor er aus der Dämmerung des Waldes hinaustrat. Er ließ die übrigen herankommen.

"Seid einen Moment leise", sagte er zu Beska, Eri und Jens. Er lauschte aufmerksam, und Beska tat es ihm nach. Aber nur das laute Rauschen des heiligen Bachs war zu hören. Über ihnen im Geäst zirpten kleine, schwarzweiße Meisen, während sie an den dünnen Zweigenden herumturnten. Jens erkannte sie an dem auffälligen, pfenniggroßen weißen Nackenfleck als Tannenmeisen. Wie alle Tiere im Tal von Perrar'ti, zeigten die Vögelchen wenig Angst vor den Menschen.

Aber als A'kire schließlich in die Helle der offenen Fläche hinaustrat, störte er eine Wasseramsel auf. Mit raschem, pfeilgeradem Flug flüchtete der Vogel bachaufwärts, über die Lichtung hinweg. Jens mochte diese seltsamen Singvögel, die in Gebirgsbächen nach Wasserinsekten tauchen, besonders gern. Schon in seiner Studentenzeit hatte er sie gelegentlich an den Schwarzwaldbächen beobachten können. Wie immer, flog auch diese Wasseramsel so niedrig über dem Bachbett, daß sie das Wasser fast zu streifen schien. Am gegenüberliegenden Waldrand bog der Vogel scharf nach rechts ab und setzte sich auf der anderen Talseite auf einen großen Stein. Trotz der Entfernung konnte Jens das typische Knicksen der Wasseramseln erkennen. Der auffällige, weiße Brustfleck hob sich deutlich vom Braunrot der Felsen ab.

A'kire hob die Hand und hielt seine Gefährten zurück. "Wir werden etwas zum Berg hin ausweichen. Haltet scharf Ausschau. Laßt Beska und mich vorangehen. Nimm du den Bogen von der Schulter, Beska. Speer und Pfeil sind zusammen besser als zwei Speere. Halte ihm seinen Speer, Jens. Auf jetzt, vorwärts!"

"Was ist los?" fragte Beska zurück, leise, fast flüsternd. A'kire blickte ihn erstaunt an.

"Hast du die Wasseramsel nicht gesehen? Sie ist dort am Waldrand auf ein Tier oder einen Menschen gestoßen und ist ihm ausgewichen. Irgend etwas verbirgt sich dort. Kein Raubvogel oder Marder - dann würde die Wasseramsel laut warnen. Etwas, dem sie nicht zu nahe kommen will, vor dem sie sich aber nicht besonders fürchtet. Wahrscheinlich ein Mensch."

Beska und Eri, denen die Reaktion des Vogels tatsächlich entgangen war, verstanden A'kire nun. Aber der alte Krieger hatte offenbar schon vorher eine Ahnung gehabt. Die drei anderen hatten die Wasseramsel wohl fliegen sehen. Besonders Jens hatte ihr sogar aufmerksam nachgeblickt. Aber wie üblich war ihm die plötzliche Kehrtwendung nicht aufgefallen. Sie würden es nie zu der Waldläuferkunst der Sonmani bringen, das stand fest. Gehorsam hielten sie sich hinter Beska und A'kire, der die Gruppe ein Stück den bewaldeten Hang hinaufführte, wobei er den Waldrand immer im Blick behielt. Dann suchten sie sich vorsichtig einen Weg zwischen den Bäumen talaufwärts.

A'kire wollte nicht zu nahe an der verdächtigen Stelle am Bach vorbeikommen, sie aber auch nicht so weit umgehen, daß sie aus dem Blickfeld geriet. Er ging langsam, fast geräuschlos. Er wählte ihren Weg meisterhaft aus. Beska hielt unmittelbar hinter ihm den Bogen schußbereit. Was immer vor ihnen lauerte, es zeigte sich nicht. Sie hörten jedoch auch keine Geräusche, die auf eine Flucht hingedeutet hätten. Jens trug Beskas Speer mit der scharf geschliffenen Knochenspitze. Michael zog die Axt aus dem Gürtel. Sonja und Eri hielten sich hinter den bewaffneten Männern.

Als sich noch immer niemand zeigte, führte A'kire die Gruppe näher an die, wie sie nun sahen, einzigen möglichen Verstecke heran: Zwei große Felsbrocken auf ihrer Seite des Bachufers. Es hatte keinen Sinn, einen Feind oder ein Raubtier versteckt im Rücken zu haben. Als die Felsen etwa fünfzehn Meter entfernt waren, standen sie wieder im hellen Tageslicht. A'kire rief hinüber:

"Wer ist dort? Komm heraus, Grittas Tochter hat dich an mich verraten! Wir wissen, daß sich jemand dort versteckt! Sollen wir dich wie ein Kaninchen aus dem Loch ziehen?"

Er hoffte, daß seine laute Stimme ein Raubtier vertreiben oder mindestens zu einer Reaktion reizen würde. Aber es war kein Raubtier am Bachufer versteckt. Mit einem Satz schnellte ein junger Mann hinter den Felsen hervor, zwei lange Speere in den Händen, das Gesicht verzerrt von Haß und Wut.

“Harka!” schrien Eri und Sonja gleichzeitig auf. Harka, der Bär, der Halbbruder Beskas, hatte sie am heiligen Bach von Perrar'ti belauert. Seine Absicht war klar: Ein Sonmani trug nur dann zwei Speere mit sich, wenn er den einen in seinem toten Feind zurücklassen wollte. Aber die Vorsicht A'kires hatte seine Absicht durchkreuzt. Nun konnte er den Speer nicht mehr aus dem Hinterhalt schleudern. Es blieb ihm nur die Flucht oder der offene Angriff. Und er wählte den Angriff. Aber Beska hob den gespannten Bogen. Der Pfeil lag ruhig auf der Sehne.

“Ein Schritt weiter, Harka, und ich schieße!” Beskas Stimme klang hart wie Stein. A'kire hatte den Speer erhoben. Er stand in der Haltung des Fechters. A'kires Überlegenheit, die er gut kannte, seine Hilflosigkeit angesichts des gespannten Bogens, machten Harka rasend.

“Du stirbst, Beska, jetzt oder später! Für dich ist der Speer bestimmt, und dich findet er! Du hast mein Ansehen in den Schmutz gezogen! Deinetwegen lachen sogar die Kinder im Dorf über mich! Du hast mich seit unserer Kindheit gehaßt! Ohne dich wäre ich Häuptling, solange du lebst, bin ich nichts. Täusche dich nicht: Meine Rache wird dich finden, Beska, schmutziger Bruder des verächtlichen Fischadlers, der am Stromufer Frösche fängt! Der Bär wird dich zerschmettern! Und Eri nehme ich mit Gewalt, oder sie stirbt mit dir! Ich lasse mir mein Eigentum nicht von einem Froschfresser rauben!”

Die Leidenschaft des Hasses, den Harka ihm entgegenspuckte, überraschte und verwirrte Beska. Daß es so schlimm stand, hatte er nicht geahnt. Allerdings wußte er auch nicht, was in den letzten beiden Tagen unter den Dorfleuten geschehen war. Er hatte das Gefühl, daß alle Worte vergeblich seien. Trotzdem sagte er:

“Wenn du mich tötest, bist du ein Brudermörder. Und der Brudermörder liefert sich selbst den dunkelsten Dämonen der Unterwelt aus. Wenn du mich zwingst, dich zu erschießen, dann bin ich ein Brudermörder. Dann fällt dieses Schicksal auf mich. Ich will kein Brudermörder sein. Du kannst noch zurück, Harka!”

Harka antwortete mit einem gemeinen Schimpfwort.

“Predige nur! Du warst immer gut im Predigen! Ich fürchte die

Dämonen der Unterwelt nicht. Viel mehr fürchte ich den Dämonen der Rache, der mich gepackt hat. Den vertreibe ich mit deinem Blut, auch wenn es das Blut einer ängstlichen Waldmaus ist."

Drohend schüttelte Harka die beiden Speere, die er in den Händen trug. A'kire unterbrach ihn:

"Beska, schieß nicht. Ich werde ihn entwaffnen. Ich habe ihm den Speertanz beigebracht, und ich wollte, ich hätte es nicht getan! Aber ich kenne ihn, die Art, wie er ficht, fast wie mich selbst. Harka, du machst große Worte! Komm und zeige deinen Mut bei mir! Ich fordere dich heraus, zwei Speere gegen einen Speer!"

Harka wandte sich A'kire zu. Er schien auf die Herausforderung eingehen zu wollen.

"Wenn Beska den Bogen senkt, dann kannst du kommen, zahnloser Wolf! Ich will nicht einen Pfeil im Rücken spüren, wenn ich dir das Fell abziehe."

A'kire lachte spöttisch, aber seine Augen blieben hellwach. Er hielt es nicht für nötig, etwas auf die leere Drohung Harkas zu erwidern. Beska senkte den Bogen, ließ aber den Pfeil auf der Sehne. Jens und Michael lockerten den verkrampften Griff um Speer und Axt. Sie vertrauten A'kire. Wenn er sagte, er würde Harka entwaffnen, dann würde er es auch tun. Der entsetzliche Brudermord, der sich vor ihren Augen angebahnt hatte, konnte vielleicht noch vermieden werden.

Harka trat einen Schritt auf A'kire zu. Aber er wollte nicht fechten. Er griff zu einer letzten, verzweifelten List. Noch im Vorwärtsschreiten hob er blitzschnell den Speer und schleuderte ihn nach Beska. Die Entfernung betrug nur wenige Meter. Trotzdem wich Beska gedankenschnell aus. Ebenso schnell reagierte A'kire, der etwas geahnt haben mochte. Er trat vor Beska. Sein Speerschaft traf die Waffe Harkas im Flug und schleuderte sie krachend beiseite. Aber Harka hatte damit gerechnet, daß Beska dem ersten Speer ausweichen würde. Sein zweiter Speer flog sofort hinter dem ersten her, und er hätte Beska sicherlich getroffen. Aber vor Beska stand A'kire, der Wolf. Die spannenlange, geschliffene Knochenspitze bohrte sich tief in seine Brust. Alle schrien vor Entsetzen auf. A'kire wankte vorwärts, stöhnte laut und stürzte.

Das Wasser von Perrar'ti überspülte ihn und trug rote Wolken mit sich fort.

Michael warf die Axt von sich und rannte zum Bach, wo A'kire lag. Der alte Krieger stöhnte noch immer und wand sich in Krämpfen, aber das Blut floß ihm nicht nur aus der Brust, sondern bereits aus dem Mund. Beska hob den Bogen, der Pfeil zeigte auf Harka. Und diesmal zitterte die Spitze, weil die Hände zitterten, die den Bogen hielten. Die starke Sehne war zum Zerreißen gespannt.

"Schieß nicht, Beska!" schrie Eri. "Er ist verflucht, verflucht, verflucht! Ziehe den Fluch nicht auf dich!"

Beska schoß nicht, aber seine Hände krampften sich schmerzhaft um das Bogenholz. Er konnte nichts sagen, sich nicht rühren, sonst hätte er Harka den Pfeil ins Herz gejagt. Jens handelte fast ebenso schnell wie Michael. Er konnte nicht töten, selbst jetzt nicht. Er drehte Beskas Speer um, schwang den hölzernen Schaft über dem Kopf und stürzte auf Harka zu. Er wollte den waffenlosen Mann einfach niederschlagen. Aber sein Angriff weckte Harka aus der momentanen Starre, in die ihn die Ereignisse versetzt hatten. Noch einmal schrie er voller Haß auf, dann drehte er sich um und rannte wie ein gehetztes Wild den Abhang hinauf, nach Westen, in Richtung des Stromtals. Das gab Beska die Stimme wieder. Er schrie:

"Verflucht bist du! Geh und sei verflucht! Mörder des Dorfgenossen, sei verflucht! A'kire, mein Vater, warum mußtest du für mich sterben?"

Und Beska warf den Bogen von sich und rannte zu Michael, der sich vergeblich um A'kire bemühte. In seiner Brust stak immer noch der Speer. Michael hielt den Schaft fest und bemühte sich gleichzeitig, A'kires Kopf über das Wasser zu heben.

"Eine große Ader ist verletzt. Die Lunge auch. Wenn wir den Speer herausziehen, stirbt er wahrscheinlich noch schneller. Wir können nichts tun. Er verblutet innerlich. Und in die Lunge kommt auch Blut. Er erstickt. Oh Gott, oh Gott!"

Beska setzte sich in den Bach und hob A'kires Kopf auf seinen Schoß. Blut und Wasser tropfte von seinen Armen. Auch die anderen standen nun um den Sterbenden herum, entsetzt, weinend, hilflos. Es war, als hätte A'kire Michaels Worte verstanden. Seine Zuckungen hörten auf. Die beiden Hände schlossen sich um den Speerschaft. Zum letzten Mal faßte A'kire, der Wolf, der berühmteste unter den Speermännern, den tödlichen Speer. Er riß die Klinge mit einem kräftigen Ruck aus der Brust und schleuderte die Waffe von sich. Ein Blutstrom quoll aus der offenen Wunde. Die Hände sanken schlaff herab. Blut floß aus dem Mund, aber über die verzerrten Züge breitete sich Ruhe aus. A'kire, der Wolf, war tot. Sein Blut mischte sich mit dem heiligen Wasser, und der Bach trug es fort.

Minutenlang standen die fünf überlebenden Wanderer um den Leichnahm herum, keines Wortes und keiner Tat mehr fähig. Sogar Harka hatten sie fast vergessen. Michael wurde sich plötzlich bewußt, daß er ständig Wasser schöpfte, um A'kires Gesicht reinzuwaschen. Er hörte nicht auf damit, sondern goß das klare Wasser über das plötzlich bleiche und eingesunkende Gesicht, bis alle Blutspuren beseitigt waren. Auch aus der Brustwunde floß kein Blut mehr. A'kire lag still wie ein Schlafender. Wäre das Gesicht nicht das Gesicht eines Toten gewesen, der Überfall hätte keine sichtbaren Spuren zurückgelassen.

Schließlich kam es ihnen nicht mehr richtig vor, den Toten im Bach liegen zu lassen. Gemeinsam trugen sie den Leichnam ans Ufer und lehnten ihn in sitzender Stellung an einen Felsen. Jens rannte los, um aus Perrar'ti Hilfe zu holen. Beska und Michael blieben als Schutz für die beiden Frauen zurück. Es fiel ihnen ein, daß Harka wahrscheinlich Pfeil und Bogen irgendwo versteckt zurückgelassen hatte. Es könnte ihm einfallen, zurückzukommen und seinen Mordanschlag auf Beska zu wiederholen. Darum hielten sie scharf Ausschau. Aber nichts regte sich im Tal von Perrar'ti. Nur die Wasseramsel flog den Bach auf und ab. Leid und Tod der Menschen kümmerte sie nicht. Sonja und Eri weinten leise. Niemand sprach. So fand Jens seine Gefährten vor, als er wieder auf der Lichtung eintraf.

Nur wenig hinter ihm folgten einige der Weisen. Das "Haupt" war unter ihnen, und, zum Erstaunen der Wanderer, die "Klinge". Sie brachten eine einfache Bahre mit. Das "Haupt" sprach die von der Höflichkeit vorgeschriebenen Worte des Beileids und Trostes. Dann übernahm er es, alle nötigen Entscheidungen zu treffen:

A'kire sollte unter den Weisen, am Rand der Lichtung der Sonnengöttin, seine letzte Ruhe finden. Dort würde sich seine Kraft mit der Kraft vieler anderer großer Toter vereinen, zum Wohl des heiligen Ortes und aller Sonmani. Aber die übrigen mußten weitergehen, auch ohne A'kire. Ihr Ziel lag am Auge der Unterwelt. Sie mußten Abschied nehmen, jetzt und hier. Die dunklen Mächte wollten die Reise verhindern. Zu diesem Zweck hatten sie Harka benutzt, der sich durch seinen Haß in die Macht böser Geister gegeben hatte. Umsomehr mußten sie gehen. Sie würden sicher sein, da die Dämonen nun ihr Opfer gefunden hatten. Ihre Macht war dahin, seit A'kires Blut den heiligen Bach hinabgeflossen war. Aber sie durften dieses Opfer nicht mißachten. Sie mußten sich auf die Reise machen.

All dies erklärte ihnen das "Haupt", ohne Hast, aber mit großer Entschiedenheit. Trotzdem fiel ihnen der Aufbruch schwer. Beska stimmte ein Totenlied an. Tränen liefen ihm über das Gesicht, als der Körper A'kires davongetragen wurde. Auch die Frauen weinten wieder, Jens und Michael ebenso. Der Abschied war bitter, schrecklich bitter. Die Weisen verschwanden zwischen den Stämmen der heiligen Tannen. In ihrer Mitte trugen sie die Bahre. Der Speer mit der Jadeklinge lag neben der Leiche. Auch die beiden Speere Harkas nahmen die Weisen mit, obwohl die Spitze der ersten, fehlgegangenen Waffe an einem Felsbrocken zersplittert war. Sogar die Stücke hatten sie sorgfältig eingesammelt. Nun war niemand mehr von den Trägern zu sehen. Nur das "Haupt" und die "Klinge" blieben zurück. Das "Haupt" versuchte sie zu ermutigen, so gut es ging.

"A'kire ahnte seinen Tod voraus. Wißt ihr nicht mehr, daß er seinen Traum heute morgen verschwieg? Sicherlich haben die Götter ihm seinen Tod angekündigt, damit er mit festem Herzen seinen letzten Weg gehen konnte. Hätte er wählen dürfen, hätte er sich nicht einen solchen Tod gewünscht? Jetzt seid ihr voller Trauer, aber später werdet ihr ebenso denken, glaubt mir. Wir werden den Jadespeer seinem Neffen übergeben, dem ältesten Sohn seiner Schwester. Er ist ein guter Jäger und alt genug, um das Erbe des Wolf-Clans weiterzuführen. Wir werden seiner Frau, die er liebte, berichten, wie tapfer und treu ihr Mann gestorben ist. Sie wird keine Not leiden."

Sonja löste die Silberkette von ihrem Hals, die sie seit dem Kampf auf der Halbinsel wieder trug. Die Dorfleute hatten dem gefallenen Axtmann seine Beute abgenommen.

"Bitte, laß auch die Kette an A'kires Frau übergeben, als Zeichen unserer Trauer und unserer Dankbarkeit. Ich habe nichts anderes, was ich geben könnte."

Und Sonja brach wieder in Tränen aus. A'kires Frau, rundlich, lebhaft und stets freundlich, hatte ihr mit vielen Kleinigkeiten geholfen. Sie hatte für sie alle genäht, gekocht und getöpfert, und sie unzählige Male aufgemuntert. Und jetzt hatten sie den Mann, den sie liebte, in den Tod geführt. So war es immer. Wieviel Leid und Tod hatten sie mit sich gebracht! Sie hatten keinen Grund, stolz auf sich zu sein, wirklich nicht! Die innere Wunde, die kaum vernarbt war, brach bei Sonja wieder auf. Was sie in dem grauenhaften Moment empfunden hatte, als Eri vor ihren Augen dem Ertrinken überlassen wurde, das flutete jetzt in ihre Seele zurück. Trauer, Verzweiflung, Haß auf die Menschen und auf sich selbst - was gab es schon anderes zu tun, als zu weinen?

Das "Haupt" nahm die Kette an sich und versprach, daß sie zusammen mit der schrecklichen Nachricht überbracht werden würde. Er wunderte sich über die großzügige Gabe. Aber er sah, daß Sonja nicht in der Stimmung für Erklärungen war. Michael fragte ihn, warum sie auch die Speere Harkas mitgenommen hatten. Auch diese würden in das Dorf gebracht werden, erklärte das "Haupt". Dort würden sie anstelle des schuldigen Mannes am Ratsfeuer verurteilt werden. Der Rat würde die Waffen zerbrechen und in das Feuer schleudern. Sie würden verbrennen, so wie die Bande zu dem Mörder verbrennen würden. Dabei sollte jeder Splitter verbrannt werden. Und vor allem durfte, soweit möglich, kein Splitter der fluchbeladenen Mordwaffen im heiligen Tal zurückbleiben. Darum hatten die Weisen so sorgfältig nachgesucht und alle Teile mitgenommen.

“Ihr braucht euch um den Mörder nicht mehr zu kümmern. Ich habe einige aus unserem Orden ausgeschickt, damit sie seine Spur aufnehmen und ihr folgen. Sie sollen ihn nicht fangen. Das ist nicht Aufgabe der Weisen, und sie führen keine Waffen. Aber sie werden verhindern, daß er weiteren Schaden anrichtet, indem sie die Dörfer warnen, in deren Nähe er kommt. Er weiß, daß er nun ein Verbannter ist. Er wird versuchen, zu den Seestämmen zu flüchten. Vielleicht sogar zu den Axtleuten, falls er ihre Sprache ein wenig spricht. Wahrscheinlich wird es ihm nicht gelingen. Aber selbst wenn er uns entkommt, werden die Dämonen der Unterwelt ihn finden. Er gehört ihnen, und sie lassen ihre Beute nicht los. Den Weg zum Auge der Unterwelt wird er auf keinen Fall einschlagen. Und selbst wenn er es tut, werden die Weisen euch warnen. Aber jetzt müßt ihr gehen. Ihr könnt den See noch erreichen, solange es Tag ist. Beska wird euch führen.”

So machten sie sich zögernd, mit wehem Herzen, zum Aufbruch fertig. Niemand sah mehr einen Sinn in der Wanderung. Aber niemand hatte genug Energie, die Pläne zu ändern und dem “Haupt” zu widersprechen. Nur die “Klinge” wagte es, sie noch aufzuhalten. Der alte Mann hatte die ganze Zeit geschwiegen, aber jetzt zog er Jens einige Schritte zur Seite. Das “Haupt” winkte er ungeduldig fort. Er wollte mit Jens allein und unbelauscht sprechen.

“Ich habe eine Bitte an dich, Geistervogel”, sagte er. “Ich möchte, daß du etwas auf die Reise mitnimmst, was ich dir geben werde.”

Und heimlich, so als dürfte das “Haupt” ihn nicht sehen, zog die “Klinge” eine Halskette aus einer Tasche seines Lederumhangs. Getrennt durch kleine Knochenperlen waren die geschliffenen und polierten Eckzähne eines Raubtiers sorgfältig auf einen Lederstreifen gezogen worden. Mindestens zwölf der spitzen, drohenden Zähne hatte irgend ein unbekannter Kunsthandwerker benutzt, um diese - in den Augen der Sonmani recht wertvolle - Halskette herzustellen.

“Die Kette gehört mir, sie ist mein Clanzeichen. Bevor ich zu dem Orden stieß, war ich A’teka, der Wolf, ein Clanbruder A’kires bei den Sonmani jenseits des großen Stroms. Ich war bekannt als großer Jäger und Priester, als jemand, der die Wege des Wilds im voraus kennt und alle Klugheit der Tierbrüder zunichte macht. Beska würde meinen alten Namen kennen, aber du darfst ihn ihm nicht sagen. Du darfst ihm auch die Kette nicht zeigen. Wer in den Orden eintritt, legt seinen Clan ab und benutzt seinen Namen nicht mehr. Aber heute habe ich die Kette hervorgeholt, gegen alle Sitten der Weisen. Als ich hörte, daß A'kire am heiligen Bach selbst ermordet wurde, da nahm ich mir vor, dir die Kette zu bringen. Du sollst sie mitnehmen zum Auge der Unterwelt, du sollst auch meinen Namen mitnehmen: A'teka, der Wolf, von den Sonmani, die Klinge der Weisen aus Perrar'ti. Vergiß den Namen nicht, dann werde ich selbst im Geist bei euch sein."

Jens war von der unerwarteten Bitte verwirrt.

"Ich werde gerne tun, was du sagst. Aber was soll ich mit der Kette machen, wenn wir am Auge der Unterwelt angekommen sind? Kannst du mir deine Gründe erklären? Dann wäre ich vielleicht besser dazu imstande, deinen Willen zu vollziehen?"

Die "Klinge" antwortete:

"Ich kann dir nicht sagen, was du tun sollst, weil ich nicht weiß, was euch am Auge der Unterwelt erwartet. Ich bin kein Seher, bedenke das! Und der größte Seher der Sonmani konnte nicht ertragen, was es von eurer Reise zu sehen gab. Stecke die Kette ein, denke an meinen Namen und daran, daß ich selbst bei euch bin! Du wirst wissen, was zu tun ist, wenn es soweit ist!"

Er drängte Jens die Kette in die Hand. Dieser verstaute das Schmuckstück in einer Tasche seines Parkas. Den Namen konnte er sich leicht merken. Ateka hieß auch die Hauptperson in mehreren der vielen Tierlegenden der Sonmani. Sie hatten diese Legenden über den großen Jäger des Wolf-Clans gut im Kopf, weil sie ihnen besonders gefielen. Jens fragte sich, ob die "Klinge" mehr wußte, als sie zugeben wollte. Aber er täuschte sich. Das, was der seltsame alte Mann wußte, sofern man von einem Wissen überhaupt sprechen konnte, enthielt er ihm nicht vor.

"Viele Jahre lang habe ich als Priester meines Stammes die Wege der Tierbrüder erforscht und wurde sehr klug. Aber dann erschien mir diese Klugheit wertlos, wie die glatte Oberfläche des großen Stroms, die nichts über seinen Lauf und sein Ziel verrät. Ich wurde ein Zauberer, und ich dachte über die Wege der Menschen und Völker nach, über die Wege aller Dinge, die leben. Ich wurde noch weiser, aber die Weisheit erschien mir noch wertloser. Alle Weisheit kann kein Blatt am Ast lebend erhalten, wenn der Herbstwind es herabfegt. Alle Weisheit zeigt, daß die Weisheit nicht das Leben bringt, sondern sich nur nach dem Leben sehnen kann. In Wirklichkeit regiert der Tod alle Dinge. Das Haupt und sein Rat, auch der große Rat der Häuptlinge, sie wollen dem Tod in die Arme fallen. Aber sie sind wie Jäger auf dem großen Strom, die immer wieder die Löcher in ihrem Boot verstopfen, damit es ein wenig langsamer sinkt. Eine hilfreiche Maßnahme hier, ein guter Rat dort - Löcher stopfen, Lecks verkleinern, das Sinken ein wenig verzögern. Vielleicht haben sie sogar recht damit - aber dann wäre es das Schicksal des Menschen, sich vergeblich zu bemühen. Und nicht nur des Menschen - das Schicksal der Tierbrüder, der Geister und aller guten Götter... Tod, Zerstörung, Angst. Das ist es, was die Weisheit lernt, wenn sie die Wege der Welt der Lebendigen wirklich versteht. Und darum bin ich ein böser, alter Mann geworden, weil ich weise genug bin, zu verstehen.

Aber ich bin immer noch unklug genug, mich nach einer Weisheit zu sehnen, die Leben schaffen und nicht nur Löcher stopfen kann. Als der Seher gestern vom Licht sprach, das auf eurem Weg liegt, da wurde diese Sehnsucht in mir immer größer. Eure Träume - ich habe sie nicht verstanden. Aber sie haben die Sehnsucht angefacht wie der Wind ein Reisigfeuer aufflammen läßt. Du trägst das Licht mit dir herum, Geistervogel! Die anderen ebenfalls, aber du besonders! Hast du nicht schon Beska, den Schüler des großen Iska, damit verzaubert? Und Eri, das beste Mädchen unter denen, die bei den Sonmani Mütter werden können? Sie wissen es nicht, aber sie sind verzaubert und würden dir, Geistervogel, überall hin folgen, selbst in die Welt der Geister! Vielleicht rede ich Unsinn. Aber wenn meine Sehnsucht Unsinn ist, dann ist alles, was an mir so klug aussieht, noch viel wertloser, als ich bisher dachte. Ich kann und darf nicht mit euch gehen. Ich wurde nicht gerufen. Aber ich will dabei sein, und du wirst mich mit dir tragen, Geistervogel. Du hast mich ebenfalls schon verzaubert - denke nur nicht, daß ich es nicht bemerken würde. Es ist immer noch die Wahrheit, daß die Weisheit nur den Tod sieht, überall. Aber heute macht mich das nicht böse, heute möchte ich fast darüber lachen! Ist es nicht ein Witz, daß die Klinge der Weisen als letzte Frucht der Weisheit etwas findet, was jedes Kind der Sonmani weiß, wenn es nachts über die dünnen Palisaden des Dorfs in den finsteren Wald schaut? Bekommt das Kind nicht große, ängstliche Augen und fühlt, daß die Sicherheit der Palisaden und Wachen, der Hunde und Krieger eine vorübergehende Täuschung ist? Schlüpft es nicht tief in seine Schlafdecke und hat schlechte Träume? Seine Weisheit ist die Weisheit des weisesten der Sonmani, Geistervogel! Was für einen Zauber hast du auf mich geworfen, daß ich darüber lachen kann?"

Mit tiefer Bewegung hatte Jens zugehört. Am Schluß seiner leidenschaftlichen Rede war die "Klinge" in die gehobene Sprache verfallen, so daß Jens nicht mehr alles verstanden hatte. Aber er wußte jetzt, daß die "Klinge" ihm, dem völlig Fremden, den Kern seiner Persönlichkeit bloßgelegt hatte. Wie um die tiefe Bewegung zu überspielen, die sie beide spürten, winkte die "Klinge" Jens fast ungeduldig fort. Er schloß sich den übrigen Wanderern an, die bereits auf ihn warteten. Beska ging mit Michael voran. Die beiden Frauen folgten ihnen, zum Schluß kam Jens. Sie schauten nicht zurück. Aber während sie gingen, hörte Jens die "Klinge" hinter ihnen ein Totenlied anstimmen. Zumindest gehörten Form und Melodie zu einem Totenlied, obwohl der Text keinen toten Freund beklagte. Die altersrauhe, aber tiefe und klangvolle Stimme begleitete sie zwischen den hohen Stämmen, bis sie weit weg in der Unhörbarkeit versank.

Daß Gott ewig ist, ist das allgemeine Urteil aller mit Vernunft Lebenden. Überlegen wir also, was Ewigkeit ist. Denn sie wird uns zugleich Gottes Wesen und Erkenntnis offenlegen. Ewigkeit ist der ganze zugleich und vollkommene Besitz eines unbegrenzbaren Lebens, was aus dem Vergleich mit dem Zeitlichen noch klarer wird. Denn was in der Zeit lebt, das geht gegenwärtig vom Vergangenen in die Zukunft vorwärts. Und es gibt nichts in die Zeit Gestelltes, was den ganzen Raum seines Lebens in gleicher Weise umfassen könnte, sondern den morgigen hat es noch nicht erfaßt, den gestrigen aber schon verloren; auch im Heute lebt ihr nicht mehr als in jenem beweglichen und vorübergehenden Augenblick. Was also die Bedingungen der Zeit erleidet... ist nicht so beschaffen, daß man es mit Recht für ewig ansehen dürfte. Denn es umfaßt nicht den ganzen Raum des unendlichen Lebens zugleich, sondern hat das Zukünftige noch nicht, das Geschehene nicht mehr. Was also die ganze Fülle des unbegrenzbaren Lebens in gleicher Weise umgreift und besitzt, wem nichts Zukünftiges fern ist und nichts Vergangenes verflossen, das kann mit Recht ewig geheißen werden, und dies muß notwendig seiner mächtig, immer gegenwärtig bei sich sein und die Unendlichkeit der beweglichen Zeit gegenwärtig haben... Da nun ein jedes Urteil seiner Natur gemäß begreift, was ihm unterliegt, Gott aber immer in einem zeitlosen und gegenwärtigen Zustand ist, übersteigt auch sein Wissen eine jede Bewegung der Zeit, bleibt in der Einfachheit seiner Gegenwart, und die unendlichen Räume des Vergangenen und Zukünftigen umfassend, erwägt er alles in seiner einfachen Erkenntnis, als wenn es nun geschehe. Wenn du deshalb sein Voraussehen würdigen willst, mit dem er alles unterscheidet, wirst du dir richtiger vorstellen, daß es kein Vorauswissen gleichsam der Zukunft ist, sondern das Wissen einer niemals erlöschenden Gegenwart.

Trost der Philosophie.
Fünftes Buch Boethius (480 bis 524 nach Christus) 1.

Kapitel

8

I.

Als das "Haupt" gesagt hatte, sie könnten ihr Ziel noch vor Dunkelheit erreichen, hatte der alte Mann weder das Wetter noch die innere Müdigkeit der Wanderer berücksichtigt. Jens, Sonja und Michael mußten sich zu jedem Schritt zwingen. Ein Gefühl der Sinnlosigkeit lähmte ihre Kräfte. Am liebsten hätten sie sich irgendwo verkrochen und geschlafen, um die letzten Stunden für kurze Zeit zu vergessen. Mit Beska und Eri stand es eher noch schlimmer. Zu der Trauer kam bei ihnen die Angst. Sie fürchteten die Mächte und Götter, denen sie entgegengingen. Sie fühlten sich gefangen, durch übermächtige Kraft an ein unausweichliches Schicksal gefesselt. Ohne die drei in ihren Augen unerschütterlichen Begleiter hätten Eri und Beska nicht weitergehen können. Aber sie kamen auch so langsam voran, zu langsam, um das Auge der Unterwelt noch bei Tageslicht zu erreichen.

Eine frühe Dämmerung stand bevor. Graublaue, tiefhängende Wolken schoben sich von Westen her über den Himmel. Die Schwüle nahm immer mehr zu. Später war, wie oft in dieser Jahreszeit, ein Gewitter zu erwarten. Und was das auf der Höhe des Gebirges bedeutete, wußte nur Beska aus eigener Erfahrung. Die Erinnerung daran bedrückte ihn noch mehr. Sie würden entweder gar nicht mehr oder noch langsamer vorankommen, sobald der Regen begann. Sie würden im Wald bleiben müssen, um sich auf dem kahlen Hochmoor nicht den Blitzen auszusetzen. Sie würden irgendwo notdürftig übernachten müssen, mitten im Machtbereich der Gebirgsgeister. Trotzdem drängte Beska die anderen nicht zur Eile. Er konnte einfach nicht, er fühlte sich müde und gleichgültig. Ihr Weg führte immer steiler bergan. Der Pfad wurde undeutlicher. Der heilige Bach von Perrar'ti floß nur noch als Rinnsal zwischen den Wurzeln der Tannen. Felsbrocken waren zu erklimmen, die hier und dort das tiefe Moos durchstießen.

Schließlich mußte Jens Beska bitten, die Führung zu übernehmen. Er konnte den sich windenden Pfad nicht mehr sicher erkennen. Die zunehmende Dämmerung mitten am Nachmittag trug zu seiner Unsicherheit bei. Beska stieg ohne ein Wort voran, Jens folgte ihm. Dann kamen Eri und Sonja und zum Schluß Michael. Keinem war nach einem Gespräch zumute. Das ständige Steigen nahm ihnen den Atem, trotz des langsamen Tempos. Sie hatten bereits die Quelle des Bachs passiert - ein lieblicher, verwunschener Ort, mit feuchtkühlen Moospolstern zwischen braun-roten Felsen und dunklen Fichtenstämmen. In einer anderen Stimmung hätten sie sich dort aufgehalten und aus der sprudelnden Quelle getrunken. So gingen sie stumm vorüber. Der Pfad führte sie weiter bergauf. Der Wald um sie her wurde gleichzeitig niedriger und dichter. Tannen gab es nicht mehr, nur noch zerzauste Fichten, flechtenbewachsene Vogelbeerbäume und weißfleckige Birken. Sie näherten sich jetzt der kahlen Gebirgskuppe, die sie am Vortag im Norden und Osten gesehen hatten. Das Tal von Perrar'ti führte fast genau von Norden nach Süden, und sie waren ihm ständig aufwärts gefolgt. Noch immer hingen die dunklen Wolken zum Greifen nahe über den Bäumen. Einzelne Windstöße bewegten die Wipfel. Beska schlug eine kurze Rast vor.

"Wenn wir weitergehen, führt uns der Pfad auf das Hochmoor hinaus. Wir haben dort keinen Schutz vor dem Regen und vor den Blitzen. Es ist gefährlich, sich im Freien und ohne Dach dem Zorn der Himmelsgeister auszusetzen. Aber wenn wir hierbleiben, erreichen wir das Tal nicht mehr, in dem das Auge der Unterwelt liegt. Dann müssen wir auf der Höhe übernachten. Ich weiß nicht, ob wir weitergehen sollen und hoffen, vor dem Ausbruch des Gewitters wieder den Wald zu erreichen. Was meint ihr?"

Jens und Michael baten Beska, den weiteren Weg zu beschreiben. Wie lange würde er noch dauern? Beska war diesen Weg nie selbst gegangen. Aber für ihn war die Beschreibung, die die Weisen ihm gegeben hatten, ein sicherer Führer. Ein Jäger der Sonmani lernte es, sich anhand von Berichten anderer im Gebirge zurechtzufinden.

“Wenn wir die kahle Höhe erreicht haben - sie heißt Berg des Auerhahns - müssen wir uns nach Osten wenden. Dann führt der Pfad ein kurzes Stück wieder steil hinunter in eine Senke, die den Berg des Auerhahns mit dem Seeberg verbindet. In dieser Senke wächst ein Wald, den wir durchqueren müssen, um über einen flachen Abhang den Seeberg zu ersteigen. Der Pfad teilt sich vorher. Ein Weg führt nach Norden in ein Tal, das schließlich wieder die Stromebene erreicht. Der andere Weg führt nach Osten in ein tiefes Flußtal, in dem niemand wohnt, in dem wir aber oft jagen. Wir selbst müssen genau zwischen den beiden Wegen, also in Richtung Nordosten, den Seeberg ersteigen. Wenn wir seine unbewaldete Höhe erreicht haben, liegt das Auge der Unterwelt tief unter uns in seinem Talkessel. Normalerweise könnten wir in drei Stunden dort sein. Aber wenn wir uns vor dem Regen irgendwohin flüchten müssen, wird es vorher Nacht. Am meisten fürchte ich die blitzeschleudernden Himmelsmächte, wenn das Gewitter losbricht, während wir gerade den Berg des Auerhahns überqueren.”

Michael dachte einen Moment nach.

“Das sieht ja in jedem Fall nach einer ungemütlichen Nacht aus. Selbst wenn wir den See erreichen, müssen wir den Regen wohl im Freien ertragen.”

Beska schüttelte den Kopf.

“Wir werden zumindest noch die Reste einer Hütte finden, die wir einigermaßen abdichten können. Außerdem gibt es dort Felsen, zwischen denen man ein überdachtes Lager aufbauen kann. Wir könnten wenigstens ein Feuer unterhalten. In jedem Wald findet sich eine Fichte, deren Äste so weit herabreichen, daß man sie zu einem Unterschlupf flechten kann. Aber das sollte man tun, bevor das Gewitter beginnt. Wenn wir wollen, können wir einfach hierbleiben.”

Die Aussicht auf eine Nacht im Gewitterregen unter einem grob geflochtenen Fichtendach gefiel Sonja gar nicht. Eine richtige Hütte, selbst eine Ruine, wäre ihr sehr viel lieber gewesen. Sie spürte aber, daß Beska - und wohl auch Eri - das Gewitter gerne möglichst weit weg vom Auge der Unterwelt abgewartet hätten. Für die beiden Sonmani hing das Unwetter und die Drohung der unbekannten magischen Mächte, denen sie entgegengingen, natürlicherweise zusammen. Darum schlug sie einen Kompromiß vor:

"Wie wäre es, wenn wir wenigstens noch den Berg des Auerhahns hinter uns brächten? Dann kommen wir ja wieder in den Wald. Bis dahin sehen wir, ob das Gewitter losbricht und wie heftig es wird. Wenn es sein muß, können wir dann ein Nachtlager bauen."

Insgeheim hoffte Sonja, sie würden, wenn sie einmal so weit gekommen waren, bei jedem Wetter bis zu ihrem Ziel weitergehen. Jens und Michael stimmten ihr zu. Beska war nicht ganz einverstanden. Er wisse genau, daß das Gewitter bald ausbreche. Und heftig seien sie hier oben alle. Aber schließlich fügte er sich. Schließlich hatte der Auftrag des "Hauptes" gelautet, das Auge der Unterwelt noch heute zu erreichen. Also führte er die kleine Gruppe weiter den Berg hinauf.

Sie befanden sich bereits zwischen niedrigen Weidenbüschen und Krüppelkiefern, als heftige Windstöße und schwere Tropfen den Gewitterregen ankündigten. Hastig liefen sie weiter. Der Pfad führte jetzt über ebenen, moorigen, mit hartem Gras bewachsenen Boden. Hin und wieder sanken ihre Lederschuhe in schwarze, feuchte Erde ein. Für das Hochmoor, über das sie eilten, hatten sie kaum einen Blick übrig. Jens erkannte im Vorbeieilen an den trockenen Stellen Felder von Besenheide, an feuchten Orten die weißen Köpfe des Wollgrases. Ganze Felder gelbblühenden Wachtelweizens säumten den Pfad, hin und wieder von den dichten Laubpolstern der Heidelbeeren unterbrochen. Zwischen den Heidelbeerbüschen leuchteten rote Preiselbeeren aus dem dunkelgrünen Laub. Auch die silbrig überhauchten, blaugrünen Blätter der Rauschbeere hoben sich hier und da vom helleren Blattwerk der Heidelbeeren ab. Aber unter dem drohenden, blaugrauen Himmel und im zunehmenden Regen blieb all diese Schönheit unbeachtet. Die immer dichter fallenden Tropfen verursachten auf den kleinen, harten Blättern ein ständiges Rascheln, das sogar ihre Schritte übertönte.

Sie hatten die Bergkuppe schon fast überquert und sahen das flache Waldtal vor sich liegen, das sie vom Seeberg trennte - da holte das Gewitter sie endgültig ein. Plötzlich wurden die Windstöße in ihrem Rücken schneidend kalt. Der Regen fiel wie ein Wasserfall vom Himmel. In wenigen Sekunden waren sie völlig durchnäßt. Ein dahinrollender Donnerschlag wurde unmittelbar von einem Blitz gefolgt, der waagerecht über den Himmel zuckte. Wasser lief ihnen aus den Haaren in die Augen. Regen lief über den ausgetretenen Pfad, so daß der Schlamm bei jedem Schritt an ihnen hochspritzte. Immer wieder barst der Donner vom Himmel, immer wieder tauchten Blitze die Landschaft in ein seltsam weißes Licht. Beska drängte nun mit aller Macht vorwärts. Es ging wieder bergab, die ersten verwetterten Fichten und Birken tauchten hinter den Regenschleiern auf. Dann trafen sie auf einige hohe und dichte Fichtengruppen. Sie wollten sich unterstellen, um dem Regen zu entkommen. Aber Beska ließ es nicht zu. Er schrie sie nahezu an, um sie zum Weiterlaufen zu bringen. Und natürlich hatte er recht. Solche einzelstehenden Bäume suchte der Blitz geradezu. Aber es kostete Überwindung, weiterzustampfen.

Schließlich tauchte links von ihrem Pfad ein geeigneter Schlupfwinkel auf. Eine jüngere Fichte war vom Schnee des letzten Winters halb umgedrückt worden und hatte sich gegen das Geäst eines größeren Baumes gelehnt. Ihre dem Licht zugewandten Äste waren grün und dicht, und unter den ineinander verflochtenen Zweigen war der Waldboden trocken. Nicht einmal Moos wuchs im Schatten der beiden Bäume. Die dürren, bröckelnden Äste beider Fichten reichten weit herab. Beska winkte die Gefährten heran. Er schob sich in den Unterschlupf, wobei er zahlreiche trockene Zweige abbrach. Erschöpft setzte er sich, gegen den dickeren Stamm gelehnt, auf den mit dürren Nadeln bedeckten Waldboden. Die anderen folgten ihm und drängten sich dicht zusammen. Über ihnen rauschte noch immer der Regen herab. Aber nur einzelne große Tropfen durchdrangen das Wipfeldach. Erst jetzt wurde ihnen bewußt, daß sie naß waren und heftig froren.

Jens und Michael packten die Bündel aus, in denen sie ihre alten Kleider mitführten. Sie rieben sich gegenseitig mit den Hemden und Parkas ab und hängten die Lederhemden zum Trocknen auf. Beska und Eri hatten eine seltsame Scheu davor, mit den fremden Kleidungsstücken in Berührung zu kommen. Aber schließlich ließen sie sich überreden. Sonja und Eri trockneten sich gegenseitig. Sonja schlüpfte in Jens Parka, der nicht allzu groß war. Die zierliche Eri bekam Sonjas eigenen blauen Sommermantel. Scheu blickte sie an sich herunter. Sie sah nicht aus wie sie selbst, kaum mehr wie ein Mädchen der Sonmani. Beska wandte sich ab, als könne er den Anblick nicht ertragen. Jens, der ihn abtrocknete, spürte, wie Beska bei der Berührung zitterte. Den Parka Michaels lehnte er ab und legte sich statt dessen eine der Schlafdecken um die Schultern. Jens tat es ihm nach. Sie fühlten sich wieder einigermaßen trocken, aber die innere Beklemmung wich nicht. Eri hielt sich wieder einmal nahe bei Sonja. Beska war in einem Zustand der Verwirrung, den die anderen sich nicht erklären konnten.

Nach und nach hörte der Regen auf. Der Himmel wurde heller. Die Luft wirkte unnatürlich durchsichtig. Weit im Westen rissen die Wolken über dem Berg des Auerhahns auf. Die tiefstehende Sonne strahlte plötzlich unter den Gewitterwolken hervor und tauchte den Wald in goldenes Licht. Überall glitzerten Wassertropfen auf Gräsern und Zweigen. So plötzlich brach das Licht herein, daß sie eine Zeitlang wie geblendet waren. Der Wind wehte nun nicht mehr schneidend kalt, sondern kühl und erfrischend.

Michael schob sich unter den Ästen hervor ins Freie. Er reckte sich und atmete die gereinigte, kühle Luft tief ein.

“Komm, Beska, weiter geht`s! Wir können es immer noch schaffen. Das Gewitter hat nicht lange gedauert.”

Als Beska tatsächlich neben ihn trat, erschrak er. Der junge Priester hatte seine Ruhe und seinen Mut völlig verloren. Er zitterte noch immer und stützte sich auf seinen Speer. Wie abwehrend streckte er die linke Hand der Sonne entgegen. Halb sprach er mit seinen Begleitern, halb schrie er den lichtüberfluteten Gipfeln zu, was ihn bedrückte:

“Ein mächtiger Zauber umgibt uns. Noch nie habe ich solche Kraft gespürt. Nicht einmal, als das Bild des Stromgotts mir nachts im Wald als Fischadler erschien, damals, als ich noch ein Knabe war. Reißt Ech'hige das Gefüge der Welt entzwei wie ein altes Kleid? Ich wage es nicht, die Augen zu schließen und mit dem Innern zu sehen. Sonst geht es mir wie dem Auge der Weisen, den das furchtbare Licht der anderen Welt verwundete. Aber selbst mit offenen Augen sehe und höre ich etwas. Ohne alle Magie dringen die Bilder auf mich ein. Und ich kann gar nichts tun, gar nichts. Alle Macht der Priester und Weisen der Sonmani zählt nichts mehr, sie zählt nichts mehr! Wo sind wir nur?"

Alle drängten sich um Beska und versuchten, ihm durch ihre Nähe Halt zu geben. Weder Jens noch Michael oder Sonja konnten irgend etwas Bedrohliches erkennen. Im Gegenteil, nach der Schwüle und Dämmerung des Nachmittags erschien ihnen die Welt nun irgendwie gereinigt und klar, mehr Heimat als in den Tagen zuvor. Sie baten Beska, er solle erklären, was er sehe oder empfinde, was ihn so sehr ängstige.

"Ich kann es kaum in Worte fassen. Aber irgend etwas hat die Erde der Lebenden im Innersten verändert. Die Welt ist umgewälzt. Es kam, als die Sonne durch die Wolken brach, oder schon vorher. Vielleicht, als der Regen uns hier hinunter in den Wald trieb. Ich weiß es nicht. Aber jetzt, seit die Sonne da ist, bemerke ich es. Wie soll ich es nur beschreiben? Spürt ihr denn gar nichts? Eri, spürst du es nicht? Du bist doch vom Stromvolk! Aber du trägst den Mantel der Fremden, du spürst es nicht. Ich will euch sagen, was ich hinter der Welt sehe:

Es ist wie in den Herbsttagen, in denen das Tal des großen Stroms im Nebel liegt und oben, auf den Bergen, die Sonne scheint. Wenn man dann hinaufsteigt, dann weicht der Nebel langsam zurück. Es sieht aus, als fließe er hinter einem den Berg hinab. Es wird immer heller, das Licht dringt in den Dunst. Und schließlich steht man in der grellen Sonne. Der Nebel liegt unter einem wie ein großer See. Man befindet sich in einer anderen Welt.

Jetzt kommt es mir vor, als habe ich mein ganzes bisheriges Leben im Nebel des Tals verbracht. Und erst heute bin ich hinaufgestiegen - in deiner Spur, Geistervogel - und der Nebel meines früheren Lebens ist dort unten zurückgeblieben. Es ist alles zurückgeblieben, was früher war. Wir sind jetzt im Licht, in einer anderen Welt. Der

Nebel der Welt der Lebenden ist verschwunden. Vielleicht sind wir im Land der Geister, mit dir, dem Geisterboten. Ich habe hier keine Kraft mehr, ich bin hier kein Priester mehr. Ich habe hier keinen Stamm und keinen Clan mehr. Alles ist zu Nebel geworden, alles ist wie Dunst verflogen, alles! Es ist schrecklich, schrecklicher als alles, was ich mir vorstellen konnte! Ich kann nicht weitergehen."

Sie schwiegen beklommen. Der Wald, die Berge, nichts hatte sich sichtbar verändert. Weder Mensch noch Tier zeigte sich. Nur die Wachholderdrosseln nutzten die Abendsonne, um zwischen den Bäumen im feuchten Gras nach Würmern zu suchen. Immer mehr Vogelstimmen klangen von den hohen Fichtenwipfeln herab. Die fünf Gefährten schwiegen noch immer. Sonja legte den Arm um Eri. Schließlich fand Jens die richtigen Worte.

"Du bist immer noch ein Mann und ein Jäger, Beska. Nimm den Speer und zeige uns den Weg. Wir sind zusammen weit gegangen. Jetzt wollen wir bis zum Ziel gehen. Wir wissen noch nicht, was uns erwartet."

Seine Worte hatten eine erstaunliche Wirkung auf Beska. Er sann einen Moment nach, dann faßte er den Speer fester und wandte sich entschlossen nach Osten.

"Du hast recht, Jens. Ich habe es bisher nicht bemerkt. Ich bin ein Mann und ein Jäger und führe den Speer. Das ist geblieben. Und ihr seid geblieben, wir sind zusammen. Bleibt nahe bei mir. Ich brauche euch."

2.

Mitten im Wald trafen sie auf die Stelle, an dem der Pfad sich teilte. Wie sie gehört hatten, führte der eine Weg nach Norden und abwärts. Der andere Weg verlief auf ebenem Grund nach Osten, soweit man zwischen den Bäumen erkennen konnte. Aber Beska blieb trotzdem verwundert stehen.

"Ich hätte nicht gedacht, daß dieser Pfad so viel benutzt wird. Der Regen hat zwar alle Spuren gründlich verwaschen. Aber hier müssen in letzter Zeit ziemlich oft Jäger gegangen sein. Und sie müssen schwer getragen haben. Schaut, wie tief der weiche Boden an manchen Stellen niedergetreten ist. Es sieht mehr wie ein Weg zwischen Dörfern aus als wie ein Jagdpfad. Aber wir können ihm nicht folgen, wer auch immer ihn ausgetreten hat. Wir müssen dort den Hang hinaufsteigen, wenn wir das Auge der Unterwelt von der Kuppe des Seebergs her erreichen wollen."

Sie folgten der angegebenen Richtung. Sehr schnell wurde der Wald wieder niedriger, und die kahle Höhe des Seeberges kam zwischen den Bäumen in Sicht. Vor ihnen lag eine kleine Lichtung. Als sie unter den Bäumen hervortraten sahen sie, daß am anderen Waldrand so etwas wie Hütten standen. Beska hielt jäh an. Er konnte sich kaum vorstellen, welche Sonmani - außer vielleicht die Weisen selbst - hier oben Hütten gebaut haben könnten. Er wollte seine Gefährten leise in den Wald zurückführen. Aber es war bereits zu spät. Drüben wurde ein Mann sichtbar, der einen Speer trug. Er eilte sofort auf ihre Gruppe zu und rief etwas. Aber niemand verstand ihn, er war offenbar kein Sonmani. Dann ging alles sehr schnell. Der Mann griff sie ohne Warnung an, während er einen wilden, weithin hallenden Kriegsruf ausstieß. Er schwang den Speer gegen Beska. Nur flüchtig nahm Jens wahr, daß die Waffe eine lange Eisenspitze trug, und daß an der Seite des Mannes ein Schwert hing. Zum Nachdenken gab es keine Zeit. Aber Beska war nicht umsonst von A'kire, dem Wolf, im Speerfechten ausgebildet worden. Blitzschnell parierte er den Stoß und setzte zum Gegenstoß an. Im letzten Moment hielt er inne, er wollte nicht töten. Das gab seinem Gegner Gelegenheit zu einem zweiten Versuch. Mit wilder Kraft drang er auf Beska ein. Wieder parierte der junge Priester mit der Ruhe des Überlegenen, und diesmal schwang er den Speerschaft hoch in die Luft. Mit dumpfem Schlag traf er seinen Gegner an der Stirn. Der Mann schwankte und ließ seinen Speer fallen. Der Schlag hätte die meisten Menschen zu Boden gestreckt. Aber der Angreifer fing sich wieder, jetzt zog er sein Schwert aus der Scheide. Zum dritten Mal wollte Beska parieren, indem er seinen Speer mit beiden Händen faßte. Aber die Parade, die den Kriegskeulen der Axtmänner wiederstand, hätte den Hieb des Langschwerts wohl nicht aufgehalten. Jens und Michael hatten den Moment der Benommenheit jedoch benutzt, um hinter den Angreifer zu treten. Sie faßten seine Arme und hielten ihn fest. Michael hatte den Schwertarm gepackt und bog ihn unaufhaltsam auf den Rücken. Schließlich stöhnte der Mann auf und löste seinen Griff. Die Waffe schlug in das hohe Gras. Beskas Speerspitze zeigte nach der Brust des Mannes, eine unmißverständliche Drohung. Da gab ihr Gegner sein vergebliches Sträuben auf. Sie konnten ihn näher betrachten.

Je mehr sich die Gefährten bewußt wurden, wen - oder besser was - sie vor sich hatten, desto verwirrter wurden sie. Der Mann war nicht groß, aber breit und stark gebaut. Langes Haar und ein dichter dunkelblonder Bart gaben ihm ein wildes Aussehen. Unter buschigen, dunklen Augenbrauen stachen helle Augen von dem sonnengebräunten Gesicht ab. Die Kappe auf dem Kopf und die Weste waren aus Leder. Aber die Hose - der Mann trug eine richtige Hose! - und das Hemd bestanden aus gewebtem Stoff, einem Material, das es weder bei den Sonmani noch sonst irgendwo bei den Stämmen der Umgebung gab. Und das Schwert war ein richtiges Schwert, ziemlich lang, zweischneidig und mit schwarz gebeiztem Griff. Auch die Eisenspitze des Speers war schwarz gebeizt worden. Am Gürtel des Mannes hing noch ein kurzer, breiter Dolch, den Sonja vorsorglich an sich nahm. Der Griff bestand aus Bronze, oder Kupfer, wie die blaugrüne Verfärbung an den Nähten zeigte.

Der Gefangene hatte wohl damit gerechnet, sofort getötet zu werden. Er murmelte unverständliche Worte und blickte trotzig um sich. Was immer mit ihm los war, an Mut fehlte es ihm nicht. Aber wer oder was war er? Wie kam er hierher? Als der Mann bemerkte, daß die Sieger nicht auf sein Leben aus waren, begann er laut zu rufen. Beska reagierte sofort. Die geschliffene Knochenspitze seines Speers zeigte nun auf die Kehle des Mannes. Der verstand und schwieg. Jetzt, im Moment der Gefahr, kam Beskas Tatkraft wieder zum Vorschein.

“Er will Hilfe herbeirufen. Wahrscheinlich sind dort in den Hütten noch mehr Männer. Haltet ihn fest, dann werde ich ihn binden. Ja, gut so - die Arme auf den Rücken. Jetzt kann er, mit meinem Speer vor der Brust, nicht mehr fliehen. Nimm seinen eigenen Speer, Jens. Micha’el hat ja euer Zauberbeil. Aber vergiß das riesige Messer nicht, das im Gras liegt. Und Eri soll einen Pfeil auf die Sehne legen. Dann ziehen wir uns soweit zurück, bis wir Deckung haben. Wir nehmen ihn mit. Sie werden nicht auf uns schießen, solange er vor uns steht."

Aber der Plan Beskas wurde nicht mehr ausgeführt. Aus einer der Hütten - es waren drei - trat tatsächlich ein weiterer Mann. Aber es war nur einer, und er trug, soweit erkennbar, keine Waffen. In aller Ruhe ging er durch das feuchte Gras auf die Gruppe zu und hob die Hände in einer unmißverständlichen Geste der Friedfertigkeit. Die Gefährten blieben stumm und hielten ihre Waffen fest. Ihre Verwirrung hatte nun den Höhepunkt erreicht: Zuerst der wilde, scheinbar unmotivierte Angriff, und jetzt eine äußerlich freundliche Begrüßung. Trotz Speer und Pfeil, die sich auf ihn richteten, kam der Mann näher. Er sagte etwas in der selben unverständlichen Sprache wie ihr Gefangener. Die langen Haare und den Bart trug er wie der erste Angreifer, aber sie waren viel sorgfältiger gekämmt und geschnitten. Auch der lange Mantel aus grobem, aber sorgfältig gewobenem Stoff wirkte wohlhabender und vornehmer als die Kleidung des Gefangenen. Der Mantel wurde unter dem Bart durch eine silberne Spange zusammengehalten. Von den übrigen Kleidern war nichts zu erkennen. Die dunkelblonden Haare, die hellen Augen und die kräftige Gestalt machten den zweiten Mann fast zu einem Bruder des ersten. Aber er war offenkundig etwas anderes. Als er bemerkte, daß die Gefährten ihn nicht verstehen konnten, wechselte er die Sprache. Mit großer Überraschung erkannten Jens und Michael, daß er Latein sprach. Aber sie konnten nichts verstehen. Sonja dagegen, die ebenso überrascht war, hörte eine zwar sehr ungewöhnlich ausgesprochene, aber ganz verständliche Begrüßung in einem Latein, das nicht der klassischen römischen Periode angehörte, das sie im Moment aber keiner Epoche zuordnen konnte. Sie war auch nicht imstande, etwas zu entgegnen. Aber sie deutete mit einer Handbewegung an, daß sie verstand. Mit erhobenen Händen und freundlichem Lächeln antwortete der Mann, daß er gerne warten würde. Sonja wandte sich in der Sprache der Sonmani an ihre Begleiter:

"Ich kann ihn verstehen. Er spricht eine Sprache, die vor langer Zeit von den... nun ja, von den Weisen und Priestern unseres Volkes gesprochen wurde. Jens und Michael kennen die Sprache, aber verstehen nicht genug davon, um mit dem Mann zu sprechen. Ich habe diese Sprache gelernt. Ich werde übersetzen, was der Mann zu sagen hat."

Beska und Eri nickten stumm. Sie wußten, daß sie sich in einer Welt befanden, wo alles möglich war. Sie vertrauten ihren Gefährten und hatten irgendwoher auch die Kraft gefunden, die kommenden Ereignisse abzuwarten. Jetzt, wo das Unerklärliche Wirklichkeit geworden war, war ein großer Teil ihrer Angst verschwunden. Aber das Übersetzen ging nicht so vor sich, wie Sonja es sich gedacht hatte. Sie hörte zu, sie stotterte herum, es ging einfach nicht. Sie konnte sich nicht auf das seltsame Latein des Mannes konzentrieren und gleichzeitig die richtigen Worte in der Sprache der Sonmani finden. Schließlich übersetzte sie das, was der Mann sagte, ins Deutsche. Jens übernahm es, die deutschen Sätze für die beiden Sonmani zu dolmetschen. Auf diese langsame und umständliche Weise ging die gesamte Unterhaltung vor sich. Und das war gut so, denn sie brauchten Zeit um zu begreifen, was der Mann ihnen zu sagen hatte.

"Ich grüße euch, Wanderer von weither, bei den Hütten, die mein Bruder, der Fürst der Alemannen, die zum Bistum von Argentoratum rechts des Rheins gehören, hier auf der Höhe des Gebirges errichtet hat. Ich habe euch hier in der Einsamkeit erwartet. Ich bin Heddo, mein Vater war der Fürst unten im Tal, bevor mein Bruder ihm nach seinem Tod im Amt folgte. Meine Mutter stammt aus einem Adelsgeschlecht der ripuarischen Franken, die in Austrasien bei Colonia Claudia Agrippina am Rhein wohnen. Aber ich rühme mich meiner hohen Abkunft und meiner tapferen Vorfahren nicht. Wichtiger ist, daß ich ein Priester der wahren Kirche Christi bin, vom großen Nicetius selbst geweiht. Ich bin der erste unter den Nachkommen alemannischen Adels, der die Weihe empfing. Viele von denen, die getauft sind, hören in beiden Stämmen auf meine Worte. Selbst die arianischen Adligen unter den Alemannen sind mir nicht feindlich gesinnt, und sogar die Heiden achten mich. Auch ihr könnt mir vertrauen. Aber nun bitte ich euch, daß ihr meinen Diener losbindet. Er wird euch nichts tun. Wie ich sehe, habt ihr ihn entwaffnet. Ich bürge für ihn."

Eri und Beska verstanden von der Begrüßung noch weniger als Jens und Michael, schon deshalb, weil Jens nur Bruchstücke übersetzen konnte. Die Orts- und Stammesnamen sagten den beiden Sonmani natürlich gar nichts. Und auch Jens oder Michael hatten keine Ahnung, was mit Argentoratum oder Colonia Agrippina gemeint war. Aber eines wurde klar: Sie befanden sich wiederum in einer anderen Zeit als in der der fünf Ratsfeuer, in einer Zeit, die viel näher bei ihrer eigenen Geschichte lag. Diese Erkenntnis beruhigte Jens nicht. Sein Magen krampfte sich zusammen, und Schweiß brach ihm aus. Insgeheim hatte er doch darauf gehofft, sie würden sich plötzlich im 20. Jahrhundert wiederfinden, ebenso plötzlich, wie sie in die Steinzeit geraten waren. Aber nun waren sie... ja, wo eigentlich genau? Jens bekam gerade noch die deutsche Version der Antwort mit, die Sonja dem Mann gab, der sich Heddo nannte.

"Dein Diener wollte einen von uns töten. Warum griff er uns an, wenn du uns erwartet hast? Und warum hast du uns erwartet? Wir wußten nichts davon, daß wir dich treffen würden!"

Statt einer Antwort richtete Heddo eine Frage in der unverständlichen Sprache, die wohl Alemannisch sein mußte, an den Diener. Dieser antwortete mürrisch. Sein Trotz und Mut waren verflogen. Er fühlte sich offenkundig nicht wohl in seiner Haut. Dann nahm Heddo das Gespräch wieder in Latein auf.

"Ich habe meinen Diener gefragt, warum er euch angriff. Er sagt, er hielt euch für die Geister der vergangenen Heidenvölker, die vor langer Zeit hier lebten und ihre greulichen Menschenopfer im See darbrachten. Man kann die Geisterzüge dieser Verworfenen an manchen Tagen und Nächten zum See hinüberziehen sehen. Dann verstecken sich die Wanderer und Jäger der Alemannen in den Hütten und flehen zum Göttervater, ihrem falschen Götzen, daß er sie beschütze. Aber mein Diener ist, seit er getauft ist, auch den Geistern gegenüber mutig geworden. Im Kampf mit sterblichen Männern war sein Mut schon immer groß. Als er euch sah - teils halbnackt, teils in bunte Festgewänder gehüllt" (er zeigte auf Eri, die noch immer den blauen Mantel trug), "da hielt er euch für Geister und wollte euch mit Speer und Gebet vertreiben. Verzeiht ihm, sein Glaube ist noch jung und oft noch wirr, aber er meint es gut. Jetzt weiß er, daß ihr Menschen aus Fleisch und Blut seid. Laßt ihn los, ich bitte euch."

Beska war nicht wohl zumute, als Michael den Mann losband. Er hielt den Speer fest und achtete darauf, daß sein ehemaliger Gegner nicht in Reichweite einer Waffe kam. Aber der Mann trat sofort hinter Heddo zurück. Er schien sich wegen seiner Voreiligkeit zu schämen, vielleicht auch seiner Niederlage gegen den jungen Beska. Heddo sprach weiter:

"Kommt mit zu meiner Hütte und seid meine Gäste. Ich kann euch zwar nur das bieten, was ein Jäger in der Wildnis mit sich führt. Aber dort können wir weitersprechen, und ich werde euch erzählen, warum ich euch erwartet habe. Ich bin allein mit meinem Diener hier oben. Er heißt übrigens Maginald, versteht aber nur alemannisch und fränkisch. Wir werden in Ruhe über die großen Dinge sprechen können, die geschehen sind. Aber zuerst sagt mir, ob ihr Getaufte seid, Katechumenen oder Heiden? Denn das weiß ich nicht, und danach darf ich fragen."

Keiner der drei wußte, was ein Katechumene sein könnte. Sonja konnte das lateinische Wort nicht übersetzen. Aber sie antworteten wahrheitsgemäß, daß sie selbst, Jens und Michael getauft seien, Beska und Eri aber nicht. Diese Information schien den Diener Maginald gleichzeitig zu beruhigen und zu beschämen. Er verlor sein Mißtrauen, hielt sich aber weiter verlegen im Hintergrund. Sie nannten ihre Namen, die Heddo nicht schwer zu behalten fand, obwohl ihm nur Michael bekannt war. Dann debattierten sie unter sich, ob sie die Einladung annehmen sollten.

Beska war noch immer mißtrauisch. Der Schreck des plötzlichen Angriffs steckte ihm in den Gliedern. Außerdem hatte er noch nicht verstanden, daß sie sich in einer anderen Zeit befanden. Er schien zu glauben, daß Heddo und sein Diener, wie vorher die drei Freunde, durch Zauber in das Land der Sonmani gekommen waren. Vielleicht war es auch so? Nicht nur Sonja, auch Michael und Jens beschäftigten sich in Gedanken mit dieser Frage. Aber im Grund wußten die Drei, daß sie sich nicht mehr in der Steinzeit befanden, vor allem durch Beskas Äußerungen selbst. Sie empfanden es jedoch als unmöglich, ihm und Eri die Lage zu erklären. Wie würden die beiden Kinder einer fernen Welt dieses Schicksal tragen können? Und was erwartete sie selbst in dieser wirren und gewalttätigen Zeit, in der es Priester gab, in der man auf Geister mit dem Speer losging, und in der Heiden neben Getauften lebten? Was blieb ihnen anders übrig, als Heddo zu folgen und zu versuchen, möglichst viel über diese Zeit und über ihre Situation zu erfahren?

3.

Sie saßen auf grob gezimmerten Bänken rund um ein Herdfeuer, dessen Rauch durch eine Dachluke abzog. Im Hintergrund der Hütte gab es niedrige, ebenfalls grob aus Stangen gefügte Lager, die mit Fichtenzweigen und Stroh bedeckt waren. Es war ein seltsames Gefühl, nach vielen Monaten wieder auf einer Art Möbelstück zu sitzen und nicht mehr nur auf Fellen und Decken zu kauern. Eri und Beska fühlten sich in dieser Haltung unbehaglich, aßen aber hungrig mit. Ihr Gastgeber servierte ihnen gebratenes Fleisch, dazu Brot und mit Wasser vermischten Wein. Das Brot war grob, und manchmal knirschten beim Kauen Sandkörner zwischen den Zähnen. Aber es war Brot, echtes Brot, das sie so lange vermißt hatten. Der Wein war echter Rotwein aus einer Lederflasche, herb und stark verdünnt, aber für die drei ein köstliches Getränk. Eri und Beska hatten das Brot angenommen, aber den Wein nach einem mißtrauischen Probeschluck abgelehnt. Draußen wurde es dunkler und kühler. Das Gespräch zog sich im Wechsel zwischen Latein, Deutsch und der Sprache der Sonmani schon zwei Stunden hin. Ihr Gastgeber hatte ihre Fragen geduldig beantwortet, aber selber erstaunlich wenig Neugier gezeigt. Schließlich ergab sich folgendes Bild:

Sie befanden sich, nach der Zählung Heddos, im Jahr 1316 nach der Gründung Roms. Mühsam auf ihre klassische Bildung zurückgreifend errechneten sie, daß dies dem Jahr 563 nach Christus entsprechen mußte. Heddo war ein gebildeter Mann. Er stammte, wie er gesagt hatte, von alemannischen und fränkischen Adligen ab. Sein Vater, ein Alemannenfürst, hatte sich eine fränkische Frau genommen, um trotz der Unterdrückung der Alemannen durch die fränkischen Eroberer seinen Besitz und seine Stellung zu sichern. Sein Gebiet grenzte an das der salischen Franken, seit diese die Alemannen nach Süden zurückgedrängt hatten, und ein fränkischer Amtsherzog beanspruchte die Oberhoheit über ihn. Klug wie der Fürst gewesen war, hatte er seine Frau von den ripuarischen Franken geholt und sich so Unterstützung bei denjenigen Franken gesichert, die den merowingischen Königen ebenfalls mit Distanz gegenüberstanden.

Aber obwohl die Ehe rein politische Gründe gehabt hatte, war sie glücklich gewesen. Die fränkische Fürstin hatte den "römischen Glauben" mitgebracht und ihre Umgebung (einschließlich ihres Ehemannes) tief beeinflußt. Der Fürst selbst war vom Arianismus zum Glauben seiner Frau übergetreten - nicht nur aus politischen Gründen, wie Heddo versicherte, um die Unterstützung des wichtigen fränkischen Klerus zu gewinnen, sondern aus innerer Überzeugung. Aber auch politisch hatte der Schritt sich gut ausgewirkt, seit der Arianismus nach dem Fall des Gotenreiches in Italien seine mächtigsten Fürsprecher verloren hatte. Hatte Gott nicht auch die arianischen Burgunder verlassen und in die Hand der Frankenkönige gegeben? Unter dem Eindruck dieser Ereignisse hatten sich viele der heidnischen Gefolgsleute des Fürsten ebenfalls taufen lassen, vor allem seit wieder ein frommer und tüchtiger Bischof in Argentoratum regierte. Argentoratum war Straßburg, das hatten sie herausgefunden. Heddo benutzte auch den Namen Strataburgum, der, wie er sagte, nach dem Wiederaufbau der Stadt üblich geworden sei. Heddo selbst war etwa 40 Jahre alt und hatte eine spannenden Lebensgeschichte hinter sich. Nach einer kriegerischen Jugend, die ihn weit in der weströmischen Welt herumgeführt hatte, wandte er sich unter dem Einfluß seiner Mutter dem "römischen Glauben" zu und ließ sich taufen. Er hatte in Colonia Agrippina lesen und schreiben sowie klassisches Latein gelernt und viele Bücher gelesen. Unter vielen Büchern verstand er, wie Sonja bemerkte, zwei bis drei Dutzend Werke. Weitere Studien hatten ihn nach Augusta Treverorum geführt, wo auch immer das sein mochte. Dort hatte er vom Tod seines Vaters erfahren und davon, daß sein älterer Bruder dem Fürsten im Amt gefolgt war. Sein Glaube hatte ihn dazu gebracht, zuerst die niederen und dann die höheren Priesterweihen zu erbitten, obwohl dies für einen alemannischen Adligen höchst ungewöhnlich war.

Nach Jahren der Abwesenheit war er, einem Ruf Gottes folgend, mit seiner teils alemannischen, teils ripuarischen Gefolgschaft wieder in seine Heimat gezogen. Der Bischof von Straßburg, dessen politische Lage nicht einfach zu sein schien, hatte ihn begeistert aufgenommen. Dem Bischof ging es um die Christianisierung der Alemannen in seinem unmittelbaren und mittelbaren Einzugsgebiet, schon um seine eigene schwache Position zu stärken. Unter den alemannischen Bauernsippen gab es kaum echte Mission, obwohl die Alemannen schon mehr als ein halbes Jahrhundert unter der Herrschaft der Franken standen. Aber diese Herrschaft wurde seit Chlodwigs Tod von seinen Söhnen zum Teil nur noch nominell ausgeübt. Außerdem stieß die Lasterhaftigkeit, Grausamkeit und Ungerechtigkeit des fränkischen Adels die alemannischen Bauern zutiefst ab. Wären die Alemannen sich einig, so meinte Heddo, hätten sie die Oberhoheit der schwachen merowingischen Könige wohl abschütteln können. Aber mit der Einigkeit untereinander hatte es beim Alemannenadel nie sehr gut gestanden.

Anders als der Bischof hielt es Heddo aber nicht für gut, fränkische Priester zu den Alemannen zu schicken. Die schlechten Erfahrungen seines Stammes mit den fränkischen Herren wurde auf den Klerus und sogar auf deren Glauben übertragen. Es war aus alemannischer Sicht nicht nur der Glaube einer moralisch verderbten und grausamen Herrscherschicht, sondern auch der Glaube der römischen Feinde, mit denen die Alemannen Jahrhunderte heftiger Kämpfe hinter sich hatten. Viel mehr versprach Heddo sich daher von den irischen Mönchen, die er in Augusta Treverorum kennengelernt hatte. Sie wollte er mit Hilfe des Bischofs für die Mission bei den Alemannen gewinnen. Dafür benötigte er die Hilfe seines Bruders, des Fürsten. Er hatte ihn besucht und war sich mit ihm einig geworden. Der Fürst wollte einige der Mönche zu sich rufen lassen, so daß diese sich mit Sprache und Sitten der Alemannen vertraut machen konnten. Dabei sollte Heddo als Adliger des Stammes und als Priester mit weit gespannten Verbindungen die Planung übernehmen. Aber mitten in den Vorbereitungen hatte ihn Gott in die Einsamkeit gerufen, hinauf ins Gebirge. Er war dem Ruf gefolgt und war, nur begleitet vom treuesten seiner Diener,in die Berge gezogen. Heddo schien dies für einen Akt besonderer Askese zu halten. Sonja fragte sich, wieviele Diener er sonst wohl um sich haben mochte? Er hatte die letzten Wochen meist im Gebet verbracht und täglich in der Kapelle für sich und Maginald Gottesdienst gefeiert. (Die Gäste wußten inzwischen, daß die zweite der Hütten als Kapelle diente. Sie unterschied sich nur durch ein Fundament aus behauenen Steinen und ein Kreuz auf dem Dachfirst von der Wohnhütte, in der sie saßen.)

Das Gespräch war keineswegs glatt verlaufen. Und auch nach vielem Hin und Her blieben manche der Erläuterungen Heddos für die drei Freunde unverständlich, da es ihnen einfach nicht gelang, sich in die fremde Zeitlage hineinzuversetzen. Selbst ein geschulter Historiker wäre möglicherweise überfordert gewesen. Eri und Beska, denen Jens alles übersetzt hatte, was er übersetzen konnte, wußten mit dem Gehörten jedoch noch viel weniger anzufangen. Beska schien allerdings zu ahnen, was geschehen war. Trotz der Nachtkühle stand ihm der Schweiß auf der Stirn. Eri hielt sich eng bei Sonja und lauschte mit offenem Mund der groben Übersetzung, die Jens zuwege brachte. Die Erzählung Heddos erreichte nun den Punkt, der sie selbst betraf.

"Gestern abend im Gebet hörte ich die Stimme Gottes im Innern, wie sie vorher nur zweimal zu mir gesprochen hat. Sie sagte zu mir: Du hast zwei Kinder. Nicht mehr als das: Du hast zwei Kinder. Dann sah ich in einer Vision vor mir, wie ihr den Berg heraufstiegt. Der junge Mann, den ihr Beska nennt, ging Hand in Hand mit der jungen Frau voraus, die Eri heißt. Ich konnte sie deutlich sehen und habe sie vorhin sofort wiedererkannt. Dahinter gingen drei weitere Gestalten und ich wußte, daß dies die Boten seien, die den Mann und die Frau zu mir bringen sollten. Ich konnte sie nicht deutlich erkennen, aber als ich euch sah, wußte ich, daß ihr es sein mußtet. Und noch etwas: Obwohl die Stimme Gottes nicht mehr sprach, hinterließ sie in mir noch eine Warnung. Ich wußte, daß ich euch, die Boten, nicht nach dem Woher und Wohin eurer Reise fragen darf. Beska und Eri darf ich fragen, denn sie sollen zu mir kommen. Aber euch darf ich nicht fragen, denn das wäre unheilige Neugier nach den Geheimnissen Gottes. Darum wundert euch nicht, wenn ich viel erzähle und nichts frage. So hat Gott es gewollt. Ich sehe, daß ihr seltsam seid und von weit her kommt, obwohl Sonja die Sprache Roms spricht. Mehr will ich von euch nicht wissen. Aber woher Beska und Eri kommen und warum sie zu mir geschickt wurden, das will ich wissen. Ich habe nie Kinder gehabt, und seit meiner Weihe habe ich keine Frau mehr berührt. Aber mein Herz wendet sich Beska und Eri zu, das spüre ich. Warum sind sie mir geschickt worden?"

Während dieser Rede hatte sich in Sonja eine Erregung angestaut, die ihr selbst unbegreiflich war:

"Woher weißt du, Heddo, daß es wirklich die Stimme Gottes und nicht dein eigenes Herz war, was zu dir sprach? Wie könnte Gott Beska und Eri von ihrem Volk trennen und in die Verbannung schicken? Wie könnte ein guter Gott so unmenschlich sein? Was sollte das auch für einen Sinn haben?"

Sie hatte Deutsch gesprochen und mußte ihren Ausbruch erst ins Lateinische übertragen. Jens zögerte einen Moment, dann ballte er die Fäuste und übersetzte, so gut er konnte, in die Sprache der Sonmani. Er wußte, daß er Eri und Beska damit hart mit ihrer Lage konfrontierte, die beide inzwischen wohl ahnen mochten. Eri wurde blaß und begann zu weinen. Beska saß starr auf der Bank und bewegte sich nicht. Sein Blick bohrte sich in der Dunkelheit der Nacht fest. Heddo antwortete:

"Hat man dich vor deiner Taufe zwar Latein gelehrt, aber so wenig vom heiligen Glauben, daß du solche Fragen stellst? Weißt du nicht, wie sich Gottes Stimme von der des eigenen, trügerischen Herzens unterscheidet? Die Stimme des Herzens ist unsicher und schwankend, aber das Wort Gottes steht in seiner eigenen unerschütterlichen Ewigkeit. Ist es gesprochen, so ist es Wirklichkeit, auch wenn das Geschehen für uns Menschen in der Zukunft liegen mag. Habt ihr das nicht von dem großen Boethius gelernt, der überall gelesen wird, wo die lateinische Kirche hinreicht? Niemand, der je von Gott angesprochen wurde, kann sein Wort mit einem anderen Wort verwechseln. Habt ihr das nicht von dem großen Augustinus gelernt, den manche für noch größer in der Gotteserkenntnis halten als Boethius? Ich schließe aus deinen Worten, daß auch ihr nicht wißt, warum Beska und Eri zu mir gekommen sind. Dann sagt mir, woher sie kommen. Vielleicht schenkt Gottes Geist uns die Weisheit, Zweck und Ziel seines Tuns zu erkennen."

Unerwartet mischte sich hier Jens in das Gespräch ein.

"Wir müssen daran denken, Sonja, daß wir immerhin hierher befördert oder berufen oder was immer sind, und daß wir dafür keine Erklärung haben. Seine Vision ist offenbar eingetroffen, und wir verstehen ohne ihn überhaupt nichts von der Lage. Ich wünschte, wir wären zuhause und hätten weder die Sonmani noch diese Welt je gesehen! Oder vielleicht doch nicht - ach, ich weiß gar nichts mehr! Das brauchst du nicht zu übersetzen, Sonja. Aber beantworte seine Frage!"

Mühsam, immer wieder stotternd, suchte Sonja die Worte zusammen, um Heddo zu antworten. Sie kam sich unsagbar närrisch vor. Aber was bedeutete das schon in dieser Welt, in der Gott zu unaufgeklärten Priestern sprach, und in der Prophezeihungen sich erfüllten? Diese Welt rückte ihr nahe, sie spürte es, so nahe, wie ihr die magische Welt der Sonmani nie gerückt war. Sie fühlte sich plötzlich als Objekt einer himmlischen Planung, als Schachfigur eines Spiels, in dem dieser seltsame, barbarische Priester mitspielte. Sie mochte dieses Gefühl nicht, nicht mehr innerlich unbeteiligt, sondern aufgewühlt und hineingezogen zu sein. Wie eine kleine Studentin in der Prüfung stammelte sie die Worte heraus:

"Ich weiß nicht, ob du es glauben wirst, was ich dir zu sagen habe. Ich will dir trotzdem die Wahrheit sagen, soweit wir sie selbst kennen. Beska und Eri kommen nicht aus einem anderen Land, sondern sie stammen aus diesem Tal und von diesen Bergen. Aber sie stammen aus einer anderen Zeit, weit, weit aus der Vergangenheit. Wir glauben, daß es 5000 Jahre her ist, vielleicht mehr, seit ihr Volk am Rhein und im Gebirge jagte. Auch wir stammen aus einer anderen Zeit. Aber darüber, sagst du, willst du nichts wissen. Beska war bei seinem Volk ein Priester, du würdest ihn wohl einen heidnischen Priester nennen. Und Eri ist... sie ist die Frau aus seinem

Stamm, die er liebt. Wir kamen in ihre Zeit und... das ist eine lange Geschichte. Aber schließlich kam es dazu, daß wir zusammen auf das Gebirge stiegen. Dabei gelangten wir in eine andere Zeit, in deine Zeit, wie es scheint. Die Welt Beskas und Eris liegt weit in der Vergangenheit. Wo unsere Welt liegt, könnte ich dir sagen. Ob wir dahin zurückkehren können, wissen wir jedoch nicht."

Sonja konnte nicht mehr weitersprechen. Ein Kloß hatte sich in ihrem Hals festgesetzt. Als Jens übersetzte: "Ihre Welt liegt weit in der Vergangenheit..." stöhnte Beska auf, blieb aber unbeweglich sitzen. Michael betrachtete ihn besorgt. Er war am ruhigsten geblieben, erstaunlich ruhig, gemessen an seinem früheren Temperament. Wo nahm er nur diese Unerschütterlichkeit her? All seine Betroffenheit schien sich in Fürsorge für die anderen zu verwandeln. Nach einigem Überlegen antwortete Heddo, noch ruhiger und abwägender als bisher.

"Hier liegt ein großes Geheimnis verborgen. Aber ich glaube euch, Boten aus einer anderen Zeit. Ich habe den Speer sehr wohl gesehen, die Knochenspitze, die Pfeile mit ihren Steinspitzen. Niemand führt solche Waffen außer vielleicht die wilden Alpenstämme in den abgelegensten Tälern. Und bedenkt das Gotteswort: Diese beiden, Mann und Frau, sollen bei mir bleiben. Sie wurden zu mir geschickt, und ich habe weder das Recht noch den Wunsch, sie abzulehnen. Aber Staunen und Ehrfurcht erfüllt mich angesichts der Größe des Schöpfers. Heißt es nicht, daß das Heil aller Völker in ihm beschlossen ist? Sollte sich dies nur auf die Völker unserer und der noch kommenden Tage erstrecken? Wenn wir gelernt haben, daß Gottes Erkenntnis die ganze Ewigkeit so erfaßt wie unsere Erkenntnis den Augenblick der Gegenwart, sollten wir nicht auch lernen, daß dasselbe für Gottes Gnade gilt? Ist nicht seine Erkenntnis und sein Tun ein und dasselbe Ding? Nur bei uns sterblichen Menschen, weil wir schwach und unwissend sind, fallen Erkenntnis und Tun auseinander, können wir ein notwendiges Tun erkennen und es doch nicht tun, oder ein notwendiges Tun nicht erkennen und so den Zeitpunkt des Segens verstreichen lassen!"

An diesem Punkt mußte Sonja Heddo bitten, langsamer zu sprechen. Sein Latein bewegte sich nun auf der Ebene einer philosophischen und theologischen Reflexion, der sie kaum mehr gewachsen war. Die gesamte antike Bildung, die - wie sie sich erinnerte - im Jahrhundert zuvor ihre letzten großen Werke hervorgebracht hatte, war in diesem äußerlich unzivilisiert wirkenden Mann noch präsent. Wie merkwürdig, wie verwirrend: In einer groben Hütte traf sie auf abendländische Kultur, die sich auch in dem Hörsaal einer modernen Universität nicht schlecht gemacht hätte. Wie nahe war ihnen diese Zeit, die Zeit der Völkerwanderung und der blutigen Stammeskriege! War das zwanzigste Jahrhundert weniger blutig gewesen, waren weniger Völker in Europa hin und her geflüchtet? Mit solchen Gedanken beschäftigt, verlor Sonja den Faden endgültig und bat Heddo, seine letzten Worte zu wiederholen.

"Vielleicht ist es Gottes Wille, daß alle Völker aus allen Zeiten auch körperlich, durch Blutsbande und durch die Gemeinschaft des Glaubens, in das Heil in Christus hineingenommen werden? Vielleicht repräsentieren Beska und Eri ihr Volk vor Gott, wie der Priester das Volk vor Gott repräsentiert? Aber das sind Spekulationen über Geheimnisse, die mir zu hoch und groß sind. Gott zu gehorchen ist wichtiger als seine Wege zu verstehen, und ich werde gehorchen. Darüber sollten wir nun sprechen."

Während Jens übersetzte, wurde er unterbrochen. Beska, der die ganze Zeit ruhig gesessen hatte, sprang plötzlich auf und begann zu schreien. Er schrie nicht hysterisch, sondern wilde, ursprüngliche Worte der Klage brachen aus ihm heraus. Noch nie - auch bei den Sonmani nicht - hatten die drei einen erwachsenen Menschen seine Fassung so vollständig verlieren sehen. Unverhüllte Tränen strömten ihm über das schmerzverzerrte Gesicht. Die Geister und Götter der Welt verfluchten Beskas Klagerufe wegen ihrer Bosheit und ihrer Machtlosigkeit gleichermaßen. Das Schicksal des Menschen beklagte er, das von den Kräften der Welt gelenkt wird, die von Freude und Leid des Herzens nichts wissen. Den unerträglichen Verlust seines Stammes schrie er hinaus, seiner Gefährten, seines bisherigen Lebens. Er schrie mit aller Macht, unkontrolliert und doch auf grausige Weise verständlich, ja sogar vernünftig. Was konnte die Vernunft selbst angesichts eines solchen Schicksals anbieten als Klage, Anklage und unermeßliche Trauer? Eri warf sich flach auf die Erde und presste die Hände auf die Ohren. Ihr lautes Schluchzen mischte sich mit den Wehrufen des jungen Mannes.

Maginald, der sich bisher im Hintergrund gehalten hatte, trat wachsam vor. Ein Wink Heddos hielt ihn zurück. Der Alemannenpriester blieb ruhig und schien zu verstehen, was mit Beska vorging. Jens, Sonja und Michael beobachteten ihren Freund ungläubig. Michael, der Beska am nächsten saß, hielt sich zum Eingreifen bereit. Aber der junge Priester wußte, was er tat, selbst mitten in seinem rasenden Schmerz. Jetzt packte Beska Bogen und Köcher und wandte sich der Nacht zu, die draußen aufgezogen war. Pfeil um Pfeil schoß er ins Dunkel ab, Herzschuß um Herzschuß, mit bis aufs äußerste gespannter Sehne.

"Tod! Tod!" schrie er hinaus.

"Tod der Nacht! Tod der Welt des Lebens! Wer wach ist, sucht den Tod!"

Zum ersten und einzigen Mal, seit sie ihn kannten, erinnerte Beska in diesem Augenblick äußerster Verzweiflung an den alten Mann in Perrar'ti, an die "Klinge der Weisen". So hatte er gesprochen, so hatte er gefühlt. Verzweiflung war es, die aus einem Priester der Sonmani einen Mann wie die "Klinge" machen konnte! Pfeil um Pfeil, Fluch um Fluch flog in die Nacht hinaus, bis der Köcher leer war.

Dann brach Beska mit unerwarteter Kraft den Bogen über dem Knie entzwei und schleuderte ihn in das Herdfeuer, daß die Funken aufstoben. Die gedrehte Darmsehne wand sich und qualmte, während sie in den Flammen verkohlte. Ein übler Gestank füllte die Hütte, aber Beska kehrte sich nicht daran. Er nahm seinen Speer auf, das Zeichen seines Stammes, und bog den Körper zurück zu einem gewaltigen Wurf. Der Speer flog im Bogen in das Dunkel hinaus. Sie hörten Blatt und Schaft weit entfernt an einem Baum oder einem Felsen zersplittern. Bei dem Geräusch stöhnte Beska auf und wurde stumm. Er riß sich die Fischadlerkette ab, das Zeichen seines Clans. Auch die Kette flog in das Herdfeuer. Eri schrie auf, als sie es sah. Sie wußte und fühlte, was die anderen nur wußten: Beska schickte sich selbst in die Verbannung und trotzte dem Zorn aller Götter der Sonmani. Ihre Tränen flossen, sie schluchzte in kurzen, harten

Atemstößen. Aber Beska hatte sich beruhigt. Er stimmte ein Lied an, ein Totenlied. Und mit Grauen bemerkten die Freunde, daß das Lied ihm selbst galt. Er besang sich und Eri, wie die Sonmani ihre Toten besingen. Die mächtigen Töne füllten die Hütte und drangen in die Nacht hinaus. Eri wurde ruhiger, schließlich schwieg sie. Sonja zog sie zu sich hoch. Den Kopf in ihrem Schoß geborgen, lauschte Eri dem dem Totengesang. Schließlich setzte sich Beska wieder, verbarg den Kopf in den Händen und stützte die Arme auf die Knie. Er wollte weder sehen, noch hören, noch sprechen. Es wurde still.

Nach langer Zeit brach Heddo das Schweigen. Seine Stimme klang ruhig und sanft. Automatisch übersetzte Sonja seine lateinische Frage.

"Was hat er getan? Erklärt es mir, Boten, wenn ihr es könnt." Sonja antwortete, noch immer erschüttert von dem, was sich abgespielt hatte.

"Soweit wir die Sitten seines Volkes kennen, Heddo, hat Beska an sich selbst das Ritual vollzogen, mit dem ein Mann des Stammes aus der Gemeinschaft verbannt wird. Seine Waffen werden weggeworfen oder verbrannt, sein Clanzeichen wird ihm genommen. Und dann sang er ein Totenlied seines Volkes auf sich selbst und auf Eri. Er ist tot für sein Volk und seine Welt. Ich wollte, ich hätte es nie mit ansehen müssen."

Der Alemanne war sichtlich bewegt. Jens übersetzte nicht, was Sonja auf Latein gesagt hatte. Aber Eri wußte natürlich Bescheid, und sie traf ihre Entscheidung. Sie nahm ihre Kette ab, langsam, fast zögernd, die Kette des Fischotter-Clans. Sie legte die Kette ins Feuer und beobachtete mit offenem Mund, wie Zähne und Fell aufglühten und verkohlten. Sie wollte die Verbannung und den Tod in der Fremde mit Beska teilen. Hätte sie es mit Worten gesagt, wäre der Sinn nicht klarer geworden. Dann stand sie auf und setzte sich neben Beska nieder. Der rührte sich nicht. Aber sie wußten alle, daß er den Vorgang wohl bemerkt hatte. Jens empfand es mit einer Mischung aus Schmerz und Erleichterung, daß Eri sich damit auch von ihm getrennt hatte. Es war gut so, er wußte es sehr wohl. Aber es tat ihm auch weh, und er fühlte sich innerlich ganz leer. Hätte nicht Beskas Schmerzausbruch sie alle so erschüttert, daß kaum

Raum für andere Gefühle blieb, hätte Eris Entscheidung Jens (und Sonja) viel mehr bewegt.

So folgte dem Ausbruch unverhüllter, ungezähmter Gefühle bei Sonja, Jens und Michael eine große Müdigkeit. Auch Heddo und sein Diener wirkten abgespannt. Die Drei baten darum, sich jetzt für die Nacht niederlegen zu dürfen. Heddo wies ihnen Plätze auf den Lagern im Hintergrund an. Still folgten ihnen Beska und Eri, um ihre Schlafdecken auszubreiten. Es gab nicht viel Raum für fünf Personen, aber es war ihnen recht so. Sie rückten nah zusammen wie Kinder, um ein wenig Sicherheit bei den Freunden zu finden. Komme am nächsten Tag, was wolle - für diese Nacht konnten sie kein Glied mehr rühren und kaum mehr einen Gedanken denken. Schon jetzt schien der Tod A'kires, der sie vor wenigen Stunden noch zutiefst erschüttert hatte, weit in der Vergangenheit zu liegen. Der Schlaf kam wie eine große Woge. Er nahm die Ängste und Zweifel der drei Menschen des zwanzigsten Jahrhunderts und des jungen Paars aus der Steinzeit gemeinsam mit sich ins Dunkel des Vergessens.

Für Heddo bereitete sein Diener ein Bett, indem er zwei Bänke an der Wand zusammenschob und Stroh darauf häufte. Bevor der Priester sich niederlegte, sprach er seinen Abendsegen, den die Freunde kaum mehr wahrnahmen. Maginald schlief in der dritten Hütte, die als Stall diente, bei den Pferden. Von ferne hörte man das Heulen der Wölfe, die irgendwo auf den Höhen des Gebirges jagten. Ein kleines Tier raschelte im Dachgebälk, wo das Rieddach unmittelbar auf den groben Sparren und Latten ruhte. Der Rauch des langsam verglimmenden Feuers zog durch die offene Dachluke davon. Sterne funkelten in der Öffnung, in der sich ein Stück des Nachthimmels dunkelblau vom Schwarz des Hüttendachs abhob. Sie schliefen.

4.

Sonja, Eri und Michael lehnten sich bequem gegen die Hüttenwand und wärmten sich in der kräftigen Morgensonne. Heddo, der Alemannenpriester, war nirgends zu sehen. Er ging öfters, sehr gegen den Willen seines Dieners, allein davon. Jens, Beska und Maginald kamen gerade von der Jagd zurück. Sie trugen an einer Stange einen bereits ausgeweideten Rehbock. Wahrscheinlich hatte Beska wieder einmal getroffen. Sein Geschick bei der Jagd übertraf das des Alemannen bei weitem, und mit dem ungewohnten Bogen hatte er nach kurzer Übung keine Schwierigkeiten mehr. Im Gegenteil, die Pfeile mit Eisenspitze flogen weiter und genauer als die Steinpfeile der Sonmani, und entsprechend besser traf er mit ihnen. Beska hatte Heddo und Maginald sehr verblüfft, als er ihnen die Technik des Hüftschusses vorführte und dabei den Köcher in ein, zwei Minuten leerte. Heddo hatte dazu gemeint, daß diese Technik gegen Räuber und Wegelagerer sicherlich sehr wirksam sei. Im offenen Kampf mit gepanzerten Gegnern sei sie dagegen wenig sinnvoll. Aber es ließ sich nicht leugnen, daß Beska mit seinen Jagd- und Kriegskünsten nicht nur Heddo beeindruckt, sondern vor allem das Herz Maginalds gewonnen hatte. Zwar konnten sie sich nur mit Heddos und Sonjas Hilfe verständigen. Aber das hielt Beska nicht davon ab, Maginald Lektionen im Speerfechten zu erteilen. Umgekehrt brachte dieser Beska die Kunst des Fechtens mit dem Langschwert bei. Er hatte sogar Holzschwerter vom richtigen Gewicht zurechtgeschnitzt, um mit Beska zu üben.

Die erfolgreichen Jäger kamen heran. Jens und Maginald hängten den Rehbock im kühlen Inneren des Stallgebäudes auf, während Beska sich zu Sonja und Eri setzte. Michael brachte gebratenes Fleisch und Brot aus der Hütte, denn die Jäger waren schon in aller Frühe aufgebrochen.

"Es ist fast das letzte Brot", sagte er auf deutsch und gab Maginald gleichzeitig mit Gesten zu verstehen, was er meinte. Dieser gestikulierte zu den Pferden hin, zeigte auf sich selbst und sagte ein Wort, das, wie sie inzwischen wußten, "morgen" hieß. Morgen wollte er also hinunter zur nächsten Siedlung reiten und Brot einkaufen. Die Verständigung war schwer, wenn Heddo nicht da war, um aus dem Lateinischen zu übersetzen. Aber sie hatten sich darauf geeinigt, daß Beska und Eri nicht zuerst die Sprache der Alemannen, sondern Latein lernen sollten. Wenn die beiden einigermaßen Latein sprachen, konnte Heddo sie als von weither gereiste Schützlinge ausgeben und lästige Fragen abwehren.

Außerdem fielen sprachliche Schnitzer im Lateinischen nicht so auf wie in den germanischen Volkssprachen. Sehr viele Menschen beherrschten das Lateinische unvollkommen oder nur bruchstückhaft. Folglich arbeitete Heddo, mit Sonjas Hilfe, jeden Tag mehrere Stunden mit Eri und Beska an dieser Sprache.

Sie alle wußten, daß Jens, Michael und Sonja nach Perrar'ti zurückgehen mußten, und daß Eri und Beska bei Heddo bleiben würden. Sie hatten die Sache oft besprochen und darüber Klarheit gewonnen. Woher diese Klarheit kam, ließ sich schlecht sagen. Aber Heddo stimmte mit Beska darin überein, daß sie nicht in diese Zeit gehörten, während die beiden Sonmani gerufen worden waren. Ihr Weg zurück in die eigene Welt führte, wenn überhaupt, über das lange vergangene Perrar'ti. Beska war davon überzeugt, daß der Geistervogel und seine Begleiter sich in Perrar'ti wiederfinden würden, sobald sie den Weg in das heilige Tal zurückgingen. Heddo war sich nicht so sicher, aber er stimmte Beska darin zu, daß der Weg der drei Boten nur ein Weg zurück sein konnte. Sie hatten es akzeptiert, aber sie schoben die Trennung möglichst weit hinaus. Sonja wollte zumindest erreichen, daß Heddo sich mit Eri und Beska einigermaßen verständigen konnte, so daß der Sprachunterricht ohne sie fortgesetzt werden konnte. Soweit war es jetzt, nach einer Woche, noch lange nicht. Darum schob sie die Zukunft beiseite und richtete ihre Gedanken auf die Gegenwart.

Jens und Beska teilten sich das einfache Essen mit Maginald. Michael bemerkte, daß jede Spannung zwischen den beiden verschwunden war, seit Eri sich so deutlich für Beska entschieden hatte. Die frühere Nähe und Zuneigung der beiden jungen Männer trat wieder hervor. Sie verstanden sich in einer Weise, die Michael immer wieder in Staunen versetzte. Dafür herrschte große Verlegenheit zwischen Jens und Eri. Die beiden wichen sich aus. Auch jetzt hielt sich Eri zu Sonja, während Jens und Beska mit Michael plauderten. Beska erklärte ihnen gerade, Maginald werde das Speerfechten nie wirklich gut lernen. Man müsse als Knabe mit dem Üben beginnen, um den Speertanz in Herz und Glieder aufnehmen zu können. Aber er selbst hoffte, das Schwertfechten richtig zu lernen. Darin war der Alemanne, so grobschlächtig er wirkte, erstaunlich geschickt. Heddo hatte ihnen versichert, er habe als Schwertkämpfer bei seinen Leuten einen guten Ruf. In ihrer gemeinsamen Jugend seien sie zusammen ausgebildet worden. Die Fortschritte Beskas machten ihm viel Spaß, obwohl er selbst seit seiner Weihe keine Waffe mehr führte.

5.

Der Altar, ein sorgfältig behauener, roter Sandsteinblock mit gemauertem Sockel, wurde von zwei Kerzen beleuchtet. Die Kapelle hatte keine Fenster und keine Bänke. Durch die offene Tür, die nach Westen zeigte, fiel das Licht der Abendsonne auf Heddo und das silberne Kreuz, das er beim Gottesdienst auf der Brust trug. Eri und Beska warteten draußen vor der Tür. Nach dem Eingangsgebet und einem Segen hatte Heddo sie hinausgeschickt. Sonja erinnerte sich dunkel daran, daß der Hauptgottesdienst mit der Abendmahlsfeier in der alten Kirche immer den Getauften vorbehalten geblieben war. Heddo und Maginald gingen selbstverständlich davon aus, daß alle Getauften an dem täglichen Gottesdienst teilnehmen würden. Daß es verschiedene Formen dafür gab, wußte Heddo jedoch. Er hatte den Ritus geduldig erläutert und sich dabei auf gewisse Kirchenväter berufen. Sonja erinnerte sich nur noch an den Namen Cyprianus und hoffte, Heddo habe ihre Unwissenheit auf ihre Sprachschwierigkeiten geschoben und nicht auf ihre (für eine Romanistin, wie sie jetzt fand) beschämende Unkenntnis der lateinischen Theologiegeschichte. Jens und Michael hatten sich jeden Tag am Gottesdienst beteiligt. Inzwischen waren sie alle drei mit seinem Ritus vertraut.

Der Priester ging auf Sonja zu und küßte sie auf die Wange. Sein rauher Bart kratzte unangenehm, aber es war nichts Aufgesetztes oder Unechtes in dem Kuß. Sie alle küßten sich gegenseitig. Maginald, der kleinste, mußte sich recken, um Michael den rituellen Bruderkuß auf die Wange zu drücken. Dann stimmte Heddo das lateinische Glaubensbekenntnis an, dem auch Jens und Michael inzwischen einigermaßen folgen konnten. Die Lesung danach pflegte Heddo immer wieder zu wechseln. Daher übersetzte Sonja sie für

Jens und Michael: "Keiner sei gegen den anderen..." Das war irgendwo aus der Bibel genommen. Heddo selbst wiederholte den Text für Maginald auf alemannisch. Auf das Zeichen hin gab dieser Michael den Silberbecher in die Hand, den er aus einer Lederflasche mit Wein füllte. Jens erhielt das Brot, legte es auf einen Silberteller, und gemeinsam trugen sie die Gaben nach vorne zum Altar.

"Erhebet die Herzen..." Laut, voller Begeisterung stimmte Heddo das lateinische Dankgebet an. Für Christi Gegenwart in Brot und Wein dankte er, für die Versöhnung zwischen Mensch und Gott. Der plötzliche, jubelnde Übergang von der Stille der Darbringung zum frohen Dank erschütterte die Drei immer wieder. Heddos erhobene Hände strömten Ruhe und Freude aus. Sonja fühlte, daß dieses "sursum corda..." für immer in ihrem Gedächtnis haften würde. "Erhebet die Herzen zum Herrn..." Der Rest des Dankgebetes klang an ihr vorbei, ohne daß sie die Worte registrierte. Maginalds Augen hingen derweil gebannt, fast hungrig, an den Gaben des heiligen Mahls. Er schien wirklich die Nähe des Erlösers als sichtbare Gegenwart von Brot und Wein zu erleben, mehr noch oder zumindest direkter als Heddo. Dann teilten sie Brot und Wein miteinander, wobei Heddo zuletzt aß und trank.

Ein erneutes Dankgebet folgte, diesmal ruhig und gesammelt. Dann der aaronitische Segen, ebenfalls in Latein.

"Der Herr segne euch und behüte euch...". Bis auf Jens hatten sie das seit ihrer Kindheit im Grunde nicht mehr gehört. Jens ging zur Kirche, Sonja und Michael nicht. Jens dachte daran, daß er (er war wie Sonja evangelisch) geglaubt habe, es handle sich bei dem Ritus, den Heddo benutzte, um den einer katholischen Messe. Aber Michael war imstande gewesen, sich soweit an seine Kindheit zurückzuerinnern, daß er Jens korrigieren konnte. Es gab vermutlich nichts direkt Vergleichbares in der modernen Christenheit, zumindest der Form nach. Der Inhalt schien Jens sehr vertraut zu sein. Aber das hing mit ihrem Aufenthalt bei den Sonmani zusammen. Wäre er direkt aus dem 20. Jahrhundert in Heddos Gottesdienst versetzt worden, hätte er den Unterschied sehr stark empfunden. Aber so wurden die formalen Unterschiede unwichtig, verglichen mit der völlig anderen Religiosität der Sonmani, die sie alle drei intensiv erlebt, aber nie wirklich hatten teilen können. Dieses Problem gab es hier nicht. Sie verstanden, sie verstanden nur zu gut. Den Gott, dem Heddos Gebete galten, den konnten sie verehren, ihm konnten sie vertrauen - oder auch nicht. Sie konnten mit ganzen Herzen an dem Gottesdienst teilnehmen, es war nur die Frage, ob sie es wollten. Jens wußte, daß er wollte. Er konnte sich inzwischen mit Herz und Verstand in den Gottesdienst hineinfallen lassen und die Gemeinschaft mit den beiden urwüchsigen Alemannen gegen alle Erwartung wirklich nachempfinden. Auch Sonja und Michael schienen zu wollen, und das erstaunte Jens ein wenig. Aber er hatte einen großen Teil seiner früheren Scheu vor dem Urteil der beiden eingebüßt. All das würde sich finden. Damit dachte Jens, ohne es zu wissen, in denselben Bahnen wie Sonja und Michael. Maginald verpackte das Silbergeschirr wieder, und sie gingen zu Beska und Eri hinaus. Heddo würde, wie immer nach dem Gottesdienst, noch einige Zeit im stillen Gebet am Altar verbringen.

"Eine große Kraft hat euer Gott, dem ihr in dieser Hütte dient", sagte Eri zu ihnen in der Sprache der Sonmani. "Es muß ein mächtiger Gott sein, der den Strom der Zeit vor und zurück fließen lassen kann, wie es ihm gefällt. Nein, sage mir nichts. Du mußt mich nicht trösten, Geistervogel. Beska hat mit mir darüber gesprochen und wir glauben, wir haben verstanden", sagte sie, als Jens zu einer Erklärung ansetzen wollte.

"Ich bin kein Seher, und auch kein Priester. Trotzdem spüre ich, wie das Licht eines Gottes mit euch ist, wenn ihr herauskommt. Beska könnte es besser spüren. Aber er hat geschworen, das innere Sehen nicht mehr auszuüben, bis er die Taufe empfangen hat. Manchmal glaube ich, der Gott, dem ihr dient, ist Ech'hige selbst. Aber dann stimmt es nicht, was unsere Priester lehrten: daß Ech'hige weit über den Himmeln und im Westen des Meeres wohnt und sich bis zum Ende der Zeit nicht um die Welt der Lebenden kümmern wird. Dann ist er euch nahe, und ihr könnt ihn anrufen, und er antwortet euch. Wenn das wahr ist, ist es das größte Wunder, von dem ich je gehört habe."

"Du vergißt die Veränderung, welche die Zeit mit sich bringen kann", sagte Beska. "Vielleicht war es damals, als die Sonmani hier im Gebirge jagten und anbeteten, noch wahr, was wir von Ech'hige dachten."

Seine Stimme stockte, und in Eris Augen standen Tränen. Der tiefe Schmerz des endgültigen Abschieds war noch frisch. Jens bewunderte den Mut der beiden, ihre Lage auch angesichts der großen Trauer immer wieder neu zu durchdenken.

"Vielleicht war Ech'hige damals fern, und das Elend der Menschenwelt erreichte ihn nur dadurch, daß die Toten ihre guten und bösen Gedanken mit sich zu ihm brachten. Aber vielleicht hat er sich schließlich dieses Elends erbarmt, wie Heddo sagt, und hat sich selbst, in seiner ganzen, unverhüllten Macht, der Welt der Lebenden genähert. Ich verstehe noch nicht richtig, was er sagt - auch wenn Sonja übersetzt -, aber ich will es wissen. Und wenn dieser Gott wirklich Ech'hige ist, der seinen Blick in Barmherzigkeit zu uns gekehrt hat, dann will ich ihm dienen. Dann habe ich ihm unwissend schon immer gedient, seit Ista, der Weise, mich als Lehrling annahm. Eri und ich werden uns taufen lassen, sobald Heddo die Zeit für reif hält. Dann werden wir andere Namen wählen und mit Heddo gehen. Er wird uns als Kinder annehmen, beide, als Mann und Frau. Und was dann kommt, wollen wir dem Gott überlassen, dem wir dienen wollen. Wenn er uns den Weg bis hierher geführt hat, ohne daß wir ihn kannten, wird er uns umso eher führen, wenn wir ihn kennen und ihm gehören."

Beska schwieg, und auch die anderen hingen für einige Zeit ihren Gedanken nach. Dann begann Beska aufs neue:

"Erinnert ihr euch daran, wie wir uns gewundert haben, daß zu uns beiden - Eri und mir - in der Höhle der Träume derselbe Wahrtraum kam wie zu euch? In dem Traum sahen wir Waffen, Geräte, Bauwerke und vieles andere, was wir nicht kannten und ohne eure Erklärungen nicht verstehen konnten. Damals habt ihr euch gewundert, daß wir im Traum in eine solche, uns fremde Welt geführt worden waren. Jetzt sind wir in Wirklichkeit in eine solche Welt gekommen. Denn wenn ich euch und Heddo richtig verstanden habe, dann gibt es all die Dinge, die wir im Traum sahen, bei den Völkern hier. Der Traum war auch in diesem Punkt eine wahre Prophezeiung, obwohl wir sie nicht verstanden haben. Unser Weg war und ist vorgezeichnet. Wenn ihr gehen müßt, Jens, Michael und Sonja, dann laßt ihr uns nicht ohne Hoffnung zurück."

Darauf gab es für die drei Freunde nichts mehr zu sagen. Schweigend blieben sie beieinander stehen und fühlten sich den beiden jungen Sonmani sehr nahe. Die Sonne berührte schon fast den Horizont. Bald würde es dunkel werden.

Heddo trat aus der Kapelle und winkte Eri, Sonja und Beska heran. Er wollte das Abendlicht dazu nutzen, um mit den Leseübungen fortzufahren. Als Material gab es nur Bibeltexte und eine Wachstafel, in die man mit einem Silberstift Buchstaben ritzen konnte. Aber die beiden machten erstaunliche Fortschritte. Eri und Beska waren wahrscheinlich die einzigen Menschen, dachte Sonja, die Latein und das ABC gleichzeitig lernen mußten. Auch Heddo hatte erst als Erwachsener schreiben gelernt. Eine Art Vulgärlatein hatte er sich allerdings schon vorher auf seinen Kriegszügen gegen die Burgunder und Westgoten angeeignet. Zu Sonjas Erheiterung (die leider die einzige war, die den Spaß mit ihm teilen konnte) hatte Heddo ihr einige der ordinären Redewendungen dieses Vulgärlateins vorgesagt. Ein Heiliger war er nicht, dieser Heddo, zumindest stellten sich die drei Freunde Heilige etwas anders vor. Er erzählte großartige Geschichten und hatte ein aufbrausendes Temperament. Aber er war ein Gläubiger, ein tiefgläubiger Mann. Daß das nicht dasselbe sein mußte wie vollendete Heiligkeit, war zumindest Sonja und Michael vorher nicht deutlich gewesen.

Jens, Michael und Maginald saßen im Abendlicht zusammen vor der Hütte und zerlegten einen Hasen, den Beska am Morgen geschossen hatte. Er sollte später am Feuer gebraten werden. Sorgfältig rieb Maginald kleine Prisen des kostbaren Salzes, das er in einem hölzernen Fläschchen mit sich führte, auf das Fleisch. Sonja und Eri hatten, von Michael mit Schwert und Spieß bewacht, die letzten Heidelbeeren und die ersten Preiselbeeren von den Hängen des Seebergs gesammelt. Im Stil eines Alemannenkriegers bewaffnet sah Michael schrecklich genug aus, um jeden Bären schon aus der Ferne zu vertreiben. Zumindest waren sich Eri und Sonja in diesem Punkt einig. Sie hatten in der Tat einen mittelgroßen Braunbären bei der Beerenernte aufgescheucht. Aber der war satt und friedlich gewesen und hatte sich ohne Murren davongetrollt. Die Beerenernte reichte dieses Jahr für alle, Mensch und Tier. Es würde ein Festmahl werden, zusammen mit dem frischen Brot und dem Käse, den Maginald eingekauft hatte. Er war dazu jedesmal einen ganzen Tag unterwegs. Lange würde es nicht mehr dauern, bis in den Tälern die Getreideernte zu Ende ging. Dann mußten sie auch auf der einsamen Höhe mit einzelnen Jägern oder Reisenden rechnen. Ihre bisherige Ungestörtheit verdankten sie vor allem der Erntezeit. Jeder, ob Adliger, Bauer oder Leibeigener, wurde beim Schneiden, Einfahren und Dreschen des Getreides benötigt. Aber es blieb ihnen nur noch eine Frist von ein, vielleicht zwei Wochen. Dann mußten sie aufbrechen. Michael versuchte nicht daran zu denken, was dann kommen würde.

6.

Er, Michael, war es auch, der darauf bestand, daß sie den Auftrag der Weisen von Perrar'ti erfüllen und das Auge der Unterwelt aufsuchen mußten. Maginald kannte den See. Er hieß bei den Alemannen der "wilde See". Man konnte ihn von den Hütten aus in einer Stunde erreichen. Als sie den Ausflug besprachen, reagierten Heddo und Maginald zuerst mißtrauisch. Maginald vermutete irgendeine Zauberei. Heddo hatte den Verdacht, Eris und Beskas Stamm habe mit den früheren Heidenvölkern zu tun, die ihre Menschenopfer im See ertränkt hatten. Beide Alemannen waren fest davon überzeugt, man könne die Geister dieser Völker noch heute bei ihren Zügen zum See beobachten. Das war ein Grund, warum der Fürst eine Kapelle auf dieser Höhe hatte erbauen lassen. Er wollte die Stätte heidnischen Götzendienstes ihrer Macht berauben und den Spuk vertreiben. Heddo fürchtete, Eri und Beska könnten durch den See dem Einfluß ihrer früheren Götter erliegen und an Körper oder Geist Schaden nehmen.

Die Schwierigkeiten waren schnell ausgeräumt, als Heddo erfuhr, daß die Sonmani niemals Menschenopfer gebracht hatten. Sonja konnte ihm aus eigenem Wissen versichern, daß die fünf

Ratsfeuer, obwohl aus Heddos Sicht Heiden, Menschenopfer ebenso verabscheuten wie er selbst. Insgeheim bezweifelte sie sogar, ob die Alemannen Menschenopfer so sehr verabscheuten, wie die Sonmani dies taten oder getan hatten. Sie erinnerte sich an einige archäologische Funde, die etwas anderes zu sagen schienen. Vielleicht projizierten die Alemannen einfach frühere Sitten, die sie heute unter dem Einfluß der römischen Kultur und des Christentums ablehnten, in die dunkle Vergangenheit und in die Geisterwelt hinein. So etwas gab es im Volksglauben häufig, zumindest falls die Ethnologen des 20. Jahrhunderts recht hatten. Aber von diesen Überlegungen ließ Sonja nichts laut werden.

Ihnen allen wurde bei dem Gespräch wiederum deutlich, welche riesigen Zeiträume Eri und Beska von ihrem Stamm trennten - und welche riesigen Zeiträume Jens, Michael und Sonja von ihnen und ihrer eigenen Zeit trennen würden, sobald sie nach Perrar'ti zurückkehrten. Mindestens ein anderes Volk, vielleicht sogar mehrere, hatten das Stromtal und das Gebirge bewohnt, nachdem die fünf Ratsfeuer vergangen und bevor die Römer gekommen waren. Und jetzt hatten die Alemannen ihrerseits die Römer vertrieben und betrachteten das Land seit Generationen als ihre Heimat. Wer konnte schon wissen, welches Volk hier grausamen Göttern geopfert hatte, falls die Alemannen mit ihren Erzählungen vielleicht doch recht hatten? Waren es Kelten gewesen, oder sogar vorkeltische Bandkeramiker? Auch Heddos Kenntnisse der Lokalgeschichte reichten nur bis zu Cäsars "Gallischem Krieg" zurück. Sie beschlossen, am nächsten Tag zum wilden See aufzubrechen.

Beska und Eri, Jens, Michael und Sonja standen mit Maginald am Ufer des Sees. Die Sonne brannte von oben in den engen Talkessel hinein, es war windstill und warm. Das helle Licht ließ das schwarze, spiegelglatte Wasser umso düsterer erscheinen. Große Seerosenblätter lagen auf der Oberfläche, ihre gelben Blüten öffneten sich der Sonne entgegen. Eine Stockente schwamm mit ihren braunen, wolligen Küken am Rand des Schilfgürtels. Der Jahreszeit nach mußte es schon die zweite Brut sein, aus der die Jungen stammten. Hoch in der Luft wirbelten zwei Kolkraben in engen Kreisen umeinander. Sie ließen sich vom Aufwind nach oben tragen. Ihre rauhen, tiefen Schreie klangen zu den Menschen am Ufer herunter. Es war schön am wilden See, aber auch ein wenig unheimlich. Der See roch geradezu nach Einsamkeit. Es war der einsamste Ort, den sie je gesehen hatten. Menschen hatten hier nichts zu suchen, das empfanden sie alle. Und doch waren die Weisen von Perrar'ti vor langer Zeit hierher gekommen, um zu erleben, wie Ona, der Gott des Stroms und der Unterwelt, auf ewig sein starres, schwarzes Auge gegen den Himmel der Lichtgötter richtet. Und ein unbekanntes anderes Volk war hierhergezogen, um die Chaosmächte der Welt mit dem Blut ihrer Feinde oder gar ihrer eigenen Kinder zu versöhnen. Vielleicht hatten die Alemannen unter der Leitung ihrer Seherinnen Kriegsgefangene und Sklaven an diesen Ort geschleppt, um sie dem Kriegsgott zum Opfer zu bringen, sei es als Dank für einen gelungenen Kriegszug, oder um den Sieg in einer bevorstehenden Schlacht zu erbitten. Jetzt hatten die Seherinnen an Einfluß verloren, und Menschenopfer gab es nicht mehr. Aber alemannische Jäger und Flüchtlinge mochten auch heute noch manchmal hierherkommen. Sonst aber gehörte dieser See der Wildnis, den Bären, den Wölfen und den Kolkraben, die über ihnen ihre Kreise zogen. Die sechs Wanderer drehten sich um und begannen den steilen Aufstieg zurück auf den Seeberg.

"Ich weiß auch nicht, was wir davon gehabt haben", sagte Michael. "Aber es wäre mir nicht richtig erschienen, falls wir nach Perrar'ti zurückkommen, wenn wir den See nicht besucht hätten. Was wir dort sagen und erklären können, gegebenenfalls, das steht auf einem anderen Blatt. Auf jeden Fall waren wir da, wo man uns hinschickte. Kilroy was here, du weißt schon. Wir hätten ja ein Erinnerungszeichen in einen Felsen schlagen können. Sonja, Michael und Jens, September 563, zum ewigen Gedenken. Aber das wäre mir sehr vulgär vorgekommen. Und außerdem werde ich jetzt bitter, das möchte ich nicht. Sollen wir Jens bitten, uns ein paar Lieder auf der Mundharmonika vorzuspielen? Beska und Eri würden sich sicher freuen."

Michael unterhielt sich vor dem Abendessen mit Sonja. Eri und Beska hatten es übernommen, den täglichen Wildbraten zuzubereiten. Maginald und Heddo waren mit Jens bei den beiden Pferden beschäftigt. Daher konnten sich Sonja und Michael ausnahmsweise einmal auf deutsch und allein unterhalten. Zögernd, mit verlegenem Lächeln, antwortete Sonja:

"Laß Jens in Ruhe. Ich bin froh, daß ich dich endlich einmal alleine hier habe. Ich muß dir etwas sagen."

Michael saß ganz still. Er wußte, was kommen würde.

"Michael, wir gehören doch nicht zusammen. Es war ein Fehler von mir - von dir sicherlich nicht, aber von mir. Bitte sei mir nicht böse, und versuche ein wenig, mich zu verstehen. Es ist auch nicht so, daß ich dich nicht gernhabe. Im Gegenteil, ich habe dich noch nie so sehr gemocht wie jetzt - den echten Michael, nicht den Helden und Strahlemann... Ich drücke das schrecklich schlecht aus... Verstehst du, gerade deswegen weiß ich, daß wir beide nicht zusammengehören. Muß ich darüber reden? Hilf mir doch!"

Widerwillig und gegen sein eigenes Empfinden mußte Michael lächeln.

"Du weißt gar nicht, Sonja, wie sehr ich dich liebe. Aber mach' dir keine Sorgen um mich. Es ist nicht so, daß ich das nicht gemerkt hätte, was du empfindest. Und weißt du, ich muß dich nicht unbedingt haben... Ich habe so viele Frauen gehabt, und irgendwie muß das bei dir nicht sein - obwohl ich ehrlich glaube, daß ich nie jemanden so wie dich geliebt habe. Aber laß uns jetzt nichts entscheiden, laß uns noch warten. Ich glaube, solange wir hier sind, können wir gar nichts entscheiden..."

Sonja wollte ihm etwas antworten, kam aber nicht mehr dazu. Jens bog um die Hütte. Sein fester Schritt und sein breites, fröhliches Lächeln signalisierten eine gute Laune, die den beiden anderen unpassend erschien. Aber es blieb ihnen nichts übrig, als sich anstecken zu lassen. Jens zog seine Mundharmonika aus der Tasche. Gemeinsam gingen sie zu Eri und Beska in die Hütte, um den beiden einige der Lieder vorzusingen, die sie besonders gerne hörten. Maginald und Heddo kamen dazu und lauschten, in die ungewohnte Musik vertieft. Als der Braten fertig war, setzten sie sich zum gemeinsamen Essen an den Tisch in der Hütte.

7.

"Glaubst du wirklich, Jens, daß wir etwas Besonderes sind, weil durch uns - zumindest mit uns - Eri und Beska zu den Alemannen gekommen sind? Glaubst du wirklich, es hat etwas mit der Erlösung zu tun, an die ihr Christen glaubt, daß ihr Volk durch sie in der Kirche vertreten ist? Heddo scheint so etwas anzunehmen. Aber warum hat dann nie jemand etwas von solchen Dingen gehört?"

Michael diskutierte mit Jens am abendlichen Herdfeuer. Sie sprachen deutsch, und Sonja übersetzte ihre Diskussion für Beska und Eri. Heddo befand sich, wie jeden Abend, noch in der Kapelle, und Maginald war auf der Jagd.

"Glaubst du nicht an diese Erlösung? Versteh mich recht, ich habe keine Ahnung, ob Eris und Beskas Hiersein, ihre Taufe und so weiter ein Zeichen, ein Sinnbild sind, oder ob sie in einem tieferen Sinn wirklich notwendig sind. Aber es kommt mir sinnlos vor, so zu tun, als hätten wir kein Wunder erlebt. Glaubst du nicht auch zumindest, daß unser Erlebnis Sinn und Bedeutung hat?"

"Ich weiß nicht mehr genau, was ich glaube. Eigentlich weiß ich das schon seit einiger Zeit nicht mehr. Aber ich habe den Eindruck, diese täglichen Gottesdienste geben mir eine Art von Glauben. Ich habe gar keine Lust mehr, mein Leben im Griff zu behalten - ich glaube, das verstehst du nicht. Ich vestehe es selbst kaum. Ich weiß nur eines: wenn ich in das zwanzigste Jahrhundert zurückkäme, könnte ich nicht weiterleben wie vorher. Ich hätte das Gefühl, ich müßte mein Leben für etwas Gutes weggeben. Das klingt merkwürdig. Eigentlich wollte ich sagen, ich müßte mein Leben zu etwas Sinnvollem verwenden. Aber dann habe ich es nicht gesagt, weil es mir zu platt klang."

Eri mischte sich ein:

"Es scheint euch sehr schwerzufallen, zuzugeben, daß ihr ein Opfer bringen wollt. Ich verstehe das nicht. Es klingt fast so, als würdet ihr es für unanständig halten, sich oder etwas von sich wegzugeben, um die guten Kräfte zu stärken und die bösen zu verjagen. Aber vielleicht ist es sehr dumm, was ich sage."

“Es ist nicht dumm, sondern sehr richtig”, antwortete Sonja ihr in der Sprache der Sonmani.

“Wißt ihr, ich spekuliere manchmal so herum. Dann denke ich, vielleicht müssen wir in die Vergangenheit gehen, damit Eri und Beska in die Zukunft gehen können. Um das Gleichgewicht herzustellen oder so. Es kommt mir nicht falsch vor, daß auf diese Weise, symbolisch oder nicht, alle Menschen der Welt in Gott vereinigt werden können. Was Heddo sagt, kann ich nachvollziehen. Aber vielleicht ist der Preis dafür der, daß wir bei den Sonmani bleiben. Ich weiß, es klingt schrecklich, aber vielleicht ist es so. Und was das angeht, was Michael sagte: daß die Steinzeitmenschen Beska und Eri im sechsten Jahrhundert erschienen sind und getauft wurden, wird niemals in irgendeinem Geschichtsbuch stehen. Wenn es tausend solche Verbindungen gegeben hätte, würde nichts davon in den Geschichtsbüchern stehen. Denkt doch mal nach! Selbst wenn wir in unsere Zeit zurückkämen, könnten wir nichts davon erzählen. Niemand würde uns glauben. Wer weiß, wie viele vor uns ähnliches erlebt und nichts davon erzählt haben?”

Jens furchte die Stirn. Es fiel ihm sehr schwer, seine Gedanken in der Sprache der Sonmani zu formulieren. Schließlich sprach er deutsch.

“Ich denke so ähnlich wie du, Sonja. Nur das mit dem Gleichgewicht kommt mir ein wenig zu ausgerechnet vor. Ich weiß nicht, ob Gott so mechanisch an den Menschen handelt. Es klingt mehr nach den kosmischen Energien, die ins Gleichgewicht gebracht werden müssen - du kennst ja diese Sprüche -, als nach dem Gott der Bibel. Darum bin ich auch gar nicht sicher, wo wir übermorgen landen werden, wenn wir von hier fortgehen. Ich versuche, besonders in den Gottesdiensten, Vertrauen zu haben, daß alles gut wird. Was mich stört, ist eine ganz andere Sache. Das, was Heddo sagt, macht uns so groß, so bedeutend, so weltgeschichtlich. Und ich habe das Gefühl, so bedeutend sind wir nicht.”

Michael lachte.

“Jens, wenn du bescheiden genug bist, um nach Hause zu wollen, anstatt als Opfer eines kosmischen Gleichgewichts in die Vergangenheit zu gehen, dann sei ruhig auch bescheiden genug, eine weltgeschichtliche Rolle zu spielen. Es wird sowieso nie jemand außer uns etwas davon erfahren.”

“Du hast eigentlich ganz recht. Es steht mir gut, bescheiden und unauffällig zu sein. Und es ist ein Trost, falls ich mich hervorgetan haben sollte, daß es niemand weiß.”

Sonja unterbrach Jens. Sie schmollte ein wenig.

“Jetzt redest du so, als hätte ich irgendwelche masochistischen Größenideen. Ich sage dir, mir gefällt der Gedanke auch nicht, daß wir unser restliches Leben bei den Sonmani verbringen müssen. Ich habe sie gerne, aber ich habe Heimweh. Und mir tun diese täglichen Gottesdienste etwas viel Schlimmeres an als euch: sie verstärken mein Heimweh. Manchmal halte ich es kaum mehr aus. Deshalb spekuliere ich über den Sinn unserer Erlebnisse, um mich zu beruhigen. Für die Sonmani bist du, Jens, schließlich bedeutend, oder nicht? Sie haben dich immer den Geistervogel genannt, ihren Botenvogel. Ob du das sein wolltest oder nicht, hat wohl keine Rolle gespielt. Ich kann mich nicht erinnern, daß dich jemand nach deinem Einverständnis gefragt hat. Gott scheint weder auf unseren Rat Wert zu legen, wenn er uns erschafft, noch wenn er unser Schicksal gestaltet. Muß ausgerechnet ich dir das sagen? Es fällt mir schwer genug, das selbst zu schlucken.”

Diesmal hatte Jens versucht, für Eri und Beska zu übersetzen. Michael mischte sich ein:

“Wenn wir schon dabei sind, Jens den kleinen Katechismus in Erinnerung zu rufen, dann gleich richtig. Gott legt zwar nicht auf unseren Rat, wohl aber auf unsere freie Zustimmung wert. Er will, daß wir so sein wollen, wie er uns geschaffen hat. Also kommst du wohl nicht drum herum, der Geistervogel auch sein zu wollen, der du geworden bist.”

“Ich will es auch sein”, antwortete Jens.

Beska beteiligte sich zum erstenmal am Gespräch:

“Wenn ihr redet, fällt mir ein Bild ein. Ich stand einmal, als junger Bursche, am Ufer des großen Sees, während ein starker Wind blies. Der Wind kam von Süden, und eine Welle nach der anderen rollte zum Ufer und brach sich zwischen den Steinen. Manchmal war eine Welle höher als die übrigen und schob sich besonders weit das Ufer hinauf. Wenn eine solche Welle sagen würde, sie sei aus sich heraus mächtiger als die anderen Wellen, dann wäre das Eitelkeit und Dummheit. Alle Wellen werden gleichermaßen vom Sturm aufgewühlt und vorangetrieben, die eine mehr, die andere weniger. Die Kraft, die sie antreibt, ist die Kraft des Windes. Das Wasser selbst hat gar keine Kraft, sich zu Wellen zu formen. Die hohe Welle kann nicht sagen, sie sei hoch und fange deshalb mehr Wind ein. Umgekehrt ist es, sie ist hoch, weil der Wind sie höher bläst als die übrigen Wellen. Wenn ein Mensch besondere Gaben hat oder eine große Tat vollbringen kann, dann ist er wie die hohe Welle. Er hat sich weder seine Gaben selbst gegeben, noch hat er sich seine Tat selbst ausgesucht. Er wird von den Mächten der Welt - er wird von Gott geformt und bewegt. Wenn der Wind zu blasen aufhört, gibt es die Welle nicht mehr. Darum ist es sinnlos, daß ein Mensch sich mit dem anderen vergleicht. Was macht es schon, wenn Gott eure Wellen höher geformt und weiter getrieben hat als die anderer Menschen? Für Eri und mich gilt dasselbe. Wir waren es ja nicht, die uns unseren Weg ausgesucht haben. Wir sind für ihn nicht verantwortlich, sondern nur dafür, daß wir ihn gehen. Es ist schlimm, daß wir uns dabei trennen müssen. Aber vielleicht ist es nicht für immer, in dieser oder in einer anderen Welt kann es ein Wiedersehen geben. Mir geht es so ähnlich wie Jens. Ich würde den Anblick des Lichts, die Hoffnung auf das Licht nicht gegen ein langes, erfülltes Leben bei meinem Stamm tauschen. Ich könnte nicht wollen, daß mein Weg anders sein sollte. Was hätte die 'Klinge der Weisen' dafür gegeben, hiersein zu dürfen?"

"Er ist hier, der alte Mann, zumindest glaubt er es in gewissem Sinne."

Jens zog die Wolfskette, die der Alte ihm gegeben hatte, aus der Tasche seines immer noch verschnürten Parkas. Er erzählte den übrigen, was A'teka, der Wolf, ihm aufgetragen hatte.

"Was meint ihr, Beska und Eri, sollte ich die Kette nicht bei euch lassen? Vielleicht hätte die 'Klinge' das gewollt?"

Eri ließ die Kette neugierig durch die Finger gleiten.

"A'teka, der Wolf, der große Jäger der Sonmani, ist also die 'Klinge der Weisen' geworden. Es ist eine sehr schöne Kette, voller

Kraft - aber nicht hier, nicht bei uns und nicht für uns. Ich könnte die Kette nicht tragen."

Beska schloß sich Eri an.

"Sie hat recht, Jens. Wir haben unsere eigenen Ketten verbrannt. Jetzt können wir nicht die des Wolfs tragen. Nimm die Kette mit zurück nach Perrar'ti - oder sonst irgendwo hin, wo du hingehst. Erzähle der 'Klinge', was uns zugestoßen ist. Er wird verstehen, auch wenn niemand sonst euch versteht. Gib ihm die Kette zurück, wenn du kannst. Oder behalte sie, es ist nicht wichtig. Morgen gehen wir zum letzten Mal zusammen auf die Jagd, Geistervogel. Morgen muß ein Hirsch fallen, denn Heddo rechnet mit vielen Gästen. Ich hoffe, daß es dein Pfeil sein wird, der trifft. Wir sollten schlafen, sonst werden wir nicht wach, bevor die Hirsche zurück in ihre Deckung wechseln. Bei Anbruch der Dämmerung müssen wir oben bei den Krüppelkiefern auf der Lauer liegen. Wenn der Westwind anhält, werden die Hirsche uns direkt vor die Pfeilspitze laufen..."

Jens steckte die Kette wieder zu sich, und sie machten ihre Lager für die Nacht bereit.

8.

Je länger Jens, Michael und Sonja durch das unwegsame Waldgelände bergab stiegen, desto schwerer wurde das Langschwert an Michaels Seite. Das Abschiedsgeschenk Maginalds schlug ihm gegen die Beine, und der ungewohnte Gurt drückte. Jens trug das zweite Abschiedsgeschenk, den Jagdspieß Heddos. Er konnte sich wenigstens auf den langen Schaft stützen, er hatte es gut. Axt und Messer aus dem 20. Jahrhundert hatten sie als Gegengeschenk bei den Alemannen gelassen. Aber die Axt war sehr viel leichter zu tragen gewesen als das unhandliche Schwert. Michael bemerkte, daß seine Rührung und sein Abschiedsschmerz in eine abgrundtief schlechte Laune umzuschlagen begannen. Er forderte eine Rast - angeblich, um sich über den Weg zu beraten, in Wirklichkeit, um sich einen Augenblick setzen zu können.

“Leute, ich glaube, wir haben den Weg verloren. Am Anfang sah dieser Bach ganz wie der von Perrar'ti aus. Aber inzwischen müßten wir den Bereich mit den hohen Tannen schon erreicht haben. Statt dessen geht es weiter durch dieses Fichten-, Birken - und Buchengewirr. Es ist schon peinlich. Kaum sind wir ohne einen Sonmani unterwegs, und schon verlaufen wir uns.”

Jetzt, als er die Umgebung in Ruhe musterte, merkte Michael, wie viel seine Ansicht für sich hatte. Das Tal, in das sie hinabgestiegen waren, schnitt nicht so tief ins Gebirge ein wie Perrar'ti. Und der Bach weigerte sich, die richtige Größe anzunehmen. Er blieb ein kümmerliches Rinnsal. Auch die Felsen am Bachlauf hatten nicht ganz die richtige Farbe. Jens antwortete ihm:

“Ich glaube, du hast recht. Wenn wir bedenken, daß es jetzt ungefähr 11 Uhr sein muß, sollte die Sonne fast vor uns stehen. Sie steht aber noch weit links. Also läuft dieses Tal mehr nach Westen als nach Süden. Wir müssen beim Abstieg vom Berg des Auerhahns irgendwie den Anfang des richtigen Tals verpaßt haben. Ich überlege, ob wir nicht zurückgehen sollen.”

“Vielleicht wäre es das beste. Wer weiß, wo wir sonst landen. Wir könnten auch hier links den steilen Hang nehmen. Dann müßten wir irgendwo auf der anderen Seite des Bergzugs auf das Tal von Perrar'ti treffen.”

Sonja betrachtete mißmutig den steilen, felsigen und dicht bewaldeten Berghang, der schon hinter ihnen lag. Ihre Laune war nicht besser als die Michaels, obwohl sie außer einem Packen Kleider nichts zu tragen hatte.

“Das ist ja eine großartige Idee! Ich weigere mich, blind in der Gegend herumzuklettern! Wenn ihr den Weg nicht kennt, gehen wir zum Seeberg zurück und lassen uns helfen.”

Als sie eine abwehrende Geste bei Jens bemerkte, fuhr sie hartnäckig fort. Sie verstand selbst nicht, woher ihr Ärger und ihr Widerspruchsgeist kamen.

“Wir waren überhaupt völlig bekloppt, als wir so einfach ins Ungewisse aufbrachen. Heddo und Beska mit ihrem Wunderglauben haben uns so beeinflußt, daß wir wirklich meinten, unseretwegen verschiebt sich Raum und Zeit und wir kommen vom

6. Jahrhundert so einfach wieder nach Perrar'ti zurück. Was ist, wenn Heddo und Beska sich irren? Was passieren wird, ist ganz einfach: Wir treffen auf irgendwelche Alemannen, die uns entweder als Geister oder als Feinde umbringen. Diesmal ist kein Beska dabei, um den Alemannen einen Speer über den Schädel zu schlagen, vergeßt das nicht! Wir haben Heddo nicht einmal danach gefragt, was wir sagen sollen, wenn wir seine Stammesgenossen treffen. So sehr haben wir ihm seine Visionen abgenommen. Und jetzt stecken wir im Urwald und wissen nicht, wohin."

Michael war von der Aggressivität Sonjas so betroffen, daß er schwieg. Er bezog den Ausbruch auf sich. Immerhin hatte Sonja seinen Mut und sein Durchsetzungsvermögen bei den Sonmani immer bewundert. In ihren Augen war er nun ein Schwächling, weil er sich von der Deutung lenken ließ, die Heddo und Beska ihrem Abenteuer gegeben hatten. Aber hatten sie ihnen nicht alle drei geglaubt? Jens (dem die Aggressionen Sonjas viel eher galten) sprach trotzdem unbefangener aus, was auch Michael dachte.

"Wir haben uns alle drei nach Heddo und Beska gerichtet. Natürlich standen wir unter ihrem Einfluß. Aber das heißt ja noch nicht, daß sie Unrecht hatten. Und wenn wir wirklich Alemannen treffen und sie halten uns für Geister, laufen sie eher davon, als daß sie uns angreifen. Selbst Maginald hätte keinen Angriff gewagt, wenn er nicht getauft wäre. Außerdem kennen wir seinen und Heddos Namen, das sollte genügen. Und dann denke bitte daran, Sonja, daß sich die Zeit bereits zweimal für uns verändert hat, wenn man so will. Warum beschuldigst du uns dafür, daß wir wieder damit rechnen? Wir müssen ohne Streit zusammenhalten, wie wir es bisher immer geschafft haben, ob in Perrar'ti oder bei den Alemannen. Komm, Sonja, überlegen wir zusammen, was wir am besten tun."

Sonja schämte sich ein wenig wegen ihres Zorns, den sie selbst kaum verstand. Früher hätte sie die Scham wohl nicht ausgesprochen. Jetzt machte ihr das keine Schwierigkeiten mehr.

"Tut mir leid. Aber weißt du, die Lage zehrt ein wenig an meinen Nerven. Bisher haben uns die Zeitverschiebungen einfach so überfallen, ohne daß wir damit rechneten. Jetzt warten wir auf irgend etwas, und dazu noch im falschen Tal. Habt ihr denn keine Angst?"

Michael hatte sich gefaßt. Er bemühte sich, Sonja zu beschwichtigen.

"Laß nur, Sonja. Ich glaube, ich verstehe dich schon. Mir geht der Abschied noch nach. Nicht von Heddo und Maginald, da war es irgendwie natürlich. Aber Eri und Beska, das ging mir nahe. Und ich glaube wirklich, wir werden sie nie wiedersehen. Außer, wir gehen zurück. Sollen wir?"

Während er sprach, bemerkte Michael, daß ihn Trennungsschmerz in mehr als einem Sinn erfüllte. Unwillkürlich senkte er den Kopf. Jetzt, wo er seine Gefühle benannt hatte, wurde der Schmerz nicht weniger. Aber die Verwirrung wich, und die Dinge wurden leichter zu tragen.

Jens bedachte die Frage Michaels auf die ruhige, entschlossene Weise, die er sich angewöhnt hatte. Schließlich sagte er:

"Ich glaube, wir sollten nicht zurückgehen. Wir haben den Weg verfehlt, das stimmt. Aber wir müssen hinunter ins Tal. Falls wir in die Zeit der Sonmani zurückkommen, dann finden wir auch auf diesem Weg irgendwo ein Dorf. Jeder im Stamm hat von uns gehört, sie werden uns bestimmt helfen. Das wäre, alles in allem, das Sicherste für uns. Ich glaube irgendwie nicht, daß wir Alemannen antreffen werden. Aber wenn doch, dann hätten wir sie auch im Tal von Perrar'ti vorgefunden. Also können wir genausogut hier weitergehen. Wir sollten einfach dem Bach folgen. Irgendwann stoßen wir auf Menschen, und dann sehen wir weiter."

Er lächelte zu Sonja hinüber:

"Angst habe ich übrigens, wenn du das wissen willst. Du hast recht, dieses Mal geht es uns wirklich an die Nerven. Aber nach dem, was wir schon mitgemacht haben, sollten wir eigentlich Nerven wie Drahtseile haben."

Michael gab Jens recht.

"Gehen wir weiter. Ich weiß nicht, ob ich Nerven wie Drahtseile habe. Aber irgendwie gleichgültig ist es mir schon, was kommt. Allerdings werde ich das dämliche Schwert abnehmen und in der Hand tragen. So ist es bequemer. Folgt mir."

Michael führte sie talabwärts. Einen Pfad gab es nicht, zumindest keinen, den sie erkennen konnten. Sie drängten sich weiter durch die niedrig wachsenden Äste der Buchen und Fichten hindurch, um dem armseligen Bächlein folgen zu können. Schließlich gerieten sie in eine dichte Fichtenwaldung aus schwachen, erst armdicken Stämmchen. Die dürren Äste reichten fast bis zum Boden und verhakten sich in Kleidern und Haaren, während sie sich hindurchkämpften. Auf den Waldboden gelangte so wenig Licht, daß er kahl und trocken dalag, bedeckt mit dürren Fichtennadeln. Nur eine große Zahl brauner Pilze wuchs in dem Dämmerlicht, oft in kleinen Trupps, oft in regelrechten Hexenringen. Jens identifizierte sie als rotbraune Reizker und versah sie im Geist mit dem Etikett "ungenießbar". Er bemerkte dabei zum erstenmal, daß trotz der sommerlichen Wärme der Herbst vor der Tür stand. Wie mochte es wohl im Winter bei den Sonmani zugehen? Würden sie einen harten Winter in den unzulänglichen Hütten überhaupt überleben?

Im dichten Gewirr der Fichtenzweige konnte Michael nur wenige Meter weit sehen. Sie machten einen solchen Lärm, daß jeder Jäger sie von weither hören mußte. Das hatte den Vorteil, daß wilde Tiere vermutlich vertrieben wurden. Der Nachteil bestand darin, daß man ihnen leicht mit Pfeil und Bogen auflauern konnte. Darum spähte Michael angestrengt nach vorne. Er war der erste, der etwas leuchtend Gelbes zwischen den Zweigen schimmern sah. Dann wurden auch Jens und Sonja aufmerksam. Sie steuerten auf die farbige Erscheinung zu, die hartnäckig immer wieder von anderem Gezweig verdeckt wurde. Schließlich stolperten sie durch eine regelrechte Wand aus dunkelgrünen Fichtenzweigen hindurch, die fast bis zum Erdboden herabhingen. Ihre Lederschuhe sanken in hohes, feuchtes Gras ein, und Sonja trat unversehens in einen sumpfigen Graben. Jenseits des Grabens führte ein geschotterter Waldweg talabwärts, und mitten auf dem Weg stand der gelbe R 4, mit dem sie vor Monaten - es schien viel länger her zu sein - die Autobahn und das 20. Jahrhundert verlassen hatten. Sonja kümmerte sich nicht um den Schmutz, der an ihren Füßen klebte. Sie warf sich auf die Motorhaube des Autos, verbarg den Kopf in den Armen und schluchzte, als bräche ihr das Herz. Michael lehnte sich gegen die Fahrertür und sagte wie zu sich selbst: “Mein Gott, mein Gott.” Immer und immer wieder nur: “Mein Gott”. Jens ragierte anders. Er zog die Mundharmonika heraus und spielte. Er spielte einfach drauflos, eine Melodie nach der anderen. Sie waren alle drei, wie sie später bemerkten, auf verschiedene Weise mehr oder weniger von Sinnen. Sie konnten sich nie mehr richtig an die erste Viertelstunde erinnern, die sie neben dem gelben Auto verbrachten.

Schließlich wurden sie ruhiger. Sie dachten daran, daß jemand vorbeikommen und sie in ihrem merkwürdigen Aufzug bemerken könnte. Jens und Michael trugen die Haare auf die bei den Sonmani übliche Länge gestutzt, also fast schulterlang, und dazu wilde Bärte. Die kurzen Lederhosen, die Lederhemden, dazu Speer und Langschwert machten sie zu, milde gesagt, äußerst eigenartigen Erscheinungen. Mit Sonjas Haar stand es zwar besser. Ihr Pferdeschwanz mochte auch im 20. Jahrhundert durchgehen. Aber nach ihrem Lederkleid hätte sich jedermann umgedreht. Außerdem wurde ihnen plötzlich wieder bewußt, daß sie alle drei nicht mehr so rochen, wie man im 20. Jahrhundert zu riechen hatte - nämlich möglichst gar nicht.

“Was ist eigentlich aus den Schlüsseln geworden?” fragte Sonja. “Können wir überhaupt hinein oder müssen wir das Auto aufbrechen?”

“Die Schlüssel sind immer noch in der Tasche meines Parkas. Da müßten sie jedenfalls sein. Ja, stimmt. Jetzt werden wir sehen.”

Jens wühlte in dem Bündel, das ihre Kleider enthielt, und fand seinen Schlüselbund. Die ordnungsgemäß verschlossenen Türen ließen sich sofort öffnen. Das Auto schien sich, seit sie es vor Monaten an einem weit entfernten Ort verlassen hatten, nicht verändert zu haben. Die Armaturenlichter leuchteten auf, und sogar die Tankfüllung entsprach, wie Jens sich erinnerte, dem damaligen Stand. Wenn sie wollten, konnten sie sofort losfahren. Es war Sonja, die sie daran hinderte und darauf bestand, sie sollten sich zuerst umziehen. Die zerknitterten und beschmutzten Hosen, Hemden und Parkas machten sie zwar auch nicht gerade vertrauenswürdig. Und sie hatten keine Möglichkeit, die wilden Bärte und Haare zu stutzen. Eine Schere war nicht im Auto. Jens fand in seiner Reisetasche zwar einen Naßrasierer und Seife vor, aber sie hatten kein Wasser. Immerhin mochten sie jetzt als Vagabunden durchgehen. Vorher hätten sie sich höchstens noch als Komparsen eines Films über die alten Germanen ausgeben können. Noch besser war, daß Sonja in ihrer Manteltasche einige Geldscheine entdeckte. Die Münzen waren als kostbare Schmuckstücke bei den Sonmani geblieben. Sie verstauten die beiden unhandlichen Waffen so, daß sie möglichst unsichtbar wurden. Dann stiegen sie ein. Vorsichtig startete Jens das Auto, und sie rollten den Waldweg hinunter.

Überraschend schnell erreichten sie offenes Gelände. Grüne Wiesen bekleideten die Hänge eines größeren Tals. Die Landschaft war von der Art, wie sie Postkarten aus dem Schwarzwald zu zeigen pflegen - oder besser zu zeigen versuchen. Weiße Häuser mit roten Dächern, zum Teil im Fachwerkstil, standen zerstreut in der Sonne. Die Ruhe eines warmen Herbstmittags lag über dem Land. Nur von der Straße weiter unten im Tal klang Motorengeräusch herauf. Jens hielt am Waldrand an. Viele Minuten lang konnten sie sich an dem Bild nicht satt sehen. Dann ließ Jens den R 4 weiterrollen. Der Weg hatte jetzt eine Asphaltdecke und führte zu einem kleinen Dorf, das sich entlang der Straße talab erstreckte. Da stand auch schon das gelbe Ortsschild am Wegrand: Unterwasser, Gemeinde Ottenhöfen. Der Name sagte nur Jens etwas. Aber sie wußten nun, daß sie alle drei in wenigen Stunden zu Hause sein konnten. Aber was war zu Hause? War es hier überhaupt Herbst? Oder hatte ihr Abenteuer im 20. Jahrhundert vielleicht gar keine Zeit in Anspruch genommen? Jens fuhr sehr langsam. Die Unsicherheit überkam ihn, wohin er eigentlich fahren sollte. Was war aus ihren Wohnungen geworden? Die Häuser standen dichter, sie fuhren nun eine richtige Hauptstraße entlang. Plötzlich sah Jens ein Schild, das auf ein Freibad verwies. Kinderstimmen, Rufe und Lachen, klangen herüber. Sicherlich war das Bad geöffnet. Jens folgte einem plötzlichen Entschluß und steuerte das Auto, dem Schild folgend, auf den Parkplatz des Bades.

"Wir gehen hinein", sagte er.

Schließlich war es Sonja, die zu Fuß bis zum Ortskern lief und in einem Allerweltsladen eine Schere kaufte. Sie brachte noch etwas viel Aufregenderes mit: Das "Badische Tagblatt" vom 23. September, dem heutigen Datum. Jetzt wußten sie sicher, was ihnen die Herbstatmosphäre schon halb verraten hatte: Sie hatten wirklich viele Monate in anderen Zeiten und Welten verbracht. Niemand von ihnen interessierte sich für die Schlagzeilen, die ihnen im Vergleich zu ihrer eigenen Geschichte ganz unwichtig vorkamen. Vielmehr bestand Sonja darauf, daß Jens ihr bei einem vorläufigen Haarschnitt vor dem Rückspiegel des R 4 half. Danach schnitt sie die Haare der beiden Männer kurz. Die Bärte mußten zunächst leider bleiben. Erst nach vollbrachter Tat war sie bereit, an der Kasse des Freibades nach einem Badeanzug zu fragen. Man konnte ihr einen leihen, und drei Bademützen dazu. Zwei Badehosen für die Männer steuerte Jens aus seiner Reisetasche bei. Sie bezahlten ihren Eintritt und trotzten dem stummen Mißtrauen der Kassiererin, die sogar aus dem Kassenhäuschen trat, um ihnen nachzuschauen. Aber in die Männertoilette drang sie nicht vor, und dort hielten sich Jens und Michael eine geraume Zeit auf. Sie nahmen ihre Bärte ab, wuschen ihre Haare und rasierten sich. Dann trafen sie Sonja wieder. Die hatte ("typisch Frau", bemerkte Jens dazu) einige Kleidungsstücke im Waschbecken der Frauentoilette ausgewaschen. Sie legten sich alle zusammen in die Sonne. Die beiden Männer sahen immer noch seltsam aus mit ihrem blassen Kinn und dem tiefgebräunten Gesicht. Aber das mochte als nach-urlauberliche Färbung durchgehen. Sie schliefen in der Sonne ein.

Erst am späten Nachmittag wachten sie wieder auf und verließen das Bad. Draußen fiel ihnen auf, daß sie überhaupt nicht geschwommen waren. Aber sie hatten sich wunderbar ausgeruht und waren hungrig. Im nächsten Laden kauften sie sich Brot und Wurst. Sie mußten sich bremsen, um sich an den Köstlichkeiten (so kam es ihnen vor) nicht zu überfressen. Den Höhepunkt ihrer Orgie in Genüssen des 20. Jahrhunderts bildete eine große Flasche Cola. Aber dann war zu entscheiden, was sie tun sollten. Jens wollte zu seinen Eltern fahren.

"In einer knappen Stunde können wir dort sein. Sie sind mit einiger Sicherheit noch dort, wo sie im Frühling waren, was ich von unseren Wohnungen nicht behaupten würde. Wahrscheinlich hat man uns als vermißt erklärt, und jemand hat unsere Wohnungen aufgelöst. Möglicherweise haben wir nicht einmal mehr ein Bankkonto. Ich sehe schon kommen, daß wir beweisen müssen, wer wir sind, und daß wir wirklich leben. Amtliche Lebenderklärung oder so ähnlich, ihr werdet schon sehen."

Michael stimmte ihm zu, wollte aber trotzdem seine Wohnung aufsuchen. Wenn sie aufgehoben sei, fände er sicherlich Unterschlupf bei einem Freund. Er scheute sich davor, mit Jens und Sonja zusammen fremde Menschen zu besuchen, noch dazu mitten in der Aufregung, die unweigerlich entstehen würde. Die Intimität des zu erwartenden Wiedersehens hielt ihn zurück. Jens verstand ihn nicht und drängte ihn, mitzukommen. Er meinte, schließlich hätten sie genug miteinander erlebt, um zusammenzuhalten. Es war Sonja - die Michael und seine Beweggründe besser verstehen konmnte - , die die Entscheidung herbeiführte.

"Wir müssen uns irgendwann getrennt um unsere Sachen kümmern - warum nicht gleich? Wir setzen Michael in Offenburg in den Zug, jetzt, wo er wieder einigermaßen zivilisiert aussieht. Dafür reicht das Geld noch. Dann rufen wir deine Eltern an, Jens. Wenn sie zu Hause sind, brauchen wir kein Geld mehr. Das Benzin reicht noch bis dahin. Von dort aus läßt sich telefonisch nachforschen, was mit unseren Wohnungen und Konten los ist. Und Michael stellt fest, ob sein Appartement, sein Geld und sein Auto noch da sind, und wenn ja, wo sie sind. Dann treffen wir uns in ein paar Tagen wieder und sprechen alles durch. Außerdem gibt es ja noch das Telefon, um miteinander in Verbindung zu bleiben."

Jens schaute Sonja einigermaßen verwirrt in die Augen.

"Und du, was machst du?"

Sie wich seinem Blick nicht aus.

"Ich gehe mit dir. Habe ich dir das noch nicht gesagt?"

Kapitel
9

1.

Heidelberg, 19. Mai 1988

Lieber Michael,

in dem Päckchen findest Du das fertige Manuskript, das ich über unsere gemeinsamen Erfahrungen verfaßt habe. Wie wir es besprochen hatten, habe ich mich konsequent an die Erzählform gehalten. Es fiel mir sehr schwer, die sprachwissenschaftlichen Erkenntnisse wegzulassen, die ich mir bei den Sonmani erarbeitet habe. Soweit ich mich an sie erinnern konnte, habe ich vorsichtshalber alles notiert. Aber ein "kurzes Wörterbuch der Sonmani" oder eine "Elementargrammatik" paßt einfach nicht in eine Erzählung. Außerdem hätte jeder Leser angenommen, alles wäre nur mühsam erfunden. Daß auch die Sitten und Gebräuche der Sonmani so kurz behandelt werden, finde ich eigentlich noch bedauerlicher, denn durch sie hätte der Leser mehr Verständnis für den Stamm gewonnen. Aber viele der ethnologisch (oder soll ich sagen: paläo-ethnologisch?) interessantesten Beobachtungen haben wir in den Monaten gemacht, während wir einfach mit den Sonmani lebten, und während im Sinn der Erzählung "nichts passierte". Wie die Sonmani kochen, wie sie mit Krankheiten umgehen, wie sie Magie betreiben, all das wissen wir weit besser, als es in dieser Erzählung zum Ausdruck kommt. Wir haben uns überlegt, ob wir nicht so etwas wie ein "ethnologisches Kapitel" einschieben sollen. Aber wir haben uns dagegen entschieden - es hätte die Spannung aus der Geschichte genommen.

Jens tut es am meisten leid, daß er nicht mehr über die Flora und Fauna schreiben durfte. Im Gegensatz zu mir kann er seine Beobachtungen bei den Sonmani aber doch verwerten. Er arbeitet an einer Studie über die Ökologie der Rheinebene vor Einführung des Ackerbaus, und sein Chef findet seine "Spekulationen" sehr eindrucksvoll. Natürlich kann er nicht verraten, daß er vieles aus eigener Anschauung kennt. Er muß nach paläo-botanischen und anderen Belegen suchen, Pollenfunde und so. Ich verstehe nicht viel davon. Aber da er weitgehend weiß, wonach er sucht, hat er es natürlich verhältnismäßig leichter als seine Kollegen.

Du glaubst nicht, Michael, wie erleichtert wir darüber sind, daß Jens diese geobotanische Stelle bekommen hat, und daß es jetzt in unserer Familie so gut läuft. Es war wie ein Gottesgeschenk, als der Fünfjahresvertrag endlich auf dem Tisch lag. Du hast es selbst mitbekommen, wie wir von der Uni-Verwaltung in Mainz behandelt wurden, als wir nicht erklären wollten, wo wir so lange gewesen waren. Bei mir war es ja am schlimmsten. Ich glaube, hätte ich die silbernen Löffel des Chefs geklaut, wäre man menschlicher mit mir umgegangen. Aber mein ständiges "Ich konnte niemand benachrichtigen, ich kann meine Abwesenheit nicht erklären, ich muß auf ihr Verständnis hoffen" - gerade das rief das komplette Unverständnis hervor. Es war bitter - die Menschen sind so dumm und selbstgerecht! Ob wir wohl auch so unbarmherzig wären, ob wir andere Menschen so distanziert und institutionell niederwalzen würden, wenn wir auf der anderen Seite gestanden hätten? Ich will wirklich nicht überheblich sein, aber ich kann es mir nicht so recht vorstellen. Gott sei Dank ist das alles ausgestanden, und außerdem erwarte ich ein Kind. Im August soll es zur Welt kommen.

Ich habe es Dir bisher nicht gesagt, weil ich ein wenig Angst habe, es könnte Dir wehtun. Daß Du verstanden hast, warum Jens und ich geheiratet haben, das war schon toll von Dir. Ich liebe Dich dafür. Ich darf das sagen, denn Jens weiß genau, daß ich ihm damit nicht untreu werde. Damals, bei den Sonmani, da habe ich das Äußere an Dir geliebt - die Kraft, die Entschlossenheit, das Ansehen, einfach so das "Männliche" im üblichen Sinn. Jetzt gilt meine Liebe dem Michael, der Du wirklich bist - aber mit Jens gehöre ich zusammen. Das wußte ich schon immer, sonst hätte ich damals seine Einladung zu dem Ausflug nach Basel auch nicht angenommen. Aber er war so uninteressant, so wenig eindrucksvoll - fand ich damals, jetzt nicht mehr. Du weißt ja, wie der Ausflug endete. Und von Beska und Eri habe ich gelernt, was die Liebe zwischen Mann und Frau eigentlich bedeutet. Ja, lach' nur. Es stimmt wirklich. Und es fällt mir viel leichter, Dir diese Dinge zu schreiben, als sie Dir ins Gesicht zu sagen.

Ich fürchte, dieser Brief wird lang, aber nicht sehr klar und geordnet. Schreibe bald zurück und vergiß nicht, Deine Korrekturen zu schicken. Ich werde mich dann um einen Verlag kümmern. Hofentlich nützen meine Verbindungen zur Szene der Kultur-Intelligenz wenigstens dabei etwas. Ansonsten sehe ich, ehrlich gesagt, eher zu viel als zu wenig von meinen alten Bekannten. Ich habe eine regelrechte Allergie gegen das übliche akademische Status-Geschwafel entwickelt. Du weißt schon, die Art von Konversation, die aus lauter kleinen Seminarvorträgen besteht, bei der niemand den anderen zuhört und jeder nur wartet, bis er drankommt. Was da für ein dummes Zeug verzapft wird! Aber das ist es nicht alleine. Ich halte das Fassadenhafte, das konventionelle Betroffenheitsgerede und die Eitelkeit einfach nicht mehr aus. Es juckt mich überall, und mir wird schlecht. (Sag nicht, das liege an der Schwangerschaft! Ich weiß schon, wovon mir schlecht wird.) Als die Typen erfuhren, daß ich schwanger bin, mußte ich mir auch noch das ganze gebetsmühlenhafte Geleier anhören, warum es unverantwortlich sei, Kinder in diese Welt zu setzen. Du weißt schon, Atombombe, Umweltzerstörung, Kinderfeindlichkeit, seelische Altlasten, unaufgearbeitete neurotische Defizite (wahrscheinlich bei mir, obwohl es natürlich zur Gebetsmühle dazu gehört, immer in Ich-Form zu reden.) usw. usw. Die kinderlosen Akademikerfrauen, die selbst keinen Beruf ausüben, die sind am schlimmsten. Die anderen, die mit Beruf, gehen eigentlich noch eher. Da saßen sie auf meinem Balkon, die Modisch-Alternativ-Schwer-Am-Leid-Der-Welt-Tragenden-Privilegierten, schlürften italienischen Wein, aßen Käsegebäck in sich hinein, die Gehaltsabrechnung der Uni in der Tasche und die Uni-Klinik für den Fall eines Falles um die Ecke, und litten rituell vor sich hin.

Ich weiß, daß ich ungerecht bin. Jens sagt es mir oft genug. Ich weiß auch, daß sich in der Luxus-Müllkippe, in der sich das Leben dieser Typen abspielt, wirkliches Leiden ereignen kann. Aber als schwangere Frau hat man Anspruch auf ein schlecht ausbalanciertes Gefühlsleben, oder etwa nicht? Und es stimmt einfach, daß ich je länger, desto allergischer auf solches Gerede reagiere.

Zum Glück habe ich über unsere Kirchengemeinde einige sehr nette Leute kennengelernt. Ich hungere geradezu nach menschlichen Kontakten - aber eben nach echten Kontakten, nicht nach dem Austausch von Sprechblasen. Ob das damit zusammenhängt, daß wir mit den Sonmani so eng zusammenlebten? Vielleicht sind wir alle für das Leben in großstädtischer Isolation auf Dauer verdorben?

Wie geht es Dir? Endlich komme ich zu dieser abgegriffenen Formel. Und dabei merke ich, daß ich Dir mein Leid klage, und an Dich gar nicht denke. Schließlich ging es Dir noch viel schlechter als uns. Mit dem Verband hast Du Dich ja außergerichtlich geeinigt, aber der Schadenersatzanspruch der Klinik wird, soweit ich mich erinnere, immer noch verfolgt. Du denkst doch daran, daß Jens jetzt wieder eine Stelle hat, und wir deshalb wieder Geld haben? Was uns gehört, gehört Dir auch - das ist keine Redensart. Laß uns unbedingt wissen, wie sich der Rechtsstreit entwickelt hat und ob Du die Praxisvertretung bei Deinem Onkel in Reutlingen bekommen konntest. Und besuche uns bald wieder. Falls Du es noch nicht gemerkt haben solltest: Du kannst mit dem Zug in weniger als zwei Stunden bei uns sein. Jens würde sich sehr freuen. Er vermißt Dich, und ich vermisse Dich auch.

Gottes Segen für Dich, Michael, wünscht Dir
Deine kratzbürstige, aber gar nicht verbitterte
Sonja

2.

Tübingen, 28. Mai 1988

Liebe Sonja,

das Manuskript mit meinen Korrekturen und Verbesserungsvorschlägen schicke ich Dir mit getrennter Post. Ganz herzliche Glückwünsche, Du hast toll gearbeitet und erstaunlich schnell dazu! Es ist ja doch ein richtiges Buch geworden, auch ohne die wissenschaftlich interessanten Beobachtungen zur Lebensweise der Sonmani, zu ihrer Sprache usw., die du rigoros weggelassen hast. Wenn man bedenkt, wieviel wir zur prähistorischen Forschung beitragen könnten - aber Du hast recht. Niemand würde es uns glauben. Daher war der Entschluß wohl doch richtig, unsere Geschichte in Form eines Romans zu erzählen, und dabei hatten die nüchternen Beobachtungen aus künstlerischen Gründen keinen Raum mehr. Ich habe nicht viel geändert. Nur an das Gespräch am Lagerfeuer nach dem Kampf mit den Axtmännern auf der Halbinsel habe ich wohl eine klarere Erinnerung als Du - kein Wunder, wenn man Deinen damaligen Zustand bedenkt. Ich habe dieses Kapitel entsprechend ergänzt.

Ein gewisses Problem sehe ich darin, daß den Lesern die Weltanschauung der Sonmani aus dem Bericht nicht richtig klar wird. Es gibt da scheinbare Widersprüche: Zum Beispiel ziehen nach der “Jagdesoterik” (so haben wir ja den Bereich der Spruchweisheiten und Lehren genannt, der in den Männerzirkeln weitergegeben wird) die Seelen der toten Sonmani nach Westen. Auf der anderen Seite weisen viele gängige Redewendungen der Sonmani darauf hin, daß die magische “Kraft” der Toten an bestimmte Orte gebunden bleibt. Und die guten Wirkungen dieser Kraft werden zum Beispiel dann gestört, wenn man gegen die “Sitten der Ahnen” verstößt. Manchmal klingt es dabei so, als sei nicht eine Kraft, sondern als seien die Seelen der Ahnen selbst anwesend. Zwischen Wirksamkeit und individueller Existenz wird nicht klar unterschieden. Der Leser wird sich also fragen, was die Sonmani nun eigentlich glauben? Ähnliche Widersprüche gibt es, wenn man sich das Verhältnis des fernen und höchsten Gottes Ech’hige einerseits, der vielen Götter andererseits und der "Kräfte und Mächte" in der Natur (z.B. die "Kraft" der Tierbrüder) dritterseits betrachtet. Sind die Sonmani Monotheisten, Polytheisten oder Animisten? Ich glaube, daß mancher Leser sich solche Fragen stellen wird.

Auf der anderen Seite kann ich mir selbst diese Fragen nicht eindeutig beantworten. Entweder haben wir die Religion der Sonmani nicht hinreichend verstanden, oder solche Kategorien wie "weltanschaulicher Widerspruch" oder ein Gegensatz von Polytheismus und Animismus passen einfach nicht. Sollen wir diese Schwierigkeiten ausdrücklich erwähnen, oder sollen wir einfach etwas mehr über die religiösen Riten der Sonmani schreiben, daß jeder Leser sich selbst ein realistisches Bild machen kann? Was meinst Du dazu?

Aber eigentlich bin ich viel neugieriger darauf, etwas aus Eurem neugewonnenen akademischen Alltag zu erfahren. Wie geht es Euch in Eurer neuen Wohnung? Jens wird wohl beruflich viel unterwegs sein. Schließlich betreibt er Feldforschung. Aber ich verstehe es, daß Ihr für die Stelle dankbar seid. Daß Du schwanger bist und bereits im Sommer Dein Kind erwartest, hat mich überrascht und gefreut. Paß' auf Dich auf, Sonja! Im Grunde traue ich es keinem Arzt zu, daß er sich richtig um Dich kümmert. Daran siehst Du, daß ich Dich immer noch liebe. So unvernünftig können nur verliebte Ärzte sein. Aber Spaß beiseite. Du bist schließlich körperlich gut beieinander und ein zäher Typ. Das zu beobachten, hatte ich Gelegenheit genug. Es wird alles bestens gehen.

Also nochmals ganz herzlichen Glückwunsch, diesmal zu dem menschlichen Kind, das auf das literarische Kind folgen wird! Ich meine das ernst, Sonja! Ich freue mich mit Euch, obwohl der Gedanke an Euer gemeinsames Glück mir immer noch ein wenig wehtut. Es rührt mich, daß Du das sogar aus der Ferne gespürt hast. Du sollst wissen, daß ich Dich wirklich immer noch liebe, aber ich will weder Dir noch Jens etwas wegnehmen. Ich vermute, er wird diesen Brief auch lesen, und ich möchte das sogar. Ich traue ihm - und Dir - zu, daß Ihr es beide als Bereicherung und nicht als Bedrohung erlebt, daß Du nicht nur von Deinem Mann, sondern auch von mir geliebt wirst. So ähnlich hast Du es ja selbst geschrieben, vielen Dank! Ich merke, wenn ich das so sage, daß ich Jens ganz schön viel zutraue. Aber so ist es eben mal, grüß Dich, Jens! Du bist die beste Imitation eines Heiligen, die mir bisher über den Weg gelaufen ist. Du wirst Dich vor Lachen wälzen, wenn Du das liest - gerade deshalb! Grüße auch Deine Eltern, wenn sie kommen (was ich als sicher voraussetze), um die geliebte Schwiegertochter beim Einrichten zu unterstützen. Sie haben mir sehr geholfen, damals, als es um die Vertragsauflösung mit der elenden Klinik ging. Euch wohl auch. Ich freue mich, daß Ihr diese Streitigkeiten jetzt hinter Euch habt.

Ganz herzlichen Dank für Euer Angebot, mir finanziell unter die Arme zu greifen. Ich hätte mich nicht geschämt, es anzunehmen, wirklich nicht. Aber inzwischen sind meine eigenen Finanzen wieder in Ordnung gekommen. Mit der Klinik habe ich mich verglichen, ziemlich zu meinen Lasten, fürchte ich. Die Verwaltung hat den Schadensersatz, der ihr (aufgrund meines "unentschuldigten Fernbleibens") im Vergleich zugesprochen wurde, sofort und ganz verlangt. (Kommentar meines Onkels: "So send hald dia kloine Leid mit de kloine Mächtla." Laß es Dir von Jens übersetzen, er als Ur-Alemanne müßte es verstehen.)

Dieser Ungeduld der Verwaltung wegen habe ich Gelegenheit auszuprobieren, ob man in unserer Gesellschaft auch ohne Auto leben kann. Es geht! Mit dem Rest des Verkaufspreises (ein vier Jahre alter Porsche bringt noch ganz schön viel) habe ich alle übrigen Schulden bezahlt. Und die Praxisvertretung bei meinem Onkel wirft zur Zeit genug zum Leben ab. Inzwischen steht auch fest, daß ich nächstes Jahr an das Missionskrankenhaus nach Indien gehen werde, von dem ich Euch erzählt habe. Ich bereite mich hier so intensiv wie möglich auf meine kommenden orthopädischen und chirurgischen Aufgaben vor. Außerdem mache ich noch einen Kurs mit, der mir die allgemeinen Grundlagen der Tropenmedizin beibringen soll, und einen Urdu-Kurs dazu. Ich bin damit ganz schön ausgelastet. Abends bin ich meist alleine, und an der Zimmerwand hängt das Langschwert, das Maginald mir geschenkt hat. Wie würde mein Archäologen-Freund aufkreischen, wenn er wüßte, daß es echt ist! Aber als er zu Besuch war, behauptete ich, es handle sich um eine Imitation. Er wollte wissen, wer die Imitation gemacht hat, aber ich habe mich mit einem undeutlichen Auslands-Gemurmele herausgerettet.

Außerdem, liebe Sonja, lebe ich zum erstenmal seit meinem 17. Geburtstag völlig zölibatär. Daran bist Du schuld, aber auch Eri, auch die Sonmani, und überhaupt unser ganzes Erlebnis. Und glaube ja nicht, ich würde Selbstmitleid haben oder mit mir selbst hadern! Ich sehne mich manchmal sehr nach einer Frau, besonders wenn ich abends alleine bin. Aber ich will nur eine Frau, die mir das bedeutet, was Du mir bedeutest, oder was Eri für Beska bedeutet - weniger nicht. Wenn ich einmal eine Frau treffe, die ich lieben kann, ohne daß ich aufhören muß, Dich zu lieben - die heirate ich auf der Stelle. Du wirst es schon noch erleben!

Ich denke immer noch oft an die Sonmani. Merkwürdigerweise sind für mich nicht die Erinnerungen an die aufregenden Ereignisse am lebendigsten, sondern der Alltag, die ruhigen, die entspannten und friedlichen Momente. Wenn ich mich aufs Sofa lege und die Augen schließe, dann fahre ich wieder mit Euch den Fluß hinauf, und das silberne Laub der Weiden schwingt über mir im Wind. Oder Jens spielt auf der Mundharmonika, während die Dorfkinder im Kreis um ihn herumsitzen und rhythmisch in die Hände klatschen. Oder ich sehe Mondauge, Beskas Hund, wie er vor der Hütte in der Sonne liegt und freundlich mit dem Schwanz wedelt, wenn ich vorbeigehe. Was ist wohl aus Mondauge geworden? Die Sehnsucht sprengt mir manchmal fast das Herz, die Sehnsucht nach irgend etwas, das wirklich gut ist und wert, mit ganzer Seele gesucht und gewollt zu werden. Warum wecken ausgerechnet die Erinnerungen an die Sonmani eine solche Sehnsucht in mir? Ich weiß ja nur zu gut, wie wenig idyllisch ihr Leben war, und wie wenig idyllisch sie selbst waren. Ich brauche mich nur an Harka zu erinnern, um all das ganz genau zu wissen. Und trotzdem. Vielleicht liegt es daran, daß bei den Sonmani etwas in mir aufgewacht ist, was vorher nicht da war. So selbstsicher wie früher wirke ich übrigens nicht mehr. Zumindest sind sich alle meine Bekannten an diesem Punkt (mit skeptischem Stirnrunzeln) ziemlich einig. Aber ich fühle mich nicht unsicher, und das halte ich für viel wichtiger.

Aber jetzt spekuliere ich zuviel an mir selbst herum. Vor den großen Worten der kleine Gehorsam, würde Heddo sagen. Daran will ich mich auch halten.

Mit ganz herzlichen, liebevollen Grüßen
Euer Michael

3.

Heidelberg, 6. Juni 1988

Lieber Michael,

vielen, vielen Dank für Deinen herzlichen und interessanten Brief. Ich will zuerst auf die Frage nach der Religion der Sonmani kommen: Ich meine, wir sollten es einfach bei den Informationen belassen, die im Laufe der Erzählung anfallen. Eine widerspruchsfreie Dogmatik oder ein für den modernen Leser verstandesgemäß befriedigendes Weltbild käme auch dann nicht zustande, wenn wir noch mehr hineinpacken würden. Wir haben es bei dieser Religion, wie ich glaube, mit mehreren Ebenen oder Schichten von religiösen Weisheiten, Mythen, magischen Vorstellungen usw. zu tun, die deshalb nebeneinander existieren und sich wechselseitig beeinflussen können, weil die Sonmani gar kein Bedürfnis nach logischer Widerspruchsfreiheit oder gar nach einer vernünftigen philosophischen Metaphysik haben. Vielleicht könnte ein Religionswissenschaftler sogar verschiedene Einflüsse und Traditionen auseinanderdröseln, die alle in die gelebte Religion eingegangen sind. Aber wenn wir diese Fragen zu sehr ausarbeiten, fürchte ich, daß fast alle Leser eher zu Mißverständnissen verleitet werden.

Sie werden meinen, die Sonmani hätten weniger Verstand als wir heute oder seien unlogisch - was für alltägliche Aufgaben, für konkrete Planungen usw. natürlich ganz und gar nicht stimmt. Sie sind lediglich in einem Zustand, in dem sie nicht auf die Idee kommen, diese Art des Denkens könne man auf religiöse Fragen übertragen - und es ist gar nicht gesagt, daß sie damit so sehr unrecht haben. Wie Du vielleicht merkst, ist es fast unmöglich, keine Mißverständnisse hervorzurufen, wenn man in modernen Begriffen über die Vorstellungen der Sonmani spricht. Jetzt habe ich zum Beispiel Alltag und Religion begrifflich getrennt. Das würde ein Sonmani nicht verstehen. Er teilt ganz anders auf, nämlich einen Bereich des Profanen und einen Bereich des Geheimnisvollen, Ehrfurchtgebietenden, Numinosen. Beide Bereiche stehen für ihn in ständiger Beziehung. Mit dem Wort "Religion" in unserem Sinn könnte er gar nichts anfangen.

Manchmal habe ich das Gefühl, es ist schlichtweg unmöglich, daß jemand die Sonmani wirklich so versteht wie wir, der nicht selbst bei ihnen war. Wir können auch nicht annähernd alle möglichen Mißverständnisse verhindern. Nimm zum Beispiel die Frage der Menschenopfer, die eine so große Rolle spielte. Ein moderner Leser wird unweigerlich den Eindruck haben, die Sonmani seien "humaner" als die ackerbauenden Stämme im Süden. Das stimmt aber gerade im modernen Sinn nicht. Die Sonmani haben keine Hemmungen, Feinde umzubringen, und den Tod des Gegners feiern sie als glückliches Ereignis. Außerdem rauben und morden sie bei den Ackerbauern, soweit wir wissen, viel mehr als umgekehrt. Sie verabscheuen nicht die Tötung von Menschen allgemein, sondern ganz speziell die Menschenopfer, und dies nicht aus humanitären, sondern aus religiösen Gründen. Wahrscheinlich spielt, wenn ich heute darüber nachdenke, auch ein gewisser Nativismus eine Rolle: Weil die fünf Ratsfeuer sich von der Ackerbauer-Kultur herausgefordert fühlen, betonen sie diejenigen Elemente ihrer eigenen Kultur besonders, die anders sind. Und dazu gehört nun einmal ihre andere Vorstellung vom religiösen Opfer.

Also - lassen wir alles, wie es ist. Bist Du einverstanden?

Übrigens geht es mir, den anderen Umständen entsprechend, sehr gut. In den ersten Wochen war es viel schlimmer, einmal mit den Kreislaufproblemen und Magenverstimmungen, zum anderen (das behauptet zumindest Jens) mit meiner Laune. Jetzt geht es mir prächtig. Kommst Du endlich, uns zu besuchen? Wir würden uns beide wirklich sehr freuen. Nimm Dir bitte genügend Zeit dazu, wir werden nicht so schnell genug von Dir haben.

Herzliche, liebe Grüße – auch von Jens

Deine Sonja

4.

Tübingen, 11. Juni 1988

Liebe Sonja,

erst nach und nach wird mir klar, wie sehr ich mich durch unsere gemeinsamen Erlebnisse verändert habe. Vorher war ich - aber das sehe ich erst jetzt - ein Mensch mit einem extrem individualistischen Weltbild. Daß ich eine Geschichte mit anderen Menschen habe, daß ich von anderen Menschen abhänge, daß ich sogar von der Natur abhänge, daß ich auf der "Bühne der Welt" eine Rolle spiele - das war mir eine völlig fremde Idee. Du als Romanistin hast ja vielleicht einmal das "Welttheater" von Calderon de la Barca gelesen - oder nicht? Aber welche Wahrheit darin steckt, das habe ich erst begriffen, seit wir zusammen durch die Zeiten und Kulturen geschleift wurden, auf den Wegen eines Schicksals, das wir uns nicht ausgesucht haben, und das wir noch nicht einmal verstehen. Ich freunde mich langsam mit dem Gedanken an, daß auch ich eine Rolle habe, die ich mir nicht - oder nicht nur - selbst schreiben kann, und daß ich vielleicht sogar einmal einem Kritiker meines Auftritts Rede und Antwort stehen muß. Das gibt mir schon zu denken, ich kann es Dir versichern.

Übrigens: Laß das Manuskript, wie es ist. Ich bin einverstanden, Du hast mich überzeugt. Höchstens die Wort- und Begriffswahl in religiösen Dingen könnte man vielleicht etwas verändern, um unnötige Schwierigkeiten zu vermeiden. Aber davon später.

Ich bin oft traurig, Sonja - aber ich bin eigentlich nie mutlos. Ich freue mich auf Indien. Ich glaube, es wird meine Aufgabe sein, mit den elementaren Dingen zu kämpfen - mit Unterernährung und verkrüppelten Händen, mit Behördenschikanen und sprachlichen Mißverständnissen. Im Luxus habe ich vor unserer Zeitreise zu den Sonmani genug gelebt, und ich will nicht in den Luxus zurück, den man sich hier bei uns als Arzt mit einem riesigen Arbeitseinsatz, mit Streß und Gereiztheit erkauft. Verstehe mich recht, ich bin keineswegs ein Eiferer geworden. Ich kann die anderen Leute leben lassen, wie sie wollen. Ich will niemanden bekehren. Ich wüßte ja auch gar nicht, wozu und wohin. Das Bekehren traue ich eher Dir zu, und Jens. (Wer hätte das vor einem Jahr gedacht?) Aber darüber können wir nächsten Samstag reden. Ich werde am späten Vormittag ankommen und möchte nicht, ich betone "nicht", vom Bahnhof abgeholt werden. Ich will in Ruhe nach Heidelberg hineinspazieren und ganz allein den Berg zu Euch hinaufsteigen. Zum Mittagessen klingle ich dann bei Euch.

Bis bald. In Liebe und Verbundenheit
Euer Michael